SPÄTSOMMERKÜSSE

Kiki Pillukat

Impressum

1. Auflage September 2024
Kiki Pillukat
Trausnitzstraße 11, 81671 München
www.kikipillukat.de
www.facebook.com/AutorinKikiPillukat
kiki@kikipillukat.de
Covergestaltung: Lesia T.
ISBN: 9798334797611

In der Kunst

wie im Leben

ist alles möglich,

wenn es auf Liebe basiert.

- MARC CHAGALL -

Inhalt

Kapitel 1 - Von süßen Kirschen und sauren Zitronen

Fröhlich summend schaute Violetta in den strahlend blauen Sommerhimmel empor. Gerade hatte sie die Piazza durch den großen mit Schwalbenschwanz-Zinnen besetzten Torbogen betreten, und schirmte nun ihre Augen mit der flachen Hand gegen die inzwischen schon ein wenig tiefstehende Sonne ab. Jedes Mal, wenn sie an diesen Ort zurückkehrte, konnte sie nicht anders, als beseelt über das ganze Gesicht zu lächeln. So nahm sie sich auch jetzt einen Moment Zeit, umfasste mit beiden Händen die Riemen ihrer geschulterten Umhängetasche und ließ ihren Blick versonnen entlang der hübschen, in unterschiedlichen Farbtönen gehaltenen Häuser gleiten, welche dicht aneinandergereiht den weitläufigen Platz dort drüben begrenzten.
Weiter wanderten ihre Augen hinüber zu dem kleinen Park, dessen Bäume von den altehrwürdigen Mauern der berühmten Arena überragt wurden. „Einfach immer wieder schön, hier zu sein“, seufzte sie und fragte sich, warum sie eigentlich nicht häufiger auf die Idee kam, ihrer Heimatstadt Verona einen Besuch abzustatten. Auch dieses Mal war es erst ein Anruf ihrer Freundin Isabella und deren Bitte um ein Treffen gewesen, die sie endlich wieder hierhergeführt hatten.
Voller Vorfreude sah Violetta der Verabredung nun bereits entgegen und dachte unwillkürlich an damals zurück und wie die beiden Mädchen in einer Gasse unweit von diesem Platz hier gemeinsam aufgewachsen waren. „Oh Gott, wie lange ist das inzwischen doch schon her“, überlegte sie halblaut, als sie sich sodann beeilte, die geschäftige Straße zu

überqueren und dahinter gradewegs auf eines der Cafés am Rande der Piazza zuzusteuern.
Eben genau da war sie mit Isabella verabredet und hielt bereits aus der Entfernung nach dieser an den Tischen unter der bunt-gestreiften Markise des Lokals Ausschau, als sich just in dem Moment eine Frau dort erhob. In ihrem geblümten Kleid stand sie da, winkte unübersehbar und lachte ihr entgegen. „Vio! Hier bin ich! Ich freue mich ja so, dass du da bist!“, rief sie und breitete ihre Arme aus, um Violetta willkommen zu heißen. Diese beschleunigte daraufhin abermals ihre Schritte und wich behände einem vorbeieilenden Passanten aus, ehe sie schließlich vor ihrer Freundin stehenblieb.
Vergnügt drückten sich die zwei Frauen auf das Herzlichste und tauschten Wangenküsse aus, bis sie sich wieder voneinander lösten und Isabella den Stuhl neben dem ihrem ein Stück zurückzog, damit auch Violetta sich jetzt setzen konnte. „Hier komm, nimm Platz. Magst du erst einen Kaffee oder stößt du gleich mit mir und einem Prosecco auf unser Wiedersehen an?“ Sie zwinkerte ihrer Freundin zu, die gerade ihre Tasche auf dem Boden neben sich abgestellt hatte und zunächst noch den Rock ihres Kleides glattstrich. Amüsiert grinste diese sie dabei an. „Isa, du tust ja direkt so, als wenn wir uns Jahre nicht gesehen hätten. Aber um deine Frage trotzdem zu beantworten: Ja, ich nehme sehr gerne auch ein Glas Prosecco.“
Geschwind wandte sich Isabella daher um und hielt nach dem Kellner Ausschau, winkte ihn herbei und gab die Bestellung auf. Dann drehte sie sich erneut zu ihrer Freundin um und sah sie freudestrahlend an. „Ach Vio, ich freue mich halt immer so, wenn wir es endlich mal wieder schaffen, uns zu sehen.“ Die so Angesprochene nickte. „Stimmt. Ich weiß im Grunde genommen auch gar nicht, warum ich nicht öfters einfach mal in den Zug steige, um zu dir zu kommen. Aber umso mehr freut es mich, dass ich jetzt wieder hier bin.“ Sich in ihrem Stuhl etwas nach vorne beugend umarmte sie ihre Freundin ein weiteres Mal, bis sie aus dem

Augenwinkel heraus den Kellner bemerkte, der nun zu ihnen an den Tisch herantrat. Galant eine leichte Verbeugung andeutend stellte er die Gläser mit dem prickelnden Getränk vor ihnen ab. „Salute, signore“, nickte er nacheinander den beiden freundlich zu, bevor er anschließend nach den Gästen sah, die gerade ein Stück weiter ihre Plätze eingenommen hatten.
Isabella griff nach dem Glas, hielt es in die Höhe und prostete Violetta zu. „Cin Cin, meine Liebe! Auf uns und unsere Freundschaft!“ Diese lächelte und tat es ihr gleich. „Darauf trinke ich ebenfalls sehr gerne! Cin Cin und Salute!“

Nachdem die beiden einen Schluck getrunken und ihre Gläser wieder abgestellt hatten, rutsche Isabella in ihrem Sitz etwas nach vorne, stützte sich mit den Ellenbogen auf dem Tisch vor sich ab und warf ihrer Freundin einen erwartungsvollen Blick zu. „Jetzt wo wir hier so beisammensitzen, will ich aber erst einmal alles ganz genau wissen.“ Violetta machte große Augen und sah sie überrascht an. „Was meinst du damit?“, fragte sie daher nach und ahnte doch längst, auf was Isabella hinauswollte.
Die begann daraufhin prompt breit zu grinsen. „Na, was wohl? Ich möchte alles über deinen Cristiano erfahren.“ Violetta lachte auf, warf ihre langen braunen Haare zurück und zog dann amüsiert einen Mundwinkel nach oben. „Aha … und was genau soll ich dir da erzählen?“ Wohlwissend, dass ihre Freundin bezüglich jeglicher Information ohnehin nicht wählerisch war, spannte sie diese noch ein wenig auf die Folter und nippte ein weiteres Mal an ihrem Glas. Isabella trommelte derweil mit ihren Fingern in gespielter Ungeduld auf der Tischplatte herum, während ihre Augen aufmerksam jeder von Violettas Bewegungen folgten.
Schließlich hatte diese aber doch ein Einsehen, lehnte sich etwas zurück und schlug die Beine übereinander, ehe sie zu erzählen begann: „Also, ich habe Cristiano schon fast klassisch in einer Café-Bar kennengelernt. Er saß am Nachbartisch und da wir beide ohne Begleitung dort waren,

kamen wir irgendwann wie von selbst miteinander ins Gespräch. Erst redeten wir über recht belanglose Dinge, doch als wir eher zufällig feststellten, dass wir eine zugegeben recht kuriose Gemeinsamkeit haben, da wechselte er dann auch schon an meinen Tisch und wir verplauderten den halben Nachmittag."

Isabella runzelte ihre Stirn und sah Violetta fragend an. „Eine kuriose Gemeinsamkeit? Was meinst du damit?"

Gewitzt spitzte ihre Freundin ihre Lippen und schmunzelte vielsagend. „Ja, ob du es glaubst oder nicht, aber wenn uns langweilig ist, lieben wir es beide, Filme in fremden Sprachen und mit noch fremderen Untertiteln anzuschauen." Sie zuckte mit den Schultern. „Ich weiß, es mag komisch klingen, aber manchmal wird auf diese Weise ein Film schlagartig interessanter, wenn ich in eine andere Sprache wechsele und versuche, der Handlung trotzdem weiter zu folgen. Blende ich dann noch die Untertitel in einer gar exotischen Fremdsprache ein, dann habe ich – was den Inhalt angeht, sowieso meist aufgegeben."

Isabella kicherte belustigt. „Und du hast tatsächlich jemanden gefunden, der das genauso macht? Okay, dann muss das bei euch beiden wohl wirklich Liebe sein. Da gibt es für mich keinerlei Zweifel mehr."

Begeistert nickend stimmte Violetta in das Lachen ihrer Freundin ein. „Ganz richtig und abgesehen davon, tut er mir einfach gut." Glücklich aufseufzend griff sie abermals zu ihrem Glas und trank einen weiteren Schluck. Für einen Moment betrachtete sie dabei versonnen den wunderschönen Olivenbaum, der genau hier vor dem Lokal in einem großen Tongefäß auf dem Pflaster stand und hing währenddessen ihren Gedanken nach.

Dann jedoch wandte sie sich wieder Isabella zu. „Auf der anderen Seite ist es für mich aber auch immer noch ungewohnt, zum ersten Mal einen Partner zu haben, der um so vieles jünger ist als ich. Cristiano und mich trennen immerhin mehr als fünfzehn Jahre." „Na und?", entfuhr es Isabella erstaunt. „Die Hauptsache ist doch, dass es für euch

beide passt." „Absolut, das tut es!", entgegnete Violetta darauf und fuhr dann mit spöttischer Miene fort: „Wobei du dir gar nicht vorstellen kannst, was ich da manchmal für Blicke ernte, wenn ich mit ihm händchenhaltend spazieren gehe. Bei Männern ist das ja scheinbar kein Problem. Die dürfen sich gerne eine jüngere Partnerin nehmen, aber bei uns Frauen … da scheint die Zeit für manche immer noch stehengeblieben zu sein. Dann kannst du in den Gesichtern einiger Leute regelrecht die Fragezeichen sehen und wie sie mir am liebsten hinterherrufen würden, ob ich mit meinem Alter nicht klarkäme oder etwas zum Spielen brauche."
Sie rollte mit den Augen, während ihre Freundin tat, als wolle sie das gerade Gehörte einfach beiseiteschieben. „Papperlapapp! Lass dir da nur nichts einreden und genieße dein Glück." Schmunzelnd nickte Violetta. „Und wie ich das tue!", bestätigte sie und fügte zwinkernd hinzu: „Außerdem mag ich es, wenn ich bisweilen mit Cristianos komplett anderen Ansichten konfrontiert werde. Das stört mich nämlich nicht im Geringsten. Ganz im Gegenteil – ich finde es sogar eher erfrischend, dadurch auch mal eine ganz andere Sicht auf die Dinge zu bekommen."
Isabella nickte, wischte sich eine Strähne ihres blonden Haars aus der Stirn und warf gedankenversunken einen Blick hinüber zur Arena. „Das stimmt wohl …", sagte sie abwesend, weshalb Violetta ihr sogleich liebevoll über den Unterarm strich. Auch sie hatte bemerkt, dass ihre Freundin inzwischen mit ihren Gedanken woanders zu sein schien und hakte daher ihrerseits nach: „Aber Isa, jetzt mal was anderes. Du hast mich doch ganz bestimmt nicht um ein Treffen hier gebeten, nur um mit mir über Cristiano zu sprechen. Habe ich recht?"
Sie meinte ein wenig Unsicherheit in Isabellas Blick zu erkennen, als diese sich nur zögerlich wieder zu ihr umdrehte und dabei um ein fröhliches Lächeln bemüht war. „Stimmt, Vio!" Auch sie nippte ein weiteres Mal an ihrem Glas und setzte sich aufrecht hin, als wenn sie damit den nun folgenden Worten etwas mehr Gewicht verleihen wollte,

bevor sie schließlich zu erzählen begann: „Hättest du gedacht, dass Daniele und ich in diesem Jahr schon fünfundzwanzig Jahre verheiratet sind? Mir und ihm kommt es dabei gar nicht so lange vor. Irgendwie scheint es, als sei die Zeit nur so an uns vorbeigeflogen."

Sie seufzte lächelnd, griff dann nach der Hand ihrer Freundin und schaute diese mit leuchtenden Augen an. „Jedenfalls planen wir, das Fest zum Anlass zu nehmen und zusammen mit unseren engsten Freunden ein paar gemeinsame Tage zu verbringen. Um ehrlich zu sein, sind wir eigentlich erst auf diese wundervolle Idee gekommen, als wir letztens am Gardasee unterwegs waren. Ich habe dir ja – glaube ich zumindest – schon am Telefon davon berichtet, wie wir dort einen Studienfreund von Daniele in Padenghe besucht hatten. Und als wir dann eben da noch ein wenig die Straße am See entlang spaziert sind, ist mir dieses Schild an einem Tor aufgefallen. Auf dem stand, dass das Anwesen dahinter über eine Agentur zu buchen sei. Sowas macht mich ja immer total neugierig und ich habe es dann auch sofort gegoogelt: ein wunderschöner Bungalow. Absolut paradiesisch."

Sie untermalte ihre Worte gestenreich, räusperte sich und strahlte angesichts ihrer Vorfreude gleich noch ein wenig mehr. „Also, um es kurz zu machen: Wir haben das Haus für die Feier gemietet. Es liegt ganz wunderbar etwas abgeschieden hinter einer Naturstein-Mauer verborgen und ist umgeben von Olivenbäumen sowie Zypressen. Ein Traum, sage ich dir, zumal das Grundstück auch direkt an den See grenzt." Violetta musste angesichts all der Begeisterung, die ihre Freundin versprühte, ebenfalls lächeln und hörte ihr weiter aufmerksam zu „Stell dir doch bitte nur mal vor, wie es sein wird, wenn wir abends dort am Ufer sitzen, die Füße im Wasser und ein Glas Wein in der Hand. Oder vielleicht schwimmen wir erst noch eine Runde. Ach, ich kann es mir gar nicht schöner vorstellen. Auch wenn für Daniele natürlich doch der Pool gleich beim Haus das Highlight ist. Er schwimmt ja nicht so gerne in

Naturgewässern und wird daher vermutlich morgens eher dort seine Bahnen ziehen."
Abermals machte sie eine kurze Pause, atmete noch einmal tief durch und sprach dann jedoch rasch weiter: „Aber um zurück zum eigentlichen Thema zu kommen: Wir haben uns dazu entschieden, im Rahmen der Feier auch unser Ehegelübde zu erneuern. Also, im Grunde war ich es, die das einfach für eine total romantische Idee hielt." Mit großen Augen sah Isabella ihre Freundin abwartend an, doch die wusste nicht so recht, was genau sie darauf entgegnen sollte. „Ja klar, warum nicht … tolle Idee", stammelte sie deshalb nur, nicht ahnend, auf was Isabella eigentlich hinauswollte.
Diese hingegen sammelte sich gerade gedanklich noch einmal, legte dann ihre Hand auf die von Violetta und beugte sich ein wenig zu ihr vor, ehe sie endlich weitersprach: „Das ist aber eben noch nicht alles …" nun war sie es, die nach den richtigen Worten zu suchen schien. „Weißt du, ich … oder Daniele … ach, ich weiß es gar nicht mehr so genau, wer es von uns beiden am Ende war …", lächelte sie verlegen und erntete dafür neben einem forschenden Blick vor allem eine ungeduldige Geste ihrer Freundin.
„Und weiter, Isa?" Diese atmete noch einmal tief durch. „Und wir hätten auch gerne unsere Trauzeugen von damals mit dabei!", presste sie schließlich hervor und sah ihr Gegenüber abwartend und ein wenig ängstlich an. Violetta hoffte derweil inständig, sich verhört zu haben. „Nicht dein Ernst, oder? Also nicht beide auf einmal … quasi gleichzeitig, meine ich."
Doch da nickte Isabella bereits zaghaft ein paar Mal, was ihre Freundin wiederum dazu veranlasste, vehement ihren Kopf zu schütteln. „Oh nein, Isa, keine zehn Pferde bekommen mich auch nur in die Nähe von Tomaso! Und das weiß du eigentlich auch." Allein der Gedanke, gemeinsam mit ihrem Ex-Ehemann an der Seite ihrer Freunde stehen zu müssen, ließ ihr Gesicht augenblicklich wie versteinert erscheinen und sie anschließend abermals rigoros abwinken. „Isa, du

kennst mich und weißt, dass ich wirklich alles für dich tun würde, aber …"
Da jedoch fiel ihr diese auch schon mit besänftigender Stimme ins Wort: „Ich weiß, Vio, ich weiß! Aber es wäre doch wirklich nur ein ganz kurzer … vermutlich winziger Moment. Den Rest der Tage könnt ihr euch gut und gerne komplett aus dem Weg gehen." Mit aufgerissenen Augen starrte Violetta sie verständnislos an: „Was genau meinst du mit ‚Tage'?"
Abermals bemühte sich Isabella um einen ruhigen sowie beschwichtigenden Tonfall, konzentrierte sich erneut und ließ sich auch weder von den über ihr fröhlich im Wind flatternden Volants der Markise noch von Violettas gegenteilig erscheinendem Antlitz ablenken. Stattdessen versuchte sie nun, ihrer Freundin die ganze Sache doch noch irgendwie schmackhaft zu machen. „Na ja, wie ich dir schon sagte, wollten wir mit unseren engsten Freunden ein verlängertes Wochenende dort verbringen. Ein wenig zusammen feiern, abends am See ausspannen oder vielleicht mal einen gemeinsamen Ausflug mit dem Boot machen. Komm Vio, ich glaube, dass wäre wirklich wunderbar."
Violetta rollte genervt mit den Augen. Selbstredend wollte sie nicht als Spielverderberin dastehen, aber musste ihr Ex, um den sie seit Jahren erfolgreich einen Bogen machte, ausgerechnet mit von der Partie sein? Mürrisch blies sie sich eine Strähne aus der Stirn. „Eine ganz tolle Idee … wirklich. Da bin ich komplett bei dir. Und ich werde sicherlich auch meinen Spaß mit euren übrigen Gästen haben, aber eben nicht mit dem EINEN!"
Demonstrativ verschränkte sie die Arme vor ihrer Brust, um so ihrer ablehnenden Haltung noch mehr Nachdruck zu verleihen, als Isabella deutlich hörbar aufseufzte. Nun waren also all ihre Überredungskünste gefragt. Entschlossen richtete sie sich daher in ihrem Stuhl auf und sah Violetta mit eindringlicher Miene an. „Ach, komm schon. Heißt es nicht, man zeige Stärke, wenn man sich auch mal einer schwierigen Situation stellt?" Quittiert wurden ihre Worte jedoch sofort

mit einem verächtlichen Gesichtsausdruck. „Bei schwierigen Situationen mag das in der Tat so sein, aber ganz gewiss nicht bei Voll-Katastrophen! Da ist es einfach nur dumm und ich empfehle euch wirklich, euren gefassten Plan noch einmal grundlegend zu überdenken."

Isabella schüttelte weiter beharrlich ihren Kopf. „Vio, überlege doch bitte nur mal, wie viele Jahre schon ins Land gezogen sind, seitdem ihr euch habt scheiden lassen." Sie schaute in den Himmel empor und rechnete im Stillen nach. „Ganze einundzwanzig Jahre ist das inzwischen her. Da solltest du doch inzwischen auch endlich mal deinen Frieden damit gemacht haben." Violetta zog genervt ihre Augenbrauen hoch. „Ja eben, einundzwanzig Jahre, in denen es mir gut geht, weil ich halt nichts mit ihm zu tun haben muss und daher möchte ich es eigentlich weiterhin genauso halten."

Sie schürzte die Lippen und ahnte bereits, dass ihre Freundin noch immer keine Ruhe geben würde, und so hörte sie diese auch kurz darauf einwerfen: „Vio, ich bitte dich. Tue es einfach für Daniele und mich. Du kannst Tomaso ja ignorieren, aber für uns wäre es wirklich so etwas wie die süße Kirsche auf unserer Hochzeitstorte." Abermals griff sie nach der Hand ihrer Freundin und drückte diese sanft. „Bitte!", flehte sie dabei.

Was sollte Violetta dem jetzt noch entgegensetzen? Und war es nicht in der Tat albern, wenn sie weiterhin die Eingeschnappte mimte? Also gab sie sich schließlich einen Ruck, vermied jedoch nicht einen allerletzten Protest. „Für euch mag es die süße Kirsche auf der Torte sein, aber für mich ist es halt eine saure Zitrone, in die ich sicherlich mehr als einmal beißen muss."

Sie machte eine kurze Pause, holte tief Luft und rang sich dann endlich den Satz ab, auf den ihre Freundin schon die ganze Zeit gewartet hatte: „Aber in Ordnung, ich werde das für dich und Daniele tun." Im Stillen hoffte sie allerdings, dass Tomaso ebenso wenig an einem Aufeinandertreffen mit

ihr lag und er vielleicht nun derjenige war, der ihren Freunden den Wunsch verwehrte.
Isabella dagegen sah sie gerührt an und lächelte selig. „Vielen lieben Dank, Vio. Das bedeutet mir wirklich sehr, sehr viel. Außerdem ist der Garten wie gesagt derart weitläufig, dass es ein Leichtes für euch beide sein wird, dem jeweils anderen aus dem Weg zu gehen.“ Sie nahm ihr Prosecco-Glas zur Hand und hielt es Violetta entgegen. „Komm, lass und darauf anstoßen, dass es dennoch ein ganz wunderbares Wochenende werden wird.“

Später am Abend dann, nachdem sich Violetta von ihrer Freundin verabschiedet hatte und längst wieder im Zug zurück nach Venedig befand, sann sie über die hinter ihr liegenden Stunden nach. Ihre Stirn an die Fensterscheibe gelehnt, beobachtete sie versonnen die Landschaft an sich vorbeifliegen, ähnlich wie es die Bilder des Nachmittags in ihrem Kopf taten.
Da war der heimelige Platz in dem kleinen Café, die vertraute und angenehme Atmosphäre auf der Piazza vor der alten Arena und nicht zuletzt die heiteren Gespräche mit ihrer Freundin Isabella. Diese entlockten ihr auch jetzt noch ein Lächeln, bis sie erneut an deren Bitte dachte. Die Bitte, gemeinsam mit Tomaso Zeit verbringen zu müssen. Ausgerechnet mit Tomaso …
Nie hätte sie gedacht, diesen Mann überhaupt noch einmal wiederzusehen und in ihren Augen war das auch vollkommen in Ordnung so. Genug Abstand gab es schließlich ebenfalls, denn ihn vermutete sie nach wie vor in Mailand, während sie selbst kürzlich erst ihre Traumwohnung auf dem Lido bezogen hatte.
Eine ausreichende Entfernung also und doch musste sie jetzt wohl oder übel der Tatsache ins Auge sehen, ihm bald schon wieder gegenüberstehen zu müssen. Aber hatte Isabella nicht recht, wenn sie ihr vorhielt, dass inzwischen genügend Gras über die Sache gewachsen sein sollte?

Im Grunde ja, gestand sich Violetta ein und haderte trotzdem mit der Situation. Dabei war es ihr egal, ob dies daran lag, dass sie schlichtweg nicht an jenes Kapitel in ihrem Leben erinnert werden wollte oder dass sie darüber hinaus befürchtete, gleich erneut mit ihm in Streit zu geraten. Denn wie dem auch war, beides erschien ihr in keinem Fall erstrebenswert.
Je länger sie allerdings über das bevorstehende Aufeinandertreffen mit Tomaso und ihre Vorbehalte dagegen nachdachte, desto öfter wanderten ihre Gedanken ebenso zurück in die Zeit, in der sie noch ein Paar gewesen waren. Bereits während des Studiums in Mailand hatten sie sich damals Hals über Kopf ineinander verliebt, waren zusammengezogen und hatten einige Jahre später geheiratet. Allein die Erinnerung jedoch, wie sie ganz selbstverständlich dann ihre eigene Karriere der seinen untergeordnet hatte, ließ Violetta nun verächtlich schnauben. „Und schließlich noch diese Affäre … er war sich wirklich für nichts zu schade", sprach sie leise vor sich hin und schüttelte entnervt ihren Kopf.
„Aber letztendlich war es vermutlich das Beste, was mir widerfahren konnte", flüsterte sie ganz in Gedanken und atmete tief durch. Nein, sie würde nicht zulassen, dass die Geschehnisse von einst noch einmal einen Einfluss auf ihr Leben nahmen. Stattdessen hielt sie eine gewisse Ignoranz für den geeigneteren Weg, mit der Situation umzugehen und ihren Freunden trotzdem einen wunderbaren Tag zu bescheren.
Einen Tag, so wie die beiden ihn sich wünschten. Und wenn sie da eben die Kirsche auf der Torte sein sollte, wie Isabella es vorhin formuliert hatte, dann würde sie den zweien diesen Gefallen halt tun. Basta!

Kapitel 2 - Ein zu hoher Preis?

Daniele schob den Ärmel seines Hemdes ein wenig weiter nach oben und schaute auf seine Armbanduhr. Bis zu seiner Verabredung mit Tomaso blieb ihm noch etwas Zeit und so sah er sich suchend auf der großen Piazza um, wobei sein Blick schnell an der einladend wirkenden Café-Bar am Rande von dieser hängenblieb.

Zielstrebig steuerte er darauf zu, trat ein und bestellte einen Kaffee. „Gleich hier am Tresen oder doch lieber draußen?“, erkundigte sich die junge Dame hinter der Theke, die sich bereits anschickte, den Siebträger der auf Hochglanz polierten Kaffeemaschine mit Pulver zu füllen. „Gerne draußen“, gab Daniele lächelnd zurück, ging hinaus und ließ sich sodann an einem der davor aufgestellten Tische nieder.

Nachdem er sein zuvor abgestreiftes Jackett über die Lehne des Stuhls neben sich gelegt hatte, betrachtete er versonnen das Treiben auf dem Platz vor sich. Gerade zog eine Gruppe von Touristen an ihm vorbei und lauschte andächtig den Worten ihrer Reiseleiterin, die kurz darauf alle um sich herumscharte, um die Geschichte des Mailänder Doms zum Besten zu geben. Immer wieder schnellten währenddessen Telefone und Kameras aus dem Pulk hervor und machten Aufnahmen des imposanten Gebäudes, zu dem auch Daniele jetzt hinübersah.

Die reich verzierte Fassade fesselte seinen Blick, als ihm dabei zum wiederholten Male Isabellas Worte über ihr Gespräch mit Violetta durch den Kopf gingen. Würde sich sein alter Freund ähnlich gegen den Wunsch sträuben, bei den Feierlichkeiten anlässlich ihrer Silberhochzeit auf seine Ex-Frau zu treffen? Und falls ja, wie würde er ihn überzeugen können, trotzdem zu erscheinen?

Er seufzte und schaute zum Himmel empor, wie wenn er sich von dort eine Eingebung erhoffte, als nun ein Kellner zu ihm herauskam und die Tasse Kaffee vor ihm abstellte. Dankbar nickend griff Daniele sogleich danach und nippte an dem heißen Getränk, während seine Gedanken weiter rotierten. Nicht zum ersten Mal, wie er sich eingestand, seitdem Isabella eben diesen einen Wunsch geäußert hatte. Selbstredend fand er die Idee ebenfalls schön und wusste doch, dass sie bei ihren Freunden wiederum keine Begeisterungsstürme hervorrufen würde.
Obwohl bereits so viele Jahre her, erinnerte er sich noch lebhaft an deren Trennung, die alles andere als einvernehmlich verlaufen war und letztendlich in einem sich gegenseitig immer weiter verletzenden Chaos geendet hatte. Sogar über das Sorgerecht für den gemeinsamen Hund waren die zwei in einen erbitterten Streit geraten.
Dennoch vertraute er nun irgendwie darauf, dass die seitdem verstrichene Zeit die Wogen soweit geglättet hatte und die beiden Isabellas und seinem Wunsch am Ende doch friedfertig nachkamen.

Gedankenversunken genoss Daniele noch eine Weile auf diese Art die entspannende Wirkung der warmen Sonnenstrahlen in seinem Gesicht, bevor er zahlte, aufstand und dabei das Jackett locker über seine Schultern schwang. Anschließend schlug er den direkten Weg zu dem Geschäftsgebäude ein, in dem sich die Räume von Tomasos Architekturbüro befanden.
Vor Ort angekommen, betrat er die wohltuend klimatisierte Lobby des Hauses und fuhr mit dem Fahrstuhl in die oberste Etage. Als sich dort dann die Aufzugtüren vor ihm öffneten, stand er auch bereits direkt am Empfang und eine hinter dem elegant geschwungenen Tresen sitzende junge Frau sah ihm freundlich lächelnd entgegen. „Buon giorno! Wie kann ich Ihnen behilflich sein?“, fragte sie und Daniele war drauf und dran zu entgegnen, dass er das ebenfalls gerne wüsste. Stattdessen hob er grüßend seine Hand.

„Buon giorno, Signora. Mein Name ist Daniele Avesani und ich bin mit Signor Lombardi verabredet."
Kaum hatte er geendet, schwang auch schon die Tür des hinter dem Empfang liegenden Besprechungsraums auf und Tomaso trat mit zwei seiner Mitarbeiter in den Gang hinaus. Sofort erblickte er da den Besucher, entschuldigte sich bei den beiden Männern und kam mit ausgebreiteten Armen auf ihn zu.
„Daniele, mein alter Freund! Schön, dich zu sehen und noch schöner, dass du endlich mal wieder den Weg nach Mailand gefunden hast." Er umrundete den Empfangstresen, umarmte Daniele herzlich und klopfte ihm auf den Rücken. Anschließend wandte er sich rasch seiner Sekretärin zu und erklärte ihr lächelnd: „Giustina, ich denke für heute kannst du Feierabend machen. Die Pläne, die eigentlich noch rausgeschickt werden sollten, muss ich doch noch einmal überarbeiten. Aber das mache ich erst morgen und in aller Ruhe." Er zwinkerte ihr zu. „Mach dir also einen schönen Abend und wir sehen uns morgen."
Danach drehte er sich erneut zu seinem Freund um, klopfte ihm abermals auf den Rücken und deutete mit dem Kopf den Flur entlang. „Und du komm doch noch kurz mit in mein Büro. Ich fahre nur schnell meinen Rechner runter und dann können wir auch schon gehen."
Nickend folgte Daniele ihm und schaute sich dabei beeindruckt um. Tomaso war es mit einer Reihe erstklassiger Projekte in den zurückliegenden Jahren gelungen, sich einen Namen als Architekt zu machen, und diese Büroetage brachte dies sehr anschaulich zum Ausdruck. Klare Linien, einige effektvolle Details und dazu eine helle sowie gemütliche Eleganz waren wohl die beste Visitenkarte, die Tomaso seinen Geschäftspartnern und Besuchern hier präsentieren konnte. Abgerundet wurde dieser Eindruck schließlich noch durch das phänomenale Panorama, welches sich dem Betrachter von dessen Büro aus durch die großzügigen Fenster auf den Dom sowie die davorliegende Piazza bot.

Anerkennend nickte Daniele. „So einen Ausblick hätte ich auch gerne.“ Er wandte sich vom Fenster ab und wieder seinem Freund zu, der gerade hinter seinen Schreibtisch getreten war und dort einige Pläne beiseiteschob. „Du hattest mir ja bereits des Öfteren davon erzählt, aber es jetzt auch mal selbst zu sehen, ist in der Tat noch mal etwas ganz anderes“, kommentierte er die Aussicht, was wiederum Tomaso wissend schmunzeln ließ. „Ich weiß, ich habe dir nicht umsonst ebenso oft gesagt, dass du mich endlich mal hier besuchen kommen sollst. Umso schöner, dass es jetzt endlich funktioniert hat. Wobei ich immer noch neugierig bin, was genau der Anlass ist, der dich heute hergetrieben hat.“

Er warf seinem Freund einen fragenden Blick zu, während er ein paar Mal auf die Tastatur des Notebooks vor sich tippte und dieses dann ausschaltete. Danieles Antwort darauf war jedoch zunächst nur ein kurzes Schulterzucken, ehe er ausweichend zu erklären begann: „Ja, es gibt da etwas, was ich gerne mit dir besprechen würde und ich dachte mir, das geht am besten, wenn wir beide endlich mal wieder gemeinsam zum Essen gehen.“ Sein Jackett von der Lehne des Stuhls ziehend, wies Tomaso daraufhin lächelnd mit seiner Hand in Richtung der Tür. „Na, dann komm mit, denn auch dafür bin ich sowieso und immer zu haben“, zwinkerte er und folgte seinem Freund in den Flur hinaus.

Eine Weile später suchten sich die zwei Männer angeregt plaudernd ihren Weg durch die auch jetzt noch recht belebten Straßen der Mailänder Innenstadt, bis Tomaso plötzlich vor einer Trattoria stehenblieb und seinen Freund am Ärmel zupfte. „Halt, fast wären wir vorbeigelaufen. Hier sind wir schon.“

Daniele musterte den eher unscheinbaren Eingangsbereich des kleinen Lokals. Seinen Blick bemerkend, klopfte Tomaso ihm beruhigend auf die Schulter. „Komm erst einmal mit rein und dann verstehst du vielleicht, warum ich eben genau hier so oft einkehre“, erklärte er und fügte geschwind hinzu:

„Zumal hier gekocht wird, als stünde immer noch die Nonna am Herd!“ Er drückte die Tür auf und machte eine einladende Handbewegung, der Daniele nun nur allzu gerne Folge leistete.
Und tatsächlich wirkte der Gastraum großzügiger, als von außen zu erahnen gewesen war. Unverputzte Backsteinwände waren verziert mit gerahmten Filmplakaten alter Klassiker sowie kleinen Weinregalen und vermittelten gemeinsam mit der hübschen Lichterkette, die unter der Decke quer durch den Raum lief, eine gemütliche Atmosphäre. Davor waren die mit weißen Tischtüchern eingedeckten Tische aufgestellt, auf denen Kerzen in hohen Gläsern ein sanftes Licht spendeten.
Noch während Daniele sich weiter umsah, trat der Wirt auf sie zu, zeigte auf einen Platz gegenüber der langgezogenen Bar und brummte Tomaso freundlich zu: „Diesen Tisch habe ich heute für dich vorgesehen. Passt der?“ Der so Gefragte nickte und nahm die Speisekarten an sich, die der Wirt ihm bereits entgegenhielt. „Passt wie immer, Luciano. Grazie mille.“ Dann wandte er sich erneut zu seinem Freund um und bat ihn mit einer Geste, Platz zu nehmen, ehe er sich ebenfalls setzte.
Schnell hatten die beiden Männer danach aus der Karte gewählt, gaben ihre Bestellung auf und widmeten sich anschließend wieder ihrer Unterhaltung. Tomaso lehnte sich währenddessen in seinem Stuhl ein wenig zurück und sah seinen Freund erwartungsvoll an.
„Aber jetzt will ich endlich wissen, um was es geht. Also, was genau du mit mir persönlich besprechen wolltest. Und mach es dabei bitte nicht so spannend!“, feixte er, während er sich wieder vorbeugte und seine Unterarme auf dem Tisch vor sich abstützte. Daniele jedoch rang noch mit sich und überlegte, welche Worte er wählen sollte, auch wenn er sich von seinem Freund eine recht sachliche und weniger emotionale Sicht der Dinge erhoffte.
Also schilderte er schließlich, wie einige Tage zuvor bereits Isabella ihrer Freundin, was sie für ihre Silberhochzeit

geplant hatten und wo sie diese abhalten wollten. Begeistert nickend hörte Tomaso ihm zu. „Klingt nach einer wirklich wundervollen Idee!“, sagte er und fragte sich gleichzeitig, warum Daniele ihm das Ganze nicht einfach telefonisch mitgeteilt hatte, bis dieser sich nun räusperte und mit bemüht unaufgeregter Stimme fortfuhr: „In dem Zusammenhang wollen Isa und ich uns dort auch noch einmal das Ja-Wort geben und dazu wünschen wir uns auch dieses Mal Trauzeugen …“
Er machte eine Pause und hoffte, dass Tomaso vielleicht bereits verstand, wie er das gerade Gesagte meinte. Doch der sah ihn weiter mit gelassener Miene an. „Und an wen hab ihr da dieses Mal gedacht?“, fragte er, was wiederum Daniele derart irritierte, dass die folgenden Worte förmlich aus ihm herausplatzten: „Na, an dich und Violetta.“
Kaum hatte er ihren Namen ausgesprochen, zog Tomaso seine Augenbrauen zusammen und starrte seinen Freund gleichermaßen finster und ungläubig an. „Ihr wollt was?“ Daniele atmete tief durch und brachte dann noch einmal seine Bitte in einem vollständigen Satz vor. „Isa und ich hätten gerne auch dieses Mal dich und Violetta als unsere Trauzeugen dabei. Andere kämen an der Stelle für uns ohnehin gar nicht infrage.“
Er versuchte, in den undurchdringlichen Gesichtszügen seines Freundes irgendeine Regung auszumachen, doch bei Tomaso zuckte lediglich einmal kurz ein Mundwinkel, ansonsten blickte er ihn starr und wortlos an. Läuft ja prima, dachte Daniele ein wenig ratlos und war erleichtert, als der Kellner nun erneut an ihren Tisch trat und die georderten Getränke vor ihnen abstellte.
Um der Stille ein Ende zu bereiten, erhob er daher schnell sein Glas und prostete Tomaso zu. „Salute, mein Freund und darauf, dass wir hier endlich einmal wieder beisammensitzen!“ Dieser nickte ihm mit dem Anflug eines Lächelns zu. „Salute, und ja das freut mich auch außerordentlich,“ murmelte er verhalten, nahm einen

Schluck von seinem Wein und stellte das Glas danach vor sich ab, ohne es jedoch loszulassen.
Einen Moment lang stierte er so noch auf die hellgelbe Flüssigkeit darin, in der sich der warme Schein der Wandleuchten spiegelte. Schließlich blickte er abermals auf und sah Daniele prüfend an. „Ist das euer voller Ernst? Ich meine, du kennst doch diese Furie auch und weißt, wie sie sich damals aufgeführt hat. Meinst du tatsächlich, dass sie allein euch zuliebe Frieden geben wird? Oder ruiniert sie dann neben der Stimmung auch gleich noch euren kompletten Tag? Ist es euch das am Ende wirklich wert oder zahlt ihr für das Stück Nostalgie nicht einen zu hohen Preis?"
Erleichtert atmete Daniele durch. Endlich hatte sein Freund überhaupt eine Reaktion gezeigt – nicht ganz die, die er von ihm erwartet hatte, aber dennoch eine, auf die er nun reagieren konnte. Also beugte er sich ebenfalls ein wenig auf seinem Stuhl nach vorne, zog seine Augenbrauen hoch und sah Tomaso ernst an.
„Ich habe keine Ahnung, wie sich wer an diesem Tag verhalten wird, aber ich weiß, dass es für Isa und mich ein Herzenswunsch ist, sowohl Violetta als auch dich an unserer Seite zu haben – wie damals eben. Zudem vertraue ich darauf, dass ihr beide in eurem Alter vernünftig genug seid, um euch wie normale und erwachsene Menschen aufzuführen."
Tomaso senkte seinen Blick und fuhr sich nachdenklich ein paar Mal mit den Fingern durch sein kurzes dunkelbraunes Haar. Natürlich wusste er, dass sein Freund recht hatte und dass es lediglich um ein einziges Wochenende ging. Zwei oder drei Tage also, in denen er sich zusammenreißen und sich nicht von den bissigen Kommentaren Violettas aus der Ruhe bringen lassen durfte.
Denn von denen, so war er sich sicher, würde es mehr als genug geben. Und nein, er selbst würde nicht der Quertreiber sein, der seinen Freunden den Wunsch versagte.

Darum sicherte er Daniele, wenn auch immer noch ein wenig zähneknirschend, sein Kommen zu und hoffte im Stillen darauf, dass Violetta indes diejenige war, die stur und unnachgiebig ihre Teilnahme verweigerte.

Kapitel 3 - Funkenflug

Die Wochen bis zu dem von Isabella und Daniele aufwendig und liebevoll geplanten Wochenende am Ufer des Gardasees verstrichen und ließen sie bereits jetzt voller ungeduldiger Vorfreude auf diese Tage blicken. Nichts wollten sie allerdings dabei dem Zufall überlassen und insbesondere Isabella entwickelte eine zuvor nie gekannte Akribie. Sorgsam testete sie die verschiedenen Caterer vor Ort und nahm es auch mit den Details der Dekoration sehr genau. „An dir ist wirklich eine Event-Managerin verloren gegangen“, neckte Daniele sie daher des Öfteren und war dabei doch froh, so selbst nicht all die notwendigen Entscheidungen treffen zu müssen.
Ja, sogar als sich zwischenzeitlich dafür die Wohnung der beiden am Rande der Altstadt von Verona mit den unterschiedlichsten Blumengebinden sowie Accessoires füllte, nahm er es mit Humor. Kein Aufwand schien seiner Frau ohne Frage zu groß, um ihre nun schon so lange andauernde Liebe gebührend zu zelebrieren. Insgeheim rührte diese Hingabe Daniele deshalb nicht nur einmal zu Tränen, auch wenn er bisweilen versuchte, seiner allzu eifrigen Gattin zumindest ein wenig Einhalt zu gebieten und ihr zu versichern, dass alles ohnehin bereits perfekt war.

Und dann war es endlich so weit. Den azurblauen Himmel über dem südwestlichen Ufer des Gardasees trübten nur ein paar wenige Wölkchen, und eine leichte Brise, die vom See zum Haus hinüberwehte, sorgte an diesem Spätsommertag für eine willkommene Erfrischung.
Isabella, die mit Daniele bereits einen Tag zuvor angereist war, um in Ruhe letzte Vorbereitungen zu treffen, trat nun, da sie mit allem zufrieden schien, Ausschau haltend vor die

Tür. Glücklich leuchteten ihre Augen dann jedes Mal auf, wenn wieder ein Wagen die Abfahrt hinuntergerollt kam und sie die Freunde endlich und vor allem herzlich in Empfang nehmen konnte.
Schließlich fuhr nach einer Weile auch jenes Taxi vor, welches Violetta vom Bahnhof in Desenzano herübergebracht hatte, und blieb in der Nähe des Hauseingangs stehen. Bereits aus dem Fenster hatte diese dabei einen ersten Blick auf den hübsch angelegten Garten geworfen und sah sich jetzt, nachdem sie ausgestiegen war, begeistert nach allen Seiten um. Kein Wunder, dass Isabella und Daniele sich genau für eben diesen Ort entschieden hatten, ging es ihr durch den Kopf, als sie geschwind den Fahrer zahlte und anschließend ihr Gepäck entgegennahm.
Nur für einen Moment wollte sie jetzt noch die Aussicht genießen, doch da kam ihre Freundin bereits mit weit ausgebreiteten Armen aus der Tür heraus und lief auf sie zu. „Vio! Wunderbar, dass du endlich auch da bist und erst einmal herzlichen willkommen. Hattest du eine angenehme Anreise?“ Sie fest an sich drückend, gab sie ihr Küsse auf beide Wangen.
Violetta zwinkerte ihr zu, nachdem sie sich wieder etwas von ihr gelöst hatte, seufzte kurz auf und zuckte dann mit den Schultern. „Sagen wir es so: Ich bin im Augenblick vor allem erst einmal erleichtert und natürlich ebenfalls froh, dass ich hier angekommen bin. Der Zug war nämlich mehr als gut gefüllt.“
Sie blickte sich erneut um, atmete dabei tief durch und deutete dann zum See hinunter, dessen Blau zwischen den Zypressen, Pinien und Olivenbäumen hervorblitzte. „Aber vermutlich ist das eben auch kein Wunder. Wer wollte so sein Wochenende im August nicht am schönen Gardasee verbringen?“, schmunzelte sie und schaute danach wieder zu Isabella, die immer noch freudestrahlend neben ihr stand. „Da hast du mit deinen Schilderungen wahrlich nicht übertrieben, Isa. Es sieht hier einfach fantastisch aus und ich kann es ehrlich gesagt kaum mehr erwarten, nachher auch

einmal zum Ufer runterzugehen und meine Füße ins Wasser zu halten.“

Kurz ihre Schultern dehnend strich sie ihrer Freundin dann über den Arm. „Aber jetzt würde ich doch gerne erst mal nach drinnen gehen und mich ein wenig frisch machen.“ Sie streckte ihre Hand nach dem Griff ihres Trolleys aus, als ihr Isabella jedoch zuvorkam und schelmisch grinste. „Nichts da! Das erledige ich und bringe dich zu deinem Zimmer. Mein ganz besonderer Service für meinen ganz besonderen Gast!“ Sie gab ihr erneut einen Kuss auf die Wange, nahm das Gepäck in die eine Hand und hakte den anderen Arm bei Violetta unter.

„Wie viele sind wir dieses Wochenende eigentlich?“, erkundigte sich diese, während die beiden Frauen nun gemeinsam auf den Eingang zuschlenderten. „Also insgesamt werden wir siebenunddreißig Personen bei der kleinen Party heute und der Zeremonie morgen sein. Aber die meisten sind in einem Hotel im Ort untergebracht oder kommen sowieso aus der Gegend. Hier direkt im Haus übernachten neben Daniele und mir nur drei weitere Paare und zwei … ähm …“, sie suchte nach den passenden Worten, weshalb ihr Violetta mit einem leicht gequälten Ausdruck in ihrem Gesicht auf die Sprünge half. „Du meinst ich und jemand, den ich gerne ganz weit weg wüsste?“ Achselzuckend nickte Isabella und wollte gerade noch etwas hinzufügen, als hinter ihnen das Geräusch von Reifen zu hören war, die langsam die kiesbedeckte Einfahrt hinunterrollten.

Unwillkürlich drehten sich die Frauen um und sahen so, wie nun ein silbergrauer Lancia auf sie zufuhr und schließlich abbremste. Eher beiläufig warf Violetta dabei einen Blick auf den Fahrer hinter dem Steuer und brauchte nicht lange, um zu erkennen, dass es sich bei diesem nur um Tomaso handeln konnte.

Augenblicklich wandte sie sich daher wieder um und zog ihre Freundin am Arm mit sich. „Wenn man vom Teufel

spricht …“, zischte sie scharf und marschierte schnellen Schrittes weiter der Haustür entgegen. Denn wenn ihr schon nichts anderes übrigblieb und sie dieses Wochenende hier ebenfalls mit IHM verbringen musste, dann wollte sie die gemeinsamen Momente doch wirklich auf das Nötigste beschränken.
Isabella hingegen hob noch geschwind grüßend die Hand, bevor sie auch schon von ihrer Freundin hinter sich hergezogen wurde und aufpassen musste, dabei nicht über ihre eigenen Füße zu fallen. Das kann ja heiter werden, dachte sie im Stillen und hoffte dennoch darauf, dass die beiden rasch einsahen, wie albern ihr Verhalten doch war, wenn sie nach all der verstrichenen Zeit weiter an ihrer Feindschaft festhielten.
Drinnen angekommen, zeigte sie Violetta sodann das Zimmer im ersten Stock, welches sie für diese vorgesehen hatte und dessen Fenster einen direkten Blick auf den See erlaubte.
„Für meine beste Freundin nur das Allerbeste“, lächelte sie und drückte diese ein weiteres Mal fest an sich, ehe sie sich von ihr löste und mit bedauernder Miene ansah. „Vio, wäre es in Ordnung, wenn ich dich jetzt gleich wieder allein lasse? Es sind noch nicht alle Gäste da und ich würde gerne unten warten, damit ich auch die in Empfang nehmen kann.“
Violetta rollte lachend mit den Augen. „Aber natürlich ist es das! Schließlich ist das doch euer Wochenende und euer Fest. Zumal ich mich ganz gerne sowieso erst ein bisschen hier einrichten und auch frisch machen möchte.“
Sie zwinkerte ihrer Freundin zu. „Anschließend kann ich es ohnehin kaum erwarten, mir endlich den Garten bis runter zum See anzusehen.“ Isabella lächelte sie erleichtert an. „Perfetto! Ich danke dir und sobald ich alle begrüßt und untergebracht habe, leiste ich dir dabei gerne Gesellschaft. Versprochen.“

In der Zwischenzeit hatte Tomaso seinen Wagen neben dem Haus geparkt, war ausgestiegen und wollte gerade sein

Gepäck aus dem Kofferraum entladen, als auch schon Daniele auf ihn zukam und bereits aus einiger Entfernung ihm entgegenrief: „Grüß‘ dich, mein alter Freund! Freut mich, dich hier zu sehen. Wie war deine Fahrt?“
Wie zur Bestätigung streckte dieser nun seinen Rücken durch und grinste. „Oh, eigentlich kann ich nicht klagen. Nur einmal, gleich nachdem ich aus der Stadt heraus war, habe ich für eine Weile im Stau gestanden. Daher tut es jetzt auch gut, wieder ein wenig Bewegung zu bekommen.“ Er zwinkerte seinem Freund zu. „Ich bin halt doch nicht mehr der Jüngste.“ Daniele lachte, breitete seine Arme aus und nahm ihn zur Begrüßung in den Arm. „Mein Mitleid hast du, wenn auch nur ein ganz klein wenig“, feixte er und ergänzte: „Aber da ist es dann wohl auch erst recht angebracht, dass ich dir mit deinem Gepäck behilflich bin.“
Geschwind schüttelte Tomaso seinen Kopf, doch Daniele bestand darauf. „Das kommt gar nicht infrage. Du bist mein Gast und darum ist das jetzt mein Job.“ Bei diesen Worten hatte er den Griff des Koffers bereits in der Hand und hob ihn aus dem Wagen hinaus. „Folge mir einfach ins Haus und ich zeige dir, wo du die kommenden Tage wohnen wirst.“
Tomaso schürzte angespannt die Lippen, zog seine Augenbrauen nach oben und atmete tief durch. Ab jetzt galt es Ruhe zu bewahren, hatte er Violetta vorhin doch ebenfalls erkannt und gesehen, wie sie in eben genau diesem Bungalow verschwunden war. Was hilft’s, dachte er, ich habe es versprochen. Also ging er seinem Freund hinterher und schließlich die Treppen in den ersten Stock hinauf, wo Daniele auch schon die Tür zu einem Zimmer aufstieß und dort den Koffer vor dem Bett abstellte.
„Ich hoffe, das passt für dich?“ Er sah Tomaso fragend an, der nun an ihn herantrat und ihm auf die Schulter klopfte. „Natürlich tut es das, mein Lieber, und falls ich es noch nicht erwähnt haben sollte: Danke für die Einladung.“
„Nichts zu danken!“, gab Daniele zurück und fügte lächelnd hinzu: „Ich denke, das beruht ganz auf Gegenseitigkeit.“

Nachdem sein Freund gegangen war, trat Tomaso an das Fenster heran und öffnete es. Warme Luft, gefüllt mit dem Duft von Sommer strömte ihm entgegen. Er schloss die Augen und sog sie genüsslich ein. Die entspannte Atmosphäre dieses Ortes schien indes allmählich auch sein Inneres zu beruhigen.
Das war zweifelsohne ein wenig in Unordnung geraten, als er vorhin Violetta erblickt hatte. Ob sie es in den kommenden Tagen wohl auf einen Streit mit ihm anlegte? Oder würde er es am Ende sein, der irgendwann die Geduld verlor?
Nachdenklich sah er zu den Olivenbäumen hinüber, die in einiger Entfernung vor seinem Fenster standen und hoffte inständig darauf, dass nichts davon der Fall sein würde. So verharrte er still ein paar Minuten, bevor er ein letztes Mal tief die frisch duftende Luft einsog und dann einen Blick auf seine Armbanduhr warf. Bis zu der von den beiden Gastgebern für den heutigen Abend geplanten Gartenparty war es noch eine ganze Weile hin und so beschloss er, jetzt einen Spaziergang zu unternehmen, um seine von der Autofahrt immer noch etwas müden Beine ein wenig zu vertreten.

Violetta hingegen hatte mittlerweile ihren Plan geändert und sich vorgenommen, nach der Anreise in dem überfüllten Zug, doch erst noch ein wenig die Ruhe des angenehm klimatisierten Zimmers auszukosten. Statt also gleich den Garten zu erkunden, wollte sie die herrliche Aussicht lieber eine Weile von hier aus genießen. Für den Anfang reichte ihr das vollkommen und so hatte sie, nachdem sie den Inhalt ihres Trolleys im Schrank verräumt hatte, einen Stuhl vor das geöffnete Fenster geschoben und es sich darauf mit Blick nach draußen bequem gemacht.
So ließ sie sich nun schon eine Zeit lang von den funkelnden Lichtreflexen auf der Wasseroberfläche des Sees hypnotisieren und hing ihren Gedanken nach. Diese galten in dem Moment jedoch nicht Tomaso und wie sie ihm heute Abend bestmöglich aus dem Weg gehen konnte – nein, da

war sie sich inzwischen sicher, dass es ihr bei der Anzahl der geladenen Gäste schon gelingen würde. Stattdessen sehnte sie sich schlichtweg und vielleicht gerade in dieser wunderbaren Umgebung nach Cristiano und seiner Gesellschaft. Denn zwar hatte Isabella ihr letztens noch versichert, dass er selbstverständlich ebenfalls bei dem Fest willkommen sei, aber da die Geschäftsreise, auf der er sich momentan befand, nicht mehr abgesagt werden konnte, hatte er dankend ablehnen müssen.
Dafür nahm sich Violetta jetzt vor, später am Abend mit ihm zu telefonieren und diesem dabei von der überaus reizvollen Lage des Hauses, den Geräuschen der Zikaden sowie dem blumig-frischen Duft zu berichten, der sie hier allerorten umgab. Vielleicht, so hoffte sie, würde sie ihn auf diese Weise auch von einem romantischen Wochenende in dieser Gegend überzeugen können.
Träumend und weiterhin in ihre Gedanken versunken, stützte sie sich mit den Unterarmen auf dem Fensterbrett vor ihr ab und legte ihren Kopf darauf, während sie für einige Minuten ihre Augen schloss. Nur ab und an wurde dabei die Stille von den Geräuschen der anreisenden Gäste unterbrochen. Ein Umstand, der Violetta doch wieder ins Hier und Jetzt zurückkehren ließ und zu der leidigen Frage, wie sie denn nun am besten mit Tomasos Anwesenheit umgehen sollte.
Zugegeben nicht zum ersten Mal beschäftigte sie diese und dennoch vertraute sie da auf die ihr inzwischen eigene Souveränität. Längst war sie eben nicht mehr die unsichere und schüchterne Frau von einst, die so eine Situation ängstigte und so nahm sie sich vor, ihm selbstbewusst und mit höflicher Distanz zu begegnen. „Alles andere wäre sowieso lächerlich“, seufzte sie leise, als sie nun abermals ihre Augen schloss, um später auf der Gartenparty ausgeruht und munter zu sein.

Und so fand sich Violetta dann zur verabredeten Zeit auf der Terrasse des Bungalows ein. Gutgelaunt mischte sie sich

dort unter die bereits anwesenden Gäste, von denen sie einige zumindest vom Sehen kannte. Die anderen stellte ihr Isabella vor, die zwischen den Grüppchen hin und her eilte und immer auf dem Sprung zu sein schien. Gerade tauchte sie wieder neben ihrer Freundin auf, reichte ihr ein Prosecco-Glas und prostete ihr zu. Kaum hatte sie jedoch selbst daran genippt, wollte sie auch schon weiter.
Darum griff Violetta nun rasch nach ihrem Arm und zog sie zu sich heran. „Isa, was ist denn los? Mach mal langsam!“ Doch Isabella zuckte lediglich mit den Schultern. „Würde ich ja gerne, ich muss nur unbedingt dem Caterer, der da hinten gerade alles aufbaut, noch einmal letzte Anweisungen geben.“ Sie wollte prompt auf dem Absatz kehrtmachen, als Violetta sie weiter festhielt und sie mit eindringlicher Miene ansah. „Isa, das ist ein Profi. Der weiß, was er tut. Außerdem ist hier alles bereits perfekt! Entspann dich bitte endlich und genieße das, was ihr hier auf die Beine gestellt habt! Es könnte wirklich nicht besser sein“, flüsterte sie gerade noch, als ihr Blick plötzlich genau an dem Mann hängenblieb, auf den sie hier am wenigsten Lust verspürte.
Okay, ich korrigiere mich, dachte sie, es könnte doch besser sein. Also hakte sie sich eilig bei Isabella unter und zog diese auf der Stelle mit sich. „Obwohl, wenn ich es so recht bedenke, kann es sicherlich nicht schaden, wenn du doch noch mal einen allerletzten Blick auf das Buffet wirfst. Und selbstverständlich begleite ich dich dabei, damit du nicht so allein bist.“ Ein wenig irritiert musterte ihre Freundin sie zunächst, ehe sie ebenfalls Tomaso und somit auch den Grund für deren Sinneswandel bemerkte. Anstatt jetzt allerdings noch einmal etwas zu entgegnen, verkniff sie sich wissend nickend ein Grinsen und zog mit Violetta am Arm von dannen.

Die Gartenparty war ein voller Erfolg und würde, so waren sich alle Anwesenden einig, für bleibende Erinnerungen sorgen. Dabei war es nicht nur das köstliche Buffet oder die exzellente Auswahl der Weine allein. Auch die

stimmungsvoll zusammengestellte Musik, die leise klingend zu so manch einem Tanz animierte, trug ihren Teil dazu bei und versetzte die Gäste in Hochstimmung.
Begleitet wurde die überaus romantisch anmutende Szenerie dabei anfangs noch von der allmählich untergehenden Sonne. Später waren es dann die zahlreichen bunten Lampions, die in und zwischen den Bäumen aufgehängt für eine gemütliche Atmosphäre sorgten und an Magie nur vom Glanz der Mondsichel übertroffen wurde, der sich sanft im Wasser des Sees sowie des Pools widerspiegelte.
Hatten sich die Gäste den Abend über im ganzen Garten verteilt, so zog es sie mit fortschreitender Stunde nun zunehmend auf die Terrasse und in den Wohnbereich des Hauses hinein.
Auch Violetta stand mit ihrem Glas Wein in der Hand an die Wand gelehnt da und hob mit der anderen den Rock ihres fast bodenlangen geblümten Sommerkleides ein wenig an. Sie war aus einem ihrer zwar wunderhübschen und doch über die Zeit unbequemen Schuhe geschlupft und betrachtete sich jetzt die schmerzende Stelle am Zeh.
Warum tun wir Frauen uns so etwas nur immer wieder an, fragte sie sich im Geiste und stellte den Fuß auf dem kühlen Steinboden ab. Erleichtert atmete sie auf. Das brachte wenigstens schon ein wenig Linderung, aber viel besser war es bestimmt, ihre Füße für eine Weile im Pool abzukühlen.
Flink streifte sie daher ebenfalls den zweiten Schuh ab, hob beide auf und trat durch die Terrassentür nach draußen in den Garten hinaus, wo es auch jetzt noch angenehm warm war. Die Lampions erhellten zudem hier ausreichend die Nacht und so schritt sie langsam den gepflasterten Weg entlang, der hinter dem nächsten Oleanderstrauch direkt am Pool mündete.
Gerade hatte sie diesen umrundet und dabei bereits den Saum ihres Rockes ein wenig weiter angehoben, als sie stockte. Jemand hatte scheinbar die gleiche Idee gehabt und tauchte dort vorne seine von der Wärme angeschwollenen

Füße in das erfrischende Nass. Und dieser jemand war niemand anders als Tomaso ....
Violetta stöhnte genervt und doch kaum hörbar auf. Nur wenige Meter von ihr entfernt sah sie ihn dort am Poolrand sitzen. Er hatte die Hosenbeine bis zu den Knien hochgekrempelt und stütze sich mit den Händen hinter sich auf den im schwachen Licht leicht schimmernden Steinplatten ab.
Sollte sie also besser gleich umkehren und ihm wie bereits den ganzen Abend aus dem Weg gehen? Doch ehe sie sich wieder ungesehen davonstehlen konnte, bemerkte sie, wie er ausgerechnet in diesem Moment in ihre Richtung schaute und mit einem verächtlichen Schnaufen seinen Kopf in den Nacken legte.
Violetta biss die Zähne zusammen. Ginge sie jetzt, würde sie ihm vermutlich einen Gefallen tun, und das wiederum erschien ihr um ein vielfaches schlimmer, als sich kurzerhand für ein paar Minuten ans andere Ende des Pools zu hocken, um ihn von da aus stillschweigend zu ignorieren. Also straffte sie ihre Schultern und schritt erhobenen Hauptes hinter ihm vorbei.
Ganz wortlos gelang ihr dies allerdings dann doch nicht und so raunte sie ihm stichelnd zu: „Ich sollte dich einfach ins Wasser stoßen. Im besten Fall holst du dir eine Erkältung und ich habe morgen meine Ruhe vor dir!“ Er wandte seinen Kopf und sah zu ihr auf, während sie weiter das Becken umrundete, zog dann seine Augenbrauen hoch und kommentierte mit einer gehörigen Portion Sarkasmus in der Stimme: „Dass du es nicht tust, wundert mich tatsächlich. Bringt die Zeit also doch Menschen zur Vernunft?“
Violetta presste ihre Lippen aufeinander und verkniff sich einstweilen eine Antwort. Stattdessen bückte sie sich, stellte ihr Weinglas und die Schuhe neben sich ab und raffte dann den Rock ihres Kleides ein Stück hoch. Anschließend ließ sie sich ihrerseits auf den das Schwimmbecken einfassenden Steinplatten nieder, welche auch jetzt noch ein wenig Wärme abstrahlten, und tauchte danach ihre Zehen in das kühlende

Wasser. Erleichtert atmete sie einmal tief durch. Was für eine Wohltat!
Doch so gerne sie sich auch ausschließlich auf diese willkommene Erfrischung konzentriert hätte, arbeitete das gerade von ihm Gesagte zu ihrem Verdruss weiter in ihr. Wie Engel und Teufel rangen die unterschiedlichen Erinnerungen und Emotionen miteinander in ihrem Kopf, bis sie Tomaso schließlich durch leicht zusammengekniffene Augen anblitzte.
„Dass du das Wort Vernunft allerdings überhaupt kennst, wundert mich schon. Denn lass mich kurz nachdenken: Warst du es nicht, der bar jeder Vernunft damals unser Erspartes unabgesprochen in einen Sportwagen investiert hat?" Sie lachte spitz auf und schüttelte ihren Kopf. „Und so jemand will mir etwas über Vernunft predigen."
Tomaso umklammerte die Kante des Pools so fest, dass seine Knöchel weiß hervortraten, schloss die Augen und atmete zwei Mal hintereinander erst tief ein und dann wieder aus. Was hatte er auch anderes erwartet? Nichts … gar nichts. Gleichwohl er zunächst noch über eine Entgegnung nachdachte, besann er sich schließlich doch und hob nur abwehrend seine Hände. Jedes Wort erschien ihm an dieser Stelle zu viel.
Violetta wiederum hatte ihn derweil abwartend taxiert und war beinahe in eine Art Lauerstellung verfallen, bereit, jegliche noch so kleine Gemeinheit seinerseits umgehend zu parieren, als ihr dadurch eher zufällig eine Kleinigkeit an ihm auffiel. Trug er etwa gar keinen Ring?
Er hatte doch wieder geheiratet, schoss es ihr durch den Kopf und prompt kommentierte sie ihre Entdeckung mit provokantem Unterton: „… und den Ring hast du wohl auch aus …" Sie deute mit ihren Fingern Anführungszeichen in der Luft an. „Den hast du dann wohl auch einzig aus ‚Vernunftsgründen' daheim gelassen, um deine Chancen hier beim weiblichen Geschlecht zu erhöhen."
Tomaso sah sie kopfschüttelnd und verständnislos an. Es hatte sich also bislang noch nicht bis zu ihr rumgesprochen,

dass ebenfalls seine zweite Ehe längst gescheitert war. Doch ohne genauer darauf einzugehen, zischte er nur lakonisch zu ihr hinüber: „Es geht mir besser so!“
Seine Worte quittierte Violetta mit einem Achselzucken und hielt sich von da an mit weiteren Kommentaren zurück. Mehr noch: Sie ärgerte sich vor allem über sich selbst und darüber, überhaupt auf seine Spitze eingegangen zu sein. Wie hatte sie sich nur dazu hinreißen lassen können? So ein Verhalten stand ihr doch gar nicht.
Also schaute sie nun stumm auf die Wasseroberfläche, die bewegt von ihren Füßen in gleichmäßigen Kreisen den Schein der bunten Lampions über ihr reflektierte. Diese vor ihren Augen tanzenden Lichter erschienen ihr in diesem Moment geradezu beruhigend nach dem Funkenflug, den ihr so plötzliches Aufeinandertreffen mit Tomaso gerade ausgelöst hatte. Funken, die wohl früher rasch zu einem Flächenbrand aus Vorwürfen und Verletzungen geführt hätten, heute dagegen eher nur noch für ein Strohfeuer aus spitzen Kommentaren und Ignoranz reichten.
So saßen sich beide nun schweigend an den gegenüberliegenden Beckenrändern für einige Augenblicke gegenüber und starrten versonnen in die Nacht. Plötzlich jedoch ließ das Summen von Violettas Handy diese zusammenzucken. Geschwind griff sie daher in die Rocktasche ihres Kleides, zog das Telefon daraus hervor und entsperrte es mit einem kurzen Wisch. Zu ihrer Freude entdeckte sie dort eine Nachricht von Cristiano. Genau im richtigen Moment, freute sie sich, hatte die stumme Zusammenkunft mit Tomaso doch mittlerweile begonnen, unangenehm zu werden.
Schnell zog sie daher ihre Füße aus dem Wasser heraus, schüttelte die Tropfen in der Luft ein wenig ab und erhob sich wieder. Ohne ihn dabei noch einmal anzusehen, nahm sie dann ihre Schuhe, klemmte sie unter ihren Arm und griff nach dem Glas. „Entschuldige, meine bessere Hälfte verlangt nach mir“, murmelte sie tonlos. Kaum hatte sie geendet, lief sie mit flinken Schritten auch schon erst den Pool entlang

und dann um den Oleanderbusch herum der Terrasse entgegen.

Tomaso indes hatte kurz aufgeschaut und ihr hinterhergesehen, als just in diesem Moment Daniele durch den Garten zu ihm herüberkam und jetzt mit seinem Glas Rotwein in der Hand bei ihm stehenblieb.
Er hatte die beiden aus der Ferne zusammen entdeckt und neckte seinen Freund nun grinsend. „Na siehst du, tut gar nicht weh!“ Neben ihm in die Hocke gehend, klopfte er ihm freundschaftlich auf die Schulter. „Aber ich weiß es in der Tat zu schätzen, dass ihr euch uns zuliebe nicht in euren alten Streitereien verliert.“
Wenn du wüsstest, dachte Tomaso, als Daniele jedoch bereits fortfuhr: „Anderseits hätte es mich auch verwundert, wenn ein erfolgreicher Architekt wie du und eine angesehene Kuratorin wie Violetta sich hier lauthals gestritten hätten.“ Er nippte an seinem Glas und bemerkte dabei den überraschten Seitenblick Tomasos.
„Was? Wusstest du das gar nicht? Also, dass Vio schon seit längerem eine der leitenden Kuratoren an der Gallerie dell‘Accademia in Venedig ist?“ Dieser zuckte jedoch nur unbeteiligt mit den Schultern. „Nein, natürlich nicht und abgesehen davon, dass es mich auch nicht sonderlich interessiert – woher sollte ich es wissen? Du erinnerst dich vielleicht, wie lange Gioia schon tot ist. Und seitdem habe ich keinerlei Kontakt mit ihr gepflegt.“ Er lachte verächtlich auf. „Aus sehr gutem Grund übrigens. Das hat meinem Nervenkostüm nämlich mehr als gutgetan.“
Nachdenklich sah Daniele ihn an und schien im Kopf nachzurechnen. „Richtig … Gioia …. eure kleine Pudeldame. Ja, das ist dann aber wirklich eine Ewigkeit her.“ Er nippte abermals an seinem Glas Wein, als Tomaso auch schon weitersprach. „Jedenfalls seid ihr – also du und Isa – der einzige Berührungspunkt, den ich seitdem zu ihr haben könnte und wir beide …“ Bei diesen Worten stieß er ihm sanft mit dem Ellenbogen in die Rippen. „Wir haben

wahrlich interessantere Themen, über die wir uns austauschen können, als meine hysterische Ex."
Daniele seufzte. Ihm schien es, wie wenn all die Jahre den Streitereien der beiden nichts hatten anhaben können und der jeweils andere zu einem Symbol für Missgunst und Ärger geworden war.
Schließlich erhob er sich wieder, klopfte seinem Freund abermals auf die Schulter und wandte sich zum Gehen. „Trotzdem … danke, dass ihr euch zusammenreißt. Jetzt sollte ich aber endlich mal nach den anderen sehen. Kommst du mit?" Tomaso nickte. „Ja klar, gerne. Gib mir nur bitte eine Minute." Er deute auf seine Füße, die er immer noch im Wasser des Pools badete. „Aber dann bin ich auch sofort da und stoße mit dir auf euer beneidenswertes Glück an." Wie zur Bestätigung hielt Daniele sein Glas in die Höhe. „So machen wir das!"
Während also der Gastgeber nun auf die Terrasse des Bungalows zurückkehrte, rutschte Tomaso ein wenig vom Beckenrand zurück. Sein Blick hing dabei abwesend auf der sich von seinen Bewegungen kräuselnden Wasseroberfläche, welche auch jetzt die farbigen Lichtreflexe der Lampions hin und her schaukeln ließ.
Obwohl er es eigentlich gar nicht wollte, dachte er über Danieles Worte nach. Vio, eine angesehene Kuratorin? Und das dann ausgerechnet in der Gallerie dell'Accademia, dem Aushängeschild von Venedig, wenn es um Kunst ging? Das klang für ihn irgendwie gar nicht nach der Frau, in die er sich damals verliebt und die er geheiratet hatte und erst recht nicht nach dem Drachen, zu dem sie geworden war, als ihre Beziehung ein trauriges Ende fand.
Kopfschüttelnd zog er darum seine Füße aus dem Pool heraus und streifte das Wasser ein wenig ab. „Und wenn schon …", murmelte er mürrisch, während er aufstand, die Hosenbeine herunterkrempelte und dann in seine Schuhe stieg. „Haben wir halt beide Karriere gemacht", sprachs und kehrte nun auch in den Kreis der anderen Gäste im Haus zurück.

Kapitel 4 - Mehr Sein als Schein

Am darauffolgenden Morgen wachte Violetta nur langsam auf. Gähnend streckte und reckte sie nacheinander Arme sowie Beine in die Höhe und ließ ihren Kopf dann doch noch einmal müde in das bequeme Kissen fallen.
Den gestrigen Abend hatte sie in vollen Zügen genossen und war erst spät wie ein Stein ins Bett gefallen. Und so waren es jetzt auch nur die vereinzelten Sonnenstrahlen gewesen, die es zwischen den Vorhängen hindurch ins Zimmer hineingeschafft und sie auf diese Weise aufgeweckt hatten.
Gähnend kniff sie nun abermals die Augen zusammen, stemmte sich dann mühselig hoch und schwang ihre Beine gemächlich aus dem Bett heraus. Ob die anderen Gäste womöglich längst wach sowie im Garten waren und sie sich als Letzte noch immer ein wenig unausgeschlafen hier oben befand?
Darüber grübelte sie haareraufend nach, als sie nun endlich aufstand, zum Fenster hinüber schlurfte und die Gardine beiseiteschob. Blinzelnd hatte sie zunächst jedoch Mühe, sich an das gleißende Licht zu gewöhnen und öffnete ihre Augen nur zögerlich. Dann aber sah sie als Erstes hinaus auf den See, wo in einiger Entfernung zwei Segelboote elegant dahinglitten, während in der Nähe des Ufers ein paar Stand-up-Paddler ruhig ihre Bahnen zogen. „Wie wunderschön mit so einem Blick zu erwachen“, murmelte sie begeistert, als sie gleich darauf nach unten und in den Garten sah.
Auf dem Rasen dort war bereits ein Tisch für das Frühstück aufgestellt und auch liebevoll eingedeckt worden. Wie einladend dieser doch aussah, überlegte Violetta, unterdrückte ein Gähnen und spürte unwillkürlich ein leichtes Hungergefühl in sich aufsteigen. Bevor sie sich nun jedoch wieder vom Fenster abwandte, entdeckte sie an der

gegenüberliegenden Seite des Grundstücks eine Gruppe von Leuten stehen. Emsig schienen diese bereits damit beschäftigt zu sein, die später am Tag stattfindende Zeremonie genau dort bei einigen eng zusammenstehenden uralten und knorrigen Olivenbäumen vorzubereiten.
Violetta lächelte bei dem Gedanken daran und rieb sich immer noch ein wenig schlaftrunken ein weiteres Mal ihre Augen. „Jetzt wird es Zeit, endlich wach zu werden und somit ebenfalls Zeit für den ersten Kaffee", spornte sie sich selbst an und nahm sich vor, nun nicht länger zu trödeln.
Auch wenn sie bislang nur eins der anwesenden Paare dort unten auf dem Rasen entdeckt hatte, wollte sie es nicht darauf anlegen, am Ende doch noch die Letzte zu werden. Also lief sie geschwind hinüber ins Bad, duschte und frisierte sich, ehe sie aus dem Schrank eines ihrer Sommerkleider hervorzog und überstreifte. Abschließend einen raschen prüfenden Blick in den Spiegel werfend, strich sie sich dabei lässig eine Strähne ihres langen braunen Haars hinters Ohr. „Für jetzt sollte es passen", befand sie, hatte sie doch ohnehin geplant, sich für die eigentliche Feier nachher in aller Ruhe zurechtzumachen. Daher schlüpfte sie nun auch nur schnell in ihre Ballerinas, trat dann in den Flur hinaus und stieg die Treppe nach unten hinab.
Hier wurde sie sogleich von einer überaus fröhlich gelaunten Isabella in Empfang genommen. „Vio, wunderbar, dass du auch schon wach bist. Hast du gut geschlafen?" Diese nickte und verkniff sich dabei wie zur Bestätigung ein erneutes Gähnen. „Ja, wie ein Stein!", lächelte sie und nahm ihre Freundin in den Arm. „Daher hatte ich auch schon Angst, dass ich eventuell die Letzte bin, die am Frühstückstisch erscheint."
Doch Isabella schüttelte eilig ihren Kopf. „Keinesfalls, meine Liebe. Ich glaube, alle genießen gerade noch ein wenig die bequemen Betten, nachdem gestern keiner so richtig ein Ende finden wollte. Aber das ist wohl das Dilemma nach einer Party in so einem Ambiente." Bei diesen Worten legte sie ihre Hand auf Violettas Rücken und schob sie sanft in

Richtung der Terrassentür. „Aber du kannst dich gerne schon mal zu Maria und Zito gesellen. Die beiden waren heute Morgen die Ersten und wollten die Zeit nutzen, um sich unten eine Weile ans Seeufer zu setzen und die Morgenstimmung dort ganz in Ruhe zu erleben.“ Sie deutete in der Tür stehend in den Garten hinaus. „Schau, da kommen sie gerade zurück. Also setzt dich auch schon mal und ich hole uns nur noch den Kaffee.“

Wenig später genoss Violetta zusammen mit den anderen Gästen so den entspannten Start in den Tag und war dabei froh, dass Tomaso ganz offensichtlich auf das gemeinsame Frühstück zu verzichten schien. Doch genau in dem Moment, als sie sich von der Tafel erheben wollte, sah sie ihn ums Haus herum in den Garten kommen.

Seufzend zog sie die Augenbrauen nach oben. Der Morgen hatte so schön begonnen, dachte sie bei sich und beschwor sich dennoch, nicht weiter ihre Abneigung ihm gegenüber zu schüren. Schließlich lag später eine gemeinschaftliche Aufgabe vor ihnen. Gar nicht auszudenken, wie es wäre, wenn ihre Antipathie ihr oder noch schlimmer Isabella und Daniele den Tag verdarben. Darum besann sie sich nun, stand auf, machte kehrt und schritt stattdessen dem Seeufer entgegen.

Dort angekommen, betrat sie den schmalen Steg, hockte sich darauf nieder und ließ die Beine baumeln. Ihr Gesicht mit geschlossenen Augen der Sonne zugewandt, seufzte sie lächelnd auf. Wie gut die warmen Strahlen sowie das leise Plätschern des Wassers doch taten und wie wunderbar sie so ihren Gedanken in aller Ruhe nachhängen konnte.

Insbesondere ging ihr dabei durch den Kopf, wie glücklich Isabella und Daniele immer noch waren. Was für ein unschätzbares Glück, als Paar über so eine lange Zeit voller Liebe und Respekt füreinander durchs Leben zu gehen. Ob ihr mit Cristiano ebenfalls eine solche Zukunft beschieden war? Wer konnte das schon ahnen und doch hatte sie tief in ihrem Inneren ein gutes Gefühl dabei. Zumal die Gedanken

an ihren Liebsten stark genug waren, um sie jetzt davon abzuhalten, erneut länger als nötig über Tomasos Anwesenheit nachzusinnen.
Wobei sie sich allerdings inzwischen auch eingestand, dass sie sich diese weitaus schlimmer ausgemalt hatte. Viel mehr noch bemerkte sie, wie ihre angespannte Abneigung gerade nach dem gestrigen Intermezzo am Pool zunehmend einer gleichgültigen Ignoranz wich. „Einmal nur werden wir nachher beieinanderstehen müssen und dann hat der ganze Spuk sowieso ein Ende", hielt sie sich vor Augen und seufzte.
Keine Frage also, das Aufeinandertreffen mit ihrem Ex-Mann hatte eindeutig an Schrecken verloren. Wie richtig Isabella daher doch auch mit ihren Worten gelegen hatte, dass man Stärke bewies, wenn man sich einer solchen Situation stellte. Denn stark fühlte sich Violetta in der Tat, öffnete nun wieder ihre Lider und sah auf den See hinaus, wo gerade eine Entenfamilie am Steg vorbeizog und durch das in der Sonne glitzernde Wasser von dannen schwamm.
Eine Weile verharrte ihr Blick so noch auf den sich stetig kräuselnden und sanft an das Ufer schwappenden Wellen, in denen sich das strahlende Blau des Himmels spiegelte, bis Violetta eher zufällig auf ihre Uhr schaute: Bald war es an der Zeit, sich für das neuerliche Ehegelübde ihrer Freunde herzurichten. Also stand sie auf, streckte noch einmal ihre Arme in die Höhe und kehrte dann leise vor sich hin summend zum Haus zurück.

Vogelgezwitscher war in den Bäumen neben dem von Blumenranken geschmückten Bogen zu hören, unter dem Isabella und Daniele sich in Kürze zum zweiten Mal ihre Liebe zusichern wollten. Die Rednerin, welche die Zeremonie vollzog, stand bereits an dem ebenfalls mit Blüten reich dekorierten Pult und hieß die Gäste herzlich willkommen. Nach und nach fanden sich diese dort im Garten ein und warteten ab, bis sie schließlich vom Klang einer hellen Glocke gebeten wurden, ihre Plätze auf den mit

weißen Hussen sowie Schleifen verzierten Stühlen einzunehmen.
Violetta hingegen stand derweil in der Terrassentür und strich gedankenversunken ein ums andere Mal den Rock ihres hellgelben Kleides glatt. Gerade hatte sie noch einmal nach Isabella gesehen, mit der sie in wenigen Augenblicken durch den Garten und auf den Bogen zuschreiten würde, wo Daniele vermutlich bereits an der Seite Tomasos auf seine Frau wartete.
Wie romantisch die beiden doch diese Feier geplant hatten. Eine Romantik, die ihr selbst über die Jahre etwas abhandengekommen war, wie Violetta seufzend konstatierte, die sie aber gerade in diesem Moment beileibe nicht als kitschig empfand. Nein, Isabella und Daniele waren einfach ein Traumpaar, welches oft um seine grenzenlos scheinende Harmonie beneidet wurde. Kein Wunder also, dass auch diese Zeremonie wie aus einem Bilderbuch erschien, überlegte sie gerade noch, als ihre Freundin nun neben sie trat und ihr liebevoll über den Arm strich.
„Es bedeutet mir wirklich unendlich viel, liebe Vio, dass du das für mich … also für uns tust“, flüsterte sie, nahm sie dann in den Arm und drückte sie fest an sich. Für einen Moment verharrten die beiden Frauen so still beieinander, bis Violetta sich langsam wieder von ihr löste und stattdessen nach ihrer Hand griff. „Das tue ich selbstverständlich gerne, aber jetzt wird es wirklich Zeit und wir sollten deinen Mann nicht noch länger warten lassen“, drängte sie sanft.
Isabella nickte, nahm ihr kleines Blumengebinde aus Rosen, Efeu sowie Jasmin und machte sich selig strahlend auf den Weg. Leise Geigenmusik untermalte dabei jeden ihrer Schritte und Violetta, die ihr dichtauf folgte, konnte nicht anders, als ebenfalls gerührt zu lächeln.
Am blumen-umrankten Bogen dann angekommen, nahm Daniele seine Frau glücklich in die Arme und gab ihr einen liebevollen Kuss. Tief sahen sich die beiden dabei in die

Augen, ehe Isabella an seine Seite trat, seine Hand von da an aber nicht mehr losließ.
Violetta sah den zweien bewegt zu, während sie sich selbst nun neben Tomaso stellte und diesem lediglich einen knappen Seitenblick spendierte. Dann senkte sie andächtig ihre Lider und lauschte den letzten Klängen der Musik, ehe diese verstummte und die Rednerin ihren Vortrag begann.
Weihevoll pries sie die lange und ungebrochene Liebe des Jubelpaares. Etwas zu ausführlich für so manchen und als Violetta gerade von einem Fuß auf den anderen trat, vernahm sie plötzlich ein leises Räuspern neben sich. „Übrigens: Gratulation zu deiner erfolgreichen Karriere." Sie runzelte die Stirn und hob erstaunt ihren Blick, doch Tomasos Augen waren starr nach vorne gerichtet. Ohne etwas zu entgegnen oder eine Regung zu zeigen, lauschte Violetta daher weiter den Worten der Rednerin, die nun endlich zum Ende zu kommen schien.
Es folgten die Treueschwüre Danieles und Isabellas und schließlich lagen sich beide engumschlungen in den Armen. Den Reigen der Gratulanten führten danach ihre Trauzeugen an, bevor auch die übrigen Gäste das Silberhochzeitspaar auf das Herzlichste bejubelten und hochleben ließen. Violetta war indes ein paar Schritte zurückgetreten, um nicht im Weg zu sein, als sie abermals einen kurzen Blick auf den noch immer in ihrer Nähe stehenden Tomaso warf. Für einen Moment rang sie mit sich, ob sie nicht doch etwas auf seine vorherigen Worte entgegnen sollte, und zischte ihm schließlich flüsternd zu: „Danke übrigens für dein Kompliment von vorhin, auch wenn es mich wundert, dass dich das überhaupt interessiert."
Er zuckte mit den Achseln und wollte gerade zu einer Antwort ansetzen, als sie ihm jedoch mit leiser, aber nicht minder scharfer Stimme zuvorkam: „Weißt du, ich habe nach dir mein Leben einfach in die Hand genommen und beschlossen, nie mehr das Opfer zu sein!"
Dann machte sie auf ihrem Absatz kehrt, ließ ihn stehen und mischte sich unter die Feiernden. Tomaso dagegen sah ihr

verständnislos hinterher. Er hatte lediglich seine Anerkennung zum Ausdruck bringen wollen, um ihr quasi auf diesem Wege eine Art Friedensangebot für den heutigen Tag zu unterbreiten. Doch daraus wurde nun wohl nichts und so gestand er sich augenrollend ein, dass er es eigentlich hätte ahnen können: Violetta und er – das funktionierte zwischenmenschlich einfach nicht. Noch nicht einmal an einem Tag wie diesem.

Absolut gelungen hingegen war die sich anschließende Feier. So empfanden es die Gäste, als sie unter dem wolkenlosen Himmel von livrierten Kellnern mit perfekt temperierten Getränken versorgt wurden und ein ums andere Mal köstliche Speisen in kleinen Gläsern gereicht bekamen.
Überaus großartig, dachte sich auch Violetta, die entgegen ihrem zuvor gefassten Vorsatz, eher gleichgültig mit Tomasos Anwesenheit umzugehen, nach wie vor darum bemüht war, ausreichend Abstand zwischen sich und ihren Ex-Mann zu bringen. Nicht zuletzt, weil sie sich immer wieder zu einer sarkastischen Bemerkung - und sei es nur im Stillen und zu sich gewandt – hinreißen ließ.
Ein Umstand, der sie auch jetzt selbst am meisten störte. „So etwas habe ich doch gar nicht nötig!“ und „Ignoriere ihn doch einfach endlich!“, beschwor sie sich darum nicht nur einmal, bis es ihr tatsächlich zu gelingen schien und sie so unbeschwert das Fest genießen konnte.
Möglicherweise lag dies allerdings ebenfalls am Prosecco, dem sie mehr als ihr guttat zugetan war, weswegen sie sich schon bald auf dem Absatz der Terrasse wiederfand. Hierhin hatte sie sich zurückgezogen, um einen Moment zur Ruhe zu kommen. Mit dem Rücken gegen die Wand gelehnt, schloss sie ihre Augen und massierte gerade mit ihren Fingerspitzen ihre Schläfen, als Isabella plötzlich neben ihr erschien und sich ebenfalls auf den von der Sonne erwärmten Steinen niederließ.

„Geht es dir gut?“, erkundigte sie sich besorgt und betrachtete ihre Freundin aufmerksam. Diese nickte ein paar Mal mit dem Kopf. „Ja, mir geht es gut. Ich glaube, ich habe mich nur ein wenig zu sehr von der wundervollen Stimmung leiten lassen und ein Glas zu viel gehabt.“

„Soll ich dir etwas zum Trinken bringen? Ein Wasser vielleicht?“, fragte Isabella daher rasch, doch Violetta winkte ab. „Nein … nein, das passt schon und wenn, dann besorge ich mir selbst etwas. Das ist heute euer Tag und da musst du dich um so etwas weiß Gott nicht auch noch kümmern.“

Damit erreichte sie nun jedoch genau das Gegenteil. Denn schon war die Gastgeberin aufgesprungen und beeilte sich, um ihrer Freundin ein Glas Wasser zu holen. Mit diesem in der Hand kehrte sie kurz darauf zu ihr zurück und bemerkte dabei, wie deren Blick abwesend in die Ferne gerichtet war. Sich abermals neben sie hockend, schaute sie deshalb in die gleiche Richtung und entdeckte so, dass Violetta zu zwei Paaren hinübersah, die dort gemeinsam mit Tomaso beieinanderstanden.

Ihr dann das Glas reichend, lehnte sich Isabella mit der Schulter an sie und wisperte ihr zu: „So richtig abstoßend findest du ihn aber anscheinend doch nicht, oder?“, lächelte sie verschmitzt und Violetta fuhr erschrocken zusammen. „Wer? … Was? Wie meinst du?“, fragte sie und wandte dabei ihre Augen schnell von der Gruppe ab.

„Na, warum sonst solltest du in seine Richtung starren?“, schmunzelte Isabella und stieß ihre Freundin sanft mit dem Ellenbogen in die Seite, doch diese schüttelte vehement den Kopf. „Nein, um Gottes Willen. Da hast du jetzt einen vollkommen falschen Eindruck von mir gewonnen“, entgegnete sie bestimmt und unterstrich ihre Worte dabei gestenreich. „Ich habe mich inzwischen lediglich damit arrangiert, diesen Mann noch bis zu meiner Abreise mit Ab- sowie Anstand zu ertragen. Mehr ist das nicht und ich weiß es auch sehr wohl zu schätzen, dass wir danach wieder absolut getrennte Wege gehen.“

Sie wollte gerade nach dem Glas greifen, welches Isabella ihr immer noch entgegenhielt, als diese ihre Hand nun schnell ein Stück zurückzog und dabei amüsiert eine Augenbraue hob. Herausfordernd musterte Violetta sie. „Und dann starrt man einen Mann dermaßen an?“ Genervt seufzte ihre Freundin auf. „Unsinn! Er stand halt gerade zufällig da in meiner Sichtlinie. Mehr war da nicht.“
Sie stieß die Luft hörbar durch ihre leicht geöffneten Lippen aus und warf Isabella einen betont gleichgültigen Blick zu, während die sie unverwandt ansah. Schließlich lenkte sie daher ein. „Okay, damit du endlich Ruhe gibst: Es mag schon sein, dass er sich angesichts seines Alters durchaus gut gehalten haben mag, aber das ist eben auch schon alles, was in meinen Augen überhaupt für ihn spricht“, erklärte sie lapidar, als sie ihrer Freundin jetzt das Glas zunächst aus der Hand und dann einen großen Schluck daraus nahm.
Isabella hingegen grinste nur stumm und verkniff sich vorerst jede Entgegnung. Sie war überzeugt, hier wesentlich mehr Sein als Schein erkannt zu haben. Doch noch während sie darüber nachsann und selbst ein weiteres Mal in Tomasos Richtung blickte, unterbrach Violetta auch schon ihre Gedanken erneut.
„Oh, das tat jetzt wirklich gut. Vielen lieben Dank, meine liebe Isa. Und was das andere Thema angeht: Lass es bitte einfach ruhen und uns stattdessen nun wieder zu den anderen gesellen.“ Sprachs, stand auf und strich sich einige widerspenstige Haarsträhnen aus dem Gesicht. Die Lippen ihrer Freundin umspielte derweil ein spöttisches Schmunzeln und sie wisperte. „Und trotzdem interessiert er dich … irgendwie!“

Kapitel 5 - Nichts als die Wahrheit

Violetta richtete ihren Blick zum Sternenhimmel über sich empor, als sie gerade ein weiteres Mal vergeblich versuchte, ein Gähnen zu unterdrücken. Mittlerweile war es spät am Abend und die sommerliche Hitze hatte ihr Übriges getan, dass sie sich allmählich nach ein wenig Ruhe und vor allem ihrem Bett sehnte. Also verabschiedete sie sich noch von ihren Freunden sowie den verbliebenen Gästen und schleppte sich dann müde die Treppe zu ihrem Zimmer hinauf. Dort ließ sie sich, kaum dass sie die Tür hinter sich ins Schloss gezogen hatte, rücklings auf das Bett fallen und starrte einen Moment lang nach oben an die Decke. Was für ein Tag und was für ein wunderbares Fest, ging es ihr dabei abermals durch den Kopf, während sie zuerst ihre Schuhe von den Füßen streifte und sich danach gähnend sowie rekelnd ausstreckte. Jetzt aber wollte sie im Grunde nur noch eins, und das ganz schnell: Schlafen!

Beinahe ein wenig widerwillig stemmte sie sich dafür noch einmal hoch, stand auf und öffnete den Reißverschluss ihres Kleides, welches sogleich entlang ihrer Hüften zu Boden glitt. Violetta ließ es dort einfach liegen, schob neben sich die leichte Daunendecke ein Stück zurück und holte darunter ihr Nachthemd hervor. Erneut weit den Mund aufreißend zog sie es über ihren Kopf und überlegte kurz, ob sie noch ins Bad gehen sollte. Doch jeder zusätzliche Aufwand erschien ihr gerade zu groß, weshalb sie lieber sofort in ihr Bett krabbelte und das Licht löschte.

Wenig später bereits war Violetta in einen festen Schlaf gefallen, aber wiederum eine Stunde danach wachte sie auch schon wieder auf.

Irgendetwas hatte sie geweckt und das Etwas pochte ganz furchtbar an ihre Schläfen. Vorsichtig richtete sie sich daher in ihrem Bett auf und fuhr sich behutsam mit den Fingerspitzen über die schmerzenden Stellen. „Das habe ich jetzt wohl davon. Ich sollte halt nie mehr trinken, als ich vertrage“, jammerte sie leise, während sie die Decke zurückschlug und aufstand. Vielleicht reicht ja ein wenig frische Luft, überlegte sie, trat ans Fenster heran und öffnete es.
Sogleich spürte sie die milde und doch erfrischende Nachtluft in ihrem Gesicht. Ihre Augen schließend sog sie diese ein paar Mal tief ein und blieb eine Weile dort stehen, bis sie hoffte, sich so genügend Linderung verschafft zu haben, ehe sie wieder ins Bett zurückkehrte.
Aber weit gefehlt. Kaum hatte sie sich abermals hingelegt und ihr Kissen mit beiden Armen fest umschlungen, als sie feststellen musste, dass der Druck in ihrem Kopf einfach nicht nachließ. „Dann wohl doch eine Tablette“, seufzte sie leise, schwang erneut ihre Beine aus dem Bett heraus und setzte sich vorsichtig auf.
Ihre Hand an die Stirn haltend ging sie hinüber zu dem kleinen Tisch, auf dem ihre Handtasche stand, und fischte aus deren Innenfach eine Packung der pillenförmigen Heilsbringer hervor. Mit diesen schlurfte sie rüber ins Bad und suchte nach einem Glas. Doch Fehlanzeige: Sie konnte keins finden. „Okay, dann hole ich mir einfach eins von unten aus der Küche,“ murmelte sie, während sie auch schon vorsichtig die Klinke herunterdrückte und die Tür langsam aufzog.
Im Flur war es still und nur aus einem der Zimmer drang ein gleichmäßiges Schnarchen an ihr Ohr. „Der oder die kann wenigstens schlafen…“, grinste sie müde und stieg barfuß die Stufen in das Erdgeschoss hinab. Licht spendete ihr dabei eine Gartenlaterne, deren sanfter Schein zum Fenster hereinfiel und ebenso die Diele ein wenig erhellte. Kaum hatte Violetta diese jedoch auf Zehenspitzen durchquert, sah sie, wie durch den Spalt der nur angelehnten Küchentür

ebenfalls ein schmaler heller Strahl von da zu ihr herüberschien. Gab es also einen Leidensgefährten und es plagten noch jemand anderen die Folgen von zu viel Sekt und Wein?
Sachte stieß sie die Tür ein Stück weiter auf, doch ihre Entdeckung dort machte sie alles andere als froh: Erneut war es nämlich Tomaso und sie fragte sich stumm, was sie eigentlich verbrochen hatte, auch jetzt wieder ausgerechnet auf ihn treffen zu müssen.
Genervt und mit hängenden Schultern sah sie zu ihm hinüber, wie er da, ihr den Rücken zugekehrt, mit einem Glas Wein vor dem Fenster stand und in die Nacht hinauszustarren schien. „Na, super. Okay, wie lange brauchst du hier noch? Dann komme ich später zurück“, platzte es aus ihr heraus und sie wandte sich bereits wieder zum Gehen, als sie hinter sich Tomasos leise Stimme vernahm. „Hey, beruhige dich und mach einfach das, was du hier tun wolltest.“
Violetta presste ihre Lippen aufeinander, drehte sich um und warf ihm einen flüchtigen Blick zu. Sie wusste, dass ihre Worte von eben albern gewesen waren, also trat sie ein. „Wir müssen doch nur diese paar Tage unter einem Dach zusammen überstehen. Das wirst doch selbst du hinbekommen, oder?“, hörte sie ihn währenddessen sagen, wobei der sarkastische Unterton in seiner Stimme unüberhörbar war. Daher hielt sie auch sogleich inne, stemmte ihre Hände in die Hüften und sah Tomaso herausfordernd an. „Ich bekomme alles hin, was ich will. Und wie sieht es da mit dir aus?“
Ohne ihn dann eines weiteren Blickes zu würdigen, schritt sie schnurstracks auf den Schrank an der gegenüberliegenden Wand zu, öffnete ihn und holte daraus ein Glas hervor. Nachdem sie es unter dem Wasserhahn gefüllt hatte, trank sie sofort einen Schluck und bemerkte plötzlich aus dem Augenwinkel heraus, wie Tomaso sich nun erneut zu ihr umgedreht hatte und ihr eine Weinflasche entgegenhielt.

„Oder magst du vielleicht ein Glas von dem?“ Sie stutzte, wandte ihren Kopf und sah erst ihn und dann die Flasche an. Es war ein Sauvignon Blanc, einer ihrer Lieblingsweine. War das jetzt purer Zufall? Musste es wohl sein. Aber was bezweckte er damit?
Violetta runzelte nachdenklich ihre Stirn und musterte ihn misstrauisch, doch er verzog keine Miene. Ratlos zuckte sie daher mit den Schultern. Zum Streiten fühlte sie sich eindeutig zu erschöpft, und wenn sie ehrlich war, gab es dazu ohnehin nicht wirklich einen Grund. Abwägend betrachtete sie zunächst trotzdem noch einmal die Tablettenpackung in ihrer Hand. Besser für ihre Kopfschmerzen wären die allemal, doch konnte sie eben auch nichts gegen die wachsende Neugier in ihr tun, die einen Augenblick später in der Tat gewann. Also legte sie die Schachtel auf der Anrichte ab, leerte ihr Glas in der Spüle aus und hielt es ihm, wenngleich immer noch ein wenig zögerlich, entgegen.
Mit einem leisen Ploppen zog Tomaso daraufhin den Korken aus der Flasche heraus. Er schenkte ihr etwas Wein ein, stellte ihn dann wieder beiseite und prostete ihr, ohne sie jedoch dabei anzusehen, zu. Violetta tat es ihm gleich, ehe sie an der hellgelb schimmernden Flüssigkeit nippte.
Sogleich stieg ihr nun das angenehm fruchtige Bouquet in die Nase, welches deutlich nach Zitrusfrüchten sowie frischem Gras duftete und sie voller Genuss ihre Augen schließen ließ. So verharrte sie einen Moment, bis sie sich schlagartig daran erinnerte, mit wem sie sich hier eigentlich um diese Uhrzeit in der Küche befand. Geschwind öffnete sie deshalb wieder ihre Lider und räusperte sich.
Die unmittelbare Nähe zu diesem Mann behagte ihr keinesfalls, weswegen sie sich jetzt angespannt umsah und den Barhocker beim Küchentresen entdeckte. Dieser würde ihr zumindest etwas Abstand zu Tomaso verschaffen, dachte sie, machte ein paar Schritte auf diesen zu und ließ sich darauf nieder. Abermals trank sie danach einen Schluck vom Wein und riskierte währenddessen einen kurzen Blick in

seine Richtung, wie wenn sie hoffte, dass er sich inzwischen in Luft aufgelöst hätte.
Das hatte er natürlich nicht, und so mochte es der Mischung aus Alkohol, Müdigkeit und ihrer fortwährend pochenden Schläfe geschuldet sein, dass sie sich erneut zu einem Seitenhieb hinreißen ließ. „Scheint, als wenn dein Plan für heute Nacht nicht aufgegangen wäre", bemerkte sie spitz, was er mit einem verständnislosen Blick sowie zusammengezogenen Augenbrauen quittierte.
Daher legte Violetta nun in aller Seelenruhe nach. „Na ja, wenn es nach dir gegangen wäre, säßest du jetzt ganz bestimmt nicht hier in einer spärlich beleuchteten Küche, sondern würdest dich eher irgendwo durch die Laken wühlen", frotzelte sie und sah ihn dabei gelassen an. Tomaso indes hatte sichtlich Mühe, sich zu beherrschen und rollte genervt mit den Augen, bevor er sein Glas abstellte und ein paar Schritte auf sie zu machte.
Violetta bemerkte die Anspannung in seinem Blick bereits, als er dann plötzlich nach ihrem Handgelenk griff und dieses mit seinen Fingern fest umschloss. Zornig sah er sie indes an und zischte ihr zu: „Ich mache dir jetzt noch genau einmal das Angebot für einen Waffenstillstand! Ein allerletztes Mal! Verstehst du? Und glaube mir, das tue ich nicht, weil mir so sehr an deiner Gesellschaft gelegen ist, sondern weil es mir einfach für unsere Freunde leidtut, wenn du dich permanent nicht im Zaum hast!"
Verächtlich schnaufend ließ er ihr Handgelenk wieder los. Es sogleich ein paar Mal schüttelnd sah ihn Violetta abschätzig an und setzte sich, obgleich im Flüsterton, aufgebracht zur Wehr. „Was du nicht sagst. Wer hat es denn immer schon hervorragend verstanden, Zwietracht zu säen?" Sie verstummte, während ihr Brustkorb weiter vor ärgerlicher Erregung bebte und gab ihm – wenn auch ungern - in einem Punkt recht: Es war an ihnen beiden, Isabella und Daniele das Fest zu bescheren, welches die zwei sich so gewünscht und noch mehr verdient hatten.

Folglich gab sie nun ebenfalls wieder Ruhe, nippte an ihrem Wein und starrte, genau wie er, mit gesenktem Kopf eine Weile nachdenklich ins Leere.

Auf diese Weise kehrte Tomaso zu den Gedanken zurück, die er bereits vorhin gewälzt und aus denen Violetta ihn mit ihrem plötzlichen Erscheinen herausgerissen hatte. Nicht erst heute kam es ihm schließlich so vor, wie wenn die sie hier allenthalben umgebende Romantik zunehmend eine Wirkung auf ihn zu haben schien. Tomaso rührte schlichtweg die Verliebtheit, mit der sein Freund seine Frau auch nach so vielen Jahren immer noch ansah und mit der er ihr jeden Wunsch von den Augen ablas.

Nicht zuletzt war dies halt etwas, was er sich einst, vor einer gefühlten Ewigkeit, ebenso für sich und Violetta gewünscht hatte. Versonnen hob er daher eine Weile später seinen Blick. „Warum hat das damals mit uns beiden eigentlich nicht mehr funktioniert? Also … ich meine … so wie zwischen Isabella und Daniele heute noch?", fragte er leise und ließ sie dennoch mit diesen Worten kurz zusammenfahren.

Erstaunt starrte sie ihn daraufhin mit einer gewissen Fassungslosigkeit an. „Warum? Das fragst du mich jetzt allen Ernstes?" Sie riss ihre Augen weit auf, als sie leidenschaftlich gestikulierend weitersprach: „Weil ich definitiv weder Lust hatte noch bereit dazu war, dich mit deinem Flit … oh, Pardon, deiner Geliebten zu teilen."

Tomaso jedoch hob abwehrend seine Hände und schüttelte den Kopf. „Ja, schon klar. Ich weiß … aber das meine ich jetzt gerade nicht." Er holte einmal tief Luft und sprach erst dann in ruhigerem Ton weiter. „Unsere Beziehung war doch vorher schon längst vorüber und um ehrlich zu sein, kann ich mich heute beim besten Willen nicht an den Grund erinnern, der uns hat scheitern lassen."

Violetta schürzte die Lippen und nickte abwesend. „Ja, das wundert mich jetzt allerdings wirklich nicht. Du konntest dich nämlich bereits damals kaum an Dinge erinnern … vor

allem dann nicht, wenn es um etwas ging, das mir wichtig war."
Sie machte eine kurze Pause, richtete sich auf und straffte ihre Schultern, während der Ton in ihrer Stimme nun ebenfalls wieder ein wenig sanfter wurde. „Ich war es irgendwann einfach leid, von dir überhaupt nicht mehr wahrgenommen zu werden. Im Grunde war ich für dich nur noch so etwas, wie … wie eine Stehlampe, die man ins Eck stellt: Man braucht sie, um sich ein gemütliches Heim zu machen und genießt den warmen Schein des Lichts so lange man es sich dort bequem macht. Doch für recht mehr ist sie darüber hinaus nicht wichtig."
Bei diesen Worten leerte sie ihr Glas und stellte es auf der Anrichte vor sich ab, als Tomaso bereits zu einer Entgegnung ansetzte: „Aber das stimmt doch gar nicht. Ich habe dich immer respektiert und … und damals auch geliebt." Zu Boden schauend, fügte er leise und kleinlaut hinzu. „Jetzt kaum mehr vorstellbar und doch wahr."
Violetta nickte. „Schon möglich, und trotzdem hast du all unsere gemeinsamen Träume irgendwann aus den Augen verloren und dir stattdessen neue gesucht." Abermals entstand eine Pause zwischen den beiden, die er beendete, indem er die Weinflasche nahm und ihre Gläser ein weiteres Mal füllte. „Prego!", flüsterte er, worauf sie mit einem kurzen Kopfnicken reagierte, dann sogleich nach dem Glas griff und einen Schluck daraus trank.
Ihren Gedanken an damals nachhängend, spürte sie, wie ebenfalls in ihr so etwas wie Melancholie aufstieg. Lag es dabei immer noch an zu viel Wein oder doch eher an all der Liebe, die ihre beiden Gastgeber in diesen Tagen versprühten und die nun ganz offensichtlich auch bei Violetta begann, ihre Spuren zu hinterlassen? Sie vermochte es nicht zu sagen und dennoch war es ihr, als wenn genau dies das Eis zwischen Tomaso und ihr in jenem Moment langsam zum Schmelzen brachte und dabei längst vergangene sowie vergessen geglaubte Emotionen in ihr offenlegte.

Ihr Glas fest mit der Hand umschließend sah sie ihn mit einem Hauch von Wehmut an. „Wir waren so euphorisch gewesen, wollten nie zulassen, dass bei uns der Alltag einkehrt oder wir uns in Nichtigkeiten verlieren.“ Sie presste ihre Lippen aufeinander und schluckte, ehe sie endlich weitersprach: „Vielleicht kannst du dich noch daran erinnern, wie wir damals davon geträumt haben, uns irgendwo eine kleine Wohnung zu kaufen - nicht groß, einfach nur für uns zwei. Und dann wollten wir mit unserem Auto im Sommer durchs Land ziehen und am Strand schlafen, halt frei sein und ungezwungen.“
Sie stockte und trank einen weiteren Schluck, während Tomaso sie unverwandt ansah. Schließlich legte sie ihren Kopf in den Nacken und seufzte. „Aber auf einmal waren dir unsere Wünsche zu klein und es wurden für dich andere Dinge wichtiger. Du wolltest lieber mit den ach so einflussreichen Leuten zusammen essen gehen … mit denen, die angeblich deiner Karriere guttaten.“ Sie senkte resignierend ihr Haupt „Deren Leben wolltest du fortan teilen.“
Tomaso zuckte mit den Schultern und fiel ihr ins Wort. „Aber das habe ich damals alles für uns getan. Für uns beide! Dafür, dass wir ein sorgenfreies Leben führen können und …“ Jetzt war es wiederum Violetta, die ihn unterbrach und vehement den Kopf schüttelte. „Nein, nicht für uns! Das hast du ausschließlich für dich getan. Für dich und dein immer größer werdendes Ego!“
Wütend auf sich selbst, weil ihre verletzten Gefühle von damals sie nun erneut derart in Rage versetzten, hielt sie inne und versuchte, sich zu beruhigen. Doch inzwischen tat auch die Wirkung des Weins ihr Übriges, und so platzte es wenig später aus ihr heraus: „Und als ich dir irgendwann gesagt habe, dass ich mich in der Gesellschaft dieser Leute, mit denen du dich da umgabst, nicht wohlfühle, hast du mich fortan einfach zu Hause sitzen gelassen. Zu der Zeit war es dann wohl auch, als du begonnen hast, unsere Ziele

anzupassen und ausschließlich zu deinen zu machen – ohne auch nur ein einziges Mal mit mir darüber zu reden."
Mit den Schultern zuckend starrte sie vor sich ins Leere und fixierte einen imaginären Punkt an der Wand. „Wer weiß? Vielleicht hätten wir sogar einen gemeinsamen neuen Weg gefunden, aber irgendwann hatte ich sowieso das Gefühl, dass du darauf gar keinen Wert mehr legst." Sie leerte abermals ihr Glas und wartete dieses Mal nicht erst ab, bis Tomaso ihr nachschenkte. Stattdessen bediente sie sich nun selbst und stellte die inzwischen fast leere Flasche anschließend neben sich ab.
Mit fragender Miene schaute sie ihn dabei an. „Hat es dich da wirklich noch gewundert, dass ich dann mein Studium wieder aufgenommen habe?" Er sah betreten zu Boden. Nicht nur, da er wusste, dass er ihren Vorwürfen wenig entgegenzusetzen hatte, sondern auch, weil eine zunehmend emotionale Violetta ihn schlichtweg überforderte.
Hatte er vorhin einfach ein paar ruhige Worte mit ihr wechseln wollen, so fand er sich jetzt in die Vergangenheit zurückversetzt und alte Wunden brachen langsam ebenfalls bei ihm erneut auf. Wider besseren Wissens schnappte er sich daher eine weitere Flasche Wein, öffnete diese und schenkte ebenso sich davon nach.
Leise hörte er währenddessen ihre Worte, die jetzt allerdings nicht mehr anklagend klangen, sondern erfüllt waren von Resignation und Schwermut. „Unser Leben … alles war plötzlich nur noch auf dich ausgerichtet. Wenn es dagegen um meine Selbstverwirklichung ging, stieß das bei dir stets auf taube Ohren."
Die Lippen abermals aufeinanderpressend sah sie ihn mit großen traurigen Augen an. „Was das betraf, hätte es dir wohl bereits genügt, wenn ich dann und wann ein neues Kochrezept ausprobiert und dir abends stolz das Ergebnis präsentiert hätte. Aber darüber hinaus? Das interessierte dich nicht! Ich glaube, da wolltest du ohnehin längst eine Frau an deiner Seite haben, die ausschließlich daheim auf dich wartet, wenn du beseelt von deinen Erfolgen nach Hause

zurückkehrst. Eine eben, die dich anhimmelt und lobpreist … aber so war ich nie und wollte es auch nicht werden."
Sie verstummte und Tomaso sagte ebenfalls kein Wort. Stattdessen nippten sie weiter an ihren Gläsern und hingen still den Erinnerungen an ihre konfliktgeladene Vergangenheit nach.
Zweifellos eine gefährliche Mischung, die keinem von beiden guttat, und so brauchte es nicht viel mehr, bis Violetta schließlich mit schwerer Zunge zu schluchzen begann: „Ich wollte eigentlich immer nur, dass du mich wieder wertschätzt, wie du es am Anfang unserer Beziehung getan hast. Nur einmal … ein einziges Mal wollte ich das bewundernde Leuchten in deinen Augen sehen, welches du stets von mir erwartet hast."
Ihre Stimme war bei den letzten Worten brüchig geworden und sie spürte einen Kloß in ihrem Hals. Augenblicklich hasste sie sich dafür. Nicht jetzt, nicht hier und vor allem nicht vor ihm wollte sie sich derart gehenlassen. Eilig wandte sie sich daher von Tomaso ab und verbarg ihr Gesicht, über das jetzt eine erste Träne rann.
Sekunden verstrichen, in denen Violetta sich mit aller Kraft bemühte, ihre Fassung zu bewahren, bis sie plötzlich seine Hände auf ihren Oberarmen spürte. Zu ihrer Verwunderung störte sie dies allerdings nicht einmal.
Ohne zu zögern war er hinter sie getreten und umschlang sie fest mit seinen Armen, wobei es auch für ihn unerklärlich schien, was diesen unbedingten Wunsch nach ihrer Nähe in ihm ausgelöst hatte. Violetta indes sank förmlich dahin, drehte sich zögerlich zu Tomaso um und wagte doch kaum, in seine Augen zu schauen.
Einen Moment lang blieben sie so stehen, bis sie leise und sanft seine Stimme an ihrem Ohr vernahm. „Ich habe dich nie verletzen wollen, Vio. Das musst du mir glauben … und das ist nichts als die Wahrheit!"
Abermals schluchzend nickte sie und senkte ihren Kopf, als sie plötzlich eine zarte Berührung seiner Finger an ihrem Kinn spürte. Behutsam hob er es so ein wenig an, bis sie ihm

in die Augen sehen musste, in denen nichts von dem Argwohn der letzten Tage übriggeblieben war.
Wie gebannt schaute sie ihn daher an und wusste nicht, wie ihr geschah, als sein Gesicht dem ihren nun immer näher kam und sein warmer Atem schließlich auf ihre Haut traf. Es folgten seine weichen Lippen, die zunächst ihre Wange liebkosten und für einen winzigen Moment ihr Gewissen Alarm schlagen ließ. Geflissentlich überhörte Violetta diese Warnrufe jedoch und erwiderte stattdessen nun zärtlich seinen Kuss.

Kapitel 6 - Alles auf Anfang

Ein merkwürdiger Ton drang an Violettas Ohr. Noch hatte sie ihre Augen fest geschlossen und versuchte, lediglich ihre Sinne zu sortieren. Ein schwieriges Unterfangen, wie sie jedoch angesichts des Dröhnens in ihrem Kopf feststellen musste, und so öffnete sie nur ganz langsam ihre Lider.
Im Zimmer selbst war es noch recht dunkel und nur ein hellgelber Streifen Licht, der zwischen den Vorhängen hindurch von draußen in den Raum hereinfiel, ließ sie die Umrisse um sich herum allmählich ein wenig klarer erkennen. Wie spät mochte es wohl gerade sein und wie, um Himmels Willen, wurde sie nur diesen unangenehmen pelzigen Geschmack auf ihrer Zunge wieder los?
Schlaftrunken fuhr sie sich mit der Hand über das Gesicht und wischte dabei den Schlaf aus ihren Augen, als abermals dieses merkwürdige Geräusch neben ihr ertönte. War das etwa gerade ein Schnarchen gewesen?
Blitzartig richtete sich Violetta im Bett auf und erschrak. Tatsächlich lag dort jemand bäuchlings an ihrer Seite, weshalb sie sogleich angestrengt nachdachte.
Was war gestern Abend nur geschehen, fragte sie sich und hielt ihre Hand dabei an ihre stechend schmerzende Stirn. Immer noch blinzelnd war sie angespannt darum bemüht, endlich diesen jemand da neben sich zu erkennen, bis sie nur mühsam einen Aufschrei unterdrücken konnte.
Denn ganz offensichtlich handelte es sich dabei um niemand Geringeren als ausgerechnet Tomaso, der sich zudem just in diesem Moment zu ihr umdrehte. Ihre Gedanken rasten. Wie war sie nur hierhergekommen und hatte sie wirklich so viel getrunken, dass das hier hatte passieren können?
Die Augen zusammenkneifend, wünschte sie sich, einfach einen schlechten Traum gehabt zu haben, aber als sie ihre

Lider zögerlich wieder öffnete und zu ihm hinübersah, lag er immer noch da … und zwar nackt. Erst jetzt sah sie mit einer bösen Vorahnung auch an sich herab und bemerkte erschüttert, dass sie ebenfalls fast vollkommen unbekleidet war.
Augenblicklich schlug sie die Hände vor ihr Gesicht. Das darf einfach nicht wahr sein, schoss es ihr durch den Kopf, verbunden mit einem Stoßgebet, dass er nun bitte bloß nicht aufwachen möge. Also hielt sie noch einmal kurz inne, schob dann die Decke langsam und ganz behutsam zurück, doch gerade, als sie sich anschließend aus dem Bett rollen wollte, hörte sie neben sich ein Raunen.
Sofort erstarrte sie und wagte kaum mehr, zu atmen, als sie sah, wie Tomaso zunächst seine Arme bedächtig in die Höhe reckte, um sie gleich darauf hinter seinem Kopf zu verschränken. Noch hatte er allerdings seine Augen geschlossen und Violetta hoffte daher inständig, das Zimmer unbemerkt verlassen zu können, als er auch schon seine Lider aufschlug und sie erschrocken ansah.
Sofort fuhr er im Bett hoch, raufte seine Haare und starrte sie mit offenstehendem Mund ungläubig an. „Ach, du Schande … was zum Teufel …“, stammelte er schließlich mit heiserer Stimme und beeilte sich, das Laken um seine Hüften zu legen. Auch sie griff nun hastig das Nachthemd, welches vor dem Bett auf dem Boden gelegen hatte und bedeckte damit notdürftig ihre Brüste, während ihr Gesicht bereits hochrot zu leuchten begann.
Wie gelähmt blickten sich beide sekundenlang an, unfähig etwas zu sagen, bis sich Violetta endlich wieder daran erinnerte, dass sie immer noch schnellstens von hier fortwollte. Stolpernd sprang sie daher auf, nuschelte ein unverständliches „Was haben wir nur getan?“, und war sogleich an der Tür sowie kurz darauf aus dem Zimmer hinaus.
Zurück blieb ein verwirrter Tomaso, der sich erneut auf sein Kissen fallen ließ und mit weit aufgerissenen Augen an die Decke starrte. Immer wieder fuhr er sich dabei mit den

Händen über sein Gesicht, während sich der Nebel in seinem Kopf nur ganz schleppend auflöste und so die Erinnerungen an einige wenige Details der hinter ihm liegenden Nacht preisgab.
Fassen konnte er es dennoch nicht und fragte sich abermals, wie es überhaupt so weit zwischen ihm und Violetta hatte kommen können.

Wieder in ihrem Zimmer zurück, schloss die indes gerade eilig die Tür von innen ab und lehnte sich atemlos mit dem Rücken dagegen. Aufgewühlt stierte sie so eine Weile ins Leere und strich sich fahrig ein paar Strähnen ihres zerzausten Haares aus der Stirn.
Hatte sie letzte Nacht tatsächlich Sex mit ihrem Ex gehabt? Und wie um alles in der Welt hatte so etwas überhaupt passieren können? Eindeutig muss es an zu viel Alkohol gelegen haben. Anders wäre eine solche Schmach gar nicht möglich gewesen, überlegte sie noch und ließ niedergeschlagen den Kopf hängen. „Nie wieder werde ich auch nur einen einzigen Tropfen trinken!“, wimmerte sie kläglich und verschränkte dabei beschämt die Arme vor ihrer Brust.
Ob eine ausgiebige Dusche imstande war, gleich ebenso ihre Gewissensbisse wegzuwaschen? „Wohl kaum“, seufzte sie, vermutete aber dennoch, dass ein warmer Wasserstrahl auf ihrer Haut ihr jetzt guttun und ihr aufgebrachtes Gemüt etwas beruhigen würde. Also wechselte Violetta hinüber in das kleine Bad und ließ kurz darauf das wohltuende Nass über ihren Körper rinnen. Mit geschlossenen Augen genoss sie das entspannende Gefühl und sog dabei versonnen den lieblichen Veilchen-Duft ihres Duschgels ein.
Kaum war sie danach jedoch aus dem Bad heraus, setzten die sie quälenden Gedanken sofort wieder ein und sie marschierte eingehüllt in ihr großes Handtuch im Zimmer nervös auf und ab.
Wie sollte sie jetzt nur mit dieser Situation umgehen? Würde Isabella ihr möglicherweise sogar nachher ansehen, dass

etwas mit ihr nicht stimmte? An den Fensterrahmen gelehnt blickte sie eine Weile nachdenklich in die Ferne hinaus und bemerkte dabei gar nicht, wie einige Wassertropfen aus ihrem noch nassen Haar auf ihre Schulter perlten und von dort über das Schlüsselbein in ihr Dekolleté liefen. „Ich sollte mich jetzt wohl wirklich erst einmal fertigmachen“, murmelte sie leise vor sich hin, wischte über ihre feuchte Haut und nahm sich vor, nachher schlichtweg so zu tun, als wenn nichts gewesen wäre. „Am besten fange ich so schnell es geht mit dem Vergessen an“, gab sie sich entschlossen und wusste doch, dass es keinesfalls so einfach sein würde.

Als sie wenig später dann in ihrem fröhlich gepunkteten Sommerkleid die Stufen ins Erdgeschoss hinabstieg, strömte ihr aus der Küche bereits Kaffeeduft entgegen. Von diesem angelockt, traf sie dort sodann auf Daniele, der sie mit einem herzlichen Lächeln begrüßte. „Buon giorno, Vio! Hast du gut geschlafen?“

Sogleich meinte sie zu spüren, wie ihr die Röte ins Gesicht stieg, riss sich jedoch zusammen und lachte auf. „Dir auch einen wunderschönen guten Morgen, Daniele. Ja, und wie ich das getan habe - wie ein Murmeltier! Wobei ich nicht weiß, was mir dabei besser geholfen hat: der gute Wein gestern oder die bequeme Matratze“, grinste sie und sah sich um. „Kann ich dir jetzt gerade noch bei irgendwas behilflich sein?“, erkundigte sie sich, doch ihr Gastgeber winkte ab.

„Nein, danke dir für das Angebot. Das ist lieb. Aber Tomaso war mir vorhin bereits behilflich, den Tisch draußen im Garten zu decken. Scheinbar hat er nicht so gut geschlafen wie du. Jedenfalls war er überraschenderweise heute sehr früh auf den Beinen.“ Er zwinkerte ihr achselzuckend zu, ehe er nach den beiden Thermoskannen griff, die er gerade mit Kaffee gefüllt hatte, und diese nun ein wenig in die Höhe hielt. „Daher fehlte jetzt auch nur noch der hier und wir können gemeinsam auf die letzten Langschläfer warten.“

Violetta schluckte kurz und räusperte sich dann. „Ja sicher … klar doch, eine gute Idee“, gab sie sich betont unbefangen

und folgte Daniele durch die Diele und auf die Terrasse nach draußen hinaus. Dort war wie gestern schon ein Tisch in der Mitte des Gartens aufgestellt worden, dem sie jetzt zögerlich entgegenschritt und dabei ihre Augen mit der flachen Hand gegen die hellen Strahlen der morgendlichen Sonne abschirmte.
Auf diese Weise wollte sie verhindern, ungewollt ein weiteres Mal Tomaso näher als notwendig, zu kommen, und nahm zudem so auch das reichhaltige kulinarische Angebot besser in Augenschein, welches sogleich dafür sorgte, dass ihr das Wasser im Munde zusammenlief. Gerade entdeckte sie so die Platte mit feinster Patisserie-Ware, als plötzlich Isabella an ihre Seite trat.
Ihr einen Kuss auf die Wange gebend, begrüßte sie ihre Freundin überschwänglich. „Buon giorno, meine liebe Vio! Ist das nicht wieder ein wunderbarer Tag? Ich bin ganz verliebt – in das Haus, den Garten, den See … und natürlich meinen Mann." Bei den letzten Worten stieß sie diese lachend mit dem Ellenbogen in die Seite und fuhr dann auch schon fort: „Stell dir nur vor: Ich war heute gleich nach dem Aufwachen im See schwimmen. Besser kann man wirklich nicht wach werden."
Violetta nickte und dachte abermals an ihr eigenes Erwachen in der Früh und den Schrecken mit dem dieses verbunden gewesen war. Um sich jedoch nichts anmerken zu lassen, nahm sie Isabella in den Arm und drückte sie fest an sich. „Ach, Isa, ich freue mich so für euch. Diese wunderbare Feier an so einem wunderschönen Ort, das habt ihr euch wirklich mehr als verdient." Ihre Freundin reagierte gerührt, löste sich ein wenig von ihr und sah sie mit großen Augen lächelnd an. „Vielen lieben Dank, Vio! Vor allem auch, weil du dich für uns doch überwunden und gestern gemeinsam mit ihm bei der Zeremonie bei uns gestanden bist."
Dabei deutete sie mit dem Kopf in Richtung des Tisches, wo Tomaso mittlerweile Platz genommen hatte. Violetta folgte unwillkürlich ihrem Blick. „Ja … klar … war ja dann doch nicht so schlimm und wäre vermutlich vor allem albern

gewesen, eurem Wunsch an dieser Stelle nicht nachzukommen." Innerlich jedoch war ihr keineswegs nach derartigen Bekundungen zumute. Da quälte sie noch immer die Vorstellung, die Nacht mit Tomaso gemeinsam verbracht zu haben. War es da am Ende Fluch oder Segen, dass sie sich kaum an die Details erinnern konnte?
Denn so sehr sie sich auch bemühte, wusste sie nicht, ob sie lediglich mit ihm in seinem Bett eingeschlafen oder ob es – Gott behüte – tatsächlich zum Äußersten gekommen war. Als wenn sie hoffte, die Gedanken daran, wegwischen zu können, fuchtelte sie daher eilig mit ihrer Hand in der Luft herum und erntete dafür einen entgeisterten Blick Isabellas. „… Eine Mücke! Da war nur gerade eine Mücke … ich hasse die Dinger", versuchte sie sich rasch herauszureden und folgte dann ihrer Freundin zu den anderen Gästen.
Diese hatten sich mittlerweile fast vollzählig im Garten eingefunden und waren überwiegend bereits wieder in vergnügte Gespräche vertieft. Nachdem Isabella nun an den Tisch herantreten war und kritisch noch einmal die Tafel auf ihre Vollständigkeit überprüft hatte, klatschte sie schließlich ein paar Mal in die Hände.
„Ihr Lieben! Es ist angerichtet. Setzt euch doch bitte und lasst uns frühstücken." Bei diesen Worten war Daniele an die Seite seiner Frau getreten, legte seinen Arm um sie und nickte bekräftigend. „Genau, lasst uns zusammen in diesen letzten gemeinsamen Tag hier starten, bevor ihr morgen alle wieder in die unterschiedlichen Himmelsrichtungen enteilt", lächelte er und machte eine einladende Geste, der sie jetzt nur zu gerne Folge leisteten und ihre Plätze einnahmen.
Doch gerade als Violetta sich auf den Stuhl neben ihrer Freundin setzen wollte, hörte sie den dezenten, aber trotzdem deutlich vernehmbaren Ton ihres Mobiltelefons. Bedauernd warf sie einen Blick in die Runde und griff in die Rocktasche ihres Kleides. Es war ihr schon ein wenig unangenehm, dass sie vorhin nicht daran gedacht hatte, das Handy einfach auf ihrem Zimmer zu lassen, doch als sie es

jetzt hervorzog und auf dem Display Cristianos Name aufleuchten sah, machte ihr Herz sofort einen Sprung
Verlegen lächelnd entschuldigte sie sich daher, wandte sich ab und ging ein paar Schritte, ehe sie den Anruf endlich entgegennahm. „Buon giorno, Cara mia!“, tönte es ihr da bereits entgegen und ihre Augen begannen zu leuchten. „Buon giorno, Amore“, flötete auch sie ganz verliebt und lauschte erfreut seinen Worten, bevor sie noch immer mit dem Telefon am Ohr an den Tisch zurückkehrte.
Es sodann mit ihrer Hand abdeckend beugte sie sich ein wenig zu Isabella vor. „Isa, wäre es in Ordnung, wenn Cristiano heute doch noch zu uns stößt und den Tag mit uns verbringt? Seine geschäftliche Reise hat sich unvorhergesehen um ein paar Tage verkürzt und er ist bereits auf dem Heimweg … also um genau zu sein, gar nicht mehr so weit von hier weg.“ Erwartungsvoll sah sie ihre Freundin an, die ihrem Mann einen kurzen Blick zuwarf und dann lächelnd mit den Schultern zuckte. „Aber warum denn nicht? Er war ja sowieso eingeladen“, antworte sie und fügte noch leise hinter vorgehaltener Hand hinzu: „Außerdem kann ich es ohnehin kaum erwarten, deinen Freund endlich persönlich kennenzulernen.“
Sie überlegte kurz und schnippte anschließend mit ihren Fingern. „Gib doch Daniele am besten gleich Cristianos Nummer, dann kann er ihm unseren genauen Standort zusenden.“ Ihr liebevoll über den Rücken streichelnd bedankte sich Violetta und warf ihr durch die Luft einen Kuss zu, bevor sie sich abermals abwandte und ihrem Liebsten die gute Nachricht überbrachte. Danach kehrte sie an den Tisch zurück, legte das Telefon neben ihrem Teller ab und seufzte glücklich auf, als sie auch schon Isabellas Hand auf der ihren spürte. Zwinkernd sah diese sie an. „Freut mich wirklich, dass das jetzt doch noch klappt und …“ Sie stockte und grinste mit spöttischer Miene, ehe sie fortfuhr: „… Ein zusätzliches Bett brauchen wir für die kommende Nacht wohl nicht extra herrichten.“

Errötend lächelte Violetta, wobei ihr dieses allerdings umgehend im Halse steckenblieb, hatte sie doch erneut die Bilder von sich und Tomaso heute früh im Kopf. Auch dagegen war Cristianos Anwesenheit hoffentlich ein bewährtes Mittel. Ein Gedanke, der sie sogleich beruhigte und ihr Frühstück umso mehr genießen ließ.

Lange brauchte sich Violetta glücklicherweise nicht bis zur Ankunft ihres Liebsten gedulden. Er hatte ihr von unterwegs noch eine kurze Nachricht gesendet und so erwartete sie ihn jetzt bereits aufgeregt vor dem Eingang des Hauses. Knirschender Kies unter den Reifen seines Wagens kündigte schließlich sein Kommen an und ließ sogleich ihre Augen erstrahlen. Wie wenn sie ihn Wochen nicht gesehen hätte, stürmte sie auf Cristiano zu, als dieser jetzt die Autotür öffnete und ausstieg. Sofort fiel sie ihm um den Hals und war selig, als er seine Arme fest um sie schlang. „Cristiano! Amore! Du hast mir so gefehlt!", hauchte sie ihm ins Ohr, küsste ihn und hakte sich anschließend bei ihm unter. „Komm mit, ich möchte dich gleich Isabella und Daniele vorstellen. Du wirst sie ganz sicher mögen. Sie sind einfach ganz wunderbar." Er nickte. „Aber natürlich doch, Carissima", versicherte er und gab ihr einen weiteren Kuss auf ihr Haar.
Sodann nach den beiden Gastgebern Ausschau haltend umrundete Violetta mit ihm das Haus, wo sie zunächst auf eins der anderen Paare trafen. Glücklich nun ebenfalls nicht mehr allein zu sein, stellte sie ihnen Cristiano vor, der sogleich einige Worte mit den zweien wechselte, als Violetta auch schon Daniele erspähte, der freundlich winkend auf sie zukam.
„Benvenuto! Es freut mich, dass Sie doch noch kommen konnten, Cristiano", hieß er ihn willkommen und schüttelte seine Hand. „Die Freude ist ganz meinerseits und herzlichen Dank für die Einladung. Aber noch viel wichtiger, Ihnen und Ihrer Frau alles Gute zur Silberhochzeit. Ich beneide Sie um eine so lange gemeinsame und glückliche Zeit", erwiderte er

und zwinkerte Violetta zu, die weiterhin vor Freude strahlend neben ihm stand. „So etwas wünsche ich mir für uns im Übrigen auch, Cara mia.“
Daniele nickte und bedankte sich zunächst für die Glückwünsche, beugte sich dann ein wenig zu ihm vor und raunte ihm freundlich lächelnd zu: „Und da Vio uns so nahesteht, hoffe ich, dass es für dich in Ordnung ist, wenn auch wir zu einer vertrauteren Anrede übergehen.“ Cristiano lachte befreit auf. „Und wie es das ist! Ich komme gerade von einer Konferenz, bei der es mehr als steif zuging.“ Er schüttelte den Kopf. „Ich kann dir gar nicht sagen, wie gut es da tut, nun hier bei euch in so netter Atmosphäre empfangen zu werden und gemeinsam …“ Bei diesen Worten hob er Violettas Hand in die Höhe, die er mit der seinen auch jetzt noch fest umschlossen hielt. „Also wenn wir zusammen ein wenig entspannen können.“
Daniele nickte abermals und wollte gerade etwas sagen, als Isabella, angelockt von dem Gelächter, zu ihnen stieß und den Neuankömmling nun ihrerseits auf das Herzlichste begrüßte. Während sie dabei noch beteuerte, wie froh sie war, ihn nun endlich selbst kennenlernen zu dürfen, fiel Violettas Blick eher zufällig auf Tomaso. Denn dieser schritt gerade vom Seeufer kommend über den Rasen dem Bungalow entgegen, als er sie ebenfalls entdeckte und im selben Moment Cristiano irritiert zu mustern schien. Geschwind wandte sie ihre Augen wieder von ihm ab. Okay, jetzt wusste der auf alle Fälle auch Bescheid, schoss es ihr noch durch den Kopf und sie bemerkte, wie dieser Gedanke sie erleichtert aufatmen ließ.

Kaum hatte Cristiano anschließend sein Gepäck auf Violettas Zimmer gebracht, riefen die beiden Gastgeber ihre Gäste vor der Terrasse zusammen. „Wir wissen natürlich, dass es euch vermutlich reichen würde, wenn wir heute einfach weiter hier im Garten oder dort hinten am Ufer entspannen würden“, begann Daniele und zwinkerte seiner Isabella lächelnd zu, die daraufhin voller Begeisterung

fortfuhr: „Aber wenn wir alle nun schon mal an diesem wunderbaren See sind, dann sollten wir ihn doch auch nutzen. Findet ihr nicht?"
Sie schaute erwartungsvoll in die Runde und erntete für ihren Vorschlag neben neugierigen Blicken, durchweg Gesten der Zustimmung. Also spannte Isabella die Freunde nicht weiter auf die Folter: „Genau aus diesem Grund haben wir ein Boot für uns alle gemietet, das uns gleich da drüben an der Mole in Padenghe abholen wird." Ein erfreutes Getuschel ertönte, welches sich obendrein verstärkte, als Daniele wieder einsetzte. „Und an Bord wird uns dann auch ein kleines, aber feines Mittagsbuffet serviert. Gerne könnt ihr euch jetzt, wenn ihr mögt, noch umziehen und dann treffen wir uns gleich vor dem Haus, wo uns in einer guten Viertelstunde der Shuttle-Bus abholen wird."
Was folgte, war fröhlicher Beifall und auch Violetta war ganz aus dem Häuschen. „Wow, wie wunderbar ist das denn?", jauchzte sie und drückte Cristiano fest an sich. Der sah sie ebenfalls mit strahlenden Augen an und gab ihr einen liebevollen Kuss. „Besser hätte es dann wohl wirklich nicht laufen können", stimmte er zu, ehe sein Blick an ihr herabwanderte und er augenzwinkernd hinzufügte: „Aber im Gegenzug zu mir bist du, schätze ich mal, bereits passend gekleidet. Ich dagegen würde gerne noch meine spießigen Business-Klamotten gegen etwas Leichteres tauschen. Cara mia, ich bin sofort zurück!", erklärte er lächelnd, drückte sie ein weiteres Mal an sich und beeilte sich dann, ins Haus zu kommen.
Violetta folgte ihm langsam und war in Gedanken bereits auf dem Boot, als sie plötzlich Tomasos Stimme hinter sich vernahm. „Wie alt ist der denn? Gerade aus der Uni raus?"
Sie blieb stehen, atmete einmal tief durch und schloss ihre Augen, um Ruhe zu bewahren, als Tomaso auch schon stichelnd nachlegte: „Oder ist es in deinen Kreisen ‚en vogue', wenn Frau sich einen so jungen Kerl …"
Weiter kam er nicht. Violetta hatte sich in Windeseile zu ihm umgedreht und ihm eine schallende Ohrfeige verpasst.

Erstaunt vor Schreck rieb sich Tomaso die Wange, als sie ihn daraufhin wütend anfunkelte. „Nur diese paar Tage müssen wir miteinander auskommen. Das waren gestern Abend genau deine Worte. Schaffst du das noch oder bist du es jetzt am Ende, der es vergeigt?“ Sie fuhr sich aufgebracht mit beiden Händen durch ihr Haar, während er sie nur entgeistert anstarrte und weiter über seine Wange strich. Dann sah er sich geschwind um, doch zu seiner Erleichterung war niemand zu sehen, der ihre kurze, wenn auch hitzige Auseinandersetzung mitbekommen haben konnte. Also presste er die Lippen aufeinander, machte auf dem Absatz kehrt und sparte sich jede weitere Entgegnung, damit es ebenso blieb.

Violetta hingegen rang nach wie vor mit ihrer Fassung. Was hatte er mit seinen Worten gerade beabsichtigt? „Alles wieder auf Anfang … und nichts mit ‚Waffenstillstand‘. Hätte mich auch gewundert!“, murmelte sie, als sie ihm jetzt einen kurzen Blick hinterherwarf, um sich zu vergewissern, dass er auch wirklich ging.

Genervt schüttelte sie den Kopf. Hatte sie allen Ernstes angenommen, dass es anders sein würde … nein! Nichts hatte das gestrige Aufeinandertreffen in der Küche zwischen ihnen verändert und erst recht nicht das, was danach passiert war.

Allein der Gedanke daran ließ sie jedoch abermals erröten, weswegen sie sich eilig mit der Hand ein wenig Luft zufächelte, bis kurz darauf Cristiano in der Terrassentür erschien und ihr lächelnd zuwinkte. „Cara mia, ich wäre jetzt ebenfalls bereit.“ Er kam auf sie zu, umarmte sie und gab ihr einen zärtlichen Kuss. Wie gut es doch tat, dass er endlich da und bei ihr war, sinnierte Violetta, bevor sie sich bei ihm einhakte und sie sich alsdann zu den anderen Gästen gesellten, um mit denen auf das Eintreffen des Busses zu warten.

Ein paar Stunden und jede Menge wunderbarer Augenblicke später waren sie von der Bootstour entlang des

malerischen Seeufers wieder zurück. Tomaso hatte währenddessen kein weiteres Mal Violettas Nähe gesucht. Auch er hatte schließlich eingesehen, wie kindisch es letztendlich gewesen war, auf ihr oder ihrem jugendlichen Liebhaber herumzuhacken. Lieber hatte er sich zu dem Skipper des Bootes gestellt und versucht, ein wenig mit diesem zu fachsimpeln.
Und Violetta? Sie hatte ausgiebig die Zweisamkeit mit Cristiano an Bord genossen und sich in seinen Armen geborgen gefühlt, während die traumhafte Kulisse des Gardasees an ihnen vorbeigezogen war.
Keine Frage also: Cristiano war genau im richtigen Moment dort erschienen, sodass auch sie heute den krönenden Abschluss eines wunderbaren und ereignisreichen Wochenendes erleben durfte.
So dachte Violetta jedenfalls, bis … ja, bis sie im Anschluss an das noch von Daniele und Isabella im Garten des Anwesens organisierte Barbecue gemeinsam mit ihm zu Bett gehen wollte. Müde stieg sie mit ihm die Stufen zum Gästezimmer empor und schloss hinter ihnen die Tür, als er sie plötzlich mit misstrauischem Blick ansah.
„War es eigentlich Absicht, dass du mir vorher nichts davon erzählt hast, dass auch dein Ex hier sein würde?“ Entgeistert und mit fragender Miene sah sie ihn an und verstand nicht, auf was er mit seiner Frage überhaupt abzielte, als er sogleich nachhakte: „Oder sollte ich davon nichts wissen?“ Violetta sah hilflos zur Decke empor, setzte sich dann auf die Bettkante und fragte sich instinktiv, warum sie nicht doch ihrem ersten Impuls nachgegeben und einfach abgesagt hatte. Zuerst das Drama um und mit Tomaso und jetzt auch noch Cristiano, der weiterhin abwartend vor ihr stand und sie mit bohrendem Ausdruck im Gesicht musterte. Schließlich erhob sie sich erneut, machte einen Schritt auf ihn zu und schlang ihre Arme um seinen Hals.
„Amore, wie kommst du auf diese abwegige Idee, dass ich dir das absichtlich verheimlichen wollte?“, bemühte sie sich, die Wogen zu glätten. „Ja, ich gebe zu, ich habe es dir

gegenüber nicht erwähnt. Vielleicht habe ich es auch einfach nur zu verdrängen versucht. Aber was spielt es auch für eine Rolle, ob er ebenfalls hier ist oder nicht?“ Jetzt war sie diejenige, die ihn mit durchdringender Miene ansah.
Cristiano wollte sich allerdings bislang nicht ganz mit dieser Antwort von ihr zufriedengeben. „Carissima, es mag natürlich keine Rolle spielen, ob er hier ist oder nicht, einzig die Tatsache, dass du daraus ein Geheimnis gemacht hast, halt irgendwie schon.“ Er griff nach ihren Händen, die immer noch um seinen Hals lagen, und küsste diese. Violetta indes seufzte und atmete einmal durch. Seine Hände mit den ihren nun umschlossen haltend, sah sie ihm tief in die Augen. „Cristiano, bitte, ich möchte einfach gar nicht über diesen Mann reden. Nicht jetzt und nicht später. Lass uns einfach schlafen gehen.“ Sie umarmte ihn erneut, drückte ihn fest an sich und konnte doch nichts dagegen tun, dass ihre Gedanken in diesem Moment einmal mehr zurück zum gestrigen Abend und in die Küche gingen.

Kapitel 7 - Gute Aussichten

Als Violetta am darauffolgenden Morgen nach dem letzten gemeinsamen Frühstück ihre Sachen zusammenpackte, blickte sie mit gemischten Gefühlen auf das nun hinter ihr liegende Wochenende zurück. Wechselvoller hätten die Emotionen in diesen Tagen wohl wirklich nicht sein können, überlegte sie gerade noch, als sie bedächtig den Reißverschluss ihres Trolleys zuzog.
Hatte sie anfangs einzig damit gehadert, Tomaso überhaupt wiedersehen zu müssen, war das rückblickend das kleinere Problem gewesen. Viel schlimmer wog, dass sie auch weiterhin keine Ahnung hatte, was in jener Nacht und in seinem Bett tatsächlich zwischen ihnen passiert war. Doch da es außer Frage stand, sich einfach bei ihm danach zu erkundigen, an was er sich eventuell noch erinnerte, ging sie schlichtweg dazu über, sich beinahe mantraartig einzureden, dass nichts vorgefallen sein konnte, wenn sie doch davon überhaupt nichts mehr wusste. Mit nicht mal mäßigem Erfolg jedoch.
Besser hingegen lief es da mit Cristiano. Dieser hatte eingesehen, dass er mit seinen Vorhaltungen am Abend zuvor wohl doch übers Ziel hinausgeschossen war, und versicherte ihr hoch und heilig, ihr fortan mehr zu vertrauen. Wenn er nur wüsste, ging es Violetta bei dem Gedanken daran gerade wieder durch den Kopf und sie hoffte inständig, dass die Erinnerung an die wunderbaren Momente dieses Wochenendes überwogen und diese die anderen einfach mit der Zeit vergessen machen würden. Denn was hatte es schließlich Schöneres geben können, als ihre beiden Freunde Isabella und Daniele derart vor Glück strahlen zu sehen? Und genau diese Augenblicke waren es, an die sie

stets zurückdenken wollte und daran, wie wundervoll glücklich eine Beziehung eben sein konnte.

Versonnen ihren Trolley vom Bett hebend, stellte Violetta diesen neben der Tür ab und warf anschließend einen neuerlichen Blick auf ihre Uhr. Den Zug brauchte sie heute ja nun glücklicherweise nicht mehr, denn selbstredend hatte Cristiano sich sofort angeboten, sie bis nach Hause zu fahren. Obwohl er selbst sein Apartment in Padua hatte, ließ er es sich nun nicht nehmen, Violetta bis zu ihrer Wohnung auf dem Lido zu bringen. Daher stand er jetzt auch kurz darauf in der Zimmertür, rieb sich tatkräftig die Hände und sah sie erwartungsvoll an. „Und? Bist du abfahrbereit?“ Sie nickte und er griff sogleich nach ihrem Gepäck. „Das nehme ich gleich mal mit runter und verstaue es im Wagen. Derweil kannst du dich in aller Ruhe von deinen Freunden verabschieden“, sprachs und war auch schon wieder in den Flur hinaus.

Dankbar lächelnd sah sie ihm hinterher. Definitiv hatte sie in Cristiano einen Partner gefunden, mit dem sie sich bereits jetzt weitaus mehr als eine kurze Liaison vorstellen konnte. Und das, obwohl sie beide gerade einmal fünf Monate ein Paar waren. Nicht wirklich lange, überlegte sie und doch lang genug, um zu wissen, wie gut er ihr tat.

Ein letztes Mal sah sich Violetta abschließend in dem Zimmer um und schaute nach, ob sie auch ja nichts vergessen hatte, bevor sie dann ihre Handtasche nahm und danach ebenfalls hinunterging. Hier befand sich jetzt alles und jeder in Aufbruchstimmung, weswegen sie sich abwartend zunächst noch im Hintergrund hielt. Hin und wieder trat sie nur ein Stück vor, umarmte die anderen Gäste und verteilte zum Abschluss Wangenküsse, bis sie endlich selbst an der Reihe war und sich von Isabella verabschieden konnte.

„Meine Liebe, ich bin dir zu so großem Dank verpflichtet, dass du da gewesen bist und das Fest für Daniele und mich zu etwas ganz Besonderem und nicht zuletzt unvergesslich

gemacht hast“, erklärte diese beseelt, aber die so Gelobte winkte ab und nahm ihre Freundin in den Arm. „Damit habe ich doch gar nichts zu tun gehabt. Für den Zauber habt ganz allein ihr beiden gesorgt und …“ Da fiel Isabella ihr allerdings auch schon ins Wort. „Nein, du weißt ganz genau, was ich meine und dafür werde ich dir ewig dankbar sein.“ Sie drückte Violetta einen Kuss auf die Wange und schlang dabei ihre Arme noch etwas fester um sie. „Für euch doch immer“, antworte diese leise, als sie über die Schulter ihrer Freundin hinweg Tomaso erblickte, wie dieser sich nun ebenfalls gerade von Daniele verabschiedete.
„Ausgerechnet jetzt“, zischte sie und atmete hörbar aus. Isabella sah sie mit fragender Miene an und runzelte ihre Stirn, bis sie auch schon den Grund für Violettas plötzlichen Argwohn erkannte. „Hey, Vio, vielleicht noch ein kurzes ‚ciao‘ und dann habt ihr beide das Martyrium überstanden“, feixte sie und stieß ihrer Freundin dabei sanft mit dem Ellenbogen in die Seite. Diese quittierte das jedoch mit einem bloßen Achselzucken. „Manchmal ist in der Tat weniger mehr, und in diesem Fall halte ich es für geboten, ihm einfach komplett aus dem Weg zu gehen. Weißt du, ich hatte Cristiano gegenüber unerwähnt gelassen, dass der da auch hier sein würde und schon hatten wir gestern Abend noch etwas Theater.“
Sie untermalte ihre Worte dabei gestenreich. „Und da ich zum einen nun nicht unnötigerweise Öl ins Feuer gießen möchte und zum anderen ein angenehmeres Gesprächsthema während der Heimfahrt vorziehe, verzichte ich gerne auf jeglichen Kontakt.“ Isabella zog ihre Augenbrauen hoch. „So eifersüchtig ist er? Hmmm! Gutes oder schlechtes Zeichen? Was meinst du?“ Violetta allerdings zuckte nur mit den Schultern. „Ich denke, weder noch. Wir sind ja noch ganz am Anfang unserer Beziehung. Da müssen sich einige Dinge wohl noch ein wenig einspielen.“ Kaum hatte sie geendet, spürte sie, wie jemand an ihre Seite trat und den Arm liebevoll um ihre Taille legte. Unmerklich zwinkerte sie ihrer Freundin deshalb zu und

diese lächelte wissend. „Wie dem auch sei, Isa. Es war einfach wundervoll und ich hoffe, dass du mich als nächstes in meiner neuen Wohnung besuchst. Du kennst die ja noch gar nicht."

Eifrig nickte Isabella. „Stimmt! Auf jeden Fall und da machen wir jetzt bitte ganz bald etwas aus, denn mit allen deinen Schilderungen hast du mich dermaßen neugierig darauf gemacht, dass ich es gar nicht abwarten kann. Und abgesehen davon ist es ohnehin endlich mal wieder an der Zeit für ein Mädelswochenende." Sie sah kurz zu Daniele hinüber, der soeben Tomaso ein letztes Mal umarmt hatte, sich nun umwandte und geradewegs auf die drei zukam.

Unwillkürlich war Violettas Blick dabei dem von Isabella gefolgt und so kam auch sie nicht umhin, zu ihrem Ex hinüberzusehen. Dieser bestieg derweil seinen Wagen, hielt währenddessen kurz inne und schaute sich zum Abschluss noch einmal in alle Richtungen um, als sich so prompt ihre Augen trafen. Ihr mit versteinerter Miene zunickend, setzte er sich sodann hinter das Steuer und schloss rasch die Tür.

Innerlich atmete Violetta auf, ließ sich nach außen jedoch nichts anmerken. Sie hatten also endlich diese Zeit, die sie zusammen auf recht begrenztem Raum verbringen mussten, überstanden und dennoch blieb da dieser fade Beigeschmack. Es blieben die Erinnerungen an einen Abend, der alte und längst verheilt geglaubte Wunden aufgerissen hatte und wiederum keine an eine Nacht, die sie auch jetzt noch peinlich berührte. Nachdenklich senkte Violetta ihre Lider und war froh, als sie nun Cristianos Hand auf ihrem Rücken spürte, mit der er sie sanft zu streicheln begann.

„Hast du dich inzwischen schon von allen verabschiedet und sollen wir aufbrechen?", fragte er sie, als sie kurz zusammenfuhr und dann eilig nickte.

„Ja, ähm … also fast." Bei diesen Worten machte sie einen Schritt auf Daniele zu, umarmte ihn und bedankte sich ein weiteres Mal auch bei ihm. „Um ehrlich zu sein, habe ich mich vorhin schon gefragt, ob man so etwas nicht irgendwann wiederholen sollte", begann er und seufzte dann.

„Aber du weißt ja, wie das ist: Wenn du es genau so wiederholen möchtest, wird es meist nicht mehr so schön wie beim ersten Mal.“ Und wenn, dann bitte hoffentlich nur in einer anderen Besetzung, fügte Violetta im Geiste hinzu, als Daniele schließlich seine Arme bedauernd hob. „Na ja, so ist das nun mal und doch hoffe ich, dass wir uns zumindest bald wieder sehen und du uns auch endlich wieder in Verona besuchen kommst.“
Sie nickte und wollte gerade zu einer Antwort ansetzen, als Isabella ihr jedoch zuvorkam. „Stimmt, das sollten sie und Cristiano unbedingt tun, allerdings werde ich davor Vio auf dem Lido besuchen.“ Sie schürzte amüsiert die Lippen. „Nachdem sie mir nämlich schon so oft vom Ausblick von ihrer Terrasse aus vorgeschwärmt hat, duldet mein Besuch da keinerlei Aufschub mehr.“
Daniele lachte. „So ist sie, meine Frau!“ Er zwinkerte ihr zu, nahm sie dann in den Arm und gab ihr einen Kuss. „Und recht hast du!“, flüsterte er ihr liebevoll ins Ohr, ehe er sich wieder von ihr löste und abermals Violetta zuwandte. „Auch wenn ich weiß, dass Isa es vermutlich schon längst getan hat, möchte auch ich dir noch einmal von ganzem Herzen danken. Es war einfach unser Wunsch, dass du und … ähm …“, er stockte und schloss sie dann erneut in seine Arme. „Also, dass du uns da unterstützt hast, darüber bin ich unendlich froh.“
Danach schaute er Cristiano an und streckte ihm seine Hand entgegen. „Und ganz wunderbar, dass es doch noch funktioniert hat und wir so auch dich kennenlernen durften.“ Er drückte dem jungen Mann die Hand und lächelte ihn freundlich an. „Aber jetzt bring Vio erst einmal gut nach Hause und dann bis zum nächsten Mal!“, verabschiedete er sich von ihm und klopfte diesem freundschaftlich auf die Schulter.

Wenig später saß Violetta auf dem Beifahrersitz von Cristianos Cabrio, warf einen Blick in den Seitenspiegel und winkte ein letztes Mal zurück. Anschließend machte sie es

sich auf dem weichen Polster bequem und sah ihren Liebsten forschend an. „Ich hoffe, es hat dir wirklich so gut gefallen, wie du es Isabella und Daniele gerade noch mal versichert hast.“
Fragend sah er sie daraufhin über den Rand seiner Sonnenbrille an. „Warum sollte es das nicht getan haben? Sie waren alle schrecklich nett und ich habe gestern gemeinsam mit dir einen wunderbaren Tag auf dem See verbracht.“ Den Wagen mit einer Hand auf die Schnellstraße steuernd, wandte er den Blick wieder ab und richtete ihn geradeaus.
„Dann ist es gut“, erwiderte Violetta leise und strich im zärtlich über seinen Arm.
Sie war sichtlich erleichtert, dass er jetzt nicht noch einmal auf Tomasos Anwesenheit zu sprechen gekommen war, und schloss versonnen ihre Lider, während der Fahrtwind ihr Haar wild in der Luft tanzen ließ. So glitten sie auf der Autobahn dahin, bis Cristiano kurz vor Vicenza plötzlich den Blinker setzte und auf die weniger hektische Landstraße wechselte. „Ist es für dich in Ordnung, wenn wir den Rest der Strecke etwas gemütlicher angehen?“
Ihr einen liebevollen Blick zuwerfend, versicherte er sich ihrer Zustimmung und als ob es noch mehr Romantik zwischen den beiden bedurft hätte, wählte er zusätzlich im Radio einen Sender mit italienischer Popmusik aus den Achtzigern. Leise mitsummend stützte Violetta ihren Ellenbogen entspannt auf dem Türrahmen ab und schloss für eine Weile erneut ihre Augen. In der spätsommerlichen Luft lag der Duft von üppig blühenden Blumen, frischem Heu und gepflügter Erde. Ihre Lider wieder öffnend ließ sie ihren Blick sodann über die in der Sonne gelbgold leuchtenden Felder sowie die Rebstöcke gleiten, die in Reih und Glied bis zum Horizont zu stehen schienen.
Eine wahre Pracht also für Ohr, Nase und Auge überlegte sie gerade noch und hing weiter ihren Gedanken nach, bis Cristiano behutsam seine Hand auf ihr Knie legte und dies zärtlich zu streicheln begann. „Cara mia, alles in Ordnung? Du bist so still“, fragte er und sie schüttelte eilig ihren Kopf.

„Alles gut … wirklich. Ich genieße nur diese absolute Harmonie um uns herum. Irgendwie scheint es mir, als gäbe es die heutzutage viel zu selten, findest du nicht auch?" Violetta unterbrach sich kurz, legte ihre Hand auf die seine und sah ihn lächelnd an. „Es war wirklich eine hervorragende Idee von dir, diese Route nach Hause zu wählen. Denn wie heißt es so schön: Der Weg ist das Ziel!" Cristiano zuckte schmunzelnd mit den Schultern. „Alles, was ich tun kann, um dich glücklich zu machen, werde ich für dich tun, meine Principessa", lächelte er ebenso und beseelt von seinen Worten warf sie ihm seufzend einen verliebten Blick zu. Gute Aussichten also, wohin sie ab jetzt auch sah.

Kapitel 8 - Das Leben als solches

Seufzend und auch ein wenig erschöpft ließ sich Violetta an diesem Nachmittag auf dem Stuhl vor der kleinen Café-Bar nieder und warf einen Blick in den nahezu wolkenlosen venezianischen Himmel über ihr. Die letzten drei Stunden hatte sie konzentriert damit verbracht, potenziellen Sponsoren die Werke in der derzeitigen Ausstellung der Gallerie dell'Accademia sowie deren Bedeutung für dieses Kunstmuseum näherzubringen.
Eine Aufgabe, die sie, wie sonst auch, liebend gerne ihrem redegewandten Kollegen Vittorio überlassen hätte. Doch dieser war ausgerechnet heute mit einem befreundeten Kunstexperten aus Florenz verabredet gewesen. So war es daher ihr zugefallen, all ihr Wissen und ihren Charme bei den Investoren aufzubieten und auf diese Weise zu versuchen, mit ihrer Leidenschaft für die Meister der venezianischen Kunst, neue Unterstützer für das Haus zu finden. Grundsätzlich eigentlich nichts, was ihr besonders schwerfiel und doch hatte sie dieser Termin über Gebühr geschlaucht.
Und genau deswegen war Violetta jetzt auch froh, sich nun erst einmal eine kleine Auszeit an der frischen Luft nehmen zu können, ehe sie danach wieder mit ihrer Arbeit fortfahren wollte. Gerade zog sie dafür noch ihre Sonnenbrille aus dem Innenfach der auf dem Stuhl neben sich abgestellten Handtasche hervor, als sie auch schon den Kellner bemerkte, der soeben in der Tür erschienen war und sie jetzt mit fragendem Blick ansah. Freundlich lächelnd nickte sie ihm zu und bat ihn um einen Kaffee. „Sehr stark, wenn's geht, bitte", fügte sie noch hinzu, was er mit einem fröhlichen „Certo, Signora, certo!", beantwortete, ehe er wieder im Inneren der kleinen Bar verschwand.

Violetta hingegen lehnte sich in ihrem Stuhl erneut ein wenig zurück, streckte ihre Beine unter dem Tisch aus und betrachtete gedankenversunken die an ihr vorbeiziehenden Menschen, bis sie plötzlich eine ihr wohlbekannte Stimme schon aus der Entfernung zu ihr herüberschallen hörte: „Vio, da steckst du also! War der Termin am Ende also so schlimm, dass du danach gleich hier nach draußen flüchten musstest?"

Rasch richtete sich Violetta wieder etwas in ihrem Sitz auf und sah dem hochgewachsenen Mann mit den breiten Schultern entgegen, der da jetzt mit ausgebreiteten Armen auf sie zukam. „Vittorio! Schön dich zu sehen und nein, ganz so dramatisch ist es dann doch nicht gelaufen. Obwohl ich eingestehen muss, dass ich so viel geredet habe wie selten."

Sie hatte sich erhoben und begrüßte ihren Kollegen sogleich mit einer herzlichen Umarmung sowie Wangenküssen. Dann deutete sie auf den Stuhl ihr gegenüber und lächelte ihn an. „Ich hoffe, du hast noch ein wenig Zeit mitgebracht und trinkst mit mir einen Kaffee?" Nickend bejahte er, trat an den Eingang der kleinen Bar und steckte seinen Kopf zur Tür hinein, um auch für sich eine Tasse zu bestellen.

Währenddessen musterte Violetta ihn grinsend. Vittorio war nämlich im wahrsten Sinne des Wortes eine Erscheinung und das nicht nur durch seine Körperstatur. Vielmehr war es die Art und Weise, wie er doch recht ungewöhnliche Mode mit einer Selbstverständlichkeit trug, die sicherlich nicht jedem gegeben war. So war er heute bekleidet mit einer enggeschnittenen karierten Hose, welche er mit einem Jackett kombiniert hatte, dessen Muster zwar ebenfalls Karos der gleichen Farbe, jedoch in anderer Größe aufwies. Das allein hätte allerdings vermutlich noch nicht für allzu viel Aufsehen gesorgt. Wohl eher stach jedem zuerst das orangefarbene Shirt darunter ins Auge, welches gemeinsam mit den grünen Schuhen geradezu um Beachtung rang. Das rote Kunststoffgestell seiner Brille wiederum wirkte dagegen fast schon bieder.

Diese hatte Vittorio vorhin in sein gewelltes, halblanges graues Haar geschoben, setzte sie nun allerdings wieder auf die Nase, nachdem er gegenüber von Violetta Platz genommen hatte, und sah sie nun seinerseits prüfend an. „Aber jetzt berichte bitte erst einmal: Wie ist es wegen des Sponsorings für die Ausstellung gelaufen? Ich bin schon ganz gespannt darauf." Also atmete sie tief durch und wollte gerade beginnen, als der Kellner mit einem Tablett zu ihnen herauskam und die zwei Tassen zwischen den beiden auf dem Tisch abstellte. Dankend nickte Violetta ihm zu, ehe sie sich erneut sammelte und nun endlich von ihrem Treffen mit den möglichen Geldgebern zu erzählen begann.

Aufmerksam hörte Vittorio ihr zu, während er dabei etwas Zucker in seinen Kaffee gab und umrührte, ohne jedoch sein Gegenüber aus den Augen zu lassen. „Ich denke schon, dass ich denen den Stellenwert einer solchen Retrospektive nahebringen konnte, aber ob es am Ende gereicht hat, werden wir kommende Woche erfahren. So viel Zeit haben sie sich ausgebeten und das ist angesichts der Summe, die da im Raum steht, ja auch nur zu gut verständlich." Sie seufzte lächelnd. „Jedenfalls hoffe ich, dich würdig vertreten zu haben."

Ihr Kollege gab ihr indes mit einer beschwichtigenden Geste zu verstehen, dass sie sich keinerlei Sorgen zu machen brauchte. „Vio, meine Liebe, da habe ich nicht die leisesten Zweifel." Er zwinkerte ihr zu. „Du magst mir vielleicht in der Ausdruckskraft deiner Outfits nachstehen, aber niemals, wenn es um deinen Kunstverstand geht. Wer deinen Worten nicht entnehmen kann, wie sehr du für die Kunst brennst, dem ist beileibe nicht mehr zu helfen." Er legte bedeutungsvoll die rechte Hand auf sein Herz. „Und Vio, sei dir sicher, niemand in der Accademia versteht es ähnlich charmant wie du, Tintoretto, Carpaccio und Bellini noch ein wenig mehr erstrahlen zu lassen als diese Meister es mit ihrer Kunst ohnehin schon tun."

Violetta senkte verlegen den Blick. Selbstverständlich war sie über die Jahre selbstbewusst genug geworden und ebenso in

der Lage, ihr Können und Wissen objektiv einzuschätzen. Und dennoch rührten sie die Worte Vittorios nun, da er genau zu ahnen schien, wie viel ihr am Erfolg ihrer Mission lag. Sonst hielt sie sich schließlich meist im Hintergrund, kümmerte sich lieber um die wissenschaftlichen Belange und überließ die Öffentlichkeitsarbeit gerne ihrem Kollegen, der es ohne Frage liebte, im Mittelpunkt zu stehen.
„Also …“, räusperte sich dieser jetzt erneut und sah Violetta mit spitzbübischer Miene an. „… Um es noch einmal ganz deutlich zu sagen, Vio. Wenn du denen die Kunst der von uns so verehrten Meister genauso schmackhaft gemacht hast, wie du es sonst immer mit den von dir zu viel gekauften Cannoli mir gegenüber tust und es dann schaffst, meine Diäten erfolgreich zu torpedieren, dann mache ich mir da überhaupt keine Sorgen.“ Er zwinkerte ihr zu, aber Violetta schüttelte nur schmunzelnd den Kopf. „Und wenn du die Kosten für die Unterstützung einer Ausstellung mit Gebäckröllchen gleichsetzt, dann tue ich das eben doch.“
Trotzdem hatten seine Worte ihr gutgetan, und als sie jetzt an ihrem Kaffee nippte, spürte sie, wie nach und nach die Anspannung von ihr wich.

Dazu trug allerdings nicht zuletzt wohl auch die zwanglose Plauderei der beiden bei, bis Violettas Blick eher zufällig auf ihre Armbanduhr fiel. Schon so spät, dachte sie und schürzte die Lippen. „Vittorio, ich kann dir gar nicht sagen, wie gut mir unser Gespräch getan hat und ob du es glaubst oder nicht, sehe ich der Rückmeldung des Konsortiums jetzt doch mit mehr Zuversicht entgegen, aber …“, sie hob den Arm und winkte den Kellner herbei. „… So gerne ich noch weitere Zeit mit dir hier verbringen würde, sollte ich nun doch endlich nach Hause fahren und mich dort noch etwas an den Schreibtisch in meinem Arbeitszimmer setzen.“
Vittorio sah sie erstaunt über den Rand seiner Brille hinweg an, die er inzwischen ganz vorne auf seine Nasenspitze geschoben hatte. „Du willst heute wirklich noch arbeiten? Ich an deiner Stelle würde diesen wunderbaren

Spätnachmittag lieber dazu nutzen, den Tag, wenn schon nicht mit deinem Lieblingskollegen, dann doch vielleicht mit einer Freundin drüben am Zattere ausklingen zu lassen. Ein Glas Spritz, die Färbung der Wolken … gibt es etwas Fantastischeres abends in unserer Stadt?“

Einen Mundwinkel hochziehend, sah Violetta ihn an. „Vittorio, da gebe ich dir absolut recht und doch sollte ich mich jetzt endlich auf den Heimweg machen. Erinnerst du dich? Ich hatte mich doch nach der Anfrage dieses französischen Kunstmagazins dazu bereiterklärt, den Fachartikel über Canaletto zu schreiben. Und um ehrlich zu sein, habe ich gerade einmal damit begonnen, so etwas wie ein grobes Gerüst dafür zu erstellen. Viel weiter bin ich darüber hinaus allerdings noch nicht gekommen. Na ja, und da ich der Übersetzerin versprochen habe, bis Ende der Woche zu liefern, sollte ich jetzt keine weitere Zeit mehr verlieren.“

Sie lächelte dem Kellner zu, der nun zu ihnen an den Tisch kam und drückte ihm einige Münzen in die Hand. „Grazie mille“, bedankte sie sich und zu Vittorio gewandt fügte sie rasch noch hinzu: „Du bist selbstredend eingeladen und ich bin wirklich unendlich froh, dass wir uns heute doch noch über den Weg gelaufen sind. Ein Gespräch mit dir wirkt einfach Wunder.“ Ihr Kollege beantwortete die Worte mit einer ausladenden Handbewegung. „Für dich, meine liebe Vio, doch immer und gerne!“, erklärte er, stand genau wie sie jetzt auf, trat auf sie zu und verabschiedete sich mit einer herzlichen Umarmung von ihr. „Gutes Gelingen wünsche ich und vergiss dennoch nicht, den Abend zumindest noch ein wenig zu genießen“, rief er ihr noch hinterher, bevor beide ihre Wege in unterschiedliche Richtungen fortsetzten.

Zielstrebig steuerte Violetta dabei die breite Uferpromenade am Giudecca-Kanal sowie die dort gelegene Station des Wasserbusses an. Flüchtig abermals einen Blick auf ihre Uhr werfend, bemerkte sie indes, dass sie eigentlich beabsichtigt hatte, inzwischen längst daheim drüben am Lido zu sein. Doch Unterhaltungen mit Vittorio waren es einfach wert,

über die volle Dauer ausgekostet zu werden. Dafür – und wirklich nur dafür - lohnte es sich eben auch, heute ausnahmsweise bis in die Nacht hinein am Schreibtisch zu sitzen.
Dennoch beeilte sie sich nun und betrat im Laufschritt den Ponton der Haltestelle, an dem just ein Boot ihrer Vaporetto-Linie festgemacht hatte. Erleichtert, es gerade noch rechtzeitig erreicht zu haben, schnaufte sie einmal durch und ließ sich dann gleich auf einen Sitz beim Fenster fallen, als sie im nächsten Moment auch schon das Brummen des Motors bemerkte und das Schiff wieder ablegte.
Ihren Kopf entspannt in den Nacken legend, betrachtete Violetta aus dem Augenwinkel heraus nun die Stadt, die dort draußen an ihr vorbeiglitt. Manchmal kam es ihr dabei immer noch wie ein Traum vor, diese nun tatsächlich ihr Zuhause nennen zu können.

Als gebürtige Veroneserin hatte sie schon in jungen Jahren die Ausflüge mit ihren Eltern nach Venedig geliebt, war dieser Ort doch gänzlich anders als ihre Heimatstadt. Und auch später, während sie allmählich ihre Liebe zur Kunst und deren Geschichte entdeckte, wurde die Lagunenstadt erst recht zum Sehnsuchtsziel und Ort ihrer Träume.
Dennoch vergingen einige Jahrzehnte auf dem Festland und sie nahm so manchen Umweg in Kauf, bis sie endlich vor ein paar Monaten ihren Wunsch Wirklichkeit werden ließ. Nur durch Zufall war sie auf die Wohnung am Lido überhaupt aufmerksam geworden, hatte sie doch bis dahin eher selten den Aushängen in den Fenstern der Maklerbüros ihre gesteigerte Beachtung geschenkt. Aber jenes Angebot war ihr seltsamerweise sofort ins Auge gestochen. Noch am gleichen Tag hatte sie einen Besichtigungstermin ausgemacht und dabei auf der Stelle entschieden, dass dies ihr neues Zuhause sein soll.
Allein der Gedanke, wie selig sie jeden Morgen gestimmt war, wenn sie beim ersten Blick aus dem Schlafzimmerfenster drüben am anderen Ende des Wassers

den stolzen Campanile von San Marco oder die erhabene Kuppel von Santa Maria della Salute in der Sonne daliegen sah, ließ sie auch jetzt verträumt lächeln. Sie hatte sich wahrlich damit ihren großen Traum ermöglicht und es zudem vollkommen allein geschafft. Ein Umstand, der sie stets ganz besonders mit Stolz erfüllte.
Derweil näherte sich das Schiff immer weiter dem Lido und ihr Blick glitt versonnen an dessen Ufer entlang bis hin zu der Stelle, an der sie, verborgen hinter dem dort befindlichen Grün, ein klein wenig der dunkelroten Fassade des Hauses ausmachen konnte, in dem sich ihr Domizil befand. „Zuhause", wisperte sie und freute sich gleichzeitig darauf, diesen Ort am kommenden Wochenende auch wieder mit Cristiano zu teilen.
Das Leben als solches ist schon wunderbar, wenn man gesund ist, einen lieben Menschen an seiner Seite weiß und einem Beruf nachgehen darf, der einen im tiefsten Inneren erfüllt, sinnierte sie, während sie den Riemen ihrer Handtasche schulterte und flotten Schrittes nach dem Anlegen des Wasserbusses an Land ging. „… Und meines im Besonderen einfach nur unglaublich schön", vervollständigte sie halblaut ihre Gedanken und blickte dabei zufrieden in den abendlichen Himmel empor, der sich allmählich in den unterschiedlichsten Rosé-Nuancen einzufärben begann.

Kapitel 9 - Moment der Besinnung

Violetta liebte den beginnenden Herbst, wenn sich allmählich die Blätter der Bäume in den verschiedensten Farben zeigten und die Luft tagsüber meist dennoch angenehm warm und milde war.
Aus diesem Grunde genoss sie auch besonders die morgendliche Bootsfahrt zur Accademia, auf der sich ihr bei einem Blick rüber nach Sant'Elena stets ein wahres Mosaik an Farbtönen bot, welches unter den Strahlen der aufgehenden Sonne zwischen den am Ufer stehenden Pinien hindurchleuchtete. Da machte es ihr auch gar nichts aus, wenn sich der Fahrtwind inzwischen etwas kühler auf der Haut anfühlte und sie daher nun zusätzlich oft auf ihr wärmendes Schultertuch angewiesen war.
Den weichen Wollstoff heute ebenfalls fest mit der Hand an ihrem Hals zusammenhaltend, wiegte sie sich in den schaukelnden Bewegungen des Schiffes hin und her, bis dieses schließlich am Zattere angekommen war. Hier an der Station entstieg sie dem Wasserbus und schritt rasch über den wankenden Steg auf die breite Uferpromenade zu. Jene lag um diese Zeit im schönsten Licht der Morgensonne und lud geradezu dazu ein, es sich in einer der Café-Bars dort bequem zu machen und den Tag bei einem aromatisch duftenden Cappuccino sowie einem frischen Brioche zu beginnen.
Versonnen blickte sich Violetta um und genoss einen Augenblick lang die entspannte Stimmung, während die Stadt hier nur ganz allmählich zu erwachen schien. „So liebe ich mein Venedig gleich noch ein wenig mehr", sagte sie leise zu sich selbst, zog dabei die Sonnenbrille aus ihrer Handtasche hervor und setzte diese auf.

Bevor sie sich jetzt aber direkt zu ihrem Büro im Kunstmuseum begab, kam ihr eine Idee und so schlug sie erst noch den Weg am Wasser entlang ein, um bei der nahe gelegenen Pasticceria einige süße Gebäckteilchen zu erstehen. Mit diesen, so hoffte sie, wäre sie nachher imstande, ihre sehr spezielle Besuchergruppe zu bestechen und vielleicht damit auch ein wenig den Grad der Aufmerksamkeit zu erhöhen.

Denn heute hatte sie eine Schulklasse zu Gast und sollte den Drittklässlern etwas über das künstlerische Erbe der Stadt erklären. So sah es zumindest der Plan der Lehrer vor, die sich mit diesem Anliegen an das Museum gewandt hatten. Violetta indes hielt es zunächst für geboten, erst einmal überhaupt ein Interesse für die Kunst zu erwecken und so nahm sie sich vor, den Aufenthalt der Kinder bei ihr so abwechslungsreich und angenehm wie möglich zu gestalten. Und genau da konnten Cannoli oder Schokoladenküchlein sicher nicht schaden.

Entsprechend gerüstet verließ Violetta daher wenig später den kleinen Laden wieder, überquerte fröhlich summend die Brücke am Ende der Gasse davor und bog in die nächste Calle ein. Schon ganz in Gedanken an den bevorstehenden Tag wollte sie gerade den Vorplatz der Galerie überqueren, als sie plötzlich innehielt. Hatte da etwa soeben jemand ihren Namen gerufen?

Instinktiv wandte sie sich um und warf einen Blick rüber zu den Tischen bei der Bar dort am Eck. Am ersten saß ein junges Paar, welches bei Kaffee und Gebäck den Stadtplan studierte, der zwischen ihnen auf dem Tisch ausgefaltet dalag. Die waren es ganz sicher nicht gewesen und auch die beiden älteren Männer, die es sich auf den Stühlen daneben gerade bequem machten, kannte sie nicht.

Blieb, wenn überhaupt, dann nur der dritte Tisch. Der Gast dort allerdings las angeregt im Gazzettino, den er weit ausgebreitet vor sich hielt. Hatte sie sich also einfach nur verhört? Seufzend schaute sie sich noch einmal um, als der Leser seine Zeitung schließlich langsam in den Schoß sinken

ließ und so dafür sorgte, dass Violetta vor Schreck fast das Herz stehenblieb.
„Tomaso?!“, stieß sie fassungslos hervor, schnappte nach Luft und starrte ihn mit großen Augen irritiert an. Was wollte der hier? Doch noch ehe sie ihre Gedanken in irgendeiner Weise ordnen konnte, beugte er sich auch schon ein wenig vor und machte eine einladende Geste in ihre Richtung. Dabei auf den freien Stuhl an seinem Tisch deutend, begrüßte er sie. „Buon giorno, Vio. Wie geht's? Magst du dich setzten?“ Wie angewurzelt stand diese immer noch da und erst eine neuerliche Handbewegung seinerseits schien sie aus ihrer Schockstarre zu befreien.
Unwillkürlich kniff sie kurz die Augen zusammen und schüttelte ihren Kopf, als wenn sie prüfen wollte, ob sie das alles nicht gerade nur träumte. Wobei, ganz sicher tue ich so etwas nicht von dem da, überlegte sie, bevor sie zögerlich ein paar Schritte auf ihn zumachte, dann allerdings wieder stehenblieb. „Was machst du hier?“, fragte sie ihn misstrauisch und erhielt dafür zuerst nicht mehr als ein Schulterzucken zur Antwort, während er in aller Seelenruhe die Zeitung zusammenfaltete, glattstrich und neben seiner Tasse Kaffee auf dem Tisch ablegte.
Gelassen sah er anschließend zu ihr auf und fragte sie in ruhigem Ton: „Darf ich dich um einen erneuten Waffenstillstand bitten und als Zeichen meines Friedenswillens für dich auch etwas zu trinken bestellen? Einen Kaffee oder Cappuccino vielleicht?“ Immer noch skeptisch, nahm Violetta ihre Sonnenbrille ab und schaute ihn dabei unverwandt an. Warum nur war er hier? Aber da gab es wohl in der Tat lediglich eine Möglichkeit, das herauszufinden, und so zog sie den Stuhl vor sich ein kleines Stück zurück und ließ sich darauf nieder. „In Ordnung, dann nehme ich einen Cappuccino, bitte“, entgegnete sie leise und sah ihm hinterher, wie er sogleich aufstand, zum Eingang der Bar ging und dem Barista die Bestellung zurief.
Anschließend kehrte er wieder zu Violetta an den Tisch zurück, die indes ihre Taschen neben sich auf dem Boden

abgestellt hatte und ihn weiter mit kritischer Miene ansah. Ungeduldig wartete sie ab, doch Tomaso nahm erst einmal in aller Ruhe Platz, schlug dann seine Beine übereinander und lehnte sich gemächlich in seinem Stuhl zurück. Ein weiteres Mal hakte sie deshalb nach: „Jetzt sag mir bitte: Was tust du hier?“

Gleichmütig sah er sie an. „Die Sonne genießen.“ Ein leichtes Lächeln umspielte seine Lippen dabei, was Violetta jedoch zunehmend verärgerte. Darum zog sie nun genervt ihre Augenbraue hoch und kommentierte nicht ohne Ironie: „Und das geht natürlich in Mailand nicht. Richtig?“

Ein weiteres Mal zuckte er nur mit den Schultern, ehe er lakonisch zurückgab: „Sicher … doch … auch da gibt es Sonne. Aber dort wäre ich nicht in den Genuss deiner Gesellschaft gekommen.“ Für einen Augenblick entglitten Violetta daraufhin ihre Gesichtszüge und sie riss abermals ihre Augen auf, mit denen sie ihn sodann ungläubig ansah. „Und warum genau solltest du das wollen? Das letzte Mal, als wir uns gesehen haben, habe ich dir eine Ohrfeige verpasst und das, wie ich immer noch finde, vollkommen zu Recht.“

Tomaso wollte gerade etwas entgegnen, hielt jedoch kurz inne, da nun der georderte Cappuccino an den Tisch gebracht und vor Violetta abgestellt wurde. Bevor er danach erneut dazu ansetzen konnte, kam sie ihm allerdings schon zuvor. „Woher wusstest du überhaupt, dass du mich hier antreffen würdest?“ Sich etwas in ihrem Stuhl aufsetzend, griff sie nach ihrer Tasse, nippte daran und leckte sich anschließend den Milchschaum von ihrer Oberlippe, ohne den Blick auch nur für eine Sekunde von ihm abzuwenden.

Tomaso legte seine Stirn in Falten und schmunzelte. „Na ja, das war ja nun wirklich nicht mehr so schwer, nachdem ich von Daniele erfahren hatte, wo du arbeitest. Da habe ich hier einfach angerufen, gesagt, dass ich dein Ex-Mann bin und gerne etwas mit dir klären würde.“ Er grinste. „Und schon wusste ich, wann du morgens beginnst.“

Violetta seufzte hörbar auf und zog einen Mundwinkel nach oben. „Danke für den Hinweis. Ich werde das Thema Datenschutz sowie Verschwiegenheit gegenüber Dritten wohl bei Gelegenheit noch mal mit meinen Kollegen durchgehen müssen." Ein leichtes Grinsen konnte sie sich bei diesen Worten dennoch nicht ganz verkneifen, stellte ihren Cappuccino wieder vor sich ab und lehnte sich zurück.
Für einen Augenblick schwiegen beide, bis sie es war, die der Stille ein Ende setzte. „Also?", hakte sie erneut nach und erntete nur einen fragenden Blick. Daher wurde sie deutlicher. „Ich glaube, du wolltest mir vorhin gerade erklären, was du hier überhaupt tust." Tomaso nickte, senkte kurz seine Lider, als wenn er sich erst sammeln musste, und sah ihr danach direkt in die Augen. „Vio … mag schon sein, dass ich die Ohrfeige nicht ganz zu Unrecht kassiert habe …, aber unser Gespräch …, du weißt schon …, das abends in der Küche. Das hat mich irgendwie nachdenklich gemacht."
Er betrachtete sie aufmerksam und versuchte, irgendetwas aus ihrem Mienenspiel zu lesen, doch Violetta senkte ihren Blick und starrte vor sich auf den Boden. Gedanklich war sie derweil immer noch damit beschäftig, das von ihm soeben Gesagte einzuordnen, nahm währenddessen ihre Tasse und trank einen weiteren Schluck. Ihr war unklar, worauf er hinaus wollte und erst ein leises Räuspern seinerseits richtete ihre Aufmerksamkeit wieder auf ihn. „Ich weiß, dass ich mich nie für mein Verhalten damals entschuldigt habe, doch das möchte ich an dieser Stelle nachholen. Es tut mir leid, was da passiert und wie es zwischen uns gelaufen ist."
Hatte Violetta gerade richtig gehört? Vor lauter Schreck verschluckte sie sich an ihrem Kaffee und musste husten. Als Tomaso daraufhin Anstalten machte, ihr zur Hilfe zu kommen, hob sie jedoch rasch und abwehrend die Hände. „Moment, du willst was?", brachte sie endlich krächzend hervor, ehe sie ein weiteres Mal hustete und ihn dann entgeistert ansah. Er hingegen wirkte ruhig, als er sich nun wiederholte: „Ich möchte mich einfach in aller Form bei dir für mein damaliges Verhalten entschuldigen. Und damit

meine ich in erster Linie die Tatsache, dass ich so wenig Acht auf deine Gefühle gegeben habe. Das sollte man nie tun."

Er lächelte vorsichtig. „Zumal ich mir ziemlich sicher bin, dass du mir diese damals sehr wohl ganz offen gezeigt und vermutlich genauso deutlich mit deiner liebenswürdigen und chaotischen Art an den Kopf geworfen hast." Er seufzte und sah sie mit Bedauern im Blick an. „Vermutlich hatte ich damals …", er suchte gestikulierend nach einer geeigneten Formulierung. „Also, möglicherweise hatte ich einfach nicht die richtigen Ohren dafür. Oder so ähnlich. Ich hoffe, du verstehst, was ich dir damit eigentlich sagen will." Abermals lächelte er sie verlegen an, was verbunden mit der Entschuldigung nun selbst Violetta milde stimmte und so zwinkerte sie ihm zu. „Okay, aber wenn ich mir deine Ohren so anschaue, sehen sie nicht viel anders aus als damals."

Tomaso lachte auf, wurde dann jedoch sogleich wieder ernst und sah sie jetzt mit eindringlicher Miene an. „Vio, aber um was es mir eigentlich geht: Du und ich - was wäre, wenn wir unsere Träume von damals noch einmal hervorkramen und sie eventuell aufleben lassen könnten?", fragte er geradeheraus, weswegen Violetta ihn voller Unverständnis ansah.

Hatte sie gerade richtig verstanden, was er da gesagt hatte? Und wie kam er nach all der Zeit überhaupt darauf? Hatte er vergessen, was zwischen ihnen alles vorgefallen war und in welchem Chaos ihre Beziehung damals geendet hatte? „Das ist jetzt aber nicht dein Ernst, oder?", brach es schließlich aus ihr hervor, während sie sich mit der Hand eine aufmüpfige Strähne aus dem Gesicht wischte und ihn dabei befremdet ansah.

Doch Tomaso schürzte nur seine Lippen und schwieg einen Moment, ehe er sich dann ein wenig zu ihr herüberbeugte und mit leiserer Stimme weitersprach: „Ich weiß ja auch, dass es verrückt klingen mag, aber mich hat unser Gespräch in vielerlei Hinsicht zum Nachdenken gebracht." Er machte ein weiteres Mal eine kurze Pause. „Und glaube mir bitte,

wenn ich dir sage, dass auch ich mich dagegen gewehrt habe, unserem Aufeinandertreffen dort bei dem Fest überhaupt irgendetwas Positives abzuringen, aber …"
Er fuchtelte mit seinen Händen in der Luft umher und wirkte mit einem Mal gar nicht mehr so souverän wie sonst. „… Aber irgendwas hat es eben doch in mir ausgelöst … und dann unsere gemeinsam verbrachte Nacht … ich habe das Gefühl, dass sie nicht einfach so passiert ist", stammelte er nun fast flüsternd, während Violetta bei der Erinnerung daran augenblicklich rot anlief.
Ihre Augenbrauen hochziehend schüttelte sie den Kopf. „Nein, ‚einfach so' ist die auch weiß Gott nicht passiert." Sie malte dabei mit beiden Zeigefingern Anführungszeichen in die Luft. „Da war eine ganz erhebliche Menge Alkohol im Spiel. Und das weißt du eigentlich auch genau!" Er nickte. „Ja, ich weiß. Trotzdem …" Er suchte weiter nach den passenden Worten. „Und ich kann dir versichern, dass es auch mir nach all unserem Streit und den sinnlosen Kämpfen nicht so leicht über die Lippen kommen will, aber dennoch fand ich sie unbeschreiblich."
„Unbeschreiblich dumm, willst du wohl eher sagen!", fiel Violetta ihm augenrollend ins Wort. „Hör zu, Tomaso: Ich weiß nicht, wie es an dem Abend überhaupt so weit hat kommen können. Vielleicht war es neben dem Zuviel an Alkohol auch der emotionalen Stimmung, dieser Überdosis Romantik rund um Isas und Danieles Ehrentag geschuldet, vielleicht auch dem wunderbaren Ort, den sie dafür gewählt hatten … was auch immer – ich weiß es nicht mehr. Aber abgesehen davon, kann ich mich eben auch - ganz offensichtlich im Gegensatz zu dir - nur noch an das äußerst peinliche Erwachen erinnern. Und korrigiere mich, wenn ich falsch liege: Aber du warst in dem Moment ebenso wenig begeistert wie ich von dem Anblick, der sich uns beiden bot."
Sie atmete einmal tief durch und sah ihn dann mit eindringlicher Miene an. „Jedenfalls habe ich nicht die Absicht, einen weiteren Fehler mit dir zu begehen. Warum

auch? Ich habe mir ein wundervolles Leben aufgebaut, bin endlich angekommen und befinde mich zudem in einer glücklichen Beziehung mit einem Mann, der mich auf Händen trägt. Warum, um alles in der Welt, sollte ich also daran etwas ändern wollen?"
Tomaso hatte ihr reglos zugehört, nickte nun stumm und presste seine Lippen aufeinander, während er mit seinem Stuhl ein wenig zurückrutschte. Dabei holte er sein Portemonnaie aus der Hosentasche hervor, zählte ein paar Münzen ab und legte sie neben der Zeitung auf den Tisch. Dann stand er auf und sah Violetta bedauernd an. „Ach so, entschuldige vielmals. Ich hatte unvorsichtigerweise angenommen, dass unsere zugegeben unfreiwillige Begegnung vielleicht auch in dir etwas ausgelöst hätte. Aber wenn dem nicht so ist und du lieber weiterhin statt einem Partner auf Augenhöhe einen haben möchtest, zu dem du hinabblicken kannst, wenn er dich – wie du sagst – auf Händen trägt, dann ist das wohl so."
Der sarkastische Unterton in seiner Stimme war dabei kaum zu überhören. Sich anschließend die zusammengelegte Zeitung unter den Arm klemmend, tippte er mit dem Zeigefinger gegen seine Schläfe und deutete so einen flüchtigen Gruß in ihre Richtung an. Gleich darauf wandte er sich von ihr ab und war Sekunden später auch bereits in der nächsten Gasse verschwunden und nicht mehr zu sehen.

Sprachlos und zugleich empört blickte Violetta ihm einen Moment lang hinterher. Was bildete sich dieser Kerl überhaupt ein? Und wie kam er dazu, ihr ohne Grund Vorhaltungen zu machen? Den Rest ihres Cappuccinos mit einem Schluck leerend, schob sie geräuschvoll ihren Stuhl nun ebenfalls zurück und stand auf. „Che idiota!", fluchte sie, als sie sodann ihre Taschen packte und rüber zum Portal der Accademia schritt.
„Hätte ich mich doch bloß gar nicht erst auf ein Gespräch mit ihm eingelassen! Ich sollte doch inzwischen wissen, wie so etwas läuft!", schimpfte sie leise vor sich hin, als sie

danach die Eingangshalle durchquerte. Umgehend kassierte sie dafür einen fragenden Blick ihrer Kollegin, die soeben dabei war, ihren Platz am Tresen des Museum-Shops einzunehmen. Violetta lächelte ihr daher verlegen zu. „Ist alles gut! Ich habe mich bloß gerade über eine dumme Sache geärgert."

Mit diesen Worten verschwand sie in Richtung ihres Büros, wo sie sogleich die Tür hinter sich schloss und erst einmal tief Luft holte, um diese danach nur ganz langsam wieder durch ihre leicht geöffneten Lippen auszustoßen. Anschließend stellte sie die Tüte mit dem Gebäck sowie ihre Handtasche auf einem Regal neben sich ab, zog den Schreibtischstuhl zu sich heran und ließ sich dann mit einem Seufzer darauf nieder.

Kaum hatte sie jedoch den Rechner gestartet, vernahm sie ein leises Klopfen an ihrer Tür und die Klinke wurde heruntergedrückt. Es war Vittorio, der seinen Kopf nun zu ihr hereinsteckte und sie besorgt ansah. „Alles in Ordnung?", erkundigte er sich und trat ein, als Violetta ihm mit einer Geste auch schon zu verstehen gab, doch näher zu kommen. „Ja und nein", murmelte sie, stützte die Ellenbogen vor sich auf dem Schreibtisch ab und rieb gedankenversunken ihre Hände.

Vittorio musterte sie zunächst stumm, machte dann ein paar Schritte auf sie zu und hockte sich mit einem Bein auf die Kante ihres Tisches. „Ich hatte eigentlich nur ein ‚nein' vermutet, als ich dich gerade ohne einen Gruß an meiner offenstehenden Tür habe vorbeirauschen sehen." Violetta zuckte mit den Schultern. „Tut mir leid … und daher erst noch einmal: Buon giorno, Vittorio", entgegnete sie, doch der machte eine beschwichtigende Geste. „Schon gut, meine Liebe. Aber ist dein Morgen nun wirklich gut oder sorgst du dich bereits vor den bohrenden Fragen der Kinder nachher?"

Er schürzte amüsiert die Lippen und sah sie dabei über den Rand seiner Brille hinweg an, deren Gestell heute lila leuchtete. Einen Augenblick lang überlegte Violetta, ob sie

ihm nicht tatsächlich den wahren Grund ihrer schlechten Laune erklären sollte, entschied sich aber, dem Treffen mit Tomaso keine weitere Bedeutung zu schenken. Also lachte sie kurz auf und zwinkerte ihrem Kollegen zu. „Du kennst mich inzwischen ziemlich gut!“, grinste sie und untermalte die folgenden Worte gestenreich. „Ich meine, bei unserem sonstigen Publikum kenne ich die Fragen mittlerweile recht genau und bereite mich je nach Kenntnisstand der Gruppe entsprechend darauf vor. Aber heute? Ich habe noch nicht einmal die leiseste Ahnung, ob die Kleinen überhaupt Lust darauf haben, sich mit mir Gemälde und Skulpturen anzusehen und etwas über deren Geschichte zu erfahren.“
Sie drehte sich mit ihrem Stuhl ein wenig und deutete auf die Papiertasche auf dem Regal. „Aus dem Grunde habe ich mir in der Früh auch bereits ausreichend ‚Bestechungsmaterial‘ besorgt. Man weiß schließlich nie …“, grinste sie und doch meinte Vittorio, dass dies nicht der einzige Anlass für ihre ungewöhnlich schlechte Stimmung vorhin gewesen sein konnte.

Ein paar Stunden später befand sich Violetta wieder zurück an ihrem Schreibtisch und zog Bilanz des nun hinter ihr liegenden Vormittags. Die meisten der Kinder hatten zu ihrer Überraschung durchaus Interesse an dem Rundgang durch die Räume gezeigt und sie mit Fragen zu den Malern und Werken geradezu bombardiert. Nicht immer hatten sich diese dabei auf die Kunst an sich bezogen, aber trotzdem war es Violetta im Großen und Ganzen gelungen, den Wissensdurst der kleinen Gäste zu stillen.
Auf diese Weise hoffte sie, bei ihnen zudem ein bisschen Appetit auf weitere Besuche in Galerien und Museen gemacht zu haben. Wobei Appetit ein wirklich gutes Stichwort war. Denn obwohl es des Gebäcks am Ende gar nicht bedurft hätte, hatten sie sich mit leuchtenden Augen daran bedient und kein einziges Stück übriggelassen.
Der Gedanke ließ Violetta gleich noch einmal schmunzeln, wohingegen ein anderer ihre Stimmung zunehmend trübte.

Warum nur musste sie immer wieder an ihre Begegnung mit Tomaso an diesem Morgen denken? Sein unerwartetes Auftauchen hier sowie seine Worte beschäftigten sie weiter mehr, als ihr lieb war. Und so ärgerte es sie, dass es ihr nicht gelang, das alles einfach abzutun. Um dennoch endlich auf andere Gedanken zu kommen, beschloss Violetta, sich abermals der von ihr so geliebten Kunst zu widmen und in einem der Räume im oberen Stockwerk nachzusehen, wie weit die Arbeit dort inzwischen vorangeschritten war.

Am Tag zuvor erst waren einige Gemälde, die für eine Ausstellung an ein anderes Museum ausgeliehen worden waren, zurückgekehrt und nahmen nun wieder ihren gewohnten Platz in der Accademia ein. Sorgsam und mit größter Vorsicht gingen die Kollegen dabei vor und bemerkten Violetta erst, als diese, mit verschränkten Armen in der Mitte des Raumes stehend, erleichtert aufseufzte. „Zufrieden?", erkundigte sich einer der Männer bei ihr und sie nickte. „Ja, absolut und wie jedes Mal, wenn alles wieder unbeschädigt bei uns an Ort und Stelle ist", lächelte sie und fügte dann noch schnell hinzu: „Um die Schilder mit den Beschriftungen kümmere ich mich übrigens gleich selbst. Die habe ich nämlich sowieso bei mir verwahrt."

Sprachs und war auch schon auf dem Weg zurück in ihr Büro, wo sie aus einem Schrank die Schachtel mit den Karten hervorholte, auf denen jeweils Name und Herkunft der jeweiligen Maler, die Epoche sowie Beschreibungen der Gemälde vermerkt waren. Mit diesen in der Hand kehrte Violetta sodann in den Ausstellungsraum zurück und befestigte sie in den dafür vorgesehenen Halterungen, als Vittorio plötzlich zu ihr stieß, hinter ihr stehenblieb und schließlich mit einem deutlich vernehmbaren Räuspern auf sich aufmerksam machte.

„Vio, meine Liebe, wenn du jetzt noch nicht einmal mehr in der Lage bist, einen Giovanni Bellini von einem Vittore Carpaccio zu unterscheiden, dann scheint doch irgendetwas mit dir los zu sein, oder täusche ich mich da etwa immer noch?" Violetta zuckte erschrocken zusammen, warf

zunächst einen Blick auf die Bilder und deren Titelschilder, ehe sie betreten zu ihrem Kollegen hinübersah. Es ärgerte sie maßlos, dass sie auch jetzt nicht alle ihre Sinne beisammen zu haben schien und so seufzte sie leise, während sie geschwind die Schilder tauschte und anschließend jedes ein weiteres Mal auf seine Richtigkeit hin überprüfte.
Danach endlich drehte sie sich zu Vittorio um, der immer noch dastand und sie mit in den Hosentaschen vergrabenen Händen beobachtete. Inzwischen hatten seine Lippen einen leicht spöttischen Zug angenommen und so fragte er sie schließlich grinsend: „Also, meine Liebe, verrätst du mir jetzt bitte, was mit dir los ist? Ich würde an dieser Stelle ja liebend gerne irgendwas Pikantes hören. Sowas wie ‚Ich hatte eine unglaubliche Nacht'." Er zuckte mit den Schultern. „Aber ich gebe mich natürlich ebenso mit etwas weit weniger Aufregendem zufrieden, wenn du mir nur verrätst, was dir derart die Sinne vernebelt hat."
Mit großen Augen starrte Violetta ihn an und spürte, wie ihr prompt die Röte ins Gesicht stieg. Eilig schaute sie daher zu Boden. Wie sollte sie ihm auch erklären, dass er mit dem gerade Gesagten in gewisser Weise gar nicht mal so verkehrt lag, nur dass eben diese besagte Nacht bereits ein paar Wochen her war und sie sich zudem an die Details weder erinnern konnte noch wollte. Dennoch war sie ihm wohl eine Begründung schuldig.
Also machte sie schließlich einige Schritte auf ihren Kollegen zu, blieb vor ihm stehen und strich ihm über den Arm. „Vittorio, hast du eventuell Zeit für einen Kaffee?", fragte sie kleinlaut. „Vielleicht tut es mir ja wirklich mal gut, wenn ich mit einem Unbeteiligten über all das rede, was mich jetzt sogar zwei meiner Lieblings-Maler verwechseln lässt." Sie zwinkerte ihm zu, als er auch schon nickte. „Aber natürlich habe ich das, meine Liebe. Zumal sich nun meine Neugier ohnehin kaum noch zügeln lässt."
Gemeinsam schlenderten die beiden daraufhin den langen Gang bis zum Treppenhaus entlang und stiegen dort am Ende die Stufen der Treppe in das Erdgeschoss hinab. Jetzt

am frühen Nachmittag herrschte hier reger Betrieb und so waren die zwei froh, als sie endlich nach draußen gelangt und nach einem kurzen Spaziergang die Café-Bar erreicht hatten. Mit einem langgezogenen Seufzer ließ sich Violetta dort sogleich auf den Stuhl fallen, während Vittorio erst noch schnell das kleine Lokal betrat und ihre Bestellung aufgab. Danach allerdings folgte er ihrem Beispiel, zog den Stuhl ein Stück vom Tisch zurück und machte es sich ebenfalls darauf bequem. Dabei schob er die Ärmel seines in einem kräftigen zitronengelb gehaltenen Rollis noch ein wenig weiter nach oben und stützte sich dann mit den Unterarmen vor sich auf dem Tisch ab.

Seine Kollegin währenddessen mit den Augen fortwährend fixierend, konnte er sich nun jedoch nicht länger zurückhalten. „Also, meine Liebe, bitte kläre mich endlich auf, was heute mit dir los ist." Violetta schürzte die Lippen. „Na ja, es ist so …", begann sie und nickte dem Kellner freundlich zu, der gerade den Kaffee zu ihnen nach draußen brachte, anschließend aber auch gleich wieder in der Tür verschwand.

„Im Grunde hat alles damit begonnen, dass ich vor ein paar Wochen bei Freunden zur Silberhochzeit am Gardasee eingeladen war." Vittorio nickte. „Ja, das hattest du mir erzählt und davon, wie wunderschön es da gewesen ist." Einen Mundwinkel zerknirscht nach oben ziehend, stimmte ihm Violetta verhalten zu. „Ja … und eigentlich auch nein. Ich hatte nämlich ein Detail bis jetzt dir gegenüber unerwähnt gelassen." Sie runzelte die Stirn und überlegte, wie viel sie Vittorio an dieser Stelle von den Geschehnissen dort tatsächlich preisgeben wollte.

Sicher, er war über die Jahre zu einem Vertrauten geworden. Aber wirklich so vertraut? Während sie noch darüber nachsann, wurde sie von ihm jedoch aus ihren Gedanken gerissen, da er jetzt vernehmlich mit dem kleinen Löffel einige Male gegen die Wand der Tasse schlug. „Bis du nun wieder bei mir?", fragte er sie feixend und hielt seinen Kopf ein wenig schräg, als er sie weiter gespannt ansah.

„Äh ja … entschuldige … also, ich hatte dir bislang nicht erzählt, dass unter den Gästen auch mein Ex-Mann gewesen war, mit dem ich trotz all der Jahre, in denen wir uns nicht gesehen haben … und das aus gutem Grund … gleich wieder in Streit geraten bin. Na ja, wie dem auch sei. Jedenfalls sitzt er heute Morgen auf einmal in dem Café schräg gegenüber der Accademia und lädt mich auf einen Cappuccino ein." Augenrollend schnaubte sie, da sie jetzt sein Bild unmittelbar erneut vor Augen hatte. „Und stell dir vor: Da fragt er mich dann allen Ernstes, ob wir nicht vielleicht unsere Träume von damals hervorkramen könnten."
Diesen Satz untermalte sie mit theatralischen Gesten und sah nun ihrerseits Vittorio aufmerksam an. „Kannst du dir jetzt eventuell vorstellen, wie mich sein plötzliches Auftauchen und diese abwegige Idee irritiert haben?"
Dieser indes spitzte amüsiert seine Lippen, grinste dann und trank in aller Seelenruhe einen Schluck Kaffee. Violetta war verwirrt. „Was?", hakte sie schließlich mit weit aufgerissenen Augen nach, aber ihr Gegenüber zuckte erst einmal nur lapidar mit den Schultern, rutsche anschließend in seinem Sitz ein wenig vor und sah ihr dann direkt ins Gesicht. „Ach, ich weiß doch selbst am besten, wie ein Mann einen aus der Bahn werfen kann und daher wird es nun schon irgendwie spannend … also zumindest für mich." Er setzte sich erneut ein wenig zurück und betrachtete ihren entgeisterten Gesichtsausdruck, ehe er fortfuhr: „Spaß beiseite, Vio! Wie gehst du jetzt damit um, dass dein Ex ganz offensichtlich wieder um dich wirbt?"
„Tut er nicht", entrüstete sie sich, doch da fiel er ihr sofort ins Wort. „Hach, manchmal beneide ich dich schon um deine Naivität, meine Liebe. Warum sonst sollte er heute hierhergekommen sein?" Die Lippen fest aufeinanderpressend, schüttelte Violetta den Kopf, als sie spürte, wie Vittorio seine Hand auf die ihre legte.
„Vio, mal ehrlich: Wir werden alle nicht jünger und Gefühle, die uns einst getrennt haben, verlieren in unserem Alter

manchmal eben auch an Härte. Vielleicht gab es bei ihm trotz eurer Auseinandersetzungen sowas wie einen … einen Moment der Besinnung." Er lächelte sie milde an. „Tut manchmal ganz gut, alle Vorbehalte über Bord zu werfen und allein den Kern einer Sache zu betrachten. Weiß ich aus eigener Erfahrung!"
Violetta senkte ihren Blick und zuckte mit den Schultern, während ihr abermals Tomasos Worte durch den Kopf gingen. Denn so wahr Vittorios Rat auch sein mochte, so wenig gefiel ihr der Gedanke, diesen auf ihren Ex anzuwenden. Eher trotzig war daher ihr Tonfall, als sie endlich wieder zu ihrem Kollegen aufsah. „Wie hast du es gerade genannt? ‚Moment der Besinnung'? Kann sein, dass so etwas manchmal hilfreich sein mag, aber in diesem Fall gibt es zudem auch einfach nichts, was sich ohne Vorbehalte zu betrachten lohnt", erklärte sie stur und leerte anschließend ihre Tasse in einem Zug. Vittorio indes schmunzelte angesichts ihrer rigorosen Reaktion und beließ es dennoch für jetzt dabei.

Kapitel 10 - Im Auge des Betrachters

Ein gefalteter Flyer der Sonderausstellung in der Accademia lag nun bereits seit Tagen auf Tomasos Schreibtisch. Er hatte ihn bei seinem spontanen Venedig-Besuch in der vergangenen Woche neben der Kasse vorgefunden und dann in die Innentasche seines Jacketts eingesteckt.

Das war allerdings gewesen, bevor Violetta ihm und seiner Frage an jenem Morgen eine mehr als deutliche Abfuhr erteilt hatte. War dieses Stück Papier also immer noch von Belang oder war es inzwischen nicht besser, es endlich zu zerknüllen und gemeinsam mit seinen Gedanken an Violetta endgültig zu entsorgen? Doch irgendwas in ihm schien sich dagegen zu sträuben.

Merkwürdig, dachte er und erhob sich nachdenklich von seinem ledernen Schreibtisch-Sessel, durchschritt langsam den Raum und blieb vor dem großen Fenster stehen. Die Hände auf dem Rücken verschränkt, starrte er so minutenlang nach draußen, ohne dort wirklich etwas zu sehen. Stattdessen beschäftigte ihn abermals und wie schon so oft in den letzten Wochen diese eine Frage: Warum nur ging ihm Violetta nicht mehr aus dem Kopf?

Es war nicht so, dass er sich nach ihr sehnte. Nein, soweit wollte er nicht gehen und doch war er sich sicher, dass es nicht nur die gemeinsam verbrachte Nacht sein konnte, die in ihm ein neuerliches Interesse geweckt hatte. Lag es also möglicherweise daran, dass er sie - abgesehen von ihrem Äußeren - fast gar nicht wiedererkannt hatte? Längst war sie schließlich nicht mehr die junge Studentin, die damals seine Freundin und später auch seine Frau geworden war. Ebenso wenig war sie noch die, die sich stets eher scheu im Hintergrund gehalten und dabei kaum etwas zugetraut hatte,

sowie genau die, deren Liebe er mit seinem eigenen Hunger nach Erfolg letztendlich zerstört hatte.
Nein, Violetta war über die Jahre ganz offensichtlich zu einer vollkommen anderen Persönlichkeit gereift. Stark, selbstbewusst und vielleicht auch gerade deswegen irgendwie faszinierend war sie ihm vorgekommen und nur nachts, allein in der Küche, hatte sie ihm noch einmal ihre verletzliche Seite gezeigt.
Tomaso starrte derweil zu Boden und überlegte, wie oft er seitdem bereits im Internet nach ihr recherchiert hatte. Gut und gerne mochte die ein oder andere Stunde schon dafür draufgegangen sein und doch riss sein Interesse an ihr nicht mehr ab. Zweifellos zog ihn die neue Violetta an, auch wenn er dies natürlich weder seinen Freunden Daniele und Isabella noch sich selbst gegenüber offen eingestand. Auf keinen Fall würde er sich eine derartige Blöße geben und daher ebenso niemandem von seinem spontanen Besuch bei ihr etwas erzählen.
Noch einmal tief durchatmend wandte er sich schließlich wieder vom Fenster ab und kehrte an seinen Schreibtisch zurück. Er hatte sich eigentlich vorgenommen, heute den ersten Entwurf für die Erweiterung eines Wellness-Hotels zu finalisieren und seinem Auftraggeber zukommen zu lassen. Aber als er jetzt einen neuerlichen Blick auf die Pläne warf, gestand er sich ein, wie unzufrieden er im Grunde damit war und nahm sich deshalb vor, das Design ein weiteres Mal und komplett neu zu konzipieren.
Bevor er mit der Überarbeitung jedoch loslegen konnte, brauchte er dringend einen Kaffee. Einen, der seinen Geist die kommenden Stunden wach genug hielt, um konzentriert arbeiten zu können.
Zum Telefonhörer greifend, wählte er daher die Nummer seiner Empfangssekretärin, die wenig später auch schon an seine Tür klopfte. „Komm rein, Giustina“, rief er ihr zu und breitete währenddessen den bisherigen Plan vor sich auf dem Tisch aus. Mit schnellen, kleinen Schritten trat die junge Frau ein, blieb bei ihm stehen und stellte das Tablett, auf dem sich

neben der Kaffeetasse noch ein Teller mit einem Stück Kuchen befand, vor Tomaso ab. „Hier, bitte schön. Nachdem du heute gar nicht essen gegangen bist, habe ich dir wenigstens etwas von der Pasticceria drüben mitgebracht, als ich vorhin selbst in der Pause war."
Er sah kurz von dem Entwurf auf und lächelte sie an. „Das ist lieb von dir. Danke, Giustina!", sagte er und wollte sich gerade erneut seiner Arbeit widmen, als die junge Frau hinter seinen Stuhl trat und ihre Arme liebevoll um ihn schlang.
„Was hältst du davon, wenn du heute Abend auch endlich einmal wieder mit zu mir kommst, ich uns etwas Nettes koche … und danach …danach für ein wenig Entspannung sorge …" Ihre Worte waren zuletzt nur mehr ein Hauchen und kamen einem sinnlichen Versprechen gleich, während sie mit ihren Lippen sanft seinen Nacken küsste.
Tomaso schloss für einen Moment seine Augen und sog dabei den Duft ihres süßen Parfüms ein. Warum nicht einfach diesen Liebkosungen nachgeben? Sich von ihr verwöhnen lassen? Doch dann besann er sich, griff nach Giustinas Händen und löste sich so aus ihrer Umarmung. „Ich weiß nicht so recht … auch wenn es natürlich ein sehr verlockendes Angebot ist", stammelte er und sah auf einmal wie aus dem Nichts Violettas Gesicht vor sich. Doch nicht nur das, gleich darauf tauchte zudem das ihres jungen Freundes neben ihr in seinen Gedanken auf.
War es da also nicht erst recht in Ordnung, wenn er - wie sonst auch - mit Giustina etwas Zerstreuung suchte? Er legte seinen Kopf in den Nacken und seufzte. Warum nur bereitete ihm die Aussicht auf ein paar schöne Stunden mit dieser hübschen Frau, die alles für ihn bereit war zu tun, dann keine richtige Freude mehr? Und hatte am Ende sein Zögern womöglich tatsächlich etwas mit seinen Gedanken an Violetta zu tun? Die Augen nochmals schließend, fluchte er stumm.
Was hatte ihr Aufeinandertreffen nach all den Jahren nur in ihm ausgelöst? Ein weiteres Mal spürte er Giustinas Lippen an seinem Ohr. „Bist du dir da ganz sicher, Tesoro? Ich

würde mich wirklich freuen, wenn wir nachher noch ein wenig Zeit zusammen verbringen würden ..." Abermals rang Tomaso mit sich. Sollte er ihr nicht vielleicht doch nachgeben?
Dann jedoch straffte er entschlossen seine Schultern und richtete sich in seinem Sitz auf. „Tut mir leid, Bella. Heute habe ich keinen Kopf dafür und nicht die Zeit, die du verdienst." Dabei drehte er sich zu ihr um und schenkte ihr einen bedauernden Blick, den Giustina mit einem Lächeln beantwortete, hinter dem sie jedoch ihre offensichtliche Enttäuschung verbarg.
Dennoch fuhr sie ein paar Mal mit ihren Fingern zärtlich durch sein Haar. „Ist schon gut, auch wenn ich natürlich lieber etwas anderes von dir gehört hätte", flüsterte sie und hauchte ihm einen Kuss auf die Wange, ehe sie sich zum Gehen wandte, bei der Tür aber noch einmal stehenblieb und nachdenklich zu ihm hinübersah. Ob sie möglicherweise doch einen allerletzten Versuch wagen sollte? Tomaso schien da allerdings längst wieder in die Pläne auf dem Schreibtisch vertieft und so verließ sie sein Büro ohne ein weiteres Wort.
Kaum hatte sie die Tür aber hinter sich ins Schloss gezogen, sah er auf und lehnte sich in seinem Ledersessel zurück. Was war nur mit ihm los? Sich mehrfach mit den Händen über sein Gesicht fahrend, hielt er inne und zwang sich dazu, seine Aufmerksamkeit nun doch erneut voll und ganz dem Projekt zu widmen, dessen Entwurf ihn sicherlich ebenfalls – wenn auch anders - um einen Teil seiner Nachtruhe bringen würde.

So war es daher schon fast Mitternacht, als Tomaso an diesem Abend endlich nach Hause kam. Zum Schlafen war ihm allerdings noch immer nicht zumute. Zu viele Gedanken kreisten auch jetzt in seinem Kopf: das Projekt, Giustina und die entgangene Nacht zu zweit, … und immer wieder Violetta!
Keine Frage, er musste erst ein wenig zur Ruhe kommen. Daher durchquerte er nun den Flur in Richtung der

großzügigen Küche, wo er zunächst sein Jackett achtlos über die Lehne eines Stuhls warf, ehe er die angebrochene Flasche Weißwein von der Anrichte nahm und sich ein Glas davon einschenkte. Mit diesem in der Hand wechselte er hinüber ins Wohnzimmer, welches nur vom matten Lichtschein einer Straßenlaterne erhellt wurde, das von draußen hier hereinfiel und die breiten Sessel lange Schatten werfen ließ.
Doch anstatt nun die Deckenleuchte einzuschalten, entzündete Tomaso den Docht einer dicken Kerze, die in der Mitte des Couchtisches stand und deren flackernder und sanfter Glanz bald darauf den ganzen Raum erfüllte. Einen Moment lang blieb er noch stehen und sah wie gebannt in die helle Flamme hinein, die sich vor seinen Augen hin und her zu wiegen schien.
Dann schließlich auf die Lehne des Sofas hockend nippte er an seinem Wein und dachte nach. Er grübelte über diese eine Sache, die ihn schon all die Tage und Wochen zuvor bewegt hatte und in der er dennoch bis jetzt zu keinem Schluss gekommen war. Denn; konnte man einen Menschen anziehend finden, obwohl man ihn doch eigentlich hasste?
Wobei; er hatte Violetta nie gehasst. Es waren die Umstände ihrer Trennung gewesen, die ihn letztendlich so hatten empfinden lassen. Über sie selbst hatte er sich in den zurückliegenden Jahren keine größeren Gedanken mehr gemacht, hatte ihre Person lediglich mit der ins Chaos abgedrifteten Scheidung gleichgesetzt und sich geschworen, nie wieder etwas mit ihr zu tun haben zu wollen. „Was für ein Irrtum“, flüsterte er jetzt und nahm einen weiteren Schluck aus seinem Glas.
Wenngleich es ihm auch fernlag, alles sie nach wie vor Trennende einfach schön zu reden, so hatte sie ganz ohne Zweifel in den Tagen am Gardasee wieder sein Interesse geweckt. Es interessierte ihn, wie aus der schüchternen Studentin von einst die neue Violetta geworden war. Ihre Wandlung reizte ihn und auch wenn er es ungern zugab, so wollte er doch mehr erfahren über diese Frau, die ihm

damals so nahegestanden hatte und von der er inzwischen so wenig wusste.
Aber wie stellte er das bloß an? Nachdenklich fuhr er sich mit einer Hand durch sein Haar. Vermutlich war es in der Tat eine dumme Idee gewesen, sie letztens einfach so zu überfallen und darauf zu vertrauen, dass es ihr ähnlich gehen könnte. Wollte er es also abermals probieren, dann brauchte er einen guten Plan. Einen richtig guten Plan!
Versonnen kratzte er sich daher eine Weile am Kinn und starrte weiter auf das vor ihm tänzelnde Licht, bis er plötzlich aufsprang und nachsah, wo er vorhin sein Jackett zurückgelassen hatte. Auf dem Stuhl beim Küchentisch wurde er schließlich fündig, nahm es und klopfte prüfend die Innentaschen ab. So fand er endlich auch, wonach er gesucht hatte, und zog lächelnd den Flyer der Sonderausstellung in der Accademia daraus hervor. Diesen nun auffaltend, studierte er den kurzen Text und tippte entschlossen mit seinem Zeigefinger immer wieder auf das Datum der Eröffnung.
Als Kuratorin war Violetta dort sicherlich anwesend, so hoffte er und auch, dass sie ihn vor all den anderen Besuchern nicht brüskieren würde. Aber würde sie sich darüber hinaus ein weiteres Mal auf ein Gespräch mit ihm einlassen? Einen Versuch war es allemal wert, entschied er und wusste doch, dass es dafür schon einer ganz besonderen und vielleicht auch außergewöhnlichen Idee bedürfen würde.

Am darauffolgenden Samstag hatte sich bereits eine Menschentraube anlässlich der Ausstellungseröffnung im Eingangsbereich der Accademia eingefunden und wie Tomaso den Gesprächen der Umstehenden unschwer entnahm, handelte es sich dabei zum überwiegenden Teil um recht fachkundiges Publikum. „Ganz im Gegenteil zu mir“, seufzte er, während er mit dem Rücken an einer der Säulen lehnend konzentriert dem Austausch neben sich lauschte und darauf hoffte, so noch die ein oder andere Information

zu erlangen, die ihm später vielleicht durchaus behilflich sein konnte.
„Signore e signori?!“, schallte dann plötzlich eine eher raue Männerstimme durch den Raum, die sofort alle Gespräche verstummen ließ und jegliche Aufmerksamkeit auf sich zog. Dies wiederum war nicht allein dem sonoren Klang der Stimme geschuldet, sondern ebenfalls dem auffälligen Äußeren des Sprechers, welches umgehend den Anwesenden ins Auge sprang.
Dem Anlass angemessen, hatte sich Vittorio nämlich selbst für seine Begriffe in Schale geschmissen und trug zu einer weitgeschnittenen Bundfaltenhose in Königsblau ein goldfarbenes Seidenhemd, verziert mit allerlei Ornamenten in Burgunder. Die schwarz umrandete Brille wirkte hingegen eher dezent und ließ ihn dennoch wie einen Gelehrten erscheinen, der gerade einem der Gemälde entstiegen war.
„Buon giorno, meine verehrten Gäste und herzlich willkommen zu unserer Sonderausstellung zum Thema ‚Manierismus‘ hier bei uns in der Gallerie dell‘Accademia.“ Er sah sich um und lächelte in die Runde. „Und haben Sie bitte keine Angst. Das Wort klingt schlimmer als es ist.“
Verhaltenes Gelächter ertönte, in das Tomaso allerdings nur zögerlich einstimmte. Ihn interessierte viel mehr, wo eigentlich Violetta steckte. Aufmerksam sah er sich daher um und reckte seinen Kopf in die Höhe, als Vittorio auch schon weitersprach: „Im Grunde bezeichnet dieser kunsthistorische Begriff eine Epoche, in der die Künstler dazu übergingen, ihren ganz eigenen Stil zu entdecken und auszubilden. Zu Zeiten der beginnenden Spätrenaissance keine Selbstverständlichkeit, aber dazu später gerne mehr.“
Vittorio machte eine einladende Geste. „Nun aber folgen Sie mir bitte erst einmal in den Seitenflügel hier drüben, wo Sie auch schon meine bezaubernde Kollegin Violetta Salvati erwartet, die mit mir zusammen die Werke erläutern und Ihnen im Anschluss auch gerne Ihre Fragen beantworten wird.“ Tomaso atmete erleichtert auf und folgte gemeinsam mit den anderen dem Kurator, der nach ein paar Schritten

noch einmal innehielt und sich der Gruppe zuwandte. „Ach ja, und mein Name ist im Übrigen Vittorio Fontana."
Paradiesvogel von Venedig hätte es wohl besser getroffen, schoss es Tomaso dabei durch den Kopf, als er sich nun zunächst jedoch im Hintergrund hielt und den restlichen Besuchern den Vortritt ließ, damit Violetta ihn nicht sofort entdeckte. Seine Sorge, sie könne dies tatsächlich tun, erwies sich allerdings rasch als unbegründet.
Hatte die Gruppe ein Bild erreicht, scharrten sich die Kunstinteressierten dicht um die beiden Kuratoren, um Wort für Wort ihren Ausführungen zu lauschen. Geradezu andächtig folgten sie den zweien, bis sie schließlich beim letzten Gemälde angekommen waren, Vittorio einmal in die Hände klatschte und sich abermals zu den Anwesenden umdrehte. „Signore e signori, nun sind wir auch schon am Ende unserer geführten Reise durch den Manierismus angelangt. Wenn Sie dennoch weitere Fragen an Signora Salvati oder mich haben – nur zu!"
Erwartungsvoll sah er sich um, als sich sodann in der letzten Reihe eine Hand hob. Es war die von Tomaso. „Ich hätte da noch eine Frage an Signora Salvati." Die Besucher vor ihm traten ein wenig auseinander, sodass er nun auch Blickkontakt zu ihr hatte und auf diese Weise deutlich das Erstaunen in ihrem Blick erkennen konnte.
„Sagen Sie, ...", begann er und bemühte sich um einen nachdenklichen Gesichtsausdruck. „Welche Merkmale halten Sie persönlich nun als die herausragendsten Eigenschaften des Manierismus?" Violetta stutzte und wusste nicht so recht, was sie mit diesen Worten aus Tomaso Mund anfangen sollte. Wollte er sie aufs Glatteis führen oder was sonst beabsichtigte er? Kunst sowie Kunstgeschichte waren schließlich nie eines seiner Steckenpferde gewesen. Warum also jetzt sein neuerlicher Besuch hier und eben diese Frage?
Doch ehe irgendwer ihre Verwunderung überhaupt bemerken konnte, straffte sie ihre Schultern und setzte ein professionelles Lächeln auf. „Nun, so etwas mag natürlich immer im Auge des Betrachters liegen, aber mich persönlich

beeindruckt besonders die Abkehr von der Harmonie, die noch in den Werken der Renaissance vorherrschte. Damit meine ich insbesondere die Asymmetrie und auch eine zunehmende Emotionalität der dargestellten Personen. So etwas, finde ich, erhöht die Ausdruckskraft einer dargestellten Szene enorm."

Anerkennend nickte Tomaso, bedankte sich, trat dann erneut einen Schritt zurück und stellte sich hinter ein Pärchen, dass seine Köpfe zusammensteckte und über das Werk vor ihnen an der Wand zu tuscheln schien. Violettas Gedanken indes kreisten weiter um die Frage, was er schon wieder hier tat und so bemerkte sie anfangs gar nicht, wie Vittorio inzwischen zu einer Art Abschlussrede angesetzt hatte. Erst, als sie ihren Namen hörte, schreckte sie auf, sah sich lächelnd um und gesellte sich dichter an die Seite ihres Kollegen.

Nachdem dieser jedoch geendet und sich für die Aufmerksamkeit der Anwesenden bedankt hatte, sah sie aus dem Augenwinkel heraus, wie Tomaso noch immer zwischen den Applaudierenden stand und ganz offensichtlich auch gar keine Anstalten machte, nun gleich zu gehen. Stattdessen betrachtete er scheinbar interessiert das Werk neben sich an der Wand mit betont kennerischer Miene.

Violetta spürte Anspannung in sich aufsteigen und ärgerte sich gleichzeitig, dass seine Gegenwart ihr überhaupt etwas auszumachen schien. Eigentlich sollte ich ihn ignorieren, dachte sie noch, als Vittorio ihr plötzlich sanft mit dem Ellenbogen in die Seite stieß. „Kennst du den Typ dort drüben?", erkundigte er sich mit flüsterndem Ton und deutete mit dem Kopf in Tomasos Richtung.

Violetta folgte seinem Blick und nickte kurz. „Und ob ich den kenne! Das da ist mein Ex-Mann." Ihr Kollege horchte auf und sah sie erstaunt an. „Dein Ex? Schon wieder hier? Der legt sich jetzt aber ganz schön für dich ins Zeug." Vittorio zog eine Augenbraue hoch und musterte den Mann

eingehend, der nach wie vor bei dem Bild am anderen Ende des Saals stand.
Sie hingegen zuckte nur mit ihren Schultern, wollte die Sache am liebsten abtun oder zumindest hinunterspielen. „Was du nur denkst! Er hat lediglich eine öffentlich zugängliche Ausstellungseröffnung besucht. Mehr nicht." Augenrollend seufzte Vittorio auf und grinste dann süffisant. „Aber natürlich doch, meine Liebe. Hattest du letztens nicht mal erwähnt, dass er eigentlich aus Mailand kommt? Das ist schon ein verdammt weiter Weg, um sich einfach nur mal so unsere kleine, aber feine Veranstaltung hier zu Gemüte zu führen." Violetta wusste selbst, dass sie diesem Argument wenig entgegenzusetzen hatte und noch weniger allerdings, was sie von Tomasos neuerlichem Auftauchen hier halten sollte. Dass ihr Ex schlichtweg plötzlich ein Faible für die Kunst entwickelt haben könnte, hielt sie jedenfalls für ausgeschlossen.
Bevor sie jedoch noch länger darüber nachsinnen konnte, spürte sie, wie Vittorio ihr sodann freundschaftlich über den Arm strich. „Na ja, wie dem auch sei. Ich habe gleich einen Pressetermin und muss jetzt leider wirklich los. Wir sehen uns später hoffentlich noch einmal", erklärte er, ehe er augenzwinkernd hinzufügte: „Halte mich aber bitte unbedingt auf dem Laufenden, wie es zwischen euch beiden weitergeht!"
Zerknirscht blickte Violetta ihn an und schließlich auch hinterher, als er daraufhin schnellen Schrittes dem Ausgang entgegeneilte. Was nun also tun, überlegte sie, bis sie sich endlich ein Herz fasste, die Ärmel ihrer Bluse zurechtzupfte und anschließend langsam den Raum durchschritt. Bei Tomaso angekommen, drehte sich dieser auch schon zu ihr um und schaute sie beeindruckt an. „In der Tat sehr interessant", kommentierte er und sie nickte. „Das ist Kunst in meinen Augen generell."
Mit versteinerter Miene war sie vor ihm stehengeblieben und sah ihn abwartend an. „Und welchen Anlass hast du dieses Mal für deinen Besuch?", fragte sie ihn schließlich

geradeheraus, was er mit einem gelassenen Blick quittierte. „Nun … ich hatte letztens den Flyer dieser Ausstellung entdeckt und fand das Thema durchaus interessant.“ Den skeptischen Ausdruck in ihrem Gesicht ignorierte er kurzerhand. „Allerdings …“, fuhr er stattdessen fort, machte dann aber noch einmal eine kurze Pause und musterte sie aufmerksam dabei. „Also, ich würde dennoch gerne mehr herausfinden wollen und verstehen, was die Accademia über die Grenzen Venedigs hinaus so bekannt sein lässt.“
Er hoffte, damit ihren fachlichen Ehrgeiz ausreichend geweckt zu haben, doch sie verzog keine Miene. „Wenn es dir allein darum geht, hättest du die Informationen gut und gerne auch dem Internet entnehmen können. Dort kannst du ausführlich auf diversen Seiten nachlesen, dass wir hier eben die weltweit bedeutendste Sammlung venezianischer Malerei beherbergen.“ Ihre Arme vor der Brust verschränkend sah sie ihn auch weiterhin ohne eine einzige Regung an.
In Violetta drin sah es allerdings längst ganz anders aus und das nicht zuletzt aufgrund von Vittorios zuvor gemachten Bemerkungen. Diese gingen ihr gerade erneut durch den Kopf und sie fragte sich, warum Tomaso auf einmal wieder so ein Interesse an ihr zu haben schien. Allein dieser Gedanke jedoch kam ihr derart absurd vor und daher wusste sie auch nicht wirklich, damit umzugehen.
Noch mehr schreckte sie wiederum jetzt die Erkenntnis, dass sie sich durchaus von seiner Aufmerksamkeit geschmeichelt fühlte, weswegen sie am liebsten mit dem Fuß aufgestampft und ein unmissverständliches ‚Stimmt doch gar nicht‘ geschrien hätte. Aber erstens wäre das selbst in ihren Augen lächerlich gewesen und zweitens dazu auch noch falsch.
Tomaso indes steckte seelenruhig seine Hände in die Hosentaschen und warf ihr einen fragenden Blick zu. „Verstehe! Aber wäre es angesichts unserer – nennen wir es – gemeinsamen Vergangenheit dennoch vermessen, dich zu bitten, mir eine kurze Führung durch die Gallerie dell‘Accademia zu geben?“ Violetta glaubte, sich verhört zu

haben, und rang gleichzeitig mit sich. Wie sollte sie nun reagieren? Ihn besser an die Kollegen von der Kasse verweisen, damit er von denen ein Gerät samt Kopfhörer ausgehändigt bekam und so die Sammlung selbständig durchwandern konnte? Oder doch seiner Bitte nachkommen und dann allerdings zwangsläufig weitere Zeit mit ihm verbringen?
Schließlich gab sie sich einen Ruck und sah auf ihre Uhr. „In Ordnung. Ich kann dir anbieten, dir ein paar der wichtigsten oder bekanntesten Werke zu zeigen. Mehr lässt meine Tagesplanung heute jedoch wirklich nicht zu." Lächelnd nickte er. „Das ist schon weitaus mehr, als ich gerade zu hoffen gewagt habe. Danke dir", versicherte Tomaso und folgte Violetta sodann die Treppe zu den oberen Ausstellungsräumen empor.
Dort angekommen, blieb sie vor einem Bild stehen, deutete darauf und begann zu erklären: „Also hier haben wir den ersten Teil eines Bilder-Zyklus von Vittore Carpaccio. Es handelt sich hier um …"
Mit erhobenem Zeigefinger fiel Tomaso ihr nun aber vermeintlich nachdenklich ins Wort. „Sag mal, … Carpaccio … war das nicht der Maler, der auf einem seiner Bilder bereits eine Brille dargestellt hat? Zu seiner Schaffenszeit ja zugegeben ein eher ungewöhnliches Objekt." Erstaunt sah Violetta ihn an. „Ja … ja, das stimmt. Dabei handelt es sich um das Gemälde ‚Der Tod des Heiligen Hieronymus'. Aber woher weißt du so etwas?" Sie zog eine Augenbraue hoch und sah ihn forschend an, doch er tat, als wenn nichts gewesen wäre. „Ähm … keine Ahnung. Muss ich wohl irgendwo mal aufgeschnappt haben."
Sich von ihr abwendend, betrachtete er nun die Malerei vor sich erneut und lauschte Violettas Erklärungen, ehe sie ihn bat, ihr in den Nebenraum zu folgen, wo sie auch schon vor der nächsten Darstellung stehenblieb. „So, nun zu diesem Werk. Es ist von Giovanni Bellini, der …"
Abermals unterbrach Tomaso sie und nickte wissend. „… der einst zum offiziellen Maler der Republik Venedig

ernannt wurde und somit den Saal des Großen Rates im Dogenpalast ausmalen durfte. Stimmt's?" Er grinste sie vergnügt an, während Violetta nur mit den Schultern zuckte. „Ja, auch da hast du vollkommen recht", antwortete sie und versuchte, ihre Verwunderung zu verbergen, indem sie betont sachlich mit ihrer Erläuterung fortfuhr und im Anschluss einige Schritte auf ein weiteres Gemälde zuging.
Dort blieb sie ebenfalls stehen und deutete zu dem darunter angebrachten Schild, auf dem der Name Tintoretto geschrieben stand. „Und? Was fällt dir nun zu diesem Maler ein?", fragte sie und sah ihn herausfordernd an, als er sodann nickend die Lippen schürzte und sich ein paar Mal nachdenklich mit dem Zeigefinger über sein Kinn fuhr. Schließlich lächelte er und erklärte amüsiert: „Bei Tintoretto hat mich tatsächlich am meisten fasziniert, dass er nicht wie Bellini aus einer Malerfamilie stammte, sondern sein Vater Seidenfärber war. Durchaus also auch eine venezianische Tradition, der er hätte folgen können. Wobei ich gelesen habe, dass er auch noch ganz andere Talente gehabt haben soll."
Er schnippte mit den Fingern. „Wusstest du zum Beispiel, dass er gleich mehrere Instrumente beherrscht hat?" Violetta runzelte die Stirn, entgegnete allerdings nichts, weswegen Tomaso direkt fortfuhr: „Na ja, jedenfalls kann ich mich außerdem noch vage daran erinnern, dass ihm seine geringe Körpergröße sowie seine bisweilen bissige Art, den Spitznamen ‚Pfefferkörnchen' eingebracht haben soll und … ach ja, bevor ich es vergesse, an das Gerücht, dass er seinerzeit von Tizian bereits ein paar Tage nachdem er seine Ausbildung in dessen Werkstatt begonnen hatte, aus Eifersucht auf sein Talent wieder hinausgeschmissen wurde." Er schüttelte den Kopf, als wenn er das gerade Gesagte selbst kaum glauben könne, und sah erst danach erneut Violetta an, die ihn derweil ihrerseits mit kritischer Miene musterte. Was führte dieser Mann, der sich eigentlich nie in seinem Leben etwas aus Malerei gemacht hatte, hier nur im Schilde?

Einen Moment gelang es ihr daraufhin zwar noch, zu schweigen, dann aber platzte es aus ihr heraus: „Tomaso, was soll das? Ich wüsste nicht, dass du überhaupt zu irgendeinem Zeitpunkt auch nur das leiseste Interesse an der klassischen Kunst gehabt hättest.“ Doch dieser zuckte nur lapidar mit den Achseln und grinste. „Das mag schon sein, aber ich denke, eine gute Allgemeinbildung ist nie verkehrt. Und dazu gehört meines Erachtens auch ein gewisses Maß an Wissen über die Malerei und da insbesondere hier in Norditalien halt über die venezianischen Meister ihrer Zunft.“

Violetta war dennoch nicht überzeugt. „Ach, komm schon. Sowas nehme ich dir nicht ab.“ Tomaso aber grinste erneut und zog gewitzt einen Mundwinkel nach oben. „Das liegt dann wohl ebenfalls im Auge des Betrachters“, entgegnete er, bedankte sich für ihre Zeit und deutete eine leichte Verbeugung an.

Anschließend machte er auf seinem Absatz kehrt, verließ den Raum und verschwand. Verdutzt sah Violetta ihm hinterher. „Was war das jetzt gewesen?“, murmelte sie und wusste nicht so recht, ob sie am Ende erleichtert darüber sein sollte, dass er einfach gegangen war und eine Begegnung mit ihm einmal nicht in einer Auseinandersetzung geendet hatte.

Dennoch blieb sie noch einen Augenblick lang mit in die Hüften gestemmten Armen dort stehen und starrte vor sich auf den Boden. Tomaso und sie ohne jeglichen Streit? Das fühlte sich ungewohnt und merkwürdig an, konstatierte sie kopfschüttelnd, ehe sie nun ebenfalls den Ausstellungsraum in Richtung ihres Büros verließ.

Tomaso hingegen war inzwischen vor das Portal der Accademia getreten, rieb sich zufrieden die Hände und schaute in den sonnigen Oktoberhimmel empor. Besser hätte es aus seiner Sicht gar nicht laufen können, überlegte er und überquerte pfeifend den kleinen Platz, um den

Wasserbus zurück zur Piazzale Roma zu nehmen, wo er heute Morgen seinen Wagen abgestellt hatte.
Ganz offensichtlich war es ihm also gelungen, Violetta nicht gleich wieder komplett gegen sich aufzubringen und vielleicht sogar ein wenig neugierig zu machen.
„Wer weiß …“, schmunzelte er und sah dem nächsten Treffen mit ihr bereits jetzt gespannt und voller Freude entgegen.

Kapitel 11 – Mitten im Kopf

Irgendwie hatte sich Violetta den Tag der Ausstellungseröffnung ganz anders vorgestellt, weswegen er jetzt in ihren Augen auch nur noch besser werden konnte. So hoffte sie jedenfalls, als sie am späten Nachmittag an der Vaporetto-Station gleich vor dem Kunstmuseum auf Cristianos Ankunft wartete.
Gegen das Geländer der Haltestelle gelehnt, blickte sie dabei gedankenversunken auf den vor ihr liegenden Canal Grande und sah den darauf vorbeiziehenden Booten hinterher, während sie noch einmal in ihrem Kopf die vergangenen Stunden Revue passieren ließ.
Wenngleich dies nicht ganz richtig war. Vor allem kreiste ihr Denken weiter um Tomasos Ausstellungsbesuch sowie sein sonderbares Verhalten danach. Was hatte ihn nur dazu bewogen, abermals den Weg von Mailand nach Venedig auf sich zu nehmen, obwohl doch auch ihr letztes Aufeinandertreffen nicht gerade von Harmonie geprägt gewesen war? Und warum um alles in der Welt hatte er sich dieses Wissen zu einigen der Malerfürsten angeeignet? Kopfschüttelnd dachte sie dann erneut über seine Ausrede mit der Allgemeinbildung nach und auch darüber, wie wenig sie ihm diese abgenommen hatte.
„Aber was wundert mich das eigentlich? Im Märchenerzählen war er schließlich immer schon gut“, flüsterte sie vor sich hin und warf währenddessen einen erwartungsvollen Blick auf ihre Uhr. Nicht mehr lang, bis der Wasserbus an der Station hier eintreffen musste, und dann würde sie ganz sicher endlich auf andere Gedanken kommen. Erneut beugte sie sich daher nun über das Geländer, um Ausschau nach dem ersehnten Schiff zu halten, als ihr unwillkürlich ebenfalls Vittorios Worte ein

weiteres Mal in den Sinn kamen. „Wie gehst du jetzt damit um, dass dein Ex ganz offensichtlich wieder um dich wirbt?“, hatte er sie letztens schon gefragt und sich wohl heute absolut in seiner Vermutung bestätigt gefühlt. Allein der Gedanke daran ließ Violetta nun jedoch vehement ihren Kopf schütteln und ein genervtes „Absurd!“ zischen. Es musste eindeutig einen anderen Grund für Tomasos Verhalten geben, auch wenn sie bislang nicht wusste, welchen!
Dann schließlich konnte sie in einiger Entfernung das hell lackierte, flache Boot ausmachen, auf dem sich Cristiano befinden musste. Sofort spürte sie ein Kribbeln in ihrem Bauch aufsteigen. Nun hatte das Warten also ein Ende und sie würde nach einer schier endlos erscheinenden Woche, die sie von ihm getrennt gewesen war, endlich wieder die Arme ihres Liebsten um sich spüren dürfen. Die Vorfreude darauf stand ihr bereits deutlich ins Gesicht geschrieben und ließ sie eilig ein paar Schritte auf den Steg zumachen, der den Ponton der Haltestelle hier mit dem Ufer verband. Ungeduldig trat Violetta sodann von einem Fuß auf den anderen, bis das Boot brummend seine Fahrt allmählich verlangsamte und wenig später gut vertäut zum Aussteigen an der Station bereitlag.
Sofort ihren Kopf in die Höhe reckend entdeckte sie dort auch gleich Cristiano zwischen den übrigen Passagieren, der jetzt winkend seinen Arm hob. Er beeilte sich sichtlich, mit seinem Trolley über den Steg an Land zu gelangen, wo er, kaum bei ihr angekommen, sie umarmte und fest an sich drückte. „Cara mia, du hast mir so gefehlt!“, flüsterte er ihr zu und gab ihr einen zärtlichen Kuss. Liebevoll erwiderte sie diesen und vergaß währenddessen alles ringsum, denn jetzt war wirklich alles wieder gut und ihre Welt komplett.
So dachte und fühlte Violetta und wäre gerne weiter in diesem Gefühl versunken, doch die hektische Geräuschkulisse um sie herum machte ihr nur allzu schnell erneut bewusst, dass sie sich gerade immer noch mitten im samstäglichen Touristen-Trubel Venedigs befanden.

Eher widerwillig löste sie sich daher von Cristiano und griff stattdessen rasch nach seiner Hand. „Komm, lass uns das Boot der anderen Linie nicht verpassen, damit wir als Erstes deine Sachen zu mir in die Wohnung bringen und danach endlich in unser gemeinsames Wochenende starten können."
Er nickte lächelnd. „Genau so wäre jetzt auch mein Vorschlag gewesen", antwortete er und folgte ihr samt seinem Gepäck erneut auf die Plattform der Haltestelle.

Rund eine Dreiviertelstunde und nicht abreißende Gespräche später hatten die beiden Violettas Zuhause erreicht und erklommen die Stufen in den ersten Stock.
„Magst du dich noch frisch machen und vielleicht einen Aperitif auf der Terrasse nehmen oder sollen wir gleich wieder aufbrechen?", erkundigte sie sich, während sie ihr Schlüsselbund aus der Handtasche hervorfischte und damit die Wohnungstür aufschloss.
Cristiano zuckte mit den Schultern. „Frisch machen wäre sicherlich eine gute Idee, aber danach würde ich dich am liebsten sofort ins Restaurant ausführen." Sprachs und schob seinen kleinen Koffer an ihr vorbei und in die Diele hinein. Von dort aus trug er ihn gleich weiter ins Schlafzimmer, wo er ihn auf seine Hälfte des Bettes legte und den Reißverschluss aufzog. Anschließend knöpfte er sein Hemd auf, zog es aus und warf es auf das Kissen, ehe er seinen Kopf noch einmal zur Tür hinausstreckte und nach Violetta sah.
„Was hältst du übrigens davon, wenn wir morgen ganz früh aufstehen und zur Abwechslung mal drüben am Strand frühstücken?", fragte er, während er sich mit einem Arm am Türrahmen abstützte und ihr auf diese Weise seinen gut trainierten Oberkörper darbot. Sie grinste erst und schürzte schließlich die Lippen. „Vielleicht …, aber dann, Amore, solltest du mir nicht ganz so viel Appetit auf nackte Haut machen. Wir haben immerhin schon Oktober und ich befürchte, da brauchen wir in der Früh schon etwas mehr zum Anziehen als das da."

Bei diesen Worten trat sie auf ihn zu, blieb vor ihm stehen und fuhr mit ihren Fingerspitzen langsam und sanft über die Konturen seiner Bauchmuskeln. Cristiano grinste und bedankte sich für ihre Zärtlichkeiten mit einem hingebungsvollen Kuss, bis sie sich – wenn auch nur zögerlich – von ihm löste. „Ich schlage vor, wir vertagen die Entscheidung hinsichtlich unseres Frühstücksortes einfach noch bis nach dem Aufwachen morgen früh und konzentrieren uns jetzt doch erst einmal auf das Hier und Jetzt", wandte sie ein und ergänzte dann: „Hast du schon überlegt, wo wir hingehen wollen, damit ich ebenfalls entscheiden kann, was ich anziehe?"

Cristiano legte seine Hände um ihre Taille und zog sie abermals zu sich heran. „Cara mia, abgesehen davon, dass du ohnehin ausnahmslos atemberaubend und faszinierend aussiehst, dachte ich mir, wir gehen heute wieder in die kleine Trattoria gleich hier bei dir ums Eck. Mir ist es nämlich lieber, wir sind nach dem Essen bald wieder zurück, damit wir unsere gemeinsame Zeit daheim und ausschließlich zu zweit verbringen können." Dabei warf er ihr einen Blick zu, der Violetta ohne große Schwierigkeiten erraten ließ, wonach ihm der Sinn stand. Lachend stimmte sie daher zu. „Claro, Amore! Dann bleibe ich jetzt einfach so wie ich bin und warte, bis du ebenfalls fertig bist." Ihm zuzwinkernd gab sie ihm einen kleinen Schubs. „Perfetto und darum beeile ich mich jetzt auch", grinste er und verschwand erneut im Schlafzimmer.

Violetta hingegen nutzte die Zeit und wechselte für einen Moment ins Bad, wo sie vor dem Spiegel stehend rasch ihre Haare nach oben band und anschließend zurück im Flur zu ihren Sneakern griff. Cristianos jugendliche Leichtigkeit begeisterte sie jedes Mal aufs Neue und so genoss sie es sichtlich, wie unkompliziert und frei alles mit ihm zu sein schien.

Freudig gestimmt sah sie daher auch bereits den kommenden Stunden entgegen und wünschte sich insgeheim längst, dass es irgendwann ganz viel mehr davon mit ihm

zusammen gab. „Jeden Abend neben ihm einschlafen und morgens ihn als Erstes sehen“, flüsterte sie verträumt und wusste doch, dass der Gedanke daran eigentlich noch allzu verfrüht war. So etwas brauchte schließlich Zeit und die galt es – wie auch jetzt – ausgiebig zu genießen. Gerade darüber sann sie weiter nach, als sie die Schnürsenkel an ihren Schuhen zu Schleifen band und plötzlich Cristianos Stimme hinter sich vernahm. „Also, Principessa, ich für meinen Teil wäre dann bereit dazu, mit dir in den Abend zu starten.“
Sogleich wandte sich Violetta zu ihm um und begann zu strahlen. Dort in ihrer Küchentür stand eindeutig der Mann ihrer Träume. Er hatte die graue, eher langweilige Business-Hose, die er zuvor getragen hatte, gegen eine weiße Jeans getauscht und mit einem hellblauen Hemd kombiniert, dessen oberste drei Knöpfe offenstanden. Darüber zog er nun gerade einen dunkelblauen Blazer, der seine sportliche Statur nur noch mehr betonte.
Was für ein Glück habe ich doch mit diesem gutaussehenden Mann, ging es ihr durch den Kopf, als sie sich jetzt erhob, auf ihn zutrat und ihre Arme um seinen Hals schlang. „Und ich bin es auch, Amore!“ Abermals küsste er sie liebevoll, griff dann nach ihrer Hand und zog sie mit sich. „Perfetto, aber bevor ich meinen Hunger auf Zärtlichkeit mit dir stille, verlangt mein Magen erst einmal nach einer Stärkung und mit dem ist, wie du inzwischen bestimmt auch schon weißt, gar nicht zu spaßen“, grinste er, während er in den Gang hinaustrat und ihr dort, eine Verbeugung andeutend, galant die Tür öffnete.

Die Trattoria war nur einen Katzensprung von ihrer Wohnung entfernt und so saßen die beiden wenig später im heimeligen Gastraum des kleinen Lokals. Violetta mochte es hier. Sie liebte den farblichen Kontrast zwischen den dunkel gestrichenen Deckenbalken, den mit rotem Stoff überzogenen Stühlen und den ansonsten weiß gehaltenen Wänden.

Irgendwie scheint es bei mir wohl tatsächlich immer um Farbe und ihre Wirkung zu gehen, überlegte sie gerade schmunzelnd, als eine junge Frau zu ihnen an den Tisch kam, sie begrüßte und die Karten reichte. Cristiano schlug diese auch sofort auf und studierte das Angebot, während Violetta abwartete und stattdessen lieber ihren Blick noch ein wenig weiter durch das Lokal schweifen ließ.
Wie ein Gemälde wirkte die Komposition um sie herum. All die unterschiedlichen Düfte und Aromen, die sie sogleich auf ihrer Zunge zu schmecken meinte, verbunden mit den Geräuschen von klapperndem Besteck sowie fröhlichen Gesprächen. Das alles spielte in einer wunderbaren Harmonie zusammen und zauberte Violetta unwillkürlich ein versonnenes Lächeln auf ihr Gesicht.
Cristiano begegnete diesem jedoch mit einem äußerst überraschten Blick, als er nun zu ihr aufsah und bemerkte, dass sie die Karte vor sich bislang nicht einmal aufgeblättert hatte. „Cara mia, hast du etwa noch gar nicht geschaut, was du essen willst?", fragte er sie und Violetta schüttelte nach wie vor lächelnd den Kopf. „Ich genieße einfach das Ambiente und hole mir bei diesem Anblick gleich noch ein bisschen mehr Appetit", erklärte sie und fügte dann hinzu: „Weißt du, ich finde es schade und irgendwie auch pure Verschwendung, wenn man nicht mit allen Sinnen genießt. Von dort drüben kommt zum Beispiel ein zartes Zitronenaroma zu uns herüber, und hier gleich neben mir duftet es nach frischem Rosmarin. Egal, wohin ich meine Augen und meine Nase richte, nehme ich gefühlt eine andere Note wahr. Das liebe ich einfach."
Belustigt grinsend sah Cristiano sie daraufhin an. „So ist das wohl, wenn man mit einer derart feinsinnigen Frau aus der Kunstszene beisammen ist. Für mich riecht es hier in erster Linie appetitanregend, aber du sezierst die Eindrücke geradezu." Er lachte und widmete sich dann erneut der Weinkarte, ehe er, ohne ein weiteres Mal aufzuschauen, noch ergänzte: „Wie sagt man da so schön? Das liegt wohl jeweils im Auge des Betrachters".

Violetta fuhr unmerklich zusammen. Eben diesen Satz hatte sie doch heute auch von Tomaso gehört. Und konnte es einen unpassenderen Moment geben, an seinen Besuch erinnert zu werden, als genau diesen?

Abermals begannen ihre Gedanken wild und unkontrolliert in ihrem Kopf herumzutanzen. Warum nur war er heute wieder nach Venedig gekommen? Welche Absicht verfolgte er damit und konnte es tatsächlich sein, dass sie einmal ohne Streit auseinandergegangen waren? Violetta seufzte still und schloss ihre Augen. Ich will und muss diese Begegnung aus meinem Kopf bekommen, beschwor sie sich und versuchte, an irgendwas anderes zu denken. „Katzenpfötchen, Katzenpfötchen, Katzenpfötchen …“, murmelte sie stumm, ohne ihre Lippen dabei zu bewegen, als sie plötzlich Cristianos Hand auf der ihren spürte.

Erschrocken zuckte sie abermals zusammen und schaute erst ihn und dann die junge Frau an, die mit einem kleinen Block in der Hand an ihrem Tisch stand und sie erwartungsvoll ansah. „Weißt du inzwischen, was du essen möchtest?“, erkundigte er sich, weshalb Violetta nun eifrig die Karte durchblätterte und mit ihrem Zeigefinger über das Papier fahrend die darin aufgelisteten Speisen überflog. „Ich … ähm … ach, es fällt mir immer so unglaublich schwer, mich bei eurem großartigen Angebot überhaupt zu entscheiden“, stammelte sie und warf der Bedienung einen bedauernden Blick zu, ehe sie sich hilfesuchend an Cristiano wandte. „Magst du nicht vielleicht erst einmal sagen, was du nimmst?“ Er nickte, blickte dann zu der jungen Frau auf und teilte ihr seine Bestellung mit. Violetta indes schlug die Seiten der Speisekarte nach wie vor hektisch hin und her, ehe sie sich schließlich für eine Portion Ravioli gefolgt von Jakobsmuscheln entschied. Beinahe ein wenig erleichtert gab sie danach die in Leder eingebundene Karte zurück, während Cristiano sich noch bezüglich des passenden Weines beraten ließ.

Violetta war da allerdings mit ihren Gedanken längst wieder woanders und es ärgerte sie, dass sich diese ganz und gar

nicht kontrollieren lassen wollten. Denn gab es nicht wirklich bessere Dinge, als sich auch jetzt fortwährend die Frage zu stellen, wieso ihr Ex sie erneut aufgesucht hatte? Dafür war die Atmosphäre hier mit ihrem Liebsten doch viel zu schön! Weshalb also gelang es ihr nicht, sich nun ausschließlich auf den Mann zu konzentrieren, der ihr gegenübersaß und der ihr noch nie Anlass gegeben hatte, sich über ihn zu ärgern? Ganz im Gegensatz zu Tomaso eben!
Abwesend und sauer auf ihr eigenes Unvermögen ballte sie daher nun instinktiv ihre Hand zu einer Faust und schlug mit dieser auf den Tisch. Sofort zog sie damit nicht nur Cristianos Blick, sondern auch seine komplette Aufmerksamkeit auf sich, der sie daraufhin mit einer Mischung aus Sorge und Unverständnis ansah. „Was ist los, Cara mia? Alles in Ordnung?“ Nein, nichts, gar nichts ist in Ordnung, dachte Violetta und schüttelte hastig den Kopf. „Entschuldige, ich habe gerade nur über etwas nachgedacht …“, sie überlegte, wie sie sich am besten ausdrücken sollte, ohne zu sehr auf die Geschehnisse des heutigen Tages einzugehen. Nicht zuletzt, da sie noch gut Cristianos Reaktion auf Tomasos Anwesenheit bei der Feier am Gardasee in Erinnerung hatte. Daher benötigte sie nun schnellstens eine kluge Ausrede.
„Ich musste nur gerade an einen unqualifizierten Kommentar denken, der heute bei der Ausstellungseröffnung gefallen ist. Du kennst mich: Manchmal nehme ich sowas dann schon sehr persönlich und … nun ja, ich bin mir soeben wohl darüber bewusst geworden, dass ich halt einiges schlichtweg nicht so ernst nehmen sollte.“
Cristiano nickte und blickte sie trotzdem weiter fragend an. „Da hast du vollkommen recht, aber um was ging es da überhaupt?“, hakte er nach, bemüht darum, Violetta beizustehen. Diese senkte nun jedoch verlegen die Lider und winkte an. „Amore, vergiss es am besten gleich wieder, und ich versuche es auch. Manche Dinge sind es einfach nicht

wert, dass man ihnen mehr als nötig Beachtung schenkt, besonders an einem so schönen Abend wie diesem." Über den Tisch hinweg griff sie nach seiner Hand und streichelte diese. „Zumal es hier um unsere Zeit geht, und die lassen wir uns von nichts und niemand verderben." Lächelnd warf sie ihm einen Kuss durch die Luft zu und sah ihn voller Liebe an. Ja, so sollten die Momente sein, um die ihre Gedanken kreisten, hielt sie sich erneut vor Augen und ließ seine Hand erst los, als ihre Getränke schließlich an den Tisch gebracht wurden.

Später jedoch, als sie nach dem köstlichen Mahl die Trattoria eng umschlungen durch den mit Wein überrankten Vorgarten wieder verließen, gestand sich Violetta schweren Herzens ein, dass ihre bisherigen Bemühungen, Tomaso komplett aus ihren Gedanken zu vertreiben, einfach nicht gelingen wollten.
Hatte es dieser Kerl mit seinem ungewöhnlichen Verhalten also tatsächlich geschafft, mitten in ihren Kopf zu gelangen und dort nicht mehr zu verschwinden? Aus dem Grunde galt es nun wohl erst recht, sich endlich voll und ganz der Liebe des Mannes zu widmen, der gerade ihre Hand fest umschlossen hielt und mit dem sie die von Laternen beschienene Gasse am Kanal entlang zu ihrem Zuhause entlangbummelte. Denn, so beschwor sie sich stumm, all ihre Gedanken und ihre Liebe sollten ausschließlich Cristiano gelten, der es nicht nur in ihren Kopf, sondern auch mitten in ihr Herz geschafft hatte.

Kapitel 12 - Wie in guten alten Zeiten

Ein wenig skeptisch und sorgenvoll war Violettas Blick schon, als sie erst aus dem Wohnzimmerfenster hinaus aufs dunkle Wasser der Lagune und danach in den noch wolkenverhangenen Himmel emporsah. Hoffentlich klart das Wetter bald etwas auf, dachte sie, als sie nun eher beiläufig nach der Uhrzeit sah. In rund einer Stunde wollte Isabella hier sein und da wäre es doch wirklich jammerschade, wenn sie ihren Kaffee nicht draußen auf der Terrasse trinken konnten.
Einen kurzen Seufzer ausstoßend wandte sich Violetta daraufhin wieder ab und ging hinüber in die Küche, um dort die letzten Vorbereitungen zu treffen. Schließlich backte sie nicht alle Tage einen Kuchen, doch die Limoncello-Tart nach einem Rezept ihrer Großmutter war ihr – so fand sie – in der Tat gut gelungen. Lediglich die Dekoration fehlte noch und so schnitt sie dafür nun hauchdünne Scheiben einer zuvor halbierten Limette ab, welche sie anschließend ringsum auf der gelben Creme platzierte. Nachdem sie ihr Werk vollendet hatte, trat sie einen Schritt zurück und begutachtete zufrieden das Ergebnis. „Gar nicht so schlecht für so eine Gelegenheits-Bäckerin wie mich“, lobte sie sich selbst und wischte sich ihre Hände dabei an ihrer Jogginghose ab.
Seit Tagen freute sich Violetta schon auf den Besuch ihrer Freundin, die sie seit der Feier am Gardasee nicht gesehen hatte. Deshalb war es in ihren Augen auch höchste Zeit, dass diese nun endlich zu ihr in ihre inzwischen gar nicht mehr ganz so neuen Wohnung auf dem Lido kam und die beiden Frauen, wie bereits im Sommer geplant, ihr Mädelswochenende hier abhielten.

Und so kontrollierte Violetta gerade ein weiteres Mal, ob im Kühlschrank auch wirklich alle Getränke kaltgestellt waren, als der Signalton ihres Handys den Eingang einer neuen Mitteilung verkündete. Rasch blickte sie sich deshalb um, fand es auf dem Küchentisch liegend und warf einen Blick auf das Display. Es war Cristiano, der ihr geschrieben hatte. Daher nahm sie ihr Telefon sogleich zur Hand, entsperrte es mit einem Wisch und begann zu lesen. „*Ciao, Cara mia! Ich wünsche dir ganz viel Spaß gemeinsam mit Isabella und richte ihr bitte Grüße von mir aus. Alles Liebe übrigens auch von meiner Mutter. Sie hofft, dass du nächstes Mal mitkommst, wenn ich sie besuche. Kuss und Umarmung, dein C.*"

Mit einem Lächeln auf den Lippen drückte sie das Telefon fest an ihre Brust, ehe sie es anschließend zurück auf die Anrichte legte. Sie liebte diese kurzen Nachrichten, die er ihr immer wieder schrieb und doch war es dieses Mal noch etwas anderes, was Violetta selig sein ließ. Es war der Gruß seiner Mutter, der sie abermals daran erinnerte, welch großes Glück sie beide hatten. Denn trotz des nicht gerade geringen Altersunterschieds zwischen Cristiano und ihr standen seine Eltern der Beziehung durchaus wohlwollend gegenüber und hatten Violetta vom ersten Augenblick an mit offenen Armen empfangen. Nicht selbstverständlich, wie sie sich stets vor Augen hielt und daher deren Zuneigung als etwas ganz Besonderes empfand.

Doch nun galt es, keine weitere Zeit mehr zu verlieren, ermahnte sie sich selbst. Also warf sie einen letzten Blick in das Gästezimmer, strich dort noch einmal die Bettdecke glatt und rückte die kleine, in buntem Papier verpackte Praline auf dem Kopfkissen zurecht. Anschließend ging sie nach nebenan in ihr Schlafzimmer, um ihre Jogginghose gegen eine Jeans sowie das lässige T-Shirt in einen leichten Pulli zu tauschen. Fertig umgezogen kehrte sie danach in die Küche zurück und warf von dort abermals einen erwartungsvollen Blick durch das Fenster in den Vorgarten und zu der dortigen Einfahrt hinaus.

Lange konnte es nun wirklich nicht mehr dauern, bis ihre Freundin eintraf. Eigentlich hatte Violetta ihr angeboten, sie von der Vaporetto-Station abzuholen, doch Isabella hatte dankend abgelehnt. „Keine Sorge, meine Liebe!“, hatte sie gesagt. „Du hast mir in all unseren Telefonaten die Lage der Wohnung und auch das Haus so oft und detailliert beschrieben, dass ich es gar nicht mehr verfehlen kann.“
Eben an diese Worte musste Violetta gerade noch einmal denken, als sie just in diesem Moment da vorne Isabella in ihrem hellen Trenchcoat um die Ecke biegen sah und sofort loslief. Nicht erst das Klingeln abwartend schlüpfte sie in die bei der Garderobe bereitstehenden Schuhe, öffnete die Tür und stieg die Treppe zum Hauseingang hinab. Unten angekommen zog sie schwungvoll die Tür auf und hieß ihre Freundin sogleich willkommen. „Isa, schön, dass du endlich da bist“, rief sie ihr entgegen und breitete dabei ihre Arme aus.
Diese hatte da gerade die Stufen erreicht, die zum Eingang hinaufführten, erklomm sie nun mit strahlendem Gesicht und fiel Violetta dann um den Hals. „Das finde ich aber auch.“ Die beiden Frauen begrüßten sich mit Wangenküssen, ehe die Gastgeberin eine einladende Handbewegung machte und dabei die Tür offenhielt. „Komm, lass uns erst einmal nach oben gehen und …“ Sie blinzelte in den Himmel empor, wo die Sonne wie auf Kommando in diesem Augenblick hinter einer Wolke hervorkam und zeigte darauf. „… Und den Sonnenschein, den du ganz offensichtlich mitgebracht hast, von meiner Terrasse aus genießen.“
Das brauchte sie Isabella kein zweites Mal sagen. „Auf alle Fälle! Nur deswegen bin ich doch hier!“, scherzte sie und fügte dann, während sie Violetta noch einmal fest an sich drückte, hinzu: „Und natürlich, um endlich mal wieder Zeit mit dir verbringen zu können.“

Mit ihrer kleinen Reisetasche folgte sie ihrer Freundin in den Hausflur hinein und anschließend hinauf in den ersten Stock. Dort schob diese die nur angelehnte Wohnungstür auf und bat Isabella mit einer angedeuteten Verbeugung herein. „Herzlich willkommen in meinem persönlichen Paradies!“, lächelte Violetta und trat dann hinter sie, um ihr beim Ablegen des Mantels behilflich zu sein. „Magst du erst eine kleine Führung bekommen oder machen wir das, nachdem wir Kaffee getrunken haben?“, erkundigte sie sich und sah ihre Freundin dabei mit fragender Miene an. Die jedoch schüttelte lachend ihren Kopf. „Wo denkst du hin! Du hast mich doch die ganze Zeit schon derart neugierig gemacht, dass ich nun wirklich nicht länger auf die Folter gespannt werden möchte.“

Lächelnd sowie ein wenig stolz nickte Violetta. „Nichts anderes hätte ich von dir erwartet. Ich weiß doch auch, wie es mir erging, als du so blumig von dem Bungalow dort am See vorgeschwärmt hast.“ Sie legte liebevoll ihren Arm um Isabella, gab ihr einen Kuss auf die Wange und begann dann, eine Tür nach der nächsten zu öffnen. So zeigte sie ihr zunächst Gäste- sowie Schlafzimmer, anschließend Bad und Küche, ehe sie endlich zusammen mit ihr das Wohnzimmer betrat und auf die Fensterfront deutete.

„Und das, meine liebe Isa, ist der Ort, von dem ich dir wohl bei weitem am meisten berichtet habe.“ Sie zwinkerte ihr zu. „Hier entspanne ich einfach am liebsten. Entweder drinnen oder – so oft es eben geht - da draußen.“ Bei diesen Worten durchquerte Violetta den Raum, öffnete die Tür zu ihrer Terrasse und bat Isabella, ihr zu folgen. „Aber schau bitte selbst, warum ich diese Wohnung einfach nehmen musste.“

Sie machte einen Schritt zur Seite, damit ihre Freundin in den uneingeschränkten Genuss des sich ihr von hier aus bietenden Ausblicks kommen konnte, und sah sie erwartungsvoll an. Immer wieder begeistert nickend, schaute diese sich um. Zu ihrer Rechten war das Grundstück von Pinien und Zypressen umgeben, die vor allzu aufdringlichen Blicken schützten, doch nach vorne bot sich ihr das atemberaubende Panorama der Lagune und deren weltberühmter Stadt.

„Das ist … ich kann es kaum in Worte fassen … einfach nur wunderbar“, stammelte sie, während sie weiter zu all den Türmen und Kirchendächern dort hinten am Horizont sah. Violetta stimmte sogleich mit ein: „Und weißt du, was das Allerbeste ist? Ich kann diese ganze Schönheit in fast absoluter Stille genießen. Die Wohnung unter mir wird von einem ehemaligen Mitarbeiter der Stadtverwaltung Venedigs und seiner Frau bewohnt. Auch die beiden hat es bereits vor Jahren hierher verschlagen, weil ihre vorherige Wohnung in San Marco direkt an einen Kanal grenzte, auf dem Gondoliere regelmäßig italienische Weisen zum Besten gaben. Wobei ‚zum Besten‘ nicht im wörtlichen Sinne zu verstehen ist.“ Sie lachte. „Jedenfalls ist den beiden der Trubel dort irgendwann zu groß geworden. Ganz die Lagune verlassen wollten sie aber dennoch nicht und so haben sie eben das Erdgeschoss hier erworben.“
Isabella trat an die Brüstung der Terrasse heran und warf einen Blick hinunter, als sich ihre Freundin auch schon neben sie gesellte. „Und selbst wenn die Wohnung unten größer ist und die zwei den ganzen Garten quasi für sich allein haben, ist mir meine Wohnung hier oben einfach lieber. Allein wegen dieser Terrasse möchte ich nie mehr weg“, erklärte sie und Isabella nickte. „Das würde ich auch nicht wollen. Ich bin ja schon froh über unseren kleinen Balkon, auf dem neben all den Blumentöpfen wenigstens zwei Stühle und ein Tischchen für Daniele und mich Platz haben, wie du weißt, aber das hier ist wirklich fantastisch, zumal …“ Sie stieß ihre Freundin sanft mit dem Ellenbogen in die Rippen und deutete mit dem anderen Arm auf das nahe Wasser hinaus. „… Das da eine ohne Zweifel unverbaubare Aussicht ist.“
Die Freundinnen lachten. „Und genau deswegen hatte ich auch gehofft, dass heute Nachmittag die Sonne scheint“, erklärte Violetta, während sie sich umdrehte und auf die beiden Liegestühle zeigte. „Zwar weiß ich aus eigener Erfahrung, dass man es auch gut in eine Decke eingepackt hier aushalten kann, aber ohne ist es natürlich noch einmal

um Einiges schöner." Isabella bei diesen Worten liebevoll über den Rücken streichend, fuhr sie fort: „Magst du dich da schon mal setzen? Ich hole nur schnell den Kuchen aus der Küche und koche uns dazu zwei Tassen Kaffee." Die so Gefragte nickte. „Mache ich sehr gerne. Aber wenn du Hilfe brauchst, sagst du mir bitte Bescheid." Violetta winkte jedoch lächelnd ab. „Nicht notwendig, Isa. Ich habe vorhin sowieso schon alles bereitgestellt und bin daher sofort zurück."

Während die Gastgeberin also wieder in der Wohnung verschwand, blieb Isabella noch bei der Balustrade stehen, legte ihre Hände auf das steinerne Geländer und atmete einmal tief die frische Luft ein, die vom Wasser herübergetragen wurde. Violetta hatte es mit diesem Platz zweifelsohne perfekt getroffen, das musste sie neidlos anerkennen. Dazu noch der liebevolle und attraktive Partner an ihrer Seite – mehr Glück konnte man seiner besten Freundin wohl wirklich nicht wünschen. Oder etwa doch?

Rasch wurde sie allerdings wieder aus ihren Gedanken gerissen und drehte sich um, als sie das Geräusch von aneinanderstoßendem Geschirr vernahm. Beladen mit einem Tablett trat Violetta da gerade aus der Terrassentür heraus und balancierte Kaffeetassen, Teller, Besteck sowie die Kuchenplatte zu dem kleinen Tisch hinüber, der dort zwischen den beiden Stühlen aufgebaut stand. Kaum hatte sie alles darauf abgestellt, rief sie ihrer Freundin zu: „Du kannst dich gerne schon mal setzen. Ich hole uns nur noch etwas Zucker sowie Milch und dann bin ich auch sofort zurück."

Isabella nickte, schaute jedoch zunächst abermals auf das Wasser hinaus, auf dem die Strahlen der Oktobersonne kleine Lichtpunkte tanzen ließen. Verbunden mit dem Duft der Pinien in der Luft konnte ein Herbstnachmittag wohl kaum schöner sein, sinnierte sie noch, als sie Violetta auch schon zurückkehren hörte. „Na, kannst du dich von der Aussicht ebenfalls nicht mehr losreißen?", lachte sie, ehe sie augenzwinkernd hinzufügte: „So in etwa ist es mir übrigens

an dem Tag ergangen, als ich die Wohnung zusammen mit der Maklerin besichtigt habe. Die hatte ebenfalls ihre liebe Not, mich wieder von hier fortzubringen." Verständnisvoll nickte Isabella, als sie nun endlich an den Tisch herantrat und sich auf einen der Stühle setzte. „Das kann ich so gut verstehen. Und auch wenn du mir ja bereits das ein oder andere Foto geschickt hast, ist es jetzt mit all den Düften und Geräuschen halt noch einmal etwas ganz anderes."
Danach jedoch richtete sie ihre komplette Aufmerksamkeit auf den Kuchen, von dem Violetta ihr gerade ein Stück auf einen Teller legte und ihr diesen dann reichte. „Lass mich raten: Das ist die Limoncello-Tart, die du früher immer schon gemacht hast. Stimmt's?" Ihre Freundin grinste. „Absolut, und um ehrlich zu sein, ist es immer noch das einzige Rezept, von dem ich weiß, dass es selbst mir gelingt und stets gut ankommt." Eifrig stimmte Isabella ihr zu. „In mir findest du auf alle Fälle jederzeit einen dankbare Abnehmerin."

Fröhlich plaudernd genossen die zwei Frauen daraufhin die Nachmittagssonne bei Kaffee und Kuchen, ehe beide die Rückenlehnen der Stühle etwas zurückklappten und sich entspannt den letzten auch jetzt noch immer ein wenig wärmespendenden Strahlen der Sonne zuwandten. Selbst als allmählich ein leichter Wind aufkam, zog es sie längst nicht ins Wohnungsinnere hinein. Vielmehr holte Violetta Decken herbei, die sich die zwei um ihre Schultern legten, um so weiter die ruhige Atmosphäre draußen genießen zu können.
Eine Weile hatten die beiden Frauen gerade stumm beieinander gesessen und versonnen auf die langsam einsetzende Dämmerung gestarrt, als Isabella ihre Freundin plötzlich abrupt aus ihren Gedanken riss. „Was ich dich überhaupt die ganze Zeit schon fragen wollte, Vio: Hast du seit dem Fest eigentlich noch mal Kontakt zu Tomaso gehabt?" Überrascht sowie ein wenig überrumpelt schaute Violetta sie an, beschloss jedoch, ihre Antwort auf diese Frage möglichst knapp zu halten. „Ähm … ja, also … es

mag zwar komisch klingen, aber wir sind uns tatsächlich vor einiger Zeit eher zufällig über den Weg gelaufen."
Eine Augenbraue hochziehend sah ihre Freundin sie jetzt mit forschender Miene an. „Zufällig? Also wenn mich nicht alles täuscht, dann wohnt ihr ja nicht gerade nah beieinander. Wie kann man sich da ‚zufällig' über den Weg laufen?"
Violetta zuckte ratlos mit den Schultern. Sie ahnte selbst, wie merkwürdig das klingen musste, ohne jedoch eine Ahnung zu haben, was sie ihrer Freundin sonst darauf entgegnen konnte und wollte. Immerhin gab die Situation ja auch weiterhin ihr Rätsel auf und ließ sie damit hadern.
Allerdings wusste sie nur zu gut, dass Isabella das Thema ganz gewiss nicht einfach wieder auf sich beruhen lassen würde. Also schürzte sie die Lippen, holte kurz tief Luft und begann von ihrem kürzlichen Aufeinandertreffen zu erzählen. Davon, wie Tomaso dort morgens in der Café-Bar gesessen und sie sodann auf einen Cappuccino eingeladen hatte. Sie berichtete ihr außerdem, wie sie noch einmal über das Wochenende am Gardasee gesprochen hatten, ohne jedoch mehr als unbedingt notwendig auf die Details ihrer Unterhaltung oder ihren erneuten Zwist einzugehen.
Isabella ihrerseits hörte aufmerksam zu und richtete sich schließlich in ihrem Stuhl etwas auf, um Violetta auf diese Weise ein wenig genauer betrachten zu können. Zunächst entgegnete sie noch nichts und nickte nur stumm, während sie ihre Freundin weiter nachdenklich ansah, bis sie nach einer Weile aufseufzte und sanft zu lächeln begann. „Aber irgendwie ist es schon komisch, Vio. Findest du nicht? Da seid ihr Jahre, wenn nicht inzwischen sogar Jahrzehnte, derart zerstritten und verbohrt, dass ihr kein einziges Mal miteinander sprecht und dann das." Sie unterbrach sich kurz selbst und es schien, wie wenn sie die folgenden Worte regelrecht zelebrieren wollte. „Dann trefft ihr euch nicht nur auf einen Kaffee, sondern er besucht auch gleich noch die Eröffnung einer von dir kuratierten Ausstellung."
Nun hatte ihr Blick eher etwas Herausforderndes und trieb Violetta umgehend die Röte ins Gesicht. Woher wusste ihre

Freundin das nur, fragte sie sich gerade noch, als diese sich auch schon ein wenig mehr zu ihr hinüberbeugte und nach ihrer Hand griff. „Dass Tomaso an der Ausstellungseröffnung teilgenommen hat und somit zweifellos bei dir gewesen sein muss, weiß ich von Daniele. Die beiden haben letztens miteinander telefoniert und da hat er es ihm erzählt. Also auch nicht so ganz direkt. Es war ihm wohl irgendwie herausgerutscht." Sie schmunzelte. „Und genau deshalb hat er vermutlich auch euren gemeinsamen Kaffee ihm gegenüber unerwähnt gelassen." Sie seufzte abermals. „Ach Vio, ich weiß, dass ich mir manchmal einfach zu viel wünsche, aber ich würde mich so freuen, wenn ihr beide euch endlich wieder besser versteht und wir dann vielleicht auch mal etwas gemeinsam unternehmen könnten. So wie in guten alten Zeiten eben."
Ihr Gesicht hatte mittlerweile einen fragenden, fast bittenden Ausdruck angenommen, doch Violetta schüttelte ihren Kopf. „Isa, so lieb ich dich als meine beste Freundin habe und dich ungern enttäusche, aber ich glaube nicht, das es irgendwann dazu kommen wird." Sie untermalte jedes ihrer Worte gestenreich. „Und selbst wenn wir da eben nur von einem Ausflug oder so reden … ich bin mit Cristiano zusammen und glücklich. Der fände es sicherlich ganz und gar nicht toll, wenn ich auf einmal wieder Zeit mit meinem Ex zusammen verbringen wollte." Sie zuckte mit den Schultern. „Ich habe dir ja schon erzählt, dass er nicht sonderlich begeistert war, als er bei eurem Fest auf ihn getroffen ist."
Isabella runzelte die Stirn und sah ihre Freundin aufmerksam an. „Und was hat er dann jetzt dazu gesagt?", wollte sie wissen, weswegen Violetta verlegen ihren Blick senkte. „Er weiß es nicht und eigentlich gibt es ja auch überhaupt nichts, was ich ihm beichten müsste", antwortete sie leise und deutete bei den letzten Worten mit ihren Fingern Anführungszeichen an, ehe sie anschließend fortfuhr: „Ich denke, es wäre am Ende einfach das Beste, es wieder auf sich beruhen zu lassen. Gut, wir sind jetzt einmal nicht

aufeinander losgegangen. Aber im Grunde heißt das doch gar nichts. Wir haben uns damals gegenseitig derart tiefe Wunden zugefügt, die sind jetzt nicht einfach so nach einer Tasse Cappuccino oder einem Ausstellungsbesuch vom Tisch.“ Sie rollte mit den Augen. „Außerdem wirst du sehen, wie schnell Tomaso nun sein Interesse an weiteren Besuchen in Venedig verlieren wird. Also, ich meine, nachdem er sich jetzt quasi selbst davon überzeugt hat, dass ich ganz allein und vor allem ohne ihn erfolgreich geworden bin.“

Der ironische Unterton war dabei unüberhörbar und sie zog eine Grimasse. „Das wird für ihn also bald genauso unerheblich sein, wie für mich im Gegenzug die Anzahl seiner Affären.“ Doch Isabella wollte sich trotz aller Einwände ihrer Freundin noch nicht vollständig geschlagen geben, richtete sich in ihrem Sitz abermals etwas auf und seufzte. „Und trotzdem, Vio, würde ich mich freuen, wenn zwischen dir und Tomaso endlich die Eiszeit beendet wäre und ihr nach all den Jahren zumindest wieder ganz normal miteinander umgeht.“ Sie zuckte mit den Schultern. „Und auch, wenn ich Cristiano natürlich noch nicht so gut kenne, denke ich doch, dass er eigentlich nichts dagegen haben kann, wenn ihr beide zukünftig lediglich wie zwei erwachsene Menschen miteinander umgeht, die ja in gewisser Weise auch immer noch eine gemeinsame Vergangenheit verbindet.“

Violetta presste ihre Lippen aufeinander und schaute ihre Freundin mit jeder Menge Skepsis im Blick an. „Ich weiß nicht so recht und will da eigentlich auch gar nichts riskieren. Wofür denn auch? Zumal eben Cristianos Reaktion am Gardasee mir schon gezeigt hat, dass er bisweilen eifersüchtig sein kann und da muss ich diese Eifersucht ja weiß Gott nicht aus belanglosen Gründen heraufbeschwören“, erklärte sie mit bestimmter Miene und hoffte, das Thema damit endgültig beenden zu können. Trotzdem fügte sie abschließend hinzu: „Isa, sieh es doch einfach als deinen und Danieles Erfolg an, dass Tomaso und ich uns nun nicht mehr sofort die Augen auskratzen, wenn

wir aufeinandertreffen. Aber dabei, so finde ich, sollten wir es realistischerweise auch belassen.“ Amen, ergänzte Isabella in Gedanken und seufzte ein weiteres Mal auf. Es half wohl nichts, jetzt noch länger auf Violetta einzureden, selbst wenn sie nach wie vor der Meinung war, dass sich ihre Freunde auf einem guten Weg in Richtung einer Versöhnung befanden.
Denn waren da nicht zuletzt Violettas Blicke beim Fest gewesen, mit denen sie Tomaso verstohlen beobachtet hatte? Und wie wahrscheinlich war es, dass purer Zufall eben diesen gleich zweimal in kürzester Zeit nach Venedig geführt hatte? Sie runzelte ihre Stirn. Nein, da musste eindeutig mehr sein, als beide bereit waren, zuzugeben.
Andererseits hatte Isabella auch die Worte ihres Mannes im Ohr, der sie gebeten hatte, nicht allzu viel in das alles hineinzuinterpretieren. Leichter gesagt als getan, überlegte sie jetzt und kam doch nicht umhin, ihren Erinnerungen an die gute alte Zeit nachzuhängen, in der sie zu viert sogar gemeinsam in den Urlaub gefahren waren. Versonnen sah sie dabei zum abendlichen Himmel empor, an dem hinter einigen vorbeiziehenden Wolken ganz allmählich die silbrige Sichel des Mondes zum Vorschein kam.
„Es wird schon alles so kommen, wie es kommen soll“, flüsterte sie kaum hörbar mehr zu sich selbst, als plötzlich Violetta nach ihrer Hand griff. „Ich glaube, so langsam sollten wir nun doch reingehen. Diesen Ausblick können wir gerne morgen in der Früh wieder bei einer Tasse Cappuccino bewundern. Jetzt steht mir der Sinn allerdings tatsächlich nach einer Pyjama-Party mit dir. Und das …“, fügte sie lächelnd mit einem Augenzwinkern hinzu. „… das ist dann tatsächlich wie in der guten alten Zeit!“

Kapitel 13 - Ein künstlerischer Rat

Ganz allmählich neigte sich der Oktober nun seinem Ende entgegen und Violetta hoffte, dass neben den Blättern an den Bäumen auch die Besuchermassen in der Lagunenstadt weniger werden würden. Viel zu selten waren die Zeiten inzwischen geworden, in denen Venedig bisweilen noch immer den Venezianern zu gehören schien. Dann, wenn die Ruhe in die Gassen einzog und auf den Campi die Hektik endlich wieder der Gelassenheit Platz machte. Und vor allem dann, wenn sich die Mystik von Wasser und Licht abermals uneingeschränkt zwischen den alten und ehrwürdigen Mauern zeigte, ohne unablässig von den Touristenströmen überrannt zu werden. Das war zudem die Zeit, in der selbst das typische und beizeiten ungemütliche Herbstwetter der zauberhaften Stimmung nichts anhaben konnte. Ganz im Gegenteil, fand Violetta. Sie mochte es, wenn der dichte venezianische Nebel aufzog, die Türme der Kirchen verhüllte und die Lagune wie eine Landschaft aus einem Märchen erscheinen ließ.
Die also mittlerweile nicht mehr vollkommen überfüllten Gassen genießend, war sie auf ihrem Weg zur Arbeit heute bereits ein paar Stationen früher dem Wasserbus entstiegen. So konnte sie ganz nebenbei auch noch einige Besorgungen erledigen, während sie beinahe ein wenig verträumt dem Gassengewirr in Richtung der Accademia folgte und erst zusammenfuhr, als sie aus der schmalen Calle hinaus auf den Campo Santo Stefano trat. Ein frischer Wind blies ihr hier direkt ins Gesicht und ließ sie sofort den Kragen ihres Mantels leicht fröstelnd hochschlagen. Umgehend beschleunigte Violetta daraufhin ihren Gang, überquerte den weitläufigen Platz und stieg dahinter geschwind die Stufen

der Ponte dell'Accademia hinauf, um auf die gegenüberliegende Seite des Canal Grande zu gelangen. Kaum hatte sie diese jedoch erreicht, als sie plötzlich ein paar Tropfen auf ihrer Wange spürte und unwillkürlich ihren Blick gen Himmel richtete. Da traf auch schon ein weiterer ihr Augenlid. Blinzelnd klemmte Violetta daher nun die Handtasche fest unter ihren Arm und beeilte sich, das glücklicherweise nahe Portal der Kunstgalerie zu erreichen. Dort angekommen, schnaufte sie erleichtert sowie ein wenig außer Atem durch und strich sich zunächst die feuchten Haarsträhnen aus ihrem Gesicht. Abermals zu den grauen Wolken über ihr hinaufschauend, rang sie sich dennoch ein Lächeln ab: „Da haben wir heute also wohl eindeutig mal wieder bestes Museumswetter", sagte sie leise zu sich selbst und drückte anschließend mit ihrem Rücken die Tür auf. Drinnen stellte sie sogleich fest, wie richtig sie mit dieser Annahme gerade gelegen hatte, als sie die zahlreichen Besucher an der Kasse anstehen sah. Ihrer Kollegin dort zuwinkend, begrüßte sie diese. „Buon giorno, Ricarda!" Die ältere Frau hob suchend ihren Blick, erspähte Violetta hinter den am Tresen Wartenden und grüßte ebenfalls. „Buon giorno, Vio!", rief sie ihr fröhlich zu, ehe sie dem Mann, der ihr gerade gegenüberstand, seine Tickets aushändigte.

Violetta liebte irgendwie diese Tage, an denen es neben all den Kunstbeflissenen, auch das weniger fachkundige Publikum hierherzog. Dann, wenn die vermeintlich Unkundigen beeindruckt durch die Räume wandelten, vor den Gemälden stehenblieben und die Kraft der Farben sowie die Ausdruckskraft jener großen Meister auf sich wirken ließen. Nicht anders war es schließlich ihr selbst ergangen, als ihre Eltern sie einst eben genau an diesen Ort mitgenommen hatten. Neun oder zehn Jahre musste sie damals gewesen sein und auch wenn nicht sofort ein Berufswunsch daraus erwachsen war, so hatten sie dennoch die gesammelten Eindrücke nicht mehr losgelassen.

Eben darüber sann sie versonnen lächelnd nach, als sie nun ihr Büro betrat und die Tür hinter sich wieder schloss. Zunächst stellte sie ihre Handtasche ab, zog dann ihren noch immer ein wenig tropfenden Mantel aus und hängte diesen am Garderobenständer auf, bevor sie sich an ihren Schreibtisch setzte und ihren Rechner startete.
Wie jeden Morgen galt ihre Aufmerksamkeit dabei als Erstes den bevorstehenden Terminen, ehe sie sich im Anschluss den eingegangenen Nachrichten in ihrem Postfach widmete. Beides hielt glücklicherweise heute keinerlei Überraschungen für sie bereit und so konnte sie sich nun ohne Umschweife der Aufgabe zuwenden, die sie sich ohnehin für diesen Tag vorgenommen hatte. Geradezu akribisch ging sie deshalb nun die Dokumente über einige von der Forschung neu gewonnene Erkenntnisse durch und glich sie mit den hier in der Sammlung vorhandenen kunstgeschichtlichen Daten ab.
Konzentriert in diese Arbeit versunken, vergaß Violetta darüber vollkommen die Zeit und schreckte erst hoch, als sie ein leises und doch vernehmliches Klopfen vernahm. Gleich darauf wurde auch schon die Klinke heruntergedrückt und Vittorio schaute vorsichtig zur Tür herein. „Störe ich dich?“, fragte er sie, aber sie schüttelte lächelnd ihren Kopf. „Nein, du störst sowieso nie und jetzt erst recht nicht. Ich glaube, allmählich kann ich nämlich wirklich gut eine kleine Pause vertragen.“ Sprachs und streckte dabei wie zur Bestätigung zunächst ihren Rücken durch und dann ihre Arme in die Höhe. „Der Meinung bin ich aber auch“, grinste er. „Du bist heute schließlich noch nicht einmal auf einen Kaffee oder Plausch bei mir vorbeigekommen. Aus diesem Grund dachte ich mir, ich sehe jetzt endlich mal nach dir und bringe dir bei der Gelegenheit auch gleich die Post von unten mit.“
Bei diesen Worten hob er seine Hand und wedelte damit in der Luft herum, bevor er an ihren Schreibtisch herantrat und die Briefe sowie ein Fachmagazin darauf breit grinsend ablegte. Unwillkürlich fragte sich Violetta, warum er sie auch weiterhin mit eben dieser Miene ansah. „Ist was oder habe ich vielleicht etwas im Gesicht?“, erkundigte sie sich deshalb

irritiert und wischte mit ihren Fingern über Wange und Kinn. Doch ihr Kollege zog nur amüsiert einen Mundwinkel nach oben, ehe er seine Hand ausstreckte und die Post auf ihrem Tisch ein wenig auseinanderschob. Auf diese Weise kam eine darunter befindliche Postkarte zum Vorschein, die neben einer abendlichen Ansicht des Mailänder Doms auch die illuminierte Galleria Vittorio Emanuele sowie das alte Stadtschloss Mailands zeigte.
Zögerlich griff sie danach und zog die Karte ein wenig weiter hervor, als Vittorio sogleich kokett seine Lippen schürzte. „Die fiel mir vorhin sofort ins Auge. Aber du hast mein absolutes Ehrenwort, dass ich nichts von dem Geschriebenen darauf gelesen habe. Ich bin ja schließlich nicht neugierig“, erklärte er betont ernst, woraufhin Violetta kopfschüttelnd auflachte. „Du und nicht neugierig? Das wiederum wäre jetzt für mich neu.“ Sie zwinkerte ihm zu, während sie die Ansichtskarte wendete und sogleich stumm zu lesen begann:

„Ciao Violetta,
nachdem ich inzwischen dank dir doch ein gewisses Interesse an der Kunst entwickelt habe, würde
ich mich gerne erneut mit dir über Tintoretto & Co. austauschen.
Würdest du dich daher von mir auf einen weiteren Kaffee einladen lassen? Waffenstillstand eingeschlossen! ;-)
Falls ja, würde ich mich freuen, wenn du am kommenden Donnerstag gegen 16 Uhr ins Le Café am
Campo Santo Stefano kommst.
Bis vielleicht dann, Tomaso“

Langsam ließ sie die Hand mit der Karte in ihren Schoß sinken und blies dabei ihre Backen auf. Vittorio, der noch immer neben ihr stand, schaute sie aufmerksam und forschend an. „Keine guten Neuigkeiten?“, erkundigte er sich, wohlwissend, von wem die Nachricht stammen musste.

Violetta indes zuckte nur lapidar mit ihren Schultern und sah ihn ratlos an, während sie ihm die Ansichtskarte entgegenhielt. „Da, lies einfach selbst", kommentierte sie knapp, als er auch schon danach griff und eilig die Zeilen überflog. Die Karte anschließend auf den Tisch zurücklegend, warf er ihr einen fragenden Blick zu. „Das ist ja dann wohl bereits übermorgen. Da gehst du dann schon hin, oder?", hakte Vittorio nach, womit er ihr jedoch zunächst lediglich ein Stirnrunzeln entlockte, während sie nachdenklich einen imaginären Punkt auf ihrem Schreibtisch anvisierte und so ins Leere starrte.

Genau so verharrte sie einige Sekunden lang, ehe sie wieder zu ihm aufsah und unschlüssig mit den Achseln zuckte. „Keine Ahnung. Eigentlich weiß ich gar nicht, warum ich es tun sollte", gab sie sich betont ungerührt und versuchte, sich so nicht unbedingt gleich in die Karten sehen zu lassen. Doch war das angesichts Vittorios außerordentlich guter Menschenkenntnis und der Tatsache, dass sie sich nun schon so viele Jahre kannten, überhaupt möglich? Oder hatte er sie anhand ihres Zögerns eben längst durchschaut?

Weiterhin um eine teilnahmslose Miene bemüht, bemerkte sie bei ihrem Kollegen hingegen nun jenen kritischen und ein wenig provozierenden Blick, den sie zuvor bereits befürchtet hatte. Schließlich stemmte dieser nun auch noch seine Hände in die Hüften, sah kurz zur Zimmerdecke empor und widmete augenrollend dann wieder seine gesamte Aufmerksamkeit ihr. „Vio!", begann er seufzend. „Weil ich annehme, dass dein Ex dich exakt an der richtigen Stelle gepackt hat … deiner Liebe zur Kunst."

Er hockte sich mit einem Bein seitlich auf ihren Schreibtisch und schaute sie währenddessen unentwegt an. „Und wenn ich dich so betrachte, dann liege ich damit vermutlich gar nicht so verkehrt. Hmmm?" Ihre Lippen aufeinanderpressend, sah Violetta ihn verlegen an, was er mit einem Lächeln quittierte. Schließlich rutschte er ein Stück näher an sie heran und legte seine Hand auf ihre Schulter. „Und was vergibst du dir, wenn du dich jetzt auf eine harmlose, kleine Tasse Kaffee mit ihm triffst? Bei der Ausstellungseröffnung letztens hast du ihm immerhin sogar eine Extra-Tour gegeben.“ Er zwinkerte ihr zu, ehe er weitersprach: „Und wenn du dann noch bedenkst, dass es da mal eine Zeit bei euch beiden gab, in der er dich für so etwas ganz bestimmt nicht lange hat bitten müssen, ist es doch jetzt umso schöner, wenn ihr euch nach all den Jahren wieder unvoreingenommen gegenüberstehen könnt.“

Sie senkte ihren Kopf und nickte. „Da hast du in gewisser Weise schon recht und doch habe ich Zweifel. Zudem frage ich mich, warum er das alles auf einmal tut.“ Die Augenbrauen hochziehend sah Vittorio sie erstaunt an. „Vio, meine liebe und hochgeschätzte Kollegin, ahnst du das denn jetzt etwa immer noch nicht?“ Er seufzte vernehmlich auf. „Dieser Mann macht sich innerhalb der letzten Wochen nunmehr zum dritten Mal auf den Weg von Mailand nach Venedig … Lass mich ganz kurz überlegen … Wenn ich richtig liege, sind das mehr als zweihundertfünfzig Kilometer – einfach, versteht sich! Und da fragst du dich allen Ernstes noch, worum es ihm geht?“

Schulterzuckend blickte sie zu ihm auf. „Na ja, nach all der Zeit … Außerdem wäre es auch gut möglich, dass er hier geschäftlich zu tun hat. Er ist Architekt und als solcher könnte er ohne Weiteres einen Auftrag in der Stadt angenommen haben.“ Vittorio rollte genervt abermals mit den Augen. „Natürlich. Möglich ist vieles und dennoch habe ich irgendwie eher das Gefühl, dass es ihm einzig um dich geht und darum, Zeit mir dir zu verbringen.“

Seine Gesichtszüge nahmen nun einen deutlich sanfteren Ausdruck an, als er milde zu lächeln begann. „Selbstredend spricht da aus mir möglicherweise auch meine romantische und nur bisweilen zum Drama neigende Ader.“ Er seufzte erneut. „Aber ich mag mir einfach nicht vorstellen, dass er den ganzen Aufwand nur betreibt, weil er gerade nichts Besseres zu tun hat.“ … Oder lediglich keine junge, attraktive Frau ihn umgibt, fügte Violetta zähneknirschend in Gedanken hinzu.

Einen Moment verstummten beide, bis Vittorio schließlich den Ärmel seines heute in einem kräftigen Violett gehaltenen Rollkragenpullovers ein wenig nach oben schob und auf seine Uhr sah. „Oh, tut mir leid, meine Liebe, aber jetzt muss ich wirklich gehen", erklärte er, während er sich erhob und ein paar Schritte in Richtung der Tür machte. Die Hand bereits auf die Klinke gelegt, blieb er dort jedoch kurz stehen und wandte sich noch einmal zu Violetta um. „Also, um es aus meiner Sicht ein letztes Mal ganz deutlich auf den Punkt zu bringen: Manchmal sollte man sich tatsächlich überwinden und die Vergangenheit da lassen, wo sie hingehört. So, wie es anscheinend Tomaso tut." Er schürzte die Lippen und zwinkerte ihr zu. „Sieht übrigens auch gar nicht so unattraktiv aus … dein Ex!", lächelte er süffisant, trat dann in den Gang hinaus und zog die Tür hinter sich zu.
Jetzt war es Violetta, die mit den Augen rollte. Sich anschließend in ihrem Schreibtischstuhl zurücklehnend, fiel ihr Blick dabei abermals auf die Postkarte, die da immer noch vor ihr auf dem Tisch lag. Hatte Vittorio wirklich recht mit seiner Annahme, dass es Tomaso nur darum ging, mit ihr erneut Zeit zu verbringen, oder ließ sie sich von seiner Wertschätzung für ihre Arbeit jetzt schlichtweg blenden? Diese Anerkennung, die ihr gerade von ihm damals nie zuteilgeworden war. Eben genau das hatte sie Tomaso schließlich an dem gemeinsamen Abend in der Küche vorgehalten.
Unentschlossen raufte sie sich ihre Haare und spürte Ärger in sich aufsteigen. Dabei richtete sich dieses Gefühl in ihr nicht etwa gegen ihn. Nein, sie war sauer auf sich selbst, weil sie erkannte, wie sehr ihr sein vermeintliches Interesse an ihrer Arbeit gefiel. „Bin ich wirklich so einfach gestrickt oder lediglich eitel, wenn ich mich derart von ihm einwickeln lasse und es ihm ganz nebenbei auch gelingt, so mein Denken zu bestimmen?", murmelte sie leise und schob die Postkarte ein Stück weiter von sich weg. Aber ob das allein half? Zwei Tage blieben ihr noch. Zwei Tage, in denen sie entscheiden konnte, was am Ende nun wirklich das Richtige für sie war.

Doch ob sie nun tatsächlich das Richtige tat, wusste sie am übernächsten Tag längst noch nicht. Bedächtig sowie in ihre Gedanken versunken, stieg sie daher gerade die letzten Stufen der den Canal Grande überspannenden Brücke hinab, um sodann auf den hinter der nächsten Häuserecke beginnenden Campo Santo Stefano zu gehen.
Das Herz klopfte ihr dabei bis zum Hals. Jedoch wahrlich nicht aus einer Vorfreude heraus, sondern viel mehr vor Aufregung, gerade etwas Heimliches zu tun. Bislang wusste nämlich niemand, mit wem sie sich da gleich traf. Bei Cristiano hätte sie damit sicherlich nur unnötige Diskussionen heraufbeschworen, so befürchtete sie, während Isabella vermutlich sofort wieder auf gemeinsame Unternehmungen gehofft hätte. Und Vittorio? Er würde ohnehin morgen als Erstes in ihrem Büro erscheinen und sie gewiss mit einem neckischen Unterton in der Stimme fragen, wie es gewesen sei. Allein der Gedanke daran ließ Violetta nun kurz schmunzeln.
Mittlerweile hatte sie so den Campo mit seinen zahlreichen Bars und Restaurants erreicht und steuerte geradewegs auf das Café zu, welches Tomaso für ihr Treffen vorgeschlagen hatte. Einladend fiel von dort durch die großen Fenster ein heimeliger und sanfter Lichterglanz zu ihr nach draußen heraus, in dem sie bedächtig einen Fuß vor den anderen setzte und am Eingang angekommen noch einmal kurz stehenblieb. Für einen Moment schloss Violetta ihre Augen und sammelte sich ein letztes Mal, ehe sie sodann die Glastür aufzog und eintrat.
Wohlig warme Luft schlug ihr hier entgegen, als sie sich nun zunächst im gut besuchten Gastraum umsah, wo elegant gekleidete Kellner mit ihren Tabletts zwischen den Tischen umherliefen und dabei den angenehm aromatischen Duft von frisch gekochtem Kaffee sowie köstlichem Gebäck verteilten. Kurzzeitig war Violetta von dieser Szenerie abgelenkt, bis sie plötzlich ganz in ihrer Nähe einen Arm hochschnellen und ihr zuwinken sah.

Es war Tomaso, der sich sogleich erhob, als sie jetzt auf ihn zukam und vor ihm stehenblieb. „Ciao, Violetta! Schön, dass dich meine Nachricht erreicht hat und noch schöner, dass du meiner Einladung tatsächlich gefolgt bist“, begrüßte er sie, nickte ihr dabei lächelnd zu und zog anschließend galant den Stuhl neben sich ein Stück zurück, damit sie sich setzen konnte. Ihm ebenfalls zunickend stellte sie ihre Handtasche darauf ab und wollte gerade ihren Mantel ablegen, als Tomaso bereits um den Tisch herumkam, ihr aus diesem heraushalf und ihn sodann an der Garderobe aufhängte. Irritiert sah Violetta ihm dabei hinterher, deponierte währenddessen ihre Tasche auf einem weiteren Stuhl und setzte sich.

War er früher auch schon so zuvorkommend gewesen? Gespannt, was als Nächstes kam, wartetet sie ab, bis er zurückgekehrt und neben ihr Platz genommen hatte. Dann räusperte sie sich und brach so die Stille, die für einen Moment zwischen ihnen entstanden war. „Deine Nachricht hat mich schon sehr überrascht und in gewisser Weise auch neugierig werden lassen. Nur deswegen bin ich eigentlich hier.“ Tomaso nickte. „Selbstverständlich!“ Er betrachtete sie verständnisvoll, bevor er sich umdrehte und mit einem Wink einen vorbeieilenden Kellner herbeirief. „Nimmst du auch einen Kaffee?“, fragte er Violetta, was sie mit einem kurzen Nicken bejahte.

Also gab er die Bestellung bei dem älteren Mann auf, der bei ihnen am Tisch stehengeblieben war, und wandte sich anschließend wieder ihr zu. „Um ehrlich zu sein, habe ich schon daran gezweifelt, ob du überhaupt kommen würdest.“ Er runzelte seine Stirn und schürzte ein wenig nachdenklich die Lippen. „Unser letzter gemeinsamer Kaffee hat schließlich nicht in der besten Stimmung geendet. Daher danke noch einmal, dass du nun hier bist.“ Violetta zuckte mit den Schultern und wusste nicht so recht, was sie darauf entgegnen sollte, darum war sie froh, als er sogleich weitersprach: „Und um noch mal ganz ehrlich zu sein, hatte ich deswegen auch etwas Magenschmerzen.“

Erstaunt riss sie ihre Augen auf. „Du und Magenschmerzen wegen einer möglichen Abfuhr meinerseits?“, stieß sie hervor und schüttelte ungläubig ihren Kopf. „Tomaso, das nehme ich dir nun wirklich nicht ab,“ konterte sie, doch seine Miene verriet ihr, dass er es durchaus ernst gemeint hatte. „Na ja, das zwischen uns …“, er rang nach den richtigen Worten und war erleichtert über die kurze Gnadenfrist, die der Kellner ihm jetzt verschaffte, als er genau in diesem Augenblick zu ihnen zurück an den Tisch kam und die zwei Tassen Kaffee darauf abstellte.

Geduldig wartete Tomaso daher ab, bis dieser sich danach entfernt hatte, und setzte erst dann erneut an: „Ich weiß halt nicht, wie du es siehst, aber ich … ähm … ich für meinem Teil fände es schön, wenn wir wieder ganz normal miteinander umgehen würden.“ Er grinste schelmisch, als er rasch noch hinzufügte: „Und das wohlgemerkt ohne, dass es jeweils der Versicherung eines Waffenstillstandes bedarf.“ Abwartend sah er Violetta an, die ihm vollkommen regungslos zugehört hatte und erst nach einer ihm endlos erscheinenden Weile endlich zu nicken begann. „In Ordnung. Versuchen können wir es ja mal“, erwiderte sie leise und lächelte vorsichtig dabei.

Dennoch hatten beide angesichts der neuen Situation zunächst noch Mühe und es dauerte, bis sich so etwas wie eine zusammenhängende Unterhaltung zwischen ihnen ergab. Deshalb beließen sie es anfänglich lieber auch bei oberflächlichen Themen. Aber genau diesem Umstand verdankte es Violetta wohl, dass sie sich zunehmend entspannte.

Gleichzeitig kam sie nicht umhin, Tomaso während ihres Gesprächs ein ums andere Mal beiläufig zu mustern. Älter war er selbstverständlich geworden und hatte kleine Fältchen rund um seine Augen bekommen. Ob die vom vielen Lachen kamen? Und dann sein Haar. Noch immer war es dunkel und voll, doch an den Schläfen glänzte es inzwischen silbern. Aber vielleicht war es genau das, was so gut zu seinem leicht gebräunten Teint passte.

Irgendwie absurd, schoss es ihr plötzlich durch den Kopf. Was war nur passiert, dass sie hier auf einmal mit diesem Mann derart ruhig zusammen sein konnte, obwohl er doch bis vor Kurzem noch ein einziges rotes Tuch für sie gewesen war?
Tomaso machte sich derweil ähnliche Gedanken. Mit dem einen Unterschied jedoch, dass er mehr als zufrieden war, wie sein zuvor gefasster Plan wirklich aufzugehen schien. Wenn wir nur erst einmal beieinandersitzen und uns nicht fortwährend anschweigen, hatte er sich in den vergangenen Tagen immer wieder ausgemalt und dann darauf vertraut, dass auch sie vielleicht inzwischen ein wenig neugierig auf einen gereiften Tomaso geworden war.
Schließlich aber geriet ihre Unterhaltung doch etwas ins Stocken und er besann sich eilig, Violetta auf die von ihr so geliebte Kunst anzusprechen. „Weswegen ich eigentlich mit dir reden wollte, Vio, …“, er zögerte kurz und sah sie mit fragender Miene an. „Verzeih, ich hatte dich noch gar nicht gefragt, ob es dir überhaupt recht ist, wenn ich dich wieder bei dieser vertrauten Form nenne.“ Doch sie nickte lächelnd. „Das ist schon in Ordnung so!“ Ihr dankbar zuzwinkernd fuhr er fort: „Also, wie ich es dir schon geschrieben hatte, wollte ich gerne mit dir noch einmal über die alten venezianischen Meister sprechen, denn ich hatte da so eine Idee und bräuchte deinen künstlerischen Rat.“
Mit einer Mischung aus Amüsement und Skepsis sah sie ihn an und zog spöttisch ihre Augenbrauen hoch. „Und eine derartige Expertise konntest du in Mailand natürlich nicht finden.“ Tomaso grinste keck und zuckte mit den Schultern. „Na ja, finden ließe sich diese bestimmt schon, aber warum sollte ich an dieser Stelle meinen zugegeben recht frisch geknüpften Kontakt zu einer ausgewiesenen Expertin ihres Fachs nicht nutzen?“ Violetta spürte, wie ihr die Röte ins Gesicht stieg. Es war ihr unangenehm, dass ausgerechnet seine Worte eine solche Reaktion in ihr auslösten. Schnell räusperte sie sich daher, nickte und strich eine Haarsträhne aus ihrer Stirn. „Ach, und da dachtest du, du könntest aus

diesem Umstand gleich deinen Nutzen ziehen, nicht wahr?", hakte sie mit gestrengem Blick sowie gespielter Empörung nach und begann doch zu grinsen, als sie sein verblüfftes Gesicht sah.

Violetta musste – wenn auch ungern – zugeben, dass die Situation inzwischen ebenfalls für sie durchaus ihren Reiz besaß, und fragte sich daher insgeheim, ob das da gegenüber von ihr wirklich noch der Mann war, mit dem sie vor Jahren einen so erbitterten Scheidungskrieg geführt hatte. Dennoch zwang sie sich, ihr Misstrauen nicht gleich vollständig über Bord zu werfen. Nur weil es gerade harmonisch zwischen ihnen war, musste das schließlich nichts bedeuten oder gar so bleiben.

„Ähm … okay. Darf ich deinem Lächeln entnehmen, dass du mich trotzdem unterstützt?", fragte Tomaso nun kleinlaut und riss sie so wieder aus ihren Gedanken. Violetta zuckte jedoch zunächst nur mit den Schultern. „Das kann ich dir wiederum erst sagen, wenn ich weiß, worum es genau geht." Und als ob er nur auf ein solches Stichwort gewartet hätte, rutschte er nun auf dem Sitz etwas nach vorn und somit auch ein wenig näher an sie heran. Dann griff er hinter sich in die Innentasche seines Jacketts, welches über der Stuhllehne hing, und zog daraus sein Mobiltelefon hervor. Ein paar Mal mit dem Finger auf das Display tippend, hielt er es ihr schließlich entgegen.

Dabei verkürzte er abermals die Distanz zwischen ihnen, was Violetta nun allerdings kurz zurückweichen ließ. Zu ungewohnt und fremd war ihr diese Nähe zu ihm, auch wenn sie dadurch jetzt mit einem Mal etwas sehr Vertrautes wahrnahm. War es etwa sein Duft, der ihr gerade dezent in die Nase stieg und zu ihrer Verwunderung sogleich Erinnerungen an längst vergangene Zeiten in ihr wachzurufen schien? Kaum zu glauben, dass er tatsächlich an dem alten Klassiker festgehalten hatte, überlegte sie noch, kniff für einen Moment ihre Augen zusammen und konzentrierte sich dann endlich auf das Bild, welches er ihr auf seinem Handy entgegenhielt.

Zu sehen bekam sie dort ein recht bekanntes Gemälde des Malers Canaletto, auf dem die Einfahrt zum Canal Grande, samt venezianischen Palazzi, Gondolieri sowie die Kirche Santa Maria della Salute abgebildet war. Violetta schaute erst die Abbildung und dann wieder Tomaso an. „Und welchen künstlerischen Rat, wie du es nanntest, brauchst du da jetzt von mir?“ Auf sein Display deutend, sah er sie schulterzuckend an. „Nun, ich bräuchte halt ein Bild wie dieses hier“, entgegnete er und sah in ihr verdutztes Gesicht. Daher fügte er eilig hinzu: „Also nicht das Werk an sich, sondern eine Kopie oder so etwas davon.“
Violetta schmunzelte amüsiert. „Alles andere hätte mich jetzt auch sehr verwundert und wäre ohnehin in keinem Fall machbar gewesen.“ Lachend stimmte Tomaso ihr zu. „Ja, ich befürchte, darüber hinaus fehlten mir da auch die entsprechenden Mittel.“ Er zog einen Mundwinkel hoch und seufzte. „Aber lass mich dir bitte ganz von Anfang an erklären: Ich nehme gerade bei einer Ausschreibung teil. Der Inhaber des Unternehmens, um dessen neue Firmenzentrale es dabei geht, ist gebürtiger Venezianer. Ich habe ein wenig über ihn recherchiert und dabei herausgefunden, dass er zudem der Kunst sehr zugetan zu sein scheint.“
Er legte nachdenklich seine Stirn in Falten, griff zu seiner Tasse Kaffee und nippte daran, ehe er danach fortfuhr: „Einzig der Stil oder die Epoche, die er bevorzugt, fehlen mir noch, aber ich denke, das finde ich vielleicht ja auch mit deiner Hilfe noch heraus.“ Er machte abermals eine Pause und sah Violetta forschend an. Ob sie Interesse hatte, ihn zu unterstützen?
„Jedenfalls hatte ich mir überlegt, venezianische Kunst quasi nicht nur als Bild, sondern als eine Art festen Bestandteil in das Gebäude zu integrieren“, erklärte er und sie nickte verhalten. „Auch wenn ich es mir gerade noch nicht richtig vorstellen kann, ist es sicherlich interessant. Aber sind solche Ausgestaltungen nicht eher Aufgabe eines Innenarchitekten? Ich dachte, deine Aufgabe läge dagegen im großen Ganzen und weniger in den künstlerischen Feinheiten“, hakte sie mit

Zweifel in der Stimme nach, als Tomaso sich nun wieder in seinem Stuhl zurücklehnte und eine abwägende Geste mit seiner Hand machte. „Im Grunde schon, aber eben nicht zwangsläufig nur. Schließlich steht es mir am Ende frei, wie weit der Entwurf ins Detail geht." Er sah sie erneut aufmerksam an. „Und genau da könnte ich eben deine Unterstützung gebrauchen."

Ihn abwartend und ohne jegliche Regung betrachtend, wartete sie ab, bis er endlich weitersprach: „Ich dachte daran, einige der berühmtesten Werke als eine Art Wandrelief, gläserne Raumteiler oder ähnliches einzubauen. Irgend so etwas ganz Besonderes halt." Doch Violetta seufzte und hob abwehrend ihre Hand. „Tomaso, noch einmal: Dafür gibt es sicherlich einschlägig bewanderte Innenarchitektinnen." Die letzte Silbe des Wortes betonte sie dabei absichtlich. „Und die wissen dann auch wesentlich besser als ich, wie so etwas umgesetzt werden kann. Die haben die entsprechenden Materiakenntnisse und sind dazu auch noch in der Lage den Aufwand abzuschätzen; immerhin auch nicht ganz unerheblich für die Aufstellung des Budgets."

Aber Tomaso schüttelte seinen Kopf und unterbrach ihren Redeschwall. „Vio, und ich wiederhole mich an dieser Stelle ebenfalls gerne: Ich möchte allein deinen künstlerischen Rat zu meinen Ideen hören." Er beugte sich wieder ein Stück zu ihr hinüber und fuhr dann mit leiserer Stimme eindringlich fort: „… Und dich dafür auch auf die ein oder andere weitere Tasse Kaffee einladen." Sprachlos sah Violetta ihn mit offenstehendem Mund an, während ihre Gedanken rasten. Wie sollte sie das gerade von ihm Gesagte nur verstehen? Beabsichtigte er etwa, sich von nun an öfters mit ihr zu treffen? Und wollte sie das überhaupt?

Irritiert senkte sie ihren Blick, griff nach ihrer Tasse und nippte ein paar Mal daran. Mit diesem Mann Zeit zu verbringen, kam ihr immer noch irgendwie verrückt vor. Ebenso verrückt wie die Erkenntnis, dass ihr seine Schmeicheleien durchaus gefielen. Was sollte sie also tun?

Denn wirklich wohl war ihr nicht bei der Idee, so ein Treffen mit ihm zu wiederholen. Wie sollte sie das schließlich Cristiano erklären? Der wusste ja noch nicht einmal hiervon und würde es auch gar nicht verstehen. Lohnte es da überhaupt, eine Auseinandersetzung mit ihm zu riskieren?
So in ihre Gedanken vertieft, bemerkte sie gar nicht, wie Tomaso sie schon die ganze Zeit ansah und nach wie vor auf eine Reaktion von ihr wartete. Als er daher nun vorsichtig seine Hand auf ihren Unterarm legte, fuhr sie erschrocken zusammen. „Entschuldige, Vio!", wisperte er und zog diese sofort zurück, aber sie schüttelte hastig ihren Kopf. „Schon, gut, schon gut … alles okay", entgegnete sie verdattert, stellte ihre Tasse wieder vor sich ab und richtete sich in ihrem Sitz ein wenig auf. Allerdings fragte sie sich inzwischen längst, ob es nicht doch besser gewesen wäre, wenn sie diese Einladung gar nicht erst angenommen hätte.

Eben diese Frage ging Violetta auch noch am darauffolgenden Morgen durch den Kopf. Zeitig war sie bereits im Büro gewesen und versuchte, sich hartnäckig mit ihrer Arbeit von den ständigen Erinnerungen an den gestrigen Nachmittag zu befreien, bis sie ein leises Klopfen an ihrer Tür vernahm. Eine Aufforderung zum Eintreten wartete Vittorio danach jedoch gar nicht erst ab und steckte stattdessen sofort seinen Kopf in ihr Zimmer hinein. In der Hand hielt er dabei als Alibi einige Fachmagazine, die er ihr jetzt, nachdem er eingetreten war, auf den Schreibtisch legte. „Hier, falls du Interesse hast – ich habe die interessantesten Artikel bereits markiert", erklärte er und schaute sie abwartend über den dicken blauen Rand seiner Brille hinweg an.
Violetta wandte ihren Blick vom Monitor ab und sah zu ihm auf. „Danke, das ist wirklich sehr nett von dir. Ich schaue da nachher gleich mal rein", erwiderte sie und hätte sich am liebsten sofort wieder in ihrer Arbeit vergraben. Wäre da eben nicht der überaus prüfende Ausdruck in seinen Augen gewesen, die unablässig sowie ungeduldig auf ihr ruhten, bis

er es schließlich nicht mehr aushielt. „Vio, nun spann mich bitte nicht länger auf die Folter. Hast du dich gestern nun mit deinem Ex getroffen und falls ja, schließe ich gleich auch noch meine nächste Frage an und will natürlich wissen, wie euer Date verlaufen ist."
Entrüstet wehrte Violetta ab. „Hey, ich war zwar dort, aber ich hatte definitiv kein Date!", presste sie hervor, wobei sie das letzte Wort betont in die Länge zog. Ihr Kollege quittierte ihren Einwurf mit einem herausfordernden Grinsen. „Und was, meine Liebe, war es dann?" Sich um einen gelassenen Gesichtsausdruck bemühend, zuckte sie mit den Schultern. „Jedenfalls kein Date. Wir haben lediglich geschäftlich miteinander geredet und er hat mich um einen künstlerischen Rat gebeten." Abermals schmunzelte Vittorio wissend. „Meine liebe Vio, da hätte er dich eigentlich auch einfach anrufen können. Meinst du nicht?" Er zwinkerte ihr zu, machte auf dem Absatz kehrt und drehte sich erst bei der Tür noch einmal zu ihr um. „Und genau deshalb bleibe ich dabei: Das Treffen mit deinem Ex war ein Date … Und was ist auch schon dabei?" Augenrollend sah Violetta ihm hinterher, wie er nun in den Gang hinaustrat und ihr so gar keine Gelegenheit mehr ließ, weiter zu protestieren.
Stattdessen starrte sie erneut vor sich auf den Monitor, griff dann nach einem Bleistift und steckte dessen Ende abwesend zwischen ihre Lippen. Ihre Gedanken wanderten dabei zurück zum gestrigen Nachmittag. Ja, Tomaso war in der Tat die ganze Zeit ein sehr angenehmer Gesprächspartner gewesen, hatte sich respektvoll und höflich verhalten. Auf der anderen Seite war er nun mal ihr Ex. Und lohnte es sich da, Probleme mit Cristiano zu riskieren? Eindeutig nein, gestand sie sich ein.
Und doch sah sie nun – ob sie es wollte oder nicht – Tomasos Gesicht vor sich und wie er ihr zum Abschied erst galant in ihre Jacke geholfen und sich dann mit einem angedeuteten Handkuss von ihr verabschiedet hatte. Angespannt seufzte sie auf: Hoffentlich würde das alles gutgehen.

Kapitel 14 - Ganz neue Seiten

Die Mappe mit einigen Entwürfen fest unter seinen Arm geklemmt, ging Tomaso bereits zum wiederholten Male auf dem Platz vor den Bahnsteigen des Bahnhofs Santa Lucia in Venedig auf und ab und wartetet ungeduldig auf seinen Zug. Mit seiner freien Hand hielt er dabei den Kragen seines Mantels am Hals eng zusammen und warf gerade erneut einen Blick hinauf auf die Anzeigentafel. Auch jetzt noch zeigte diese für seinen Zug zurück nach Mailand lediglich den Hinweis auf eine Verspätung an. „Das merke ich bereits“, knurrte er verärgert und beschloss, für eine Weile in die zumindest etwas wärmere Empfangshalle des Bahnhofs zurückzukehren. Dort angekommen, blieb er vor einem Souvenirgeschäft stehen, betrachtete eher beiläufig die im Schaufenster ausgestellten Waren und hing währenddessen seinen Gedanken an die gerade hinter ihm liegenden Stunden nach.
Diese hatte er endlich wieder mit Violetta verbringen dürfen. Nachdem sie ihre letzte Verabredung kurzfristig hatte absagen müssen, war sie heute erneut seiner Einladung gefolgt und hatte sich auf eine Tasse Kaffee mit ihm getroffen. Schmunzelnd schüttelte er seinen Kopf. Was tat er inzwischen nur alles, um diese Frau wenigstens hin und wieder zu sehen, ein wenig Zeit mit ihr zu verleben, und sie auf diese Weise abermals sowie ganz neu kennenzulernen. Dafür opferte Tomaso sogar gerne wie heute seinen arbeitsfreien Tag, um extra für ein Treffen mit ihr per Bahn von Mailand hierherzukommen und gleich danach wieder heimzufahren. Und genau das war in diesem Moment ein gutes Stichwort: Er hoffte inständig, dass sein Zug nun bald einfahren und ihn anschließend nach Hause zurückbringen würde. Also durchquerte er nun erneut die Halle und blieb

vor der großen Anzeigentafel stehen. Doch nach wie vor blinkte dort lediglich ein „Verspätet“ auf.
Fröstelnd fluchte er leise vor sich hin, lehnte sich mit dem Rücken gegen die Wand und presste die Mappe mit seinem Arm noch ein wenig fester an seinen Körper, als wenn er hoffte, sich damit die Kälte vom Leib halten zu können. Seine Hände vergrub er derweil tief in den Manteltaschen und beobachtete, wie draußen vor der Tür der kühle Herbstwind das Laub in der Luft herumtanzen ließ.
Abermals dachte er dabei an Violetta und fragte sich, ob wenigstens sie inzwischen wohlbehalten daheim angekommen war. Prompt hatte er wieder ihr Bild vor Augen und sah ihr langes braunes Haar, das sie heute lässig zu einem lockeren Knoten hochgebunden hatte. Aus diesem waren mit der Zeit einige Strähnen herausgerutscht und hatten ihr Gesicht fröhlich eingerahmt. Auch das Leuchten ihrer braunen Augen war sogleich wieder präsent. Dieses Leuchten, welches eben immer noch ein wenig strahlender zu werden schien, wenn sie über die Kunst und insbesondere die Malerei zu sprechen kam. Ein Glück für ihn, dass es diese gab und er so einen geeigneten Anlass gefunden hatte, Violetta von nun an wieder häufiger zu sehen.
Ein Wunsch, der ihm noch vor einigen Monaten vollkommen absurd und abwegig erschienen wäre. „Zeiten ändern sich und Menschen ganz offensichtlich auch“, murmelte er leise vor sich hin und sann weiter über sie nach. Vor allem ihre Wandlung war es dabei wohl, die ihm derart imponierte, dass er jetzt zunehmend Zeit mit dieser innerlich sowie äußerlich attraktiven Frau verbringen wollte, die ihm gegenüber allerdings immer noch eine gewisse Distanz aufrecht hielt.
Ein Umstand, der ihn jedoch keinesfalls abschreckte. Vielmehr nahm er gerne die Herausforderung an, alles daranzusetzen, Violetta ebenso wieder für sich einzunehmen. Und das nicht zuletzt, weil er auch an sich ganz neue Seiten entdeckte. Wer hätte schließlich gedacht, wie interessant die

genaue Betrachtung der Darstellungen auf den alten Gemälden doch sein konnte?
Ein weiteres Mal richtete Tomaso nun sein Augenmerk auf die Anzeigentafel über sich und bemerkte so, dass nun endlich eine Uhrzeit hinter seiner Verbindung eingeblendet war. „Kaum zu glauben!“, entfuhr es ihm erleichtert und er nahm sich vor, beim nächsten Mal doch besser wieder seinen Wagen zu nehmen. „…Beim nächsten Mal … wie gut das klingt“, überlegte er halblaut, während er nun zielstrebig den Bahnsteig ansteuerte. Ob es Violetta trotz ihrer Zurückhaltung vielleicht dennoch zumindest ein wenig so ging wie ihm und sie sich ebenfalls bereits jetzt auf ihr Wiedersehen freute?

Diese hatte derweil nach einer windigen Fahrt über das unruhige Wasser den Lido und zudem fast ihre Wohnung erreicht, als sie spürte, wie erste Tropfen auf sie niederregneten. Die große und dunkle Wolke, die Violetta bereits von Bord des Vaporettos aus argwöhnisch betrachtet hatte, war also doch schneller gewesen. Rasch packte sie daher nun ihre bislang geschulterte Handtasche, umschlang sie fest mit beiden Armen und presste sie eng an sich, um sie so vor dem immer stärker werdenden Regen zu bewahren. Die Schultern hochziehend, beschleunigte sie eilig ihre Schritte und lief die Straße neben dem schmalen Kanal entlang, bis sie danach um die letzte Ecke bog und kurz darauf das schmiedeeiserne Gartentor erreichte, welches heute glücklicherweise nur angelehnt war. Noch einige Sprünge durch den Garten sowie an den kleinen Pfützen vorbei und Violetta kam unter dem Vordach über der Eingangstür schließlich zum Stehen.
Etwas außer Atem schnaufte sie ein paar Mal durch und strich sich die nassen Strähnen aus dem Gesicht, bevor sie ihr Schlüsselbund aus der Tasche hervorzog, und mit klammen Fingern die Tür öffnete. „Endlich im Trocknen!“, entfuhr es ihr, während sie die Stufen in die erste Etage emporstieg und da angekommen auch ihre Wohnungstür

aufschloss. Mit einem Seufzer der Erleichterung ließ sie diese hinter sich zufallen und blieb einen Moment mit dem Rücken dagegen gelehnt dort stehen, bis sie bemerkte, wie all die kleinen Tropfen aus ihrem Haar an ihrer Kleidung entlangliefen und schließlich auf den Fußboden träufelten.
„Hätte ich vorhin doch nur meine Gedanken beieinandergehabt und nicht den Regenschirm im Büro liegen lassen", schimpfte sie nun leise, als sie zuerst aus ihren durchnässten Schuhen stieg, dann ihre Jacke vorsichtig abstreifte und diese anschließend im Bad über der Wanne zum Trocknen aufhängte. Sich danach mit beiden Händen durch ihre nassen Strähnen fahrend, löste sie dabei den Knoten in ihrem Haar, beugte sich vornüber und wrang es aus. Kaum wieder aufgerichtet, warf sie einen Blick in den Spiegel und zupfte sich, so gut es eben ging, mit den Fingern ihre Frisur zurecht. „Und das alles, weil ich vorhin überhaupt nicht bei der Sache war", flüsterte sie genervt und seufzte.
Auch wenn es ihr immer noch schwerfiel, es sich einzugestehen: Es war ganz und gar nicht länger unangenehm, hin und wieder Zeit mit Tomaso zu verbringen. Lag es am Ende vielleicht überdies an Vittorios Worten und seinem Rat, Vorbehalte aufzugeben und den Kern einer Sache zu betrachten? Und da kam sie eben nicht umhin, dass sie die Gespräche mit ihm zwischenzeitlich sogar ein wenig genoss. „Aber wirklich nur ein ganz klein wenig!", beteuerte sie sich selbst gegenüber, als sie nun durch den Flur in die Küche hinüberwechselte. Die Arme vor der Brust verschränkt trat sie an das Fenster heran und starrte in den Vorgarten hinaus. Im Schein der Straßenlaternen konnte sie sehen, wie stark der Regen mittlerweile geworden war. Wie ein feiner silbriger Vorhang umgab er das Licht, das zwischen den immergrünen Nadelgehölzen hindurchfiel und ließ Violetta weiter versonnen ihren Gedanken nachhängen.
War diese Sache mit Tomaso vielleicht eben genau deshalb so interessant, weil auch jetzt kaum jemand etwas davon wusste? Denn weiterhin vertraute sie sich weder Cristiano noch Isabella diesbezüglich an. Ersterer würde ihr

wahrscheinlich nicht ohne weiteres glauben, wie harmlos ihre Treffen waren, und Letztere würde sie vermutlich nur schwerlich von Träumen hinsichtlich gemeinsamer Unternehmungen abhalten können. Eben solche wie damals, als sie zu viert an den Gardasee gefahren waren und sich in der Nähe von Lazise eine kleine Yacht gemietet hatten. Weil sie nicht so viel Geld besaßen, hatten sie sogar darauf geschlafen und sich erfolglos im Fischfang geübt. Die Erinnerung daran ließ Violetta jetzt schmunzeln. Was waren das nur für verrückte Zeiten gewesen.
Ähnlich verrückt wie die Tatsache, dass sie sich nun allmählich wieder mit Tomaso zu verstehen schien, schoss es ihr durch den Kopf. Dabei mochte es auch seiner höflichen und zuvorkommenden Art geschuldet sein, mit der er ihr stets begegnete, die ihr zusehends gefiel. Ob er darüber hinaus wirklich um sie warb, wie Vittorio gemutmaßt hatte, wollte sie dagegen nicht glauben. „Das ist doch purer Unsinn und eigentlich noch nicht einmal einen Gedanken wert", murmelte sie, als sie sich schließlich erneut vom Fenster abwandte und sich insgeheim dennoch fragte, warum er sich immer wieder solche Mühe gab.

Auch in den darauffolgenden Wochen setzte Tomaso seine Besuche bei Violetta fort. In unregelmäßigen Abständen meldete er sich bei ihr im Büro, um der ganzen Angelegenheit einen eher geschäftlichen Anstrich zu verleihen. Stets zögerte diese dann ein wenig und ließ ihn zappeln. Er sollte schließlich nicht glauben, dass ihr inzwischen ebenso viel an ihren Zusammenkünften lag wie ihm. Zumal sie sich erst letztens dabei ertappt hatte, wie sie sich eben an diesen Tagen jeweils besondere Mühe mit ihrem Outfit und ihren Haaren gab. „Er soll schon wissen, was er einst an mir hätte haben können und nun schon ewig nicht mehr hat", entschuldigte sie diesen Aufwand dann vor sich selbst, wohlwissend, dass dies bei weitem nicht länger die ganze Wahrheit war.

In gleichem Maße wuchs währenddessen nun allerdings ebenso ihr schlechtes Gewissen Cristiano gegenüber. Schließlich war Tomaso zu dem einen Geheimnis geworden, welches sie beharrlich vor ihm verbarg. Ein Geheimnis, das zudem von Mal zu Mal größer zu werden schien. Denn auch wenn sie sich fortwährend vor Augen hielt, dass sie im Grunde gar nichts Verbotenes tat, ahnte sie trotzdem, wie sehr es ihn verletzen musste, falls er irgendwann davon erfuhr. Nein, soweit sollte es am besten gar nicht erst kommen, hoffte sie dann und wusste doch, dass dies wohl ein frommer Wunsch bleiben würde.

Inzwischen war es Dezember geworden und das vorübergehend etwas ruhigere Venedig hatte sich abermals mit Besuchern gefüllt. Diese frönten dem nun nicht minder magischen winterlichen Zauber der Lagunenstadt. Anders als im Sommer hatte das Wasser in den Kanälen eine geheimnisvolle blaugrüne Farbe angenommen und war bisweilen auch klarer als zu den übrigen Zeiten im Jahr.
Milchig dagegen leuchtete oftmals das Licht, welches den Himmel über dem San Marco Becken erhellte, wo Schwärme von Kormoranen elegant ihre Kreise zogen. Violetta liebte diese außergewöhnliche Stimmung, die angesichts der nun des Öfteren herrschenden Stille geradezu betörend schien. Alles kam ihr ein bisschen gedämpfter sowie gelassener vor und brachte auf diese Weise den ganz besonderen Flair dieser Stadt zum Vorschein.

Noch ein wenig mehr genoss sie diese Zeit allerdings, wenn sie sich wie jetzt während eines Spaziergangs bei Cristiano unterhaken und mit ihm die weihnachtliche Beleuchtung in den Fenstern der Wohnungen, Restaurants und Geschäfte betrachten konnte. Immer wieder fiel von dort ein warmer und teils farbenfroher Lichterschein zu ihnen nach draußen auf den Uferweg und ließ die Szenerie um sie herum noch etwas festlicher erstrahlen.

Gerade hatten sie nun die engen Gassen Castellos hinter sich gelassen und traten auf die breite Via Garibaldi hinaus, als Cristiano auch schon auf eine Café-Bar ganz in der Nähe deutete. „Cara mia, denkst du nicht, es ist langsam an der Zeit, dass wir uns ein wenig aufwärmen?", fragte er und zog sie dabei mit sich in Richtung des kleinen Lokals. Bereitwillig folgte Violetta ihm. Eine Tasse heißen Kaffees würde ihnen beiden jetzt sicherlich guttun, überlegte auch sie und konnte es angesichts des auffrischenden Windes selbst kaum mehr erwarten, ins Innere der Gaststube zu gelangen. Am Eingang angekommen, öffnete Cristiano die Tür und bat sie mit einer ausladenden Handbewegung, einzutreten. Dabei strömte Violetta die angenehm warme, und vom köstlichen Kaffeearoma erfüllte Luft entgegen.

Genüsslich sog sie diese ein und schloss kurz ihre Augen, bis sie Cristianos Hand auf ihrem Rücken spürte, mit der er sie sogleich sanft vorwärts schob. „Na, geh schon rein. Da hinten im Eck an der Wand ist noch ein Tisch frei, und der scheint mir wie für uns gemacht." Zärtlich hauchte er einen Kuss auf ihr Ohr und fügte dann flüsternd hinzu: „Da sind wir zwei ungestört und da folgen diesem einen sicherlich auch gleich noch ein paar mehr." Violetta sah zu ihm auf, zog eine Augenbraue hoch und grinste. „Amore, ich finde den Platz dort hinten ebenfalls sehr schön, aber den Rest verschieben wir lieber auf später … und daheim."

Sie zwinkerte ihm zu, strich ihm liebevoll über seinen Arm und schlängelte sich dann an den anderen Gästen vorbei, bis sie den Tisch erreicht hatte. Cristiano war ihr dichtauf gefolgt und half nun zunächst ihr aus dem Mantel, bevor er ebenso seinen ablegte und beide über der Lehne des überzähligen Stuhls drapierte. Sich anschließend ihr gegenübersetzend, sah er Violetta erwartungsvoll an. „Und, Cara mia? Was darf ich für dich bestellen? Nimmst du auch einen Kaffee?", erkundigte er sich und sie nickte. „Ja, sehr gerne und dazu …" Ihren Kopf in die Höhe reckend, sah sie sich, so gut es eben ging, in dem Café um, bis sie fand, wonach sie Ausschau gehalten hatte. Auf einen Teller an einem der Nachbartische deutend, fuhr sie fort: „... Dazu nehme ich dann auch noch so ein kleines Schokoladentörtchen, wie es die Dame dort drüben hat."

Lächelnd nickte er und winkte die Bedienung herbei, bei der er sodann ihre Bestellung aufgab und sich anschließend erneut Violetta zuwandte. „Bei der Gelegenheit fällt mir ein: Bist du inzwischen mit den Planungen für die Weihnachtstage weitergekommen? Ich meine, hast du dir überlegt, was wir wann machen wollen?" Sie spitzte ihre Lippen und seufzte. „Eigentlich schon und dann doch irgendwie wieder nicht. Vor allem, weil das Angebot an festlichen Veranstaltungen so unglaublich groß ist, dass es mich schier überfordert."

Sie beugte sich zu ihrer Handtasche herunter, die sie zu ihren Füßen abgestellt hatte, und zog daraus ihr Notizbuch hervor. Es vor sich auf den Tisch ablegend, schlug sie es anschließend auf, benetzte ihren Zeigefinger mit der Zungenspitze und blätterte die Seiten um, bis sie ihre kleine Aufstellung gefunden hatte. Darauf deutend drehte sie das Buch nun so, dass auch Cristiano darin lesen konnte. „Hier wäre aber zumindest mal mein Vorschlag: Heiligabend verbringen wir bei mir. Wir kochen gemeinsam, hören Musik und machen es uns gemütlich. Den ersten Weihnachtstag können wir dann gerne bei deiner Familie verbringen und den zweiten ..." Sie machte eine kurze Pause, nahm das Notizbuch wieder zur Hand und wollte gerade einen Flyer daraus hervorziehen, als dieser mit ein paar weiteren Papieren herausrutschte und neben ihr zu Boden segelte. Sofort bückte sich Violetta danach, doch Cristiano war schneller.

Er beugte sich vor, raffte alles zusammen und legte es dann vor ihr auf den Tisch, als sein Blick dabei auf eine Postkarte fiel, die sich ebenfalls darunter befunden hatte und nun mit der beschriebenen Seite nach oben dalag. Nur ein wenig wurde diese vom darüberliegenden Programmblatt des örtlichen Kinos bedeckt. Zu wenig, wie Violetta gerade

feststellen musste, denn Tomasos Name war deutlich zu erkennen.
Sofort sah sie zu Cristiano, dessen Blick weiter an den Papieren vor ihm hing und es ohne jeden Zweifel eben diese Karte war, die sein besonderes Interesse geweckt hatte. Mit angespannter Miene griff er danach, zog sie hervor und begann die Zeilen zu überfliegen. Violetta spürte, wie ihr augenblicklich die Röte ins Gesicht stieg und ihr heiß wurde. Warum nur hatte sie diese Nachricht von Tomaso nicht in ihrer Schreibtischschublade gelassen und sie stattdessen in ihr Notizbuch gesteckt?
Egal, … das spielte jetzt wohl ohnehin keine Rolle mehr und auch nicht die Frage, ob es überhaupt in Ordnung war, dass Cristiano einfach so und ungefragt die an sie gerichtete Post las. Nein, wenn sie seinen Gesichtsausdruck richtig deutete, ging es nun eher darum, Schadensbegrenzung zu betreiben.
Wie versteinert kniff dieser seine Augenbrauen jetzt zusammen, sah sie an und hielt ihr dabei die Karte entgegen. „Was ist das?", fragte er knapp und Violetta zuckte ein wenig hilflos mit den Schultern. „Das da ist eine Nachricht von Tomaso, die …", begann sie, als sie auch schon von Cristiano mit vorwurfsvollem Ton in der Stimme unterbrochen wurde. „Das sehe ich! Aber mir stellen sich da gerade ganz andere Fragen und vor allem die eine: Hast du etwa seine Einladung angenommen?" Sie sah ihn wie gebannt an.
Was sollte sie nur tun? Anlügen wollte sie ihn nicht. Doch wie formulierte sie die Wahrheit jetzt so, dass er sie weder missverstand noch diese ihn verletzte? Alles runterspielen? Auch keine Option, entschied sie, während ihre Handflächen vor Aufregung feucht wurden und die Gedanken in ihrem Kopf rasten. Dann endlich riss sie sich zusammen und räusperte sich rasch.
„Entschuldige, Amore. Ich hätte es dir gegenüber erwähnen sollen, aber unsere wenige gemeinsame Zeit ist immer so kostbar für mich, dass ich sie nicht damit vergeuden wollte."
Sie schaute ihm direkt in die Augen und bemerkte so auch,

dass sich seine Gesichtszüge keineswegs entspannten. Stattdessen zog er seine Brauen hoch und sah sie weiter abwartend an. Irgendwie hatte er gerade etwas von einem Vulkan, der im Begriff war, jeden Moment auszubrechen, schoss es ihr durch den Kopf. Also versuchte es Violetta nun mit einem liebevollen Lächeln, streckte dabei ihre Hand über den Tisch hinweg nach ihm aus und griff die seine. „Ja, ich gebe zu, dass ich dir davon hätte erzählen sollen, aber Tomasos Interesse ist wirklich rein beruflicher Natur. Er hatte zufällig die Ausstellungseröffnung in der Accademia besucht und war dann auf die Idee gekommen, Kunst in seine Entwürfe mit einzubauen."

Cristiano schnaubte verärgert. „Zufällig …!", zischte er, doch Violetta ließ sich von seinem Einwurf und dem ironischen Unterton nicht länger in Verlegenheit bringen und redete stattdessen unbeirrt weiter. „Amore, ich hoffe, du glaubst und vertraust mir einfach. Denn ja, es mag sein, dass ich darüber mit dir hätte reden sollen, aber es gibt eben auch nichts, was da wirklich von Interesse wäre. Tomaso hat mir seine Entwürfe gezeigt und wollte dazu eine Einschätzung von meiner Seite hören. Nicht mehr und auch nicht weniger." Einen Moment lang herrschte Stille zwischen ihnen, bis Cristiano endlich nickte. „Natürlich vertraue ich dir und doch irritiert es mich, wenn du ausgerechnet solche Dinge für dich behältst."

Er drückte ihre Hand und bemühte sich nun ebenfalls um ein Lächeln. „Aber davon wollen wir uns jetzt nicht unsere Stimmung verderben lassen", erklärte er, ließ sie los und wich ein Stück zurück, da die Bedienung nun an den Tisch herantrat und zwei Tassen Kaffee sowie das Schokoladengebäck vor ihnen abstellte. Kaum war sie gegangen, beugte sich Cristiano jedoch erneut ein wenig zu Violetta vor. „Und genau aus diesem Grund lass uns bitte vor allem an uns beide denken und den Moment genießen."

Gelöst lächelte diese ihn an. „Du sagst es", erwiderte sie leise, nahm dann das Küchlein von ihrem Teller und biss ein Stück davon ab. Während sie es genüsslich kaute, wanderten

ihre Gedanken allerdings ein weiteres Mal zu dem gerade von ihr Gesagten zurück. Sicher, sie war erleichtert, dass die Entdeckung von Tomasos Karte nicht eine erneute Eifersuchtsszene bei Cristiano hervorgerufen und gleichzeitig dafür gesorgt hatte, dass dieses Geheimnis nun eben keines mehr war. Fortan würde sie demnach offen darüber sprechen können und brauchte sich auch nicht länger mit einem schlechten Gewissen plagen.
Wobei, „Fortan"? Ging sie mittlerweile also doch davon aus, dass Tomaso seine Besuche fortsetzen und sie sich so weiterhin regelmäßig sehen würden? Die Vorstellung hatte immer noch etwas Befremdliches, war dabei aber in keiner Weise unangenehm. Versonnen vor sich auf den Tisch starrend, dachte Violetta weiter einen Moment lang darüber nach, ließ die Sache dann allerdings auf sich beruhen. Als sie anschließend zu ihrer Tasse Kaffee griff, warf sie Cristiano indes einen forschenden Blick zu. Ob er das am Ende wohl auch tun würde?

Tatsächlich dachte Violetta ein paar Wochen später genau an diesen Nachmittag im Dezember zurück und fragte sich, ob die Bemühungen ihres Liebsten in der letzten Zeit nicht vielleicht eben mit exakt diesem Gespräch zu tun hatten. Selbstredend war er bereits zuvor aufmerksam und des Öfteren auch sehr großzügig gewesen, doch irgendwie beschlich sie das Gefühl, dass er sich seitdem noch mehr für sie ins Zeug legte, wenngleich dazu gar keine Notwendigkeit bestand. Dennoch zog er bisweilen ideenreich sämtliche Register. Spontan lud er sie beispielsweise zu exklusiven Events ein oder buchte einen Koch, der daheim am Abend für sie ein opulentes Dinner zubereitete.
Und während das Weihnachtsfest im Kreise seiner Familie noch recht beschaulich und traditionell ausgefallen war, hatte Cristiano für den Jahreswechsel eine ganz besondere Überraschung bereitgehalten. Statt daheim in der Lagunenstadt zu feiern und von ihrer Terrasse aus das Feuerwerk zu bewundern, hatte er sie kurzerhand auf einen

Kurztrip nach London und dort am Silvesterabend in das höchstgelegene Restaurant der Stadt eingeladen.
All das ging ihr abermals durch den Sinn, als sie nun schon eine Weile versonnen aus ihrem Wohnzimmerfenster hinausstarrte und den herankriechenden Nebelschwaden dabei zusah, wie diese die Glockentürme der Kirchen in der Ferne im undurchsichtigen Dunst verschwinden ließen. Einzig ein Stück des Campanile von San Marco war jetzt noch zu sehen, als sie plötzlich spürte, wie Cristiano hinter sie trat und liebevoll seine Arme um sie legte. Ihr einen Kuss auf ihr Haar gebend, zog er sie eng an sich heran und blickte dann ebenfalls nach draußen. „In solchen Momenten müsste man sich einfach in die Sonne und irgendwo an den Strand beamen können", wisperte er in ihr Ohr und ließ sie so aufseufzen. „Das wäre wirklich ein Traum", entgegnete sie leise und lehnte ihren Kopf rücklings an seine Schulter. Ihre Gedanken hingegen begannen zu fliegen. War es nicht vielleicht endlich an der Zeit, einen richtigen Urlaub zusammen mit ihm zu planen? Und gab es einen besseren Moment dafür, als diesen, wo draußen allmählich alles in einem eintönigen Grau zu versinken drohte?
Sich in seinen Armen windend, sah sie zu ihm auf und lächelte ihn an. „Was hältst du davon, Amore, wenn wir uns statt mit dem ungemütlichen Wetter da vor unserer Tür …", sie nickte mit ihrem Kopf in Richtung des Fensters. „Also, wenn wir uns stattdessen überlegen, wo wir unseren ersten gemeinsamen Urlaub verbringen könnten. Ich meine, nicht nur so einen kleinen Trip wie letztens nach London, sondern zwei oder drei Wochen am Stück?"
Dem Strahlen in seinen Augen konnte Violetta entnehmen, wie viel Gefallen er an der Idee fand. Also fuhr sie voller Euphorie fort: „Es gibt da nämlich auch etwas, was ich schon immer mal machen wollte, aber zu dem ich bis jetzt - aus welchem Grund auch immer – noch nie gekommen bin." Sie machte eine Pause, weswegen er sie nun voller Spannung betrachtete und schließlich mit gerunzelter Stirn

neugierig nachbohrte. „Na komm schon, schieß los. Wohin soll es gehen?“
Violetta grinste, als sie jetzt fortfuhr: „Also, ich wollte eigentlich immer schon mal mit einem Fiat Cinquecento kreuz und quer durch Italien reisen. Weißt du, so richtig kultig eben.“ Kurz innehaltend, lachte sie auf und strich mit beiden Händen sanft über seine Brust. „Unterwegs würde ich das Auto dann allerdings auch gerne mal stehen lassen und stattdessen eine Vespa mieten, mit der wir die kurvigen Küstenstraßen erobern.“ Sie seufzte. „Und um die Tage dann romantisch ausklingen zu lassen, würde ich am liebsten mit dir, wo es möglich ist, einfach am Strand schlafen. Ich stelle mir das so schön vor. Nur du und ich auf dem warmen Sand und die Sterne über uns.“
Erst jetzt, als sie wieder zu ihm aufsah, bemerkte Violetta den irritierten Ausdruck in Cristianos Gesicht. Ruhig hatte er ihr zugehört und schwieg jedoch einen Moment, ehe er abermals die Augenbrauen ungläubig nach oben zog. „Du willst allen Ernstes die ganze Zeit mit einem Kleinwagen durchs Land ziehen und dann auch noch draußen schlafen?“
Zögerlich nickte sie. „Ja, klar, warum nicht? Wir beide … pur. Ich fände das wunderbar und eben auch sehr romantisch.“ Cristiano allerdings schüttelte seinen Kopf. „Bei aller Liebe, Vio! Pur kannst du mich jederzeit haben, aber wir sind doch beileibe keine Hippies und schon längst nicht mehr in den Siebzigern. Damals mochte so etwas ja durchaus üblich sein. Aber heute?“ Er schaute sie skeptisch an. „Noch dazu werde ich mich ganz bestimmt weder mit unserem gesamten Gepäck in eine winzige Sardinenbüchse quetschen noch in einem Zelt, geschweige denn unter freiem Himmel, übernachten. Denn abgesehen davon, dass so etwas hoffentlich heutzutage an den meisten Plätzen sowieso untersagt ist, mag ich mich auch gar nicht erst den Mücken derart zum Fraß vorwerfen.“
Er seufzte kurz auf, ließ sie los und sah dann zur Decke empor, als ob er ein Stoßgebet dahin senden wollte. „Cara mia, wenn du aber direkt am Strand schlafen möchtest, kann

ich gerne für uns mal auf Instagram recherchieren. Da gibt es schließlich mehr als genug Beispiele für außergewöhnliche Übernachtungsmöglichkeiten. Kürzlich erst bin ich da auf so eine Art Iglu aus Glas gestoßen, das direkt an einer Klippe stand. Den Sonnenaufgang von dort aus zu erleben ist bestimmt nicht weniger romantisch. Zudem ist das – wenn ich ehrlich bin – auch mehr meins … und wie ich bisher dachte, ebenfalls deins."

Violetta bemühte sich derweil, die Enttäuschung über seine Reaktion zu verbergen. War ihre Idee am Ende wirklich so aus der Zeit gefallen? Und warum war ihr diese ausgerechnet jetzt in den Sinn gekommen? Diese Reise eben, die sie einst mit Tomaso hatte machen wollen.

Sie atmete einmal tief durch, als wenn sie hoffte, so auch die Gedanken daran verschwinden lassen zu können. Doch Cristiano schien ebenfalls ein Licht aufzugehen und er sah Violetta prüfend an. „Bloß mal so eine Frage, weil dein Vorschlag mir gerade schon recht eigenartig erschien. Kann es sein, dass der etwas mit deinem Ex zu tun hat? Ich wüsste nämlich nicht, wer dich ansonsten auf solche Einfälle bringen sollte." Wie vom Blitz getroffen schaute sie ihn mit weit aufgerissenen Augen an. „Wie kommst du … um Gottes Willen … nein … also…", stammelte sie, machte einen Schritt auf ihn zu und schlang ihre Arme um ihn. „Amore, es war doch nur so eine Idee."

Er wirkte jedoch nicht sonderlich überzeugt, griff nach ihren Handgelenken und löste sich von ihr. „Cara mia, kann schon sein, dass ich das jetzt überbewerte und doch habe ich in letzter Zeit manchmal ein komisches Gefühl. Ich mag mich täuschen, aber du warst halt auch nicht offen zu mir, was seine Besuche bei dir angeht. Und da frage ich mich halt schon, ob es dir nicht vielleicht sogar gefällt, ihn wieder auf diese Weise in deinem Leben zu haben." Sogleich fuchtelte sie hilfesuchend mit ihren Händen in der Luft umher und war auf der Suche nach einer passenden Entgegnung, doch Cristiano war schneller. „Violetta, im Ernst! Ich mag dich erst ein knappes Jahr kennen, aber neuerdings entdecke ich ganz neue Seiten an dir. Nimm diesen Plan von einem Urlaub." Beim letzten Wort rollte er deutlich mit seinen Augen. „Ich hätte bis vorhin nicht einmal gedacht, dass dir so etwas überhaupt Spaß machen würde. Bisher kannte ich dich als meine Principessa, die es gerne auch mal etwas gediegen und vor allem bequem mag. Und da frage ich mich natürlich schon, woher dieser Sinneswandel nun so plötzlich kommt."

Abermals ruhte sein Blick aufmerksam auf ihr, bis sie ratlos mit den Schultern zuckte. Was sollte sie darauf auch entgegnen? Dass sie selbst überrascht war, warum ausgerechnet dieser Jahrzehnte alte Wunsch ihr jetzt als Allererstes in den Kopf gekommen war? Oder doch wie unterschiedlich ihrer beider Vorstellung von einem Urlaub letztendlich schienen? Natürlich hatte er recht, wenn er ihr vorhielt, dass sie es bisweilen lieber bequem mochte, wo hingegen „außergewöhnlich" eher nicht zu ihren Bedürfnissen zählte.

Vor sich auf den Boden und ins Leere starrend, sann sie noch weiter darüber nach, bis Cristiano sie schließlich mit ruhiger und dennoch eindringlicher Stimme aus ihren Gedanken riss. „Ich hoffe einfach für uns beide, dass diese Hirngespinste nicht doch etwas mit deinem Ex und eurer gemeinsamen Vergangenheit zu tun haben. Ich möchte nämlich meine ganz eigene Geschichte mit dir aufbauen und da ist für ihn nun mal kein Platz. Verstehst du? Ich will nicht, dass er sich – wie auch immer – wieder in dein oder, besser gesagt, unser Leben drängt." Violetta sah auf und schüttelte abermals ihren Kopf.

Doch hatte Cristiano mit seiner Einschätzung gerade nicht genau ins Schwarze getroffen? Warum sonst sah sie jetzt vor ihrem inneren Auge erneut einen vollgestopften Kleinwagen auftauchen, der in der Nähe einer idyllischen Badebucht abgestellt war? Keine Frage: Dieses Bild weckte wohlige Emotionen in ihr und versetzte sie ins Träumen. Wohingegen die unmittelbar darauf erscheinende

Vorstellung eines Glas-Iglus auf einer Klippe eher Beklemmungen in ihr hervorrief.
Ob sich da vielleicht ein Kompromiss finden ließ, der zudem dafür sorgte, dass sie nicht länger in der Vergangenheit hängenblieb? Das konnte doch wohl wirklich nicht so schwer sein! Rasch machte Violetta daher nun wieder einen Schritt auf Cristiano zu und strich ihm zärtlich über seinen Arm. „Weißt du was? Eigentlich fand ich deine Idee mit Instagram gar nicht so schlecht und wir schauen dort mal, was es überhaupt alles gibt. Zumal ich es ja stets genieße, wenn du mich die Welt aus einem anderen Blickwinkel betrachten lässt", säuselte sie leise und fuhr dann mit sanfter Stimme fort: „Wie wäre es also, wenn wir es uns jetzt auf der Couch mit einem Glas Wein bequem machen und nachsehen, was es statt Klippe außerdem im Angebot gibt? Die ist nämlich in der Tat nicht so mein Fall, auch wenn der Sonnenaufgang von dort aus ganz bestimmt einzigartig und atemberaubend ist." Violetta sah die Zurückhaltung in seinem Blick. Einen Moment lang schien Cristiano noch zu überlegen, ob sie es wirklich ernst meinte. Dann jedoch wich die Unsicherheit einem Lächeln, dem rasch eine liebevolle und zufriedene Umarmung folgte.

Ein paar Stunden und zwei Gläser Wein später waren sich Violetta und Cristiano zwar noch nicht einig darüber, wo beide gemeinsam ihren Urlaub verbringen wollten, doch es war ihr anscheinend erfolgreich gelungen, seine Bedenken hinsichtlich Tomaso zu zerstreuen. Sie selbst hingegen fragte sich weiterhin, wieso es genau dieser Wunsch vorhin gewesen war, der nun zudem so etwas wie eine neuerliche Sehnsucht in ihr ausgelöst hatte.
„Alles ganz einfach eben", flüsterte sie lautlos, während sie Cristiano hinterhersah, der sich von Sofa erhob, um aus der Küche ein Glas Wasser zu holen. Waren die gelegentlichen Treffen mit Tomaso tatsächlich der Grund dafür? Oder lag es schlichtweg an einer gewissen Sentimentalität, die besonders Frauen in ihrem Alter zugeschrieben wurde?

Seufzend schüttelte sie ihren Kopf. Besser war es wohl, fortan ihre Vergangenheit noch stärker von ihrer Zukunft zu trennen und so darauf zu vertrauen, mit ihrem Liebsten ab jetzt ganz neue und eigene Träume zu schaffen.

Kapitel 15 - Stille Rivalen

Erleichtert seufzte Violetta auf, als sie nach Feierabend aus der Tür des Kunstmuseums hinaustrat und kurz innehielt. Endlich hatte der Karneval in Venedig ein Ende gefunden. Nun gelang es ihr und den übrigen Venezianern also wieder, die Stadt zu durchqueren, ohne durch eine große Schar von Touristen aufgehalten zu werden, die meist fröhlich maskiert durch die Gassen zogen und die farbenfrohe venezianische Show genossen. Dieses opulente Fest war in den zurückliegenden Jahren für so manch einen Anwohner jedoch bisweilen zu einer Plage geworden. Denn die von diesen sehnlichst erwartete und auch ansonsten schon kaum vorhandene Normalität schien in jenen Zeiten in noch weitere Ferne zu rücken und ließ die Lagunenstadt in Teilen wie ein Tollhaus wirken. Wie froh war Violetta deshalb so stets am Abend dann, wenn sie dem Trubel halbwegs entkommen und die Beschaulichkeit des winterlich ruhigen Lidos genießen konnte.
Jetzt aber schnaufte auch Venedig wieder für eine Weile durch und die wohltuende Leere auf den Campi sowie den Brücken erinnerte sie an die Gründe, warum diese Stadt schon früh zu ihrem Lieblingsort geworden war. Wie steingewordene Geschichte ragten die Palazzi schließlich am Ufer des Canal Grande empor und ließen dennoch nur einen Bruchteil des Prunks und des künstlerischen Reichtums erahnen, die diese Stadt groß gemacht hatten. Derart unvergleichbar mit allen anderen Städten auf der Welt, trotzten die Bauten stolz dem Verfall und verzauberten vielleicht auch genau deswegen jetzt noch ihre Besucher mit charmanter Anmut und Magie.

Doch aller Schwärmerei zum Trotz schob Violetta nun den Ärmel ihres Wollmantels ein wenig weiter nach oben, um einen prüfenden Blick auf ihre Uhr werfen zu können, und stieg anschließend die nun fast menschenleeren Stufen der hölzernen Ponte dell'Accademia gleich noch etwas schneller hinauf. Keinesfalls wollte sie Tomaso nämlich drüben im Café am Campo Santo Stefano über Gebühr warten lassen. Vergangene Woche erst hatte er sie erneut im Büro angerufen und sich erkundigt, ob sie ihm für ein neuerliches Treffen zur Verfügung stand. Nach wie vor verhielt er sich bei diesen Telefonaten recht sachlich. Gerade so, als wenn er mit einem seiner Geschäftspartner sprach. Ein Umstand, der Violetta jetzt bei dem Gedanken daran amüsiert lächeln ließ.
Längst hatten sie sich schließlich wieder einander angenähert und trotzdem vermied insbesondere sie es weiterhin strikt, ihr Verhältnis zu einer Art Freundschaft anwachsen zu lassen. Zu groß war ihre Angst, Cristiano könnte es missverstehen, selbst wenn er ihr gegenüber inzwischen vorgab, seinen Frieden damit gemacht zu haben.
Genau aus dem Grund war Violetta auch froh, dass sie und Tomaso bislang darauf verzichtet hatten, ihre Handynummern zu tauschen. Keine Nummer hieß schließlich ebenso keine Nachricht auf dem Mobiltelefon, die von Cristiano - würde er sie zufällig entdecken - falsch gedeutet werden konnte. Nein, so wie es jetzt war, war es gut und sollte es auch bleiben.

Endlich hatte Violetta den Campo Santo Stefano erreicht, als sie schon aus der Entfernung Tomaso erkannte, der ihr nun winkend entgegenkam. Also blieb sie stehen, steckte ihre fröstelnden Hände in die Manteltaschen und wartete ab, bis er bei ihr angekommen war. Lächelnd nickte er ihr zu. „Salve, Vio! Schön, dich zu sehen. Wir müssten uns jetzt allerdings erst nach einem anderen Platz umsehen, wo wir uns zusammensetzen können. Das Café dort drüben hat geschlossen." Bei diesen Worten drehte er sich um und

deutete in Richtung des Lokals, in dem sie sich bisher jedes Mal getroffen hatten. Dann wieder Violetta zuwendend, sah er sie ratsuchend an. „Ich würde die Wahl also nun gerne dir überlassen. Ist schließlich dein Revier.“
Diese zögerte einen Moment und dachte nach. Selbstredend gab es genügend Alternativen nahebei, doch ihr war gerade eine ganz andere Idee gekommen und so schlug sie ihm diese nun vor: „Wenn du nichts dagegen hast: Der Kaffee in meinem Büro ist auch recht gut.“ Überrascht blickte Tomaso sie einen Augenblick lang wortlos an. „Zudem wärst du da von den Dingen umgeben, bezüglich derer ich dich ja beraten soll“, zwinkerte sie ihm zu, zog eine Hand aus der Manteltasche heraus und machte eine einladende Geste in die Richtung, aus der sie zuvor gekommen war.
Lächelnd und ihr kurz zunickend folgte Tomaso dieser, als er jetzt rasch wieder seine Hände in seiner Jacke vergrub. Ihn freute der Gedanke sichtlich, auf diese Weise vielleicht noch weitere Einblicke in ihr Leben zu bekommen, und so schritt er still und doch bestens gelaunt neben ihr her, während sie nun zunächst gemeinsam den Platz verließen, um gleich darauf auf die andere Kanalseite zu gelangen. Ebenda angelangt, betraten sie zusammen die Vorhalle der Gallerie dell‘Accademia.
Interessiert blickte sich Tomaso dort immer wieder um, ehe er hinter Violetta die breiten Stufen der großen Treppe in den ersten Stock hinaufstieg und ihr den Flur entlang bis zu ihrem Büro folgte. Bereits auf den letzten Schritten dorthin holte sie aus ihrer Handtasche die Schlüssel hervor, steckte den passenden nun ins Schloss und sperrte die Tür auf. Ihre Hand austreckend ließ sie ihm den Vortritt, legte dann ihre Tasche sowie den Mantel ab und deutete anschließend auf einen Stuhl an der Wand. „Den kannst du dir gerne nehmen und hier an den Schreibtisch heranziehen. Ich hole uns nur noch schnell zwei Tassen Kaffee und bin dann sofort zurück.“ Kaum hatte sie geendet, war sie auch schon wieder zur Tür hinaus.

Aufmerksam schaute sich Tomaso in der Zwischenzeit um, wobei sein Blick zunächst an dem beeindruckenden Bücherregal hängenblieb, in dem bis obenhin allerlei Fachliteratur sorgfältig geordnet aufgereiht stand. Er trat näher heran und überflog die Titel auf den Buchrücken: Kein venezianischer Maler, der hier nicht vertreten schien sowie daneben jede Menge Ausstellungskataloge namhafter Galerien aus der ganzen Welt. Sichtlich beeindruckt schürzte er die Lippen und nickte. Diese Sammlung zeugte zweifelsohne von Violettas großen Liebe zur Kunst und er fragte sich unwillkürlich, wie sehr sie ihn damals dann erst geliebt haben musste, wenn sie, statt ihrer Passion zu folgen, ihr Studium vorerst auf Eis gelegt und ihm dafür beim Aufbau seines Architekturbüros nach Kräften geholfen hatte.
Bevor er allerdings weiter seine Gedanken darüber vertiefen konnte, hörte Tomaso im Gang die sich nähernden Schritte und sah, wie schließlich die Tür zum Büro aufgeschoben wurde. Hindurch trat Violetta mit einem kleinen Tablett in der Hand, auf dem sie zwei Tassen Kaffee, Milch sowie Zucker balancierte und sich beeilte, es auf ihrem Schreibtisch abzustellen. Während seine Blicke dabei jeder ihrer Bewegung folgten, bemerkte er so unweigerlich auch den Bilderrahmen neben ihrem Monitor. Schwer fiel es ihm indes nicht, zu erraten, wessen Gesicht auf dem darin enthaltenen Foto abgebildet war. Dennoch musterte er es für einen Moment voller Argwohn, ohne jedoch ein Wort darüber zu verlieren.
Stattdessen bot er sich Violetta nun an, ihr behilflich zu sein, den Tisch ein wenig freizuräumen. „Danke dir“, wisperte sie und bemühte sich um ein Lächeln. Noch immer war es auf seltsame Weise fremd, derart harmonisch mit Tomaso umzugehen und doch auch irgendwie reizvoll. Hin und wieder erwischte sie sich sogar dabei, wie ihr Blick verstohlen auf ihm ruhte und sie feststellen musste, wie attraktiv er über die Jahre gealtert war. Bereits im Sommer an dem Wochenende am Gardasee hatte sie dies bemerkt und

doch gezögert, es gegenüber Isabella zuzugeben. Heute war das allerdings anders. Violetta gestand sich freimütig zu, auch Positives an ihrem Ex wahrzunehmen zu dürfen und der Gedanke daran ließ sie nun grinsen.
Tomaso blieb das nicht verborgen und so sah er sie mit fragender Miene an, nachdem er auf dem Stuhl bei ihrem Schreibtisch Platz genommen hatte. Aber sie winkte immer noch schmunzelnd ab. „Ach, ich musste eben nur daran denken, wie ungewöhnlich unsere Treffen doch im Grunde sind. Ist ja schließlich nicht so, als wenn das einer von uns vor ein paar Monaten geahnt hätte." Er zog seine Augenbrauen hoch und nickte. „Du sagst es. Wobei ich zugebe, dass mich vor allem unser nächtliches Gespräch in der Küche zum Nachdenken gebracht hat." Er zuckte mit den Schultern. „Vielleicht ist das ja auch so eine Sache des Alters und des Abstands." Kurz sah er gedankenversunken zu Boden und gleich darauf wieder zu ihr auf. „Verstehst du, wie ich das meine? Man bekommt irgendwie eine andere Sicht auf die Dinge."
Violetta nickte, während Tomaso nach der Tasse griff, welche sie ihm über den Tisch hinweg zugeschoben hatte. Dann seufzte sie kurz auf, setzte sich ebenfalls auf ihren Stuhl und trank einen Schluck. „Da hast du vermutlich recht und deswegen bin ich auch froh, dass ich inzwischen kein Geheimnis mehr daraus machen muss, wenn ich mich hin und wieder mit dir treffe. Ist ja schließlich nichts dabei." Tomaso schaute sie erstaunt an und ein amüsierter Zug umspielte seine Lippen, als er sogleich nachhakte: „Ah, ich war also dein Geheimnis?" Er nippte am duftenden Kaffee, setzte die Tasse danach wieder ab und behielt Violetta währenddessen aufmerksam im Blick. „Aber gibt es denn etwas, was wir beide verheimlichen müssten?", fragte er immer noch ein wenig ungläubig, als sie auch schon spürte, wie ihr die Röte ins Gesicht stieg. Sich räuspernd schüttelte sie den Kopf. „Nein … natürlich nicht. Es ist nur so …" Hilflos mit den Händen in der Luft herumfuchtelnd suchte

sie die passenden Worte. „Ich wollte anfangs keine unnötige Unruhe stiften.“

Nun zog Tomaso erst recht seine Augenbrauen zusammen und sah sie verständnislos an, daher fuhr sie fort: „Cristiano, … also mein Freund, … er sieht es nicht so gerne, wenn du und ich, also … er weiß dich eigentlich nicht wirklich gerne in meiner Nähe,“ presste sie endlich hervor und atmete anschließend einmal tief durch. Dann war sie es, die ihr Gegenüber taxierte und daher auch bemerkte, wie Tomasos Mundwinkel kurz zuckte. Ansonsten regte sich nicht viel in seinem Gesicht, bis er schließlich die Stirn runzelte und nickte. „Aha …“, entfuhr es ihm leise. Und obwohl er darum bemüht war, sein Missfallen nicht merklich zum Ausdruck zu bringen, kam Violetta nicht umhin, seinen Stimmungswechsel wahrzunehmen.

Anstatt diesem jetzt jedoch auf den Grund zu gehen, wechselte sie rasch das Thema. „Also, du hast am Telefon gesagt, dass du mir Bilder eines Modells zeigen wolltest. Darf ich die nun sehen?“ Tomaso schien noch vollends in Gedanken versunken und zuckte daher kurz zusammen, ehe er etwas fahrig in die Innentasche seines Jacketts griff und daraus sein Handy hervorholte. Geschwind entsperrte er es mit einem Wisch, tippte ein paar Mal auf das Display und hielt es ihr anschließend entgegen. Violetta beugte sich ein wenig vor und betrachtete interessiert den Entwurf, welchen sie in der folgenden Stunde ausgiebig mit Tomaso diskutierte.

Ihr gefiel der fachliche Austausch mit ihm, auch wenn sie sich insgeheim immer noch fragte, weshalb sein Verhalten vorhin so sonderbar gewesen war, als sie Cristiano erwähnt hatte. Konnte es eventuell Eifersucht sein? Nein, die schloss sie kategorisch aus. Vielmehr musste es wohl eher an seinem Unverständnis für den großen Altersunterschied zwischen ihr und ihrem Lebensgefährten liegen und daran, dass sie noch dazu die Ältere in der Beziehung war. Wie oft hatte sie schließlich schon die irritierten Blicke anderer registriert oder einen unbedachten Kommentar weglächeln müssen. So würde sie es daher ebenso hier halten und keineswegs ein schlechtes Gewissen bekommen.

Doch auch wenn allein die Erwähnung Cristianos Namen bei Tomaso wie ein präziser Nadelstich gesessen hatte, ließ er sich dies danach nicht weiter anmerken. Vielmehr lauschte er Violettas Ausführungen und notierte eifrig einige Tipps. „Da sage noch jemand, moderne Architektur könne nicht mit alter Kunst", lachte er schließlich, als die beiden ihre Zusammenkunft allmählich beschlossen und er sich von seinem Stuhl erhob. Violetta nickte. „Kunst ist so vielschichtig und dabei zeitlos. Die abgebildeten Motive sind es dagegen wohl, die sie bisweilen ein wenig eingrenzt." Sie stand nun ebenfalls auf und wollte gerade nach ihrem Mantel greifen, als Tomaso ihr zuvorkam und ihr galant in diesen hineinhalf. „Vielen Dank", antwortet sie leise, doch er machte eine abwehrende Handbewegung. „Nicht dafür, Vio! Ganz im Gegenteil: Ich habe dir zu danken. Dafür zum Beispiel, dass du mich hierher mitgenommen hast. Das war nicht nur sehr nett, sondern auch wirklich sehr aufschlussreich"
Er ließ noch einmal seinen Blick durch ihr Büro schweifen, warf sich dann selbst seinen Mantel über und tat danach, als würde er salutieren. Violetta lächelte. „Du kannst mich jederzeit gerne wieder hier besuchen, wenn du einen kunsthistorischen Rat benötigst", schlug sie Tomaso vor, nahm ihre Tasche und verließ gemeinsam mit ihm ihr Büro. Auf dem Gang draußen war es inzwischen dunkel und nur ein paar wenige Lampen spendeten notdürftig Licht.
Mit der Hand wies sie in die entgegengesetzte Richtung als in die, aus der sie vorhin gekommen waren. „Der Haupteingang ist um diese Zeit längst geschlossen, daher müssen wir nun die Hintertüre nehmen", erklärte sie leise und schritt ihm geschwind voran, bis sie das schmale Treppenhaus erreichten. Suchend tastete sie im Dunkeln nach dem Schalter und machte Licht, bevor sie mit ihm die Stufen ins Erdgeschoss hinabstieg.

Dort öffnete sie mit einem Schlüssel die Tür und zog diese auf, als ihnen sogleich ein eisiger Windhauch um die Nase wehte. Intuitiv wich sie ein Stück zurück und stieß so gegen Tomaso, der ihr dichtauf gefolgt war. „Tut mir leid!“, entschuldigte sie sich bei ihm, aber er lächelte nur. „Nichts passiert,“ erklärte er und strich ihr dabei sanft über ihren Arm, zog seine Hand dann jedoch schnell wieder weg, da er nicht wusste, ob ihr diese vertraute Geste überhaupt recht war.

Und genau genommen war Violetta sogar sehr froh darüber, obwohl sie sich in diesem Moment erneut die Frage stellte, wie es nur sein konnte, dass sie Tomasos Gegenwart inzwischen derart genoss.

Eben dies war einer der Gründe dafür, warum ihr schlechtes Gewissen Cristiano gegenüber abermals wuchs. Zwar wusste dieser nun von ihren Treffen und tolerierte sie, wie er sagte, aber Violetta versicherte ihm stets, dass es dabei um nichts anderes als einen rein professionellen Austausch ging. Doch war das tatsächlich immer noch so? Nicht erst vorhin hatten sie Zweifel beschlichen, ob das auch weiterhin der einzige Grund für ihre Zusammenkünfte war.

Oder bildete sie sich das am Ende alles nur ein? Ebenso wie den Umstand, dass beide Männer offensichtlich ganz und gar nicht gut auf den jeweils anderen zu sprechen waren und sich stattdessen als so etwas wie Rivalen sahen.

Wie gut war es da, dass die zwei ohnehin wohl niemals mehr aufeinandertrafen und wenn überhaupt, ihre Rivalität im Stillen austragen mussten, ging es Violetta noch durch den Kopf, als sich Tomaso jetzt an ihr vorbei durch die Tür nach draußen drängte, sogleich den Kragen seines Mantels am Hals fest zusammenhielt und ihr lächelnd zunickte. „Vio, hab‘ vielen Dank für deine Zeit und unser wieder einmal interessantes Gespräch … und natürlich auch dafür, dass ich nun auch einmal dein Büro sehen durfte.“ Er deutete eine leichte Verbeugung an und fuhr dann fort: „Jetzt wünsche ich dir aber erst einmal noch einen schönen Abend und später eine gute Nacht. Bis zum nächsten Mal.“

Kaum hatte sie daraufhin ihre Hand zum Gruß gehoben und ein „Das wünsche ich dir ebenfalls“ gehaucht, als er sich auch schon von ihr abwandte und durch die nebelige Dunkelheit in Richtung der nahe gelegenen Vaporetto-Station entschwand. Eine Weile sah sie ihm dabei noch hinterher, wie er durch die Lichtkegel der Straßenlaternen schritt und schließlich um die nächste Häuserecke bog, ehe sie selbst ihren Heimweg antrat und insgeheim bereits mit gespannter Freude einer erneuten Begegnung mit ihm entgegensah.

Auf dem Ponton der Haltestelle drückte sich Tomaso derweil in ein windgeschütztes Eck, schlug den Kragen noch etwas höher und vergrub seine Hände tief in den Manteltaschen. Stumm schaute er währenddessen auf das bewegte, dunkle Wasser des Canal Grande hinaus und sah, wie das Licht aus den Fenstern am gegenüberliegenden Ufer sich schaukelnd darauf spiegelte. Fast war es ihm, als würden die bunten Punkte ihn hypnotisieren wollen, während er dabei wieder einmal über die zurückliegenden Stunden nachsann.
Wie angenehm war die Zeit mit Violetta doch auch dieses Mal gewesen und wie hinreißend sah sie nach all den Jahren immer noch aus. Lächelnd seufzte er auf und gestand sich ein, dass er sich insgeheim längst wieder nach dieser Frau zu sehnen begann; nach ihrer warmen und weichen Stimme, ihren großen braunen Augen und dem langen ebenso braunen Haar.
Wie hatte sie das nur geschafft? Und stellte er sich in diesem Moment ernsthaft vor, wie es wäre, eine ihrer Strähnen langsam um seinen Finger zu wickeln? Irritiert schüttelte er seinen Kopf und senkte ihn dann. Das ging nun doch beileibe alles viel zu weit und war am Ende einfach nur lächerlich. Sie hatten sich schließlich gerade ein paar Mal getroffen. Was hieß das also schon? Und dennoch spürte er zunehmend den Wunsch, sie endlich wieder ganz für sich zu gewinnen.

Plötzlich schreckte Tomaso allerdings auf. Aber hatte das allein an dem anderen Fahrgast gelegen, der aus der Dunkelheit heraus gerade die überdachte Plattform der Haltestelle betreten und sich gegenüber von ihm auf der Sitzbank niedergelassen hatte? Oder war es doch der Gedanke an Cristiano gewesen, der ihn just wie aus heiterem Himmel getroffen hatte? Er wusste es nicht. Nur war da eben dieses Unbehagen …
Cristiano, dieser Jüngling, der ihm bereits am Gardasee ein Dorn im Auge gewesen war und der auch jetzt noch in Violettas Leben eine wichtige Rolle zu spielen schien. Würde es da genügen, auf die Zeit zu vertrauen, die möglicherweise doch für ihn arbeitete und sie erkennen ließ, dass dieser Gockel gar nicht der Richtige für sie war? Oder würde es da anderer Argumente und Geschütze bedürfen?
Nachdenklich die Lippen aufeinanderpressend, starrte Tomaso vor sich auf den Boden und schob mit seinem Fuß gedankenversunken eine dort liegende abgelaufene Fahrkarte beiseite, als er nun endlich auch den Motor des nahenden Wasserbusses vernahm. Einmal tief durchatmend, straffte er die Schultern und nickte versonnen, während er auf den Steg des Anlegers trat. Er würde sich schon etwas einfallen lassen, womit er Violetta begeistern und sie zudem von der Aufrichtigkeit seiner aufs Neue für sie entbrannten Gefühle überzeugen konnte.

Kapitel 16 - Nur ein Traum?

In den darauffolgenden Wochen hielt allmählich der Frühling Einzug in der Lagunenstadt. Und obwohl die morgendlichen Temperaturen nach wie vor recht frisch sowie die Oleanderbäume drüben am Zattere längst noch nicht erblüht waren, so lag doch diese Ahnung von jahreszeitlichem Aufbruch über der Stadt. Die grauen und gedeckten Farben wichen währenddessen mehr und mehr fröhlichen und bunten, wie man ebenfalls an den zahlreichen Wäscheleinen sehen konnte, die die schmalen Gassen oder Kanäle überspannten.

Violetta mochte diese Zeit, wenn Venedig noch nicht überfüllt und trotzdem lebendig schien. Und so hatte sie auch heute Morgen den Wasserbus gutgelaunt bestiegen, um über das San Marco Becken in Richtung der Lagunenstadt zu fahren. Mit dem Rücken an die Wand der Kabine gelehnt, ließ sie gähnend sowie noch ein wenig verträumt das Ufer an sich vorbeiziehen und überlegte lächelnd, wer wohl schon behaupten konnte, dass sein Arbeitsweg doch eher einer Panoramafahrt glich. Ja, das waren ganz eindeutig die Vorzüge hier, schoss es ihr durch den Kopf, während um diesen fröhlich ihre Haare im Wind tanzten, bis sie eine Weile später das Boot direkt an ihrer Arbeitsstätte verließ.

Jetzt, so früh am Morgen, war es hier noch recht ruhig. Daher verweilte sie einen Moment und sog genüsslich die frische Luft mit geschlossenen Augen tief ein. Besser konnte ein Tag doch gar nicht starten, sinnierte sie, als sie kurz darauf die wenigen Stufen vor dem Eingangsportal hinaufsprang und alsdann die Eingangshalle der Accademia betrat. Carla, ihre Kollegin aus dem Museum-Shop winkte ihr freundlich zu. „Buon giorno, Vio! Vittorio kommt heute etwas später, soll ich dir ausrichten. Er hat sein Telefon auf dich umgestellt." Lächelnd erwiderte Violetta ihren Gruß. „Buon giorno, Carla! Alles klar, danke dir. Hat er auch etwas darüber gesagt, wann er wieder zurück sein will?" Die junge Frau überlegte kurz. „Mmh … ich glaube, er hat davon gesprochen, rechtzeitig für eine Videokonferenz zurück zu sein. Mehr weiß ich aber leider auch nicht." Violetta nickte und schnippte mit ihren Fingern. „Danke dir, das reicht mir schon. Dann schaue ich einfach in seinem Kalender nach."

Leise und melodisch vor sich hin summend stieg sie anschließend die Treppe in den ersten Stock empor und betrat dort wenig später ihr Büro. Ohne groß hinzusehen, stellte sie ihre Handtasche auf dem schmalen Regal neben ihrem Schreibtisch ab und ging gleich weiter bis zum Fenster vor, von welchem sie beide Flügel weit öffnete. Auch hier sollte schließlich die frische Frühlingsluft Einzug halten, beschloss Violetta, blieb noch einen Moment lang an den Rahmen gelehnt stehen und sah in den klaren und leuchtend blauen Himmel empor.

Dieser verhieß einen wunderbaren Tag und so rieb sie sich voller Tatendrang die Hände, ehe sie ein letztes Mal in die Gasse hinaus und nach unten schaute. „Dann wollen wir mal sehen, was die Arbeit heute so alles für mich bereithält", sagte sie leise zu sich selbst, als sie jetzt an ihren Platz zurückkehren wollte und ihr Blick plötzlich an ein paar Briefen hängenblieb, die hinter dem Monitor auf ihrem Schreibtisch lagen. Irritiert griff Violetta danach und dabei fiel ihr wieder ein, wie sie diese gestern da abgelegt hatte, während sie telefonierend im Zimmer auf und ab gegangen war. Anschließend musste sie die Post dort wohl vergessen haben.

Geschwind blätterte sie die Kuverts deshalb nun in ihrer Hand durch und stellte so auch erleichtert fest, dass scheinbar nichts Dringliches darunter war. „Ein Glück!", wisperte sie und machte sich dennoch nun sofort daran, die Umschläge vorsichtig aufzureißen. Noch unterm Gehen zog sie so als Erstes die Rechnung für ein Fachmagazin hervor. Der Nächste enthielt eine Einladung zu einer Vernissage

drüben in San Marco. „Da könnte ich eigentlich Cristiano fragen, ob er mich nicht dorthin begleiten will“, dachte sie laut nach, als sie jetzt auf ihrem Schreibtischstuhl Platz nahm und mit diesem etwas näher an ihren Tisch heranrollte.
Währenddessen öffnete sie bereits das dritte Kuvert. Es wies im Gegensatz zu den übrigen Sendungen einen recht offiziellen Charakter auf, weswegen Violetta gespannt den Brief daraus hervorzog, auseinanderfaltete und stumm die Zeilen zu überfliegen begann. Stirnrunzelnd las sie die Nachricht, kaum am Ende angekommen, gleich ein zweites Mal. Danach senkte sie das Blatt und spürte wie augenblicklich Hitze in ihr aufstieg. Konnte das wirklich wahr sein? Beinahe ehrfürchtig legte sie die Post nun vor sich ab, ohne sie zunächst aus dem Blick zu lassen und holte einmal tief Luft. Anschließend nahm sie erneut den Umschlag zur Hand und schaute auf den Absender. Es handelte sich tatsächlich um ein Schreiben der Kunstakademie in Mailand - immerhin einer der renommiertesten Kunsthochschulen weltweit.
Selbstverständlich hatte Violetta bereits zuvor davon gehört, dass diese gelegentlich Ausstellungen thematisch und konzeptionell von Gastkuratoren begleiten ließ. Jedes Mal erfuhren diese dann eine große Aufmerksamkeit und die dafür Auserwählten konnten sich in der Tat glücklich schätzen, wenn ihnen eine solche Ehre zuteilwurde. Eine Ehre, die sie nun ganz offensichtlich ebenfalls erhalten sollte, falls sie den Worten glauben durfte, die sie gerade zum nunmehr dritten Male überflog.
Eine Ausstellung in Mailand kuratieren – was für eine verrückte Vorstellung! Sie spürte ein Kribbeln in der Magengegend und wie gleichzeitig ihre Wangen zu glühen begannen. Ob sie sich besser noch einmal telefonisch rückversichern sollte, ob dies auch kein Missverständnis war, bevor sie diese großartige Neuigkeit mit ihren Kollegen und vor allem Vittorio teilte? Vittorio! Ausgerechnet heute kam er später, wo sie doch am liebsten auf der Stelle all die Freude, Aufregung sowie den Stolz mit ihm geteilt hätte.

Aber es half nun mal nichts. Sie würde sich in Geduld üben müssen.
Angestrengt versuchte sie daher, sich bis zu seiner Rückkehr mit dem Lesen und Beantworten von E-Mails abzulenken, doch leider ohne jeglichen Erfolg. Viel zu deutlich sah sie bereits die Bilder in ihrem Kopf vor sich und wie es wohl sein würde, wenn sie dort ihre Ausstellung präsentierte. Gleichzeitig wurde ihr allerdings ebenso bewusst, dass sie zumindest bei der Eröffnung ganz allein im Mittelpunkt stehen und sicher sogar eine Rede würde halten müssen. Das wiederum war bislang weniger ihre Stärke und hier in der Accademia jeweils der Part, den sie liebend gerne Vittorio überließ. Ihm fiel es nicht schwer, sich ins beste Licht zu rücken und dabei auch noch charmant zu sein, aber ihr selbst …
„Bis dahin wird er mir hoffentlich die ein oder andere Stunde Nachhilfe geben", beruhigte sich Violetta, während sie abermals versuchte, sich auf ihre eigentliche Arbeit zu konzentrieren. Doch das war leichter gesagt als getan, angesichts der Gedanken, die unablässig durch ihren Kopf kreisten.

Eben aus diesem Grunde war sie auch froh und erleichtert, als die quälende Warterei nach einer guten Stunde endlich ein Ende nahm, ein herbeigesehntes Klopfen ertönte und Vittorio gleich darauf im Rahmen ihrer Tür erschien. „Salve, Vio! Bin wieder zurück", rief er ihr zu, hob dabei grüßend seine Hand und wollte gerade schon gehen, als sie bereits von ihrem Stuhl aufgesprungen war und ihn aufhielt. „Warte bitte, nicht so schnell. Ich brauche dich mal!", erklärte sie, griff nach der Klinke und zog die Tür ein wenig weiter auf. Erstaunt sah Vittorio sie an. Ihre Stimme verriet ihm, wie aufgeregt sie sein musste, und so trat er mit neugieriger Miene ein.
Violetta hingegen wollte jetzt den Moment zunächst entsprechend zelebrieren, und ging daher mit einigen schnellen Schritten um ihren Schreibtisch herum, wo sie den

Brief nahm und diesen hinter ihrem Rücken versteckte. Dabei überlegte sie nach wie vor, ob sie nun gleich mit der Tür ins Haus fallen oder ihren Kollegen vielleicht doch noch ein wenig auf die Folter spannen sollte. „Vittorio, ich könnte, glaube ich, gut deinen Rat gebrauchen, wie man sich angemessen für ein bestimmtes Event kleidet", begann sie schließlich, wobei es ihr schwerfiel, das Grinsen zu verbergen, welches sich inzwischen unaufhaltsam auf ihren Lippen breitmachen wollte.
Vittorio musterte sie interessiert und zog währenddessen eine Augenbraue gewitzt nach oben. „Für ein bestimmtes Event, sagst du? Was darf ich mir genau darunter vorstellen? Und bist du wirklich mutig genug, ausgerechnet meinen Vorschlägen zu folgen?" Bei diesen Worten schürzte er amüsiert seinen Mund. Violetta jedoch bemühte sich eisern, wenigstens für einen weiteren Augenblick Ruhe zu bewahren, bevor es allerdings schier aus ihr herausbrach: „Stell' dir nur vor, ich darf in Mailand, also genauer gesagt in der Kunstakademie dort, eine Ausstellung kuratieren! Und dabei soll es dann ausgerechnet um Bellini und Carpaccio gehen."
Freudestrahlend streckte sie ihren Arm aus und hielt Vittorio das Schreiben entgegen. Dieser versuchte, es auch gleich zu lesen, doch da sie partout nicht stillhalten konnte, nahm er es ihr schließlich ungeduldig aus der Hand und las es dann aufmerksam durch. Anschließend wieder sie betrachtend, nickte er ihr anerkennend zu. „Meinen allerherzlichsten Glückwunsch, meine Liebe. Das hast du dir wirklich verdient!" Er richtete abermals seinen Blick auf das Papier und zitierte nun daraus: „‚Aufgrund Ihrer Veröffentlichungen in der Fachpresse und Ihrer vielfach dokumentierten Expertise' …" Weiter kam er jedoch nicht, da Violetta ihn aufgeregt unterbrach. „Ja, da hat sich das Schreiben endlich mal rentiert", lachte sie und fuhr gestenreich fort: „Zumal es eben auch genau an dem Ort ist, wo ich mein Studium damals begonnen habe. Es ist also, wie wenn sich ein Kreis für mich dadurch schließt."

Sie seufzte glücklich auf und zwinkerte ihm zu. „Zwick mich lieber noch einmal, damit ich nicht aufwache und merke, dass es nur ein Traum war.“ Er lachte. „Kannst du gerne haben!“, und kniff sie in den Arm. „Aua!“ Violetta verzog kurz ihr Gesicht, bevor sie dann jedoch erneut selig zu lächeln begann und einen schnellen Blick auf den Brief warf, den Vittorio wieder auf ihrem Schreibtisch abgelegt hatte. „Okay, kein Traum. Der ist immer noch da“, strahlte sie und er stimmte nickend in die Freude seiner Kollegin mit ein. „Ich kann mich nur wiederholen, Vio. Diesen Erfolg hast du dir ganz allein erarbeitet und das freut mich ungemein für dich. Zumal mir für eine Retrospektive der Werke von Bellini und Carpaccio auch in der Tat niemand Geeigneteres einfallen würde als du.“ Verlegen senkte sie ihre Lider. „Danke dir,“ wisperte sie und spürte, wie ihr bei diesen Worten ganz warm ums Herz wurde.
Vittorio wollte gerade noch etwas sagen, als er sich jedoch besann und rasch einen Blick auf seine Armbanduhr warf. „Himmel, jetzt hätte ich bei all dem Jubel über diese großartige Neuigkeit beinahe meine Videokonferenz verpasst. Vio, wir sehen uns nachher und stoßen dann natürlich darauf an!“, lachte er und beeilte sich nun, hinüber in sein Büro zu kommen.

Violetta indes war auch noch Stunden später derart beseelt, dass sie ihre Arbeit heute mit besonders viel Eifer versah. Mehrmals wandelte sie zudem durch die Ausstellungsräume der Accademia und dachte währenddessen bereits glückstrunken über ein geeignetes Konzept nach. Dabei bemerkte sie gar nicht, wie die Zeit verrann und erst Vittorio, der noch einmal nach ihr sah, holte sie wieder aus ihren Gedanken. „Vio, hier steckst du also! Das hätte ich mir natürlich denken können, dass du die Gesellschaft der beiden alten Meister suchst“, lachte er und stemmte seine Hände in die Hüften. „Ich wollte ja eigentlich noch mit dir anstoßen, aber ein guter alter Freund hat mich gerade angerufen und gesagt, dass er heute in der Stadt ist. Würde es

dir etwas ausmachen, wenn wir unser Gläschen daher auf morgen verschieben?“ Mit fragender Miene sah er Violetta an, als die auch schon lächelnd abwinkte. „Aber natürlich nicht! Und glaube mir, um berauscht zu sein, brauche ich heute sowieso keinen Tropfen Alkohol.“
Sie zwinkerte ihm zu und stieß ihm dabei sanft mit ihrem Ellenbogen in die Seite. Erleichtert lachte ihr Kollege auf. „Wenn ich dich so betrachte, glaube ich das sofort“, scherzte er und hob seine Hand zum Gruß. „Dann wünsche ich dir jetzt aber erst einmal noch einen schönen Abend und wir sehen uns morgen.“ Violetta tat es ihm gleich, kehrte kurz darauf in ihr Büro zurück und erschrak ein wenig, als sie die eingeblendete Uhrzeit auf ihrem Monitor sah. „So spät schon“, flüsterte sie und machte sich nun ebenfalls eilends daran, nach Hause zu kommen.

Doch auch dort konnte sie an nichts anderes als die bevorstehende Ausstellung denken – ihre Ausstellung. Und so wollte sie nun vor allem eins: diese fantastische Neuigkeit endlich mit Cristiano teilen. Bis jetzt hatte sie sich damit zurückgehalten, um nun ganz in Ruhe und ausgiebig darüber mit ihm reden zu können. Zunächst schenkte sie sich dafür noch schnell ein Glas Wein in der Küche ein und wechselte mit diesem anschließend ins Wohnzimmer hinüber, wo sie es sich auf dem Sofa bequem machte und dann mit freudig aufgeregtem Kribbeln im Bauch seine Nummer wählte.
Ungeduldig lauschte sie sodann jedem Freizeichen und fiel ihm ins Wort, kaum dass er sich gemeldet hatte. „Amore, stell‘ dir vor: Ich habe heute eine Einladung der Mailänder Kunstakademie bekommen und darf dort eine Ausstellung kuratieren. Eine eigene Ausstellung! Weißt du, was das bedeutet? Das ist für mich einfach so unglaublich. Zumal diese dann auch noch ausgerechnet dort stattfinden wird, wo einst für mich alles angefangen hat. … Ist das nicht großartig?“, sprudelte es aus ihr hervor, doch statt sich für sie zu freuen reagierte Cristiano ein wenig reserviert. „In Mailand, sagst du? Wohnt dort nicht auch dein Ex?“

Violetta rollte genervt mit den Augen, nippte an ihrem Glas und stellte es dann auf dem Tisch neben sich ab. „Ja, das tut er, genau wie rund 1,3 Millionen andere Menschen auch. Na und?“, erwiderte sie gereizt und war enttäuscht, dass er sich so gar nicht für sie zu freuen schien. „Aber warum spielt ausgerechnet das jetzt für dich überhaupt eine Rolle?“, fügte sie noch hinzu, worauf allerdings erst einmal Stille am anderen Ende der Leitung herrschte, bis sie schließlich ein zögerliches Räuspern vernahm.
Dem folgte seine ruhige, jedoch ernste Stimme. „Vielleicht, weil ich seit geraumer Zeit den Eindruck gewinne, dass er zunehmend wieder an Bedeutung für dich gewinnt. Und nun auch noch dieses Angebot aus Mailand, wo er ganz sicher die Gelegenheit nutzen wird, Zeit mit dir zu verbringen.“
Violetta atmete hörbar aus. „Amore, nun mach aber bitte mal einen Punkt. Ich habe dir schon einmal gesagt, dass Tomasos Interesse rein beruflicher Natur ist. Und mal ehrlich: Wäre es nicht irgendwie auch lächerlich gewesen, wenn ich ihm meine Hilfe verweigert hätte, nur weil wir uns damals zerstritten haben und ich weiter verbissen an diesem Umstand festhalte?“
Nun war es allerdings Cristiano, der ihr ärgerlich ins Wort fiel. „Vio! Cara mia! Erstens hast du selbst mir gegenüber mal betont, wie zuwider dir dieser Mann im Grunde ist und zweitens weiß ich beim besten Willen nicht, was ein Architekt immer wieder von einer Kunsthistorikerin so Wichtiges brauchen sollte. Ja, gut, ich habe dir gesagt, dass es für mich in Ordnung ist. Aber wie lange soll das jetzt so gehen?“
Sie schüttelte vehement ihren Kopf und wollte gerade etwas entgegnen, doch da legte er bereits nach: „Und wie ich es eben sehe, wirst du jetzt vermutlich einige Zeit dort in Mailand verbringen müssen, um diese Ausstellung vorzubereiten. Er wiederum wird das sicherlich erst recht zu seinen Gunsten zu nutzen wissen und entschuldige, aber das gefällt mir nun mal ganz und gar nicht!“ Violetta schloss ihre Augen und atmete einmal tief durch. „Cristiano, bei aller

Liebe! Vertraust du mir denn gar nicht mehr?", erkundigte sie sich und erntete prompt ein tonloses „Dir schon, aber halt nicht deinem Ex!"
Abermals stieß sie deutlich hörbar die Luft aus, weswegen er sich veranlasst sah, weitere Gründe für seinen Unmut vorzubringen. „An der ganzen Situation bist du aber auch nicht ganz so unschuldig. Zwei Mal bereits habe ich von euren Treffen erst im Nachhinein erfahren. Was soll ich also davon halten?" Der Ton in seiner Stimme war inzwischen vorwurfsvoller geworden und so fühlte Violetta sich zunehmend in die Ecke gedrängt. Keine Spur mehr von der Euphorie, die sie noch vor ein paar Minuten verspürt und mit ihrem Liebsten hatte teilen wollen.
Ganz im Gegenteil – eigentlich ging es ihr gerade nur darum, das Gespräch schnellstens zu beenden, um nicht doch noch einen handfesten Streit vom Zaun zu brechen oder schlimmer gar, ihre Freude über das großartige Angebot getrübt zu sehen. Also nahm sie sich zusammen und bat Cristiano mit der sanftesten Stimme, die ihr in diesem Moment möglich war: „Amore, vielleicht schlafen du und ich über die ganze Sache und unterhalten uns ein anderes Mal darüber. Ich mag nämlich die Richtung einfach nicht, in die das Gespräch gerade geht und will nicht, dass wir uns wegen so etwas in den Haaren liegen."
Angespannt wartete sie nun seine Entgegnung ab, doch nach einem Moment der Stille folgte nur noch ein knappes „In Ordnung!" Violetta wusste nicht, ob es das gewesen war, was sie von ihm zum Abschluss hatte hören wollen. Dennoch fühlte sie sich irgendwie erleichtert, als sie danach das Gespräch beendet und das Telefon zur Seite gelegt hatte. Vorerst war dieses Thema somit zwischen ihnen vertagt und trotzdem blieb da dieser bittere Nachgeschmack.
Konnte Cristiano sich nicht einfach für sie freuen? Insgeheim hatte sie sogar darauf gehofft, dass er sie vielleicht begleiten und sie so ein paar schöne Tage dort verbringen würden. Stattdessen hatte sie jetzt seine Sticheleien zu verdauen. Denn auch wenn sie gar nicht mal abstritt,

mittlerweile hin und wieder ganz gerne Kontakt zu Tomaso zu haben, wusste sie nicht, was daran so falsch war. Noch nicht einmal ihre privaten Telefonnummern hatten sie schließlich getauscht. Ein Argument, welches Cristiano allerdings vermutlich nicht beruhigte.
Sie seufzte, erhob sich langsam vom Sofa und trat mit ihrem Weinglas in der Hand an das Fenster heran, um nach draußen zu sehen, wo allmählich die Dämmerung auf die Lagune fiel. „Cin Cin und Salute auf mich!", prostete sie sich selbst zu, trank einen Schluck und blickte dann wieder gedankenversunken auf die Lichter in der Ferne hinaus.
Immer noch arbeiteten Cristianos Worte in ihr und sorgten dafür, dass der Verdruss in ihr stieg. Beinahe ein wenig trotzig schob sie daher schließlich ihr Kinn nach vorn und umklammerte das Glas fest mit ihrer Hand. Inzwischen rasten Violettas Gedanken und obwohl Cristiano es so nicht formuliert hatte, fragte sie sich, ob es neben seiner Eifersucht vielleicht auch noch einen anderen Grund für seine Ablehnung gab. Gönnte er ihr möglicherweise schlichtweg den beruflichen Erfolg nicht?
Erneut nippte sie an ihrem Glas und presste anschließend die Lippen fest aufeinander. Nein, nicht ein weiteres Mal würde sie sich von einem Mann in ihrem Leben aufhalten lassen. Das hatte sie schon einmal getan und bitter bereut. Dieses Mal würde sie daher keinen Einwand zulassen und ihren Weg gehen. Nur ein Traum? Das hatte sie sich heute Vormittag noch gefragt, doch jetzt war sie sich sicher, diesen Erfolg verdient zu haben und stolz darauf sein zu dürfen. Basta! Egal, was Cristiano oder irgendwer sonst davon hielt!

Kapitel 17 - Alles auf den Punkt

In den folgenden Wochen erkannte sich Violetta bisweilen selbst kaum wieder. Ihr Arbeitseifer, ihre Energie sowie ihr Ideenreichtum kannten keine Grenzen. Nicht nur einmal war es daher Vittorio, der ihr ein wenig Einhalt gebot und sie bat, es nicht zu übertreiben. „Meine Liebe, ich weiß, dass du es allen zeigen willst. Aber was nutzt die beste Vorbereitung, wenn du den Erfolg am Ende vor Erschöpfung gar nicht mehr wirklich genießen kannst?" Er stand in ihrer geöffneten Bürotür, hatte sich mit dem Arm am Rahmen abgestützt und sah seine Kollegin mit gerunzelter Stirn und ein wenig Sorge im Blick an.
Die jedoch richtete sich auf ihrem Schreibtischstuhl gleich ein bisschen gerader auf, straffte ihre Schultern und reckte die Arme in die Höhe, als sie jetzt zu ihm hinübersah. „Ich weiß, ich weiß … Aber es ist vielleicht dieses eine Mal in meinem beruflichen Leben, dass ich etwas ganz Besonderes machen darf." Sie hielt kurz inne und zwinkerte ihm schließlich lächelnd zu. „Verstehe mich bitte nicht falsch, Vittorio. Hier, an der Accademia Kuratorin sein zu dürfen, und dann auch noch mit einem Kunstgenie wie dir als Kollegen gesegnet zu sein, ist schon weitaus mehr als ich früher je für möglich gehalten hätte. Aber jetzt ist da eben diese eine Chance, die sich wie das Sahnehäubchen auf meiner Karriere-Torte anfühlt und da kann ich einfach nicht umhin, als alles und vor allem mein Bestes zu geben."
Vittorio nickte verständnisvoll und grinste. „Wem sagst du das? Ich kenne dieses Gefühl ja auch nur zu gut. Aber genau deswegen weiß ich eben auch, dass es gerade in den letzten Tagen davor hektisch zugehen wird und du dafür dann erst recht noch jede Menge Kraft und Nerven brauchen wirst."
Violetta nickte. „Ich passe schon auf mich auf!

Versprochen!", lächelte sie ihm zu und er hoffte, dass sie es ebenso meinte.
Schließlich kam ihm jedoch eine Idee und er schnippte mit seinen Fingern. „Übrigens … also, nur wenn du magst, unterstütze ich dich natürlich auch gerne vor Ort. Du weißt schon: Beschriftungen kontrollieren oder dir einfach ein Glas Wasser holen … So etwas in der Art." Er zog spitzbübisch eine seiner kräftigen Augenbrauen nach oben. „Lediglich zwischen - sagen wir - Spätnachmittag und Dinner müsstest du mich jeweils entschuldigen. Denn wenn ich schon in Mailand bin, muss ich natürlich auch meiner zweiten großen Leidenschaft neben der Kunst frönen. Da gehört mein ganzes Herz dann der Mode und dem unvermeidbaren Shopping."
Violetta lachte und wurde danach jedoch schnell wieder ernst. „Danke dir, Vittorio. Ich weiß dein Angebot sehr zu schätzen und komme ganz bestimmt darauf zurück. Allein schon, dich in meiner Nähe zu wissen, täte mir bestimmt gut", erklärte sie und sah ihm nachdenklich hinterher, als er nun ihr Büro verließ. Der Gedanke, nicht nur auf Vittorios moralische Unterstützung bauen zu können, sondern ihn zudem als Beistand vor Ort bei sich zu haben, beruhigte sie und ließ sogleich die ein oder andere Sorgenfalte aus ihrem Gesicht verschwinden.

Allein in Mailand wäre sie also schon mal nicht. Glück gehabt, dachte Violetta, denn seit Kurzem stand fest, dass Tomaso die nächste Zeit gar nicht in der Stadt sein würde. Ihr anstehendes Treffen hatte er in der vergangenen Woche erst unter Bedauern abgesagt. „Wenn es für dich in Ordnung ist, holen wir es aber auf alle Fälle ganz bald nach", hatte er ihr angeboten und daraufhin erklärt, dass er eine Weile eines seiner Projekte außerhalb des italienischen Festlandes betreuen müsse. „Weißt du, manchmal ist es einfach besser, wenn man eine Zeit lang direkt vor Ort und nah am Geschehen ist. Wobei ich zugeben muss, dass man mich

gerade zu dieser Jahreszeit auch nicht wirklich lange bitten brauchte, dafür nach Sardinien zu kommen.“
Sehr wohl noch immer Cristianos Worte dabei im Ohr, hatte Violetta vorsichtig versucht, sich nach der Dauer seiner Abwesenheit zu erkundigen. Doch Tomaso war, was diese betraf, eher ungenau geblieben. „Gute Frage. Das weiß ich noch gar nicht so genau. Momentan überlege ich nämlich, ob ich nicht im Anschluss noch einige Tage Urlaub an der Costa Smeralda dranhänge. Aber sobald ich zurück bin und es einrichten kann, melde ich mich bei dir. Und dann würde ich natürlich sehr gerne der Lagunenstadt wieder einen Besuch abstatten.“
Ihre Ausstellung in Mailand hatte Violetta ihm gegenüber daraufhin vorerst unerwähnt gelassen. Das konnte sie schließlich immer noch nachholen und war sich dennoch nicht sicher, ob sie am Ende tatsächlich erleichtert sein sollte, dass er gar nicht in der Stadt sein würde, wenn sie diese eröffnete. Freilich, Cristiano wäre so ganz gewiss beruhigt. Aber sie selbst? Insgeheim hatte sie schon auf dessen Anwesenheit gehofft. Dort, wo sie ihm unwiderlegbar hätte zeigen können, was aus ihr geworden war.
Gerade jetzt, als sie den Entwurf des Ausstellungskatalogs langsam durchblätterte, dachte sie abermals daran und malte sich die Szene nicht zum ersten Mal vor ihrem inneren Auge aus, bevor sie stutzte. „Hey, stopp!“, ermahnte sie sich selbst und schüttelte verärgert ihren Kopf. „Was soll das eigentlich? Ich bin doch schließlich nicht so weit gekommen, nur um jetzt irgendwem beweisen zu müssen, wer ich bin und was ich kann. Und das gilt auch für meinen Ex!“, fügte sie leise, jedoch nicht weniger eindringlich hinzu.
Anderseits kannte sie sich eben nur zu gut, und daher war es also vermutlich doch besser, dass Tomaso gar nicht erst da war.

Cristiano hingegen machte es Violetta dieser Tage auch nicht leicht. Je näher das Datum der Ausstellungseröffnung rückte, desto mehr schien er zu schmollen. Vor allem haderte er nach wie vor mit ihrem Wunsch, sie zu dem Event zu begleiten. „So sehr ich mich da für dich freue, aber … Cara mia, du weißt doch selbst, dass ich gerade mit dieser Art von Kunst nicht so viel anzufangen weiß", erklärte er ihr jetzt erneut und fügte beschwichtigend hinzu: „Was natürlich überhaupt nicht heißen soll, dass ich deine Arbeit oder deinen Erfolg nicht zu schätzen wüsste, aber …" „Aber du hast schlichtweg keine Lust!", vollendete sie den Satz gleich selbst für ihn und hatte hörbar Mühe, neben ihrer Ernüchterung den sarkastischen Unterton in ihrer Stimme zu unterdrücken.

Die unterschwelligen Spannungen der letzten Zeit hatten unweigerlich auch bei ihr Spuren hinterlassen und noch war ihr nicht klar, wie sie damit umgehen, geschweige denn, diese wieder aus der Welt schaffen sollte. „Nach der Ausstellung dann – da wird es schon werden …", flüsterte sie und vertraute darauf, dass Cristiano es vermutlich ganz ähnlich sah und sie gemeinsam einen Weg finden würden, um ihre noch wachsende Liebe zukünftig besser zu schützen.

Bis dahin jedoch galt ihre komplette Konzentration den Abstimmungen mit der Mailänder Kunstakademie sowie den Kollegen dort. Einige Male war sie bereits vor Ort gewesen, hatte sich den Saal angesehen, der für die Veranstaltung vorgesehen war und sich mit den Verantwortlichen über das von ihr geplante Konzept ausgetauscht. Nach und nach fügte sich auf diese Weise alles zusammen und spätestens, als Violetta endlich stolz einen Probedruck des Ausstellungskatalogs in den Händen hielt, fiel ihr ein Stein vom Herzen. Alles schien auf dem Punkt fertig zu werden und so zu gelingen, wie sie es sich vorgestellt hatte. Vergessen waren da auch all die kleinen Pannen, die zwischendurch an ihren Nerven gezerrt und ihr die eine oder andere schlaflose Nacht bereitet hatten.

Stattdessen fieberte sie jetzt glücklich und aufgeregt zugleich den Tagen in Mailand entgegen. Eine knappe Woche hatte sie sich vorgenommen, in der Stadt zu bleiben, um zunächst

noch letzte Handgriffe zu erledigen oder sie zumindest unter ihrer Aufsicht geschehen zu lassen. Das, wie sie dabei stets betonte, nicht aus einem Misstrauen heraus, sondern vielmehr, weil sie dieses außerordentliche Ereignis in allen Facetten auskosten und genießen wollte.
Nicht zuletzt Vittorio hatte ihr angesichts ihrer „Gast-Kuratoren-Premiere“, wie er es nannte, dazu geraten. „Du wirst sehen, bei der zweiten oder dritten Veranstaltung dieser Art ist das dann schon ein wenig zur Routine geworden, selbst wenn natürlich auch weiterhin dieses ganz besondere Kribbeln bleibt. Aber jetzt geht eben nichts über diesen jungfräulichen Moment, dieses erste Mal.“ Die Leidenschaft, mit der er diese Weisheit formuliert hatte, ließ sie nicht nur einmal schmunzeln und dennoch erahnen, wie richtig er damit lag.

Schließlich schienen die Tage bis zu ihrer Abreise nur so davonzurennen und so stand Violetta nun ein wenig gehetzt vor ihrem Kleiderschrank, während sie den Telefonhörer zwischen Ohr sowie Schulter eingeklemmt hatte und Isabellas begeisterten Worten lauschte. „Ich bin immer noch ganz aus dem Häuschen und vermutlich beinahe genauso aufgeregt wie du“, jauchzte diese gerade. „Vor allem natürlich auch, weil ich Danieles Idee ganz wunderbar fand, dass wir gleich noch zwei weitere Tage in der Stadt bleiben. Shoppen, flanieren, abends schön essen gehen und am nächsten Tag alles von vorn.“
Violetta lachte auf und zog währenddessen den Kleiderbügel mit dem kleinen Schwarzen aus dem Schrank hervor. „Dein armer Mann. Ich kann mir schon gut vorstellen, wie du ihn durch die Fußgängerzone und von einem Geschäft ins nächste schleifst.“ Ihre Freundin tat empört. „Sooo schlimm bin ich ja nun auch wieder nicht!“ Dann gluckste sie. „Und immerhin war es sein Vorschlag – nicht meiner.“ Die beiden Frauen kicherten, bis Isabella jedoch schnell erneut ernst wurde. „Wie schaut es da jetzt eigentlich mit Cristiano aus? Bleibt er mit dir auch die ganze Zeit in Mailand?“

Violetta antwortete nicht sofort. Stattdessen legte sie sich die Worte erst einmal behutsam zurecht und ließ dann einen langgezogenen Seufzer hören. „Ach Isa, ich habe keine Ahnung. Am Ende muss ich wohl froh sein, wenn er überhaupt dabei ist - von ein paar Tagen also ganz zu schweigen.“ Sie machte abermals eine kurze Pause, bevor sie weitersprach: „Ich hatte dir ja schon erzählt, dass er Mailand mit Tomaso gleichsetzt und auf diesen beileibe immer noch nicht gut zu sprechen ist.“ Nun war es Isabella, die deutlich hörbar aufseufzte. „Im Ernst? Immer noch? Aber er muss doch wissen, wie sehr du ihn liebst, oder?“
Ihr Kleid auf dem Bett vorsichtig zusammenlegend, nickte Violetta. „Ja, das sollte er eigentlich schon. Zumindest hoffe ich, dass er das tut und doch hat er scheinbar immer noch ein Problem damit … also sowohl mit Mailand als auch mit Tomaso. Er sagt halt, dass ich nicht ganz unschuldig an der ganzen Misere wäre und ihm gleich von unseren Begegnungen hätte erzählen sollen. Na ja, und nun meint er, dass ich darum auch selbst schuld sei, wenn er jetzt keine Lust mehr auf Mailand habe.“
Isabella ließ ihrer Verwunderung freien Lauf. „Ich wiederhole mich ungern, aber ist das jetzt wirklich sein Ernst? Vio, sei mir nicht böse, aber ich finde so ein Verhalten schon ein wenig kindisch. Gut, du hättest ihm natürlich etwas sagen können, aber was ändert das jetzt? Und am Ende nur deswegen dich bei diesem so wichtigen Moment nicht zu unterstützen oder gar dabei zu sein? Ich fände es für ihn wirklich schade, wenn er das verpasst.“ Abermals nickend stimmte Violetta ihrer Freundin zu. „Ja, deshalb habe ich die Hoffnung auch immer noch nicht ganz aufgegeben, dass er vielleicht doch über seinen Schatten springt und ich ihn an meiner Seite haben darf.“
Der Klang ihrer Stimme ließ Isabella allerdings erahnen, für wie wahrscheinlich diese es am Ende selbst hielt. „Ach, Vio, fühl dich ganz fest von mir gedrückt …“, flüsterte sie daher nur leise, räusperte sich anschließend kurz und war nun bemüht darum, sogleich für bessere Stimmung zu sorgen.

„Hör mal, wenn es wirklich so kommen sollte, dann verbringst du die Zeit dort aber auf jeden Fall mit uns. Ich für meinen Teil habe nämlich definitiv vor, den Erfolg meiner Freundin gebührend zu feiern und sie hochleben zu lassen." Violetta konnte nicht anders und musste angesichts der begeisterten Entschlossenheit in Isabellas Worten lachen, als diese sie auch schon wieder unterbrach: „Oder veranstaltet die Kunstgalerie da irgendwas? Ich meine, gibt es da so etwas wie ein Gala-Dinner für dich?"
Erneut lachte Violetta auf. „Isa, wo denkst du hin? Ich bin schließlich kein gekröntes Haupt. Ich bin nur eine Kuratorin, die eine Ausstellung zusammengestellt hat und diese nun eröffnen und präsentieren darf. Mehr ist da nicht." Doch Isabella wandte abermals mit bedeutungsvoller Stimme ein: „Also, ich finde schon, dass das eine ganz große Sache ist. Und den Ausstellungskatalog werde ich im Übrigen dann unübersehbar bei uns zuhause auf den Wohnzimmertisch platzieren und jeden, der es hören will oder auch nicht, darauf hinweisen, wer dafür verantwortlich ist – nämlich meine liebe und beste Freundin Vio!"
Violetta schwankte zwischen erheitertem Lachen sowie Rührung, schluckte einmal und atmete tief durch. „Danke, Isa", murmelte sie und trat wieder vor ihren Schrank, aus dem sie jetzt zwei Röcke hervorzog und neben dem Kleid auf dem Bett ablegte. Was wäre das Leben doch ohne eben genau solche Freunde, dachte sie, während sie weiter Isabellas Planungen für die Tage in Mailand lauschte.
Eine Weile telefonierten die beiden Frauen so noch, bis Isabella schließlich einen Blick auf ihre Uhr warf. „Vio, ich sehe gerade, wie spät es bereits ist. Sagtest du nicht, dass du eigentlich deinen Koffer packen musst?" Die so Gefragte grinste. „Ja, das tue ich doch schon die ganze Zeit irgendwie und nebenbei. Okay, ich gebe zu, ich habe inzwischen einen etwas steifen Nacken, weil ich das Telefon immer wieder zwischen Ohr und Schulter einklemme, aber was soll's. Die Telefonate mit dir sind einfach immer so schön, dass ich da auch gar kein Ende finden mag, selbst wenn es wie jetzt nur

noch ein paar Tage sind, bis wir uns sehen." Sogleich setzte Isabella ein. „Und das, meine Liebe, nenne ich in der Tat den perfekten Schlusssatz, damit ich dich trotzdem nicht länger von deinen Vorbereitungen abhalte. Ich wünsche dir noch einen schönen Abend und bis ganz bald!"
Nachdem sich auch Violetta von ihrer Freundin verabschiedet hatte, packte sie ihr Handy beiseite und holte endlich aus der Abstellkammer ihren Koffer hervor. Diesen ausgeklappt auf ihr Bett gelegt, füllte sie ihn sodann mit allem, was sie zuvor bereits aus dem Schrank hervorgeholt und feinsäuberlich dort ausgebreitet hatte. Ihre Gedanken hingegen wanderten währenddessen wieder einmal zu Cristiano, den sie liebend gerne einfach angerufen hätte. Doch er hatte ihr gestern bereits erklärt, dass er heute einen ganztägigen Geschäftstermin habe und danach noch zum Dinner eingeladen sei. „Cara mia, ich melde mich dann", hatte er ihr gesagt und sie hoffen lassen.
Hoffen, auf ein Zeichen von ihm, welches sie sich so sehr wünschte. Eins, das ihr sagte, er würde selbstverständlich doch an ihrer Seite sein und sie vielleicht auch – ganz Gentleman – morgen mit seinem Wagen nach Mailand fahren. Sie seufzte sehnsüchtig auf. Wie wahrscheinlich war das wohl, überlegte sie, als sie jetzt ebenso im Bad alles Notwendige zusammenpackte und anschließend in ihrem Gepäck verstaute. Müde murmelte sie dann ein leises „Fertig!" und trat gedankenversunken an das Fenster heran. Von dort blickte sie hinaus auf die dunkle Lagune und spürte, wie sehr er ihr fehlte und wie gerne sie genau jetzt sich nichts mehr wollte, als bei ihm zu sein.

Am darauffolgenden Morgen war Violetta dann schon früh auf den Beinen. Kaum aufgestanden, trank sie eine erste Tasse Kaffee, duschte geschwind und schlüpfte anschließend in ihre bereitgelegte Kleidung. Entschieden hatte sie sich dabei gestern noch für ihren klassischen blauen Blazer, zu dem sie eine passende Hose sowie eine weiße Bluse trug. So vor den Spiegel im Schlafzimmer tretend, meinte sie alsdann

plötzlich Vittorios liebevoll mahnende Stimme hören zu können: „Vio, Vio! Trau dich doch auch endlich mal, gesehen zu werden!" Unwillkürlich musste sie schmunzeln. Nein, selbst wenn ihr etwas mehr Pep sicher nicht schaden konnte, Typ Fashionista wie er würde sie ganz bestimmt nicht werden. Und trotzdem erschien ihr die Gelegenheit günstig, sich während der kommenden Tage in Mailand ebenfalls ein paar neue Kleidungsstücke zu gönnen.
Am liebsten hätte sie bei deren Wahl jedoch auf Cristianos Rat gehört, aber der ließ immer noch nichts von sich hören. Ungeduldig sowie ein wenig ängstlich schaute sie daher nun erneut auf dem Display ihres Handys nach. Leider Fehlanzeige! Also machte sie sich daran, eine weitere Tasse Kaffee zuzubereiten, als schließlich doch der ersehnte Signalton für eine eingegangene Nachricht zu hören war. Fast wäre ihr dabei sogar der Zuckerlöffel aus der Hand gefallen, so sehr beeilte sie sich, nach dem Telefon zu greifen und es mit einem Wisch zu entsperren. „*Cara mia, entschuldige, ich habe es gestern Abend nicht mehr geschafft. Ich wünsche dir eine gute Fahrt nach Mailand. Wir sehen uns dann bei der Eröffnung deiner Ausstellung. Ti amo! C.*", las Violetta dort und strich mit ihren Fingerspitzen sanft darüber, während sie spürte, wie ein Kribbeln in ihrer Nase aufstieg und ihre Augen feucht wurden. Cristiano würde also heute definitiv nicht kommen und ob er nach der Veranstaltung noch bleiben würde, hatte er ebenfalls offengelassen.
Den Kopf in den Nacken legend, versuchte sie ihre Enttäuschung sowie den Frust zu unterdrücken und atmete ein paar Mal tief ein und wieder aus. Nein, sie würde sich jetzt nicht unterkriegen lassen, nahm sie sich vor und tupfte vorsichtig mit dem Zeigefinger die Träne aus ihrem Augenwinkel weg.
Ihre bis zuletzt gehegten Hoffnungen waren nun also tatsächlich geplatzt und doch gab Violetta sich nach einem winzigen Moment der Resignation erst recht kämpferisch. Wie zum Beweis straffte sie ihre Schultern und reckte entschlossen ihr Kinn vor.

Das würde nun ihre Zeit dort in Mailand werden, die sie sich auf keinen Fall durch die Reibereien mit Cristiano verderben wollte. Mit ihm würde sie alles im Anschluss klären. Doch bis dahin nahm sie sich vor, schlichtweg ihr Herz auszuschalten und allein ihren Kopf regieren zu lassen.

Zwei weitere Tassen Kaffee und eine letzte Kontrolle ihres Gepäcks später machte sich Violetta schließlich auf den Weg. Sie nahm das Vaporetto, das sie direkt bis vor den Bahnhof brachte und kaufte sich dort noch eine Zeitung sowie ein paar Bonbons. Anschließend sah sie auf der Anzeigentafel in der großen Halle nach, von welchem Bahnsteig ihr Zug heute ging. Für gewöhnlich fuhr dieser immer von dem gleichen ab, aber was war heute schon gewöhnlich?
Sie zumindest nicht, wie sie feststellte, als sie danach zu den Gleisen hinüberging, dort stehenblieb und die Handtasche auf ihrem Koffer abstellte. Ob das am Lampenfieber lag? Ihre Hände ineinander verschränkend, rieb sie diese nervös aneinander und spürte so auch, wie kalt und feucht diese waren. Das kann ja was werden, wenn sich die Aufregung nun schon dermaßen bemerkbar macht, überlegte sie und war froh, dass Vittorio ihr bereits morgen folgte und ihr so den Beistand gab, nach dem sie sich gerade so sehr sehnte.
Doch war das jetzt nicht eigentlich genau der Zeitpunkt, an dem sie sich einmal ihrer eigenen Leistung bewusst werden sollte und sich dabei vor Augen hielt, dass diese Einladung mehr als eine bloße Anerkennung ihrer Arbeit war? Und konnte sie deswegen, verdammt noch mal, nicht auch endlich vor Glück und Stolz strahlen?
Violetta seufzte leise und presste ihre Lippen fest aufeinander, während sie sich wünschte, diese Gefühle mit jemandem teilen zu können. Jemandem, der ebenso stolz auf sie war … Prompt hatte sie Cristianos Gesicht vor Augen und fragte sich unwillkürlich, ob er wohl je so empfinden würde.

Nicht zuletzt über diese Frage sann sie noch nach, als sie später auf ihrem Sitz im Abteil Platz genommen hatte und gedankenversunken auf die vorbeirauschende Landschaft starrte, ohne allerdings wirklich etwas davon zu sehen. Auf ihrem Schoß lag währenddessen das aufgeschlagene Magazin, dem sie jedoch ebenso wenig Beachtung schenkte. Vielmehr überlegte sie krampfhaft, wie Cristiano und sie es nur schafften, die Harmonie in ihrer Beziehung wiederherzustellen. Allzu oft hatten Kleinigkeiten in der letzten Zeit ausgereicht, um diese zu stören, und nicht nur einmal war es dabei um Tomaso gegangen. Violetta aber wollte sich auch weiterhin nicht vorschreiben lassen, mit wem sie sich traf und dennoch musste es doch ebenso dafür eine Lösung geben.
Versonnen senkte sie den Blick, zog aus der Tasche ihres Blazers das Mobiltelefon hervor und suchte darauf Cristianos letzte Nachricht. Mit „Ti amo!" hatte er sie enden lassen und Violetta bekräftigte nun ihrerseits: „Ich dich doch auch, Amore!"
Noch eine Weile beherrschten die Gedanken an ihren Liebsten so ihr Denken, aber ihr war klar, dass sie die Probleme momentan ohnehin nicht lösen konnte. Daher besann sie sich und entschied, sich nun endlich wieder auf die vor ihr liegende Zeit zu konzentrieren. Nichts sollte sie davon jetzt weiter ablenken. Also richtete sie sich in ihrem Sitz ein wenig auf und schloss einige Atemzüge lang ihre Augen, um sich zu sammeln. Vor ihr lagen schließlich die vermutlich aufregendsten Tage seit Langem und die galt es in vollen Zügen zu genießen. Genau diese Einsicht war es dann wohl auch, die sie zufrieden lächelnd ihrem Spiegelbild in der Fensterscheibe zuzwinkern ließ.

Und genau dieses Lächeln befand sich immer noch auf Violettas Gesicht, als sie einige Zeit später dem Zug in Mailand entstieg und ein Taxi zu ihrem Hotel nahm. Für ihren Aufenthalt hatte sie eins in der Nähe des Domplatzes gewählt. Jenem Ort, den sie von jeher geliebt und auf dem sie damals, als sie noch hier in der Stadt gewohnt hatte, ganze Abende lang gewesen war. Wie oft hatte sie dabei den Straßenkünstlern zugesehen oder sich vom Gesang angehender Opern-Talente der nahe gelegenen Scala berauschen lassen?

Die Erinnerung daran ließ sie ein ums andere Mal verzückt lächeln, als der Fahrer den Wagen durch die geschäftigen Straßen steuerte und schließlich in der schmalen Gasse vor dem Eingang des Hotels hielt. Als würde sie alles gerade neu entdecken, stieg Violetta aus und blickte sich begeistert um. Sogleich fiel ihr dabei das hübsche Restaurant vis-à-vis auf, unter deren Markise die Kellner eben die Tische abwischten und für den Mittag eindeckten. „Da möchte ich die kommenden Tage auch unbedingt mal sitzen“, murmelte sie, als sie ein leises Räuspern hinter sich vernahm. Es war der Taxi-Fahrer, der inzwischen ihr Gepäck aus dem Kofferraum geholt und neben ihr abgestellt hatte. Rasch zog Violetta daher nun zwei Geldscheine aus ihrem Portemonnaie hervor und reichte sie ihm. „Grazie mille, das stimmt so“, bedankte sie sich und nickte ihm lächelnd zu.

Anschließend ihre Handtasche schulternd, nahm sie den Griff ihres Koffers und rollte diesen vor sich her, bis sie die gläserne Eingangstür des Hotels erreicht hatte und diese vorsichtig aufstieß. Sich auch hier überall umschauend, durchquerte sie die Lobby und erblickte dann die ältere Frau, die hinter dem Empfangstresen saß und ihr freundlich zuwinkte.

„Buon giorno, Signora!“ Lächelnd erwiderte Violetta ihren Gruß und blieb sodann vor ihr stehen. „Buon giorno! Ich habe ein Zimmer auf den Namen Salvati gebucht. Violetta Salvati.“ Die Dame nickte, warf einen Blick auf die vor ihr liegenden Papiere und zog dann ein paar zusammengeheftete Blätter darunter hervor. „Alora … da haben wir Ihre Buchung ja schon“, erklärte sie und machte sich daran, die notwendigen Formalitäten zu erledigen. Anschließend griff sie nach einem Schlüssel, der hinter ihr in einem kleinen Regalfach lag. „Hier, Signora. Der ist für Sie. Sie finden Ihr

Zimmer im dritten Stock. Frühstück bieten wir leider keines an, aber wenn Sie dort drüben …“ Sie deutete in Richtung der Eingangstür. „Also wenn Sie da vorne die Straße überqueren und sich dann rechts halten, dann finden Sie nach der nächsten Ecke ein nettes Café. Nichts Besonderes vielleicht, aber die Brioche sind hervorragend“, zwinkerte sie Violetta zu. „Oh, haben Sie vielen Dank für den Tipp. Den werde ich gleich morgen früh ausprobieren“, entgegnete sie, nahm ihrem Koffer und rollte damit in Richtung des Aufzugs.

Nachdem sie ihr kleines, aber umso gemütlicher gestaltetes Zimmer bezogen und sich dort ein wenig eingerichtet hatte, machte sich Violetta jedoch gleich wieder auf, um der Kunstakademie einen Besuch abzustatten. Vielleicht, so hoffte sie, hatte Signor Bianchi spontan etwas Zeit. Er war die rechte sowie vermutlich sogar die linke Hand des Institutsleiters und somit ihr Ansprechpartner in allen Fragen.

Fröhlich summend trat sie daher nun wieder in die Straße hinaus, wo gerade eine Tram ratternd an ihr vorbeifuhr. Kreischend bog das alte Gefährt danach um die nächste Kurve und sorgte mit dem lauten Geräusch dafür, dass Violetta sich augenblicklich die Ohren zuhielt. Wie sehr man sich doch an die ruhige Gelassenheit Venedigs gewöhnen kann, dachte sie, als sie jetzt auf die andere Straßenseite hinüberwechselte und sich dort in den Strom der Menschen einreihte. Einigen von denen war es anzusehen, dass sie keine Eile hatten und interessiert die Auslagen der Geschäfte betrachteten sowie in Ruhe nach einer Café-Bar Ausschau hielten. Andere schienen unter Zeitdruck zu stehen und hasteten einem nächsten Termin oder der Straßenbahn entgegen.

Violetta indes sog all die Eindrücke in sich auf und vergaß dabei ebenso nicht, ihre Blicke immer wieder über die Fassaden der imposanten Bauten um sich herum gleiten zu lassen. So ganz anders als daheim und doch nicht ohne Reiz, dachte sie, als sie nun die kleine Piazetta vor dem beeindruckenden Gebäudekomplex der Kunstgalerie erreichte. Einen Moment lang blieb sie davor stehen und hielt lächelnd inne. Genau hier würde sie in den kommenden Tagen tätig sein. Ein Gefühl zwischen Stolz und Ehrfurcht machte sich in ihr breit, als sie weiter vor und durch den Tordurchgang ging, in dem das Geräusch ihrer Schritte auf den alten Steinplatten von der Decke widerhallte.

Am anderen Ende im Hof angekommen, steuerte sie geradewegs auf den Eingangsbereich zu und zupfte rasch die Ärmel ihrer Bluse ein letztes Mal zurecht, ehe sie anschließend an den Empfang herantrat. Der junge Mann hinter dem Tresen hatte sie bereits erkannt und winkte ihr freundlich entgegen. „Ciao, Signora Salvati!", hieß er sie willkommen und erkundigte sich dann: „Kann ich Ihnen helfen?" Violetta begrüßte ihn ebenfalls und nickte ihm lächelnd zu. „Buon giorno. Ja, ich denke … oder vielmehr hoffe ich, dass Sie das tun können. Ich wollte nämlich nachfragen, ob Signor Bianchi zufällig Zeit hat."

Sofort nahm der Empfangsmitarbeiter den Hörer seines Telefons zur Hand und fuhr mit dem Finger suchend über die ausgedruckte Liste mit Durchwahlnummern auf dem Tresen vor ihm, bis er bei einer stoppte und diese danach flink auf der Tastatur eingab. Gespannt beobachtete Violetta ihn dabei und lauschte dann seinen Worten. „Signor Bianchi? Hier ist Salvatore vom Empfang. Signora Salvati ist hier unten bei mir und lässt fragen, ob Sie Zeit für sie hätten." Ungeduldig die Antwort abwartend, wippte sie nervös mit dem Fuß auf und ab, bis sie trotz der Distanz ein deutliches „Si, claro!" aus dem Hörer schallen hörte. Die folgenden Worte verstand sie dagegen nicht mehr und sah nur zu, wie der junge Mann mehrmals mit dem Kopf nickte und schließlich das Gespräch beendete.

Freundlich schaute er sie daraufhin an und deutete auf eine Sitzecke gegenüber des Empfangs. „Signora Salvati, nehmen Sie doch bitte dort noch einen Moment Platz. Signor Bianchi wird sofort da sein und Sie dann zum Ausstellungsraum begleiten." Lächelnd bedankte sich Violetta, tat anschließend

wie ihr geheißen und machte es sich auf einem der breiten und mit weichem Leder überzogenen Sessel bequem. Ihre Blicke dagegen wanderte abermals durch den großen Raum und ein eigentümliches Kribbeln stieg in ihrer Magengegend auf.
Gestern Abend erst hatte sie erfahren, dass alle Bilder inzwischen an Ort und Stelle hingen und eben dieser Ort war nun endlich ganz nah. Gleich würde sie also das Ergebnis ihrer Arbeit tatsächlich sehen können und so nestelte sie etwas unruhig am Ärmelknopf ihrer Bluse herum, bis sie schließlich Signor Bianchi aus dem Gang an der Stirnseite der Lobby auf sie zukommen sah.
In seinem Schlepptau bemerkte Violetta dabei eine ältere Dame, die ein Klemmbord fest umschlungen in ihren Armen hielt und sich bemühte, den langen Schritten ihres Kollegen zu folgen. Als dieser sie nun erblickte, winkte er ihr bereits aus einiger Entfernung zu: „Buon giorno, Signora Salvati!" und streckte ihr dann, als er bei ihr angekommen war, lächelnd seine Hand entgegen. „Ich heiße Sie ganz herzlich hier willkommen."
Anschließend drehte er sich ein wenig zur Seite und deutete auf seine Begleiterin. „Darf ich Ihnen auch gleich Signora Rossi vorstellen?" Die Frau nickte Violetta zu und reichte ihr nun ebenfalls die Hand. „Freut mich sehr, Sie heute auch endlich persönlich kennenlernen zu dürfen", erklärte sie mit einem warmen Lächeln auf den Lippen und fuhr dann fort: „Ich bin ab sofort Ihre direkte Ansprechpartnerin, wenn Sie noch irgendetwas benötigen." Violetta bedankte sich und nickte. „Danke schön, das freut mich wirklich sehr und entschuldigen Sie, dass ich mein heutiges Kommen nicht eher angekündigt habe." Doch Signor Bianchi machte eine beschwichtigende Geste. „Keine Sorge und um ehrlich zu sein, ist es mir lieber, wenn unsere Gast-Kuratoren so engagiert sind und bereits etwas früher als abgesprochen ankommen. Man weiß schließlich nie …" Bei diesen Worten deutete er zurück in Richtung des Gangs, aus dem er zuvor gemeinsam mit Signora Rossi gekommen war. „Aber jetzt

schlage ich vor, dass Sie sich erst einmal selbst das Ergebnis Ihrer Konzeption ansehen."
Lächelnd gab er ihr mit einer kurzen Handbewegung zu verstehen, dass sie ihm folgen sollte, während er fortfuhr: „Es ist schließlich doch immer etwas anderes, wenn man alle Details und die räumliche Aufteilung nicht mehr nur am Rechner betrachten, sondern alles auch ganz real sehen kann." Violetta nickte abermals. „Das stimmt und um ehrlich zu sein, kann ich es ohnehin kaum noch erwarten." Sie lachte und schritt zwischen den beiden den Flur entlang, bis sie an einer zweiflügeligen Tür ankamen und davor stehenblieben. Signora Rossi deutete darauf und schmunzelte. „Das hier ist übrigens so etwas wie unser Personaleingang zum Ausstellungssaal", scherzte sie, drückte die Klinke hinunter und dann die Tür auf.
Bislang war es dahinter dunkel, weswegen die Museumsangestellte nun geschwind den Schalter betätigte und daraufhin das Licht überall in dem großen Raum anging. Immer noch kribbelte es vor Aufregung in Violettas Bauch, als sie jetzt eintrat und sich nach allen Richtungen begeistert umsah. Signor Bianchi, der sich sogleich an ihre Seite gesellte, deutete auf eine leere Halterung für die Beschriftung des darüber befindlichen Gemäldes. „Einige von denen fehlen leider momentan noch, aber die sollten voraussichtlich ebenfalls heute im Laufe des Tages angebracht sein."
Violetta lächelte. „Das kann auch gerne ich übernehmen", bot sie sich an, ließ währenddessen ein weiteres Mal ihren Blick rundum wandern und staunte. Durfte sie sich für dieses Ergebnis loben? Sie seufzte glücklich. „Ja, das darf ich!", wisperte sie und bemerkte wie Signor Bianchi sie irritiert ansah. „Ach, entschuldigen Sie bitte, ich habe nur kurz mit mir selbst gesprochen", erklärte sie verlegen und warf dann abermals einen Blick auf das Gemälde, vor dem sie gerade standen. Dabei handelte es sich um das Bildnis einer jungen Frau, die in einem Buch las. Violettas Aufmerksamkeit ruhte fasziniert auf dem Faltenwurf ihres

opulenten rot-orangenen Kleides, dessen Farbe durch die Deckenstrahler noch ein wenig mehr zu strahlen schien – ähnlich wie es eben auch ihre eigenen Augen taten. „Das ist wirklich alles ganz wunderbar umgesetzt worden und alles auf dem Punkt“, lächelte sie Signora Rossi an, die jetzt ebenfalls neben sie getreten war, doch die zwinkerte ihr nur zu. „Das haben wir Ihrer präzisen Vorarbeit zu verdanken. Da gab es von unserer Seite aus gar nicht mehr viel zu tun.“

Nachdem Violetta einige weitere Details mit den beiden Mitarbeitern der Akademie besprochen hatte, machte sie sich wieder auf den Weg zurück zu ihrem Hotel. Dabei war ihr jedoch nicht danach, den direkten Weg einzuschlagen. Viel lieber nutzte sie das immer noch warme Wetter und wandelte ohne Ziel. So zog es sie zunächst entlang der breiten und mit Bäumen gesäumten Straßen, bis sie abbog und dem engen Gassengewirr folgte. Versonnen betrachtete sie dabei das Treiben um sich herum, als sie plötzlich stockte.
In Gedanken war sie abermals die Eröffnung der Ausstellung durchgegangen und so war ihr gerade siedend heiß eingefallen, dass sie bislang gar keine Rede für diesen Anlass vorbereitet hatte. Gewiss, zweieinhalb Tage blieben ihr zwar noch und dennoch war das nach ihrem Geschmack für diese Aufgabe viel zu kurz.
Statt nun also, wie eigentlich beabsichtigt, ein wenig über die Piazza vor dem Dom zu flanieren und da den Straßenmusikern zuzuhören, kehrte sie jetzt doch schnurstracks in ihr Hotel zurück. Dort in ihrem Zimmer angekommen, holte sie ohne Umschweife das Notebook aus ihrer Tasche hervor und machte sich eifrig ans Werk. Leicht fiel es Violetta dabei allerdings nicht und sie dachte angestrengt nach: Sollte sie sich in ihrer Ansprache auf die belegten Fakten konzentrieren? Oder lief sie auf diese Weise am Ende Gefahr, das Publikum eher zu langweilen? Vielleicht war es also am besten, den Text auch mit einigen unterhaltsamen Details zu spicken – so wie es eben Vittorio

stets gelang. Scheinbar mühelos schien der ganze Vorträge aus dem Ärmel zu schütteln und gekonnt zu präsentieren. Sie hingegen tat sich da deutlich schwerer und sah nicht nur deshalb seiner Ankunft morgen bereits sehnlichst entgegen.
Trotzdem zwang sie sich, heute Abend zumindest einen Anfang zu machen und fluchte dennoch, wenn sie abermals die gerade getippten Zeilen wieder unzufrieden verwarf. „Ich verstehe das nicht. Fachartikel gehen mir doch sonst auch gut von der Hand. Warum also fällt es mir hier nur so schwer?“, jammerte Violetta, bevor sie dann doch beschloss, erst einmal eine Dusche zu nehmen.
Die sorgte vielleicht ganz nebenbei dafür, dass sie sich auch im Kopf etwas fitter fühlte, so hoffte sie und schlüpfte aus Schuhen und Kleidung heraus. Anschließend wechselte sie in das kleine Bad und betrat die Duschkabine, in der kurz darauf wohlig warmes Wasser über ihren Körper floss. Genießerisch schloss sie ihre Lider und spürte förmlich, wie allmählich die Anspannung von ihren Schultern und aus dem Rücken wich. „Aaah …“, entfuhr es ihr leise, während sie sich unter dem breiten Strahl hin und her wiegte und erst nach einer ganzen Weile der Dusche wieder entstieg. Eingehüllt in ein großes Frottee-Tuch, kehrte sie danach ins Zimmer zurück.
Ein wenig wollte sie trotz der sie längst überkommenden Müdigkeit noch an der Rede arbeiten, schnappte sich ihr Notebook, legte es aufs Bett und streckte sich daneben aus. „Wenigstens ein paar Zeilen …das müsste ich doch schaffen“, murmelte sie, ehe sie plötzlich zusammenfuhr. Unter ihrem Fenster ratterte gerade eine alte Tram vorbei. Das Geräusch ließ Violetta kurz innehalten. War das nicht auch einst in ihrer Studentenwohnung so gewesen und hatte es sie nicht da schon immer wieder aus dem Lernen herausgebracht? Grinsend dachte sie an die Zeiten zurück und daran, wie sie bereits damals eine ganze Weile gebraucht hatte, um sich an das eigentümliche Scheppern zu gewöhnen. „Manche Dinge ändern sich wohl nie“, schmunzelte sie, ehe sie sich erneut ins Schreiben vertiefte.

Dennoch war sie erleichtert, dass - je später es wurde - die Regelmäßigkeit der vorbeifahrenden Züge abnahm und es ihr so gelang, endlich die Eröffnungsworte weitestgehend fertigzustellen. Nun fehlte eigentlich nur noch der ein oder anderen Tipp Vittorios und dann war auch das geschafft. Gähnend riss sie bei dem Gedanken daran den Mund weit auf, schob das Notebook auf die nicht besetzte Seite ihres Bettes und reckte ihre Arme in die Höhe. Dabei bemerkte sie erst jetzt, wie sie immer noch nur mit dem um ihren Körper geschlungenen Badetuch dalag. Also raffte sich Violetta schnell abermals auf, holte den Pyjama aus dem Schrank, warf ihn über und erschrak, als ihr Blick währenddessen kurz am Spiegel hängenblieb.
„Upps, habe ich vorhin etwa noch nicht einmal meine Haare nach dem Duschen gekämmt?“, stieß sie überrascht hervor und fuhr sich mit den Fingern durch die inzwischen trockenen Strähnen, die widerspenstig in alle Richtungen abstanden und sich auf diese Weise nun nicht mehr in Form bringen ließen. „Okay, das wäre jetzt wahrscheinlich selbst Vittorio zu wild“, grinste sie. „Aber das richte ich besser in der Früh.“ Sprachs, schlüpfte rasch unter die Decke und löschte das Licht.

Am darauffolgenden Morgen übernahm es wenig überraschend ebenfalls die Straßenbahn, Violetta aus dem Schlaf hochschrecken zu lassen. Müde und gähnend rieb sie sich ihre Lider, schlug die Decke zurück und setzte sich langsam in ihrem Bett auf. Einen Moment lang verharrte sie noch so, versuchte, sich kurz zu sammeln, und streckte schließlich ein letztes Mal genüsslich ihre Arme in die Höhe. Anschließend stemmte sie sich endgültig hoch, schlurfte hinüber zum Fenster und schob mit ihren Fingerspitzen die Gardine ein wenig zur Seite.
Sogleich trafen ein paar Sonnenstrahlen ihr Gesicht und ließen sie zufrieden blinzeln. Das waren doch allerbeste Voraussetzungen, überlegte Violetta, die sich spontan vornahm, nachher mit Vittorio zum alten Stadtschloss

hinüberzugehen, und ihm ebenda auf einer Parkbank ihre Rede vorzutragen. Schon gestern war sie dort vorbeigekommen, hatte eine kurze Rast eingelegt und sich vom Duft der blühenden Bäume regelrecht betören lassen. „Auf diese Weise übe ich auch gleich mit Ablenkungen umzugehen und ihnen zu widerstehen“, lachte sie und machte sich dann auf den Weg ins Bad.

Rasch absolvierte sie dort ihre Morgentoilette, zog sich an und band ihre vom Waschen noch feuchten Haare zu einem lockeren Zopf. Währenddessen fischte sie mit dem Fuß bereits ihre Sneaker unter dem kleinen Schreibtisch hervor und schlüpfte hinein. „So, fertig!“, kommentierte Violetta zufrieden, als sie einen letzten Blick in den Spiegel warf, ihre Handtasche nahm und dann auch schon zur Tür hinaus war.

Unten sowie auf der Straße angekommen reihte sie sich in den vorbeiziehenden Strom der Passanten in Richtung der nahe gelegenen Piazza del Duomo ein.

Der weitläufige Platz lag um diese Zeit noch recht menschenleer da und wurde überwiegend von den hiesigen Tauben besiedelt, die kopfnickend über das Pflaster schritten. „Wieder so eine Sache, die sich wohl nie ändern wird“, schmunzelte Violetta, als sie jetzt unter den Arkaden hervortrat und sogleich ihre komplette Aufmerksamkeit dem imposanten Dom direkt vor ihr schenkte, hinter dem sich langsam die Sonne erhob. Filigran zeichneten sich dabei all die aufwendigen Details der Fassade gegen das Blau des Himmels ab. Ein Anblick, der sie gefangen nahm, und so verweilte sie einen Moment, unfähig sich in aller Kürze an seiner Schönheit stattzusehen.

Dennoch hielt sie es für geboten, nun doch erst einmal wenigstens ein kleines Frühstück in einem Café hier irgendwo zu bekommen und warf rasch einen Blick auf ihre Uhr: kurz vor neun war es inzwischen schon. Noch rund eineinhalb Stunden also, bis Vittorio mit dem Zug in Mailand ankam und sie sich danach in ihrem Hotel trafen, wo er sich der Einfachheit halber ebenfalls ein Zimmer genommen hatte. So der Plan, dachte sie und beschloss, deshalb gleich hier in der Nähe einen Kaffee zusammen mit einem Brioche zu frühstücken. Ihre Augen daher nun mit der flachen Hand gegen die hellen Sonnenstrahlen abschirmend, sah sie sich suchend auf dem großen Platz um, als sie plötzlich hörte, wie jemand hinter ihr ihren Namen rief.

„Buon giorno, Vio! Welche Überraschung, dass du mich gleich hier an der U-Bahn-Haltestelle in Empfang nimmst."

Verblüfft drehte sie sich um und schaute in das lachende Gesicht Vittorios, der gerade mit seinem Koffer in der Hand die letzten Stufen an die Oberfläche hinaufgestiegen war, jetzt vor ihr stehenblieb und zur Begrüßung seine Arme ausbreitete. Immer noch sprachlos starrte Violetta ihn an, während er sie fest an sich drückte. „Aber … ich dachte, du … du kommst erst …", warf sie stotternd ein, als Vittorio sie auch schon unterbrach. „Ja ja, so hatte ich es zunächst geplant, mich dann aber doch wieder anders entschieden und einen Zug früher genommen."

Bei diesen Worten musterte er sie kritisch und kratze sich dabei nachdenklich am Kinn. „Und wenn ich es nun recht betrachte, dann ist es womöglich auch gut, wenn wir noch etwas mehr Zeit haben, um dich … sagen wir … ein wenig extravaganter aussehen zu lassen." Violetta verdrehte lachend ihre Augen. „Du wieder!" Er jedoch bemühte sich um eine strenge Miene, als er fortfuhr: „Meine Liebe, wie heißt es so schön: Für den ersten Eindruck gibt es keine zweite Chance! Wenn du also übermorgen deinen ersten Auftritt als Gast-Kuratorin ausgerechnet in der Mode-Metropole Mailand hast, dann solltest du da schon etwas mehr Chick ausstrahlen, als du es sonst tust."

Mit diesem Satz besiegelte er seinen Plan für die nächsten Stunden, auch wenn Violetta es noch ein letztes Mal mit einem vorsichtigen Einwand probierte. „Aber … meine Rede … du müsstest die …" Ihr Kollege hob jedoch abwehrend seine Hand und fiel ihr ins Wort. „Meine Liebe, keine Sorge! Die kommt im Anschluss dran. Jetzt aber begleitest du mich am besten erst einmal zum Hotel, damit ich mein Gepäck loswerden kann. Danach setzen wir uns dann auf eine Tasse Kaffee zusammen, bei der du mich auf den neuesten Stand bringen kannst!" Er machte eine kurze Pause und sah sie über den Rand seiner breiten weißen Brille hinweg an. „Und dann vertraust du dich modisch mir an, damit ich dich – was das angeht – auch auf den Punkt bringe!" Kopfschüttelnd und dennoch lächelnd stimmte Violetta ihm zu. Widerworte, so wusste sie, blieben an der Stelle von ihrem Kollegen ohnehin ungehört.

Kapitel 18 - Traumtänzerin, zum Ersten

Violetta trat an eines der Bilder, der von ihr konzipierten Ausstellung, heran und konzentrierte sich auf den letzten Abschnitt ihrer Rede. Hatte ihr Herz zu Beginn noch gerast und ihr bis zum Hals geschlagen, so war sie inzwischen sichtlich entspannt und genoss den Augenblick im Mittelpunkt sogar. Bevor sie nun allerdings weitersprach, hielt sie einen weiteren Moment inne und ließ ihren Blick über die anwesenden Besucher der Ausstellungseröffnung wandern. Kaum merklich lächelte sie dabei Isabella und Daniele zu, die am Rande der Gruppe standen. Es tat wirklich gut, die beiden zusammen mit Vittorio an ihrer Seite zu wissen und vielleicht waren es eben genau die drei, die ihr die notwendige Sicherheit gaben, souverän und routiniert zu erscheinen.

Lächelnd fuhr sie daher jetzt mit ihrer Ansprache fort und deutete auf das Gemälde neben sich. „Und nun, Signore e Signori, komme ich auch allmählich zum Ende. Ich hoffe, ich konnte Sie ein wenig mitnehmen; sowohl in die Welt von Giovanni Bellini als auch in die von Vittore Carpaccio. Vor allem Letzterer verstand es wohl wie kein Zweiter, den Betrachter mit seinen mittels Pinselstrichen festgehaltenen Erzählungen an den Geschehnissen im damaligen Venedig teilhaben zu lassen. Dennoch …“, Violetta machte abermals eine kurze Pause und lächelte verschmitzt in die Runde, „… sind die Namen der beiden Malerfürsten wohl auch den weniger Kunstbeflissenen geläufig, da sie längst ebenso für ein wohlschmeckendes Getränk sowie eine delikaten Vorspeise stehen.“

Bei diesen Worten deutete sie hinüber zu einem Buffet, welches zwischenzeitlich an der gegenüberliegenden Wand des Saals aufgebaut worden war. „Und aus diesem Grunde möchten ich Sie nun auf ein Glas Bellini sowie einen Frucht-Carpaccio einladen und mich damit auch im Namen der Kunstakademie für Ihre Aufmerksamkeit bedanken sowie Ihnen viel Freude beim weiteren Betrachten der wunderbaren Werke wünschen."

Eine leichte Verbeugung andeutend, warf Violetta einen raschen Blick in Vittorios Richtung. Er applaudierte bereits euphorisch und nickte ihr dabei anerkennend zu. Das taten jetzt auch die übrigen Ausstellungsbesucher, bevor sie sich dann nach und nach dem Buffet und den dort befindlichen Köstlichkeiten zuwandten.

Isabella indes hielt sich nun nicht länger zurück und stürmte begeistert auf ihre Freundin zu, umarmte sie und drückte ihr Küsse auf beide Wangen. „Vio, das war wirklich wunderbar. Du weißt, dass Kunst und Malerei eigentlich bislang nicht zu meinen größten Interessen zählt, aber du hast mir mit deinen Ausführungen jetzt richtig Lust darauf gemacht. Deswegen habe ich Daniele eben gerade schon gesagt, dass wir uns die Ausstellung später unbedingt in Ruhe ansehen und dich darüber hinaus dann auch endlich mal in der Accademia besuchen müssen."

Dabei stieß sie ihrem Mann, der mittlerweile neben sie getreten war, sanft mit dem Ellenbogen in die Seite. Dieser nickte zustimmend, wobei er von den Plänen seiner Gattin allerdings noch nicht vollends überzeugt zu sein schien. „Ja, das hat sie genauso gesagt", erklärte er pflichtbewusst, als Violetta auch schon auflachte und nach den Händen ihrer Freundin griff. „Es freut mich, wenn es mir gelungen sein sollte, ein wenig von meiner Leidenschaft in den Vortrag einfließen zu lassen und auf diese Weise sogar dir zu zeigen, wie spannend es sein kann, die Bilder aus der damaligen Zeit zu entdecken." Und zu Daniele gewandt fuhr sie augenzwinkernd fort: „Ist aber trotzdem nicht meine Schuld, wenn bei euch daheim bald ein Kunstdruck von einem der beiden über dem Sofa hängt." Der jedoch winkte grinsend ab. „Alles halb so wild, Vio. Auch damit könnte ich leben." Dabei legte er seinen Arm um Isabellas Taille, zog sie zu sich

heran und gab ihr einen liebevollen Kuss auf ihr Haar. Eine Geste, die Violetta umso mehr spüren ließ, wie sehr sie selbst gerade Cristiano vermisste.
Dieser hatte ihr zwar gestern Morgen noch sein Kommen versichert, sich dann jedoch am späten Abend erneut bei ihr gemeldet und mit tiefem Bedauern abgesagt: „Cara mia, es tut mir so schrecklich leid, aber ich kann morgen bei der Eröffnung doch nicht bei dir sein. Irgendwas muss ich mir eingefangen haben. Jedenfalls liege ich jetzt mit Schüttelfrost im Bett und niese die ganze Zeit", hatte er gekrächzte und wie zur Bestätigung war den Worten noch ein kräftiger Husten gefolgt. Violetta hatte Mühe gehabt, ihre Enttäuschung darüber zu verbergen und ihm stattdessen gute Besserung gewünscht. „Das ist wirklich schade, Amore. Ich hätte dich gerne bei mir gewusst und auch gebraucht, aber jetzt werde bitte erst einmal ganz schnell wieder gesund. Ich melde mich dann gleich danach bei dir und berichte, wie es war."
An genau dieses Gespräch musste sie beim Anblick ihrer Freunde nun denken. Augenblicklich spürte sie umso mehr, wie sehr Cristiano ihr hier fehlte. Da war es leider ein eher schwacher Trost, dass Vittorio sich nun zu der kleinen Gruppe gesellte und Violetta ein Glas Bellini reichte. Dankend nahm sie es entgegen und nippte daran, bevor sie die Gelegenheit nutzte, um ihn endlich auch ihren Freunden vorzustellen.
„Isa, Daniele? Darf ich euch mit meinem wundervollen Kollegen Vittorio Fontana bekanntmachen? Ohne ihn wäre ich vermutlich aufgeschmissen gewesen, gerade was meine Rede von eben betrifft. Er durfte sich diese nämlich in den letzten beiden Tagen immer und immer wieder anhören." Während sie das sagte, strich sie ihm freundschaftlich über den Ärmel seiner violetten Brokatjacke und lehnte dann ihren Kopf an seine Schulter. Er wiederum legte daraufhin seinen Arm um sie und drückte sie an sich. „Meine Liebe, das hast du ganz allein geschafft. Ich habe dir lediglich ein wenig Sicherheit gegeben."

Und zu Isabella und Daniele gewandt fügte er in der ihm eigenen launigen Art hinzu, während er ihnen seinen anderen Arm entgegenstreckte: „Es freut mich außerordentlich, die Freunde von Vio kennenzulernen, dieser Frau, die nicht nur gerne ihr Licht unter den Scheffel stellt, sondern sich bisweilen auch am liebsten hinter der von ihr so verehrten Kunst verstecken würde." Die drei schüttelten sich lachend die Hände, ehe sie ihre Aufmerksamkeit erneut Violetta widmeten, die nun endlich wieder mit einem strahlenden Gesicht dastand.

Der letzte Rest ihrer Anspannung war mittlerweile von ihr abgefallen und so sah sie sich stolz in dem Saal um, wo ihr von der gegenüberliegenden Wand ein Madonnenbildnis von Bellini regelrecht zuzuzwinkern schien. Glücklich seufzte sie auf. „Irgendwie kommt mir trotzdem alles immer noch vor wie in einem Traum", wisperte sie und kam sich beinahe so vor, als würde sie eben durch genau diesen tanzen. Derart beschwingt, trat sie daher nun auch auf den Leiter der Kunstakademie zu, als sich dieser immer wieder händeschüttelnd seinen Weg durch die Anwesenden zu ihr bahnte.

Begleitet wurde er dabei von Signor Bianchi und als beide Männer vor ihr zum Stehen kamen, brachten sie als Erstes ihre tiefe Anerkennung für Violettas geleistete Arbeit zum Ausdruck. „Die Idee, den Prosecco gegen Bellini auszutauschen fand ich im Übrigen hinreißend und unser Publikum anscheinend auch", ergänzte Signor Bianchi, als er eine ausladende Handbewegung machte und auf die Besucher deutete, die mit ihrem Getränk in der Hand angeregt plaudernd vor den Werken der beiden venezianischen Maler standen und sich auf diese Weise nicht nur die Kunst einverleibten. Violetta selbst versuchte indes angestrengt, ihr breites Grinsen ein wenig besser unter Kontrolle zu bekommen, um zumindest halbwegs seriös zu erscheinen, gab es aber spätestens, als sie zu ihren Freunden zurückgekehrt war, wieder auf und ließ sich feiern.

Was für ein Abend und was für ein wunderbarer Tag! Möge er nie enden, wünschte sich Violetta, die umgeben von so viel Zuspruch und Freude beinahe vergaß, wie sehr sie eigentlich Cristiano vermisste. Eine kurze Bemerkung Isabellas jedoch rief ihr dies schlagartig wieder ins Gedächtnis. Ihre Freundin war neben sie getreten, hatte sich ein wenig zu ihr hinübergebeugt und flüsterte ihr nun ins Ohr: „Schade, dass dein Liebster das gerade nicht miterleben kann. Wirst du mit ihm dann wenigstens noch mal hierherkommen, um mit ihm gemeinsam die Ausstellung anzusehen?“ Violetta zuckte ratlos mit den Schultern. „Gute Frage. Das weiß ich nicht. Ich schätze, er hätte sich das alles hier sowieso nur angetan, um mir eine Freude zu machen und bei mir zu sein“, seufzte sie und spürte in diesem Augenblick die Leere in sich, die seine Abwesenheit buchstäblich in ihr hervorrief.
Kein Zweifel, sie würde im Anschluss an diese Tage in Mailand alles daransetzen, die Reibereien und Missverständnisse der letzten Zeit beizulegen, um endlich wieder glücklich mit ihm zu sein. Sich sodann mit ihrer Schulter an die ihrer Freundin lehnend, wisperte sie dieser zu: „Im Grunde genommen ist es mir nur wichtig, dass er sich für mich interessiert. Sein Interesse an der Kunst dagegen darf gerne zurückstehen.“ Verwundert schaute Isabella sie an und hakte sich bei ihr unter. „Das klingt jetzt aber ein bisschen so, als wärst du dir seiner Gefühle nicht mehr ganz so sicher. Ich erinnere mich noch gut an das Wochenende am Gardasee und wie er dir förmlich jeden Wunsch von den Augen abgelesen hat.“
Die beiden Frauen waren ein paar Schritte gegangen und standen nun etwas abseits, als Violetta stirnrunzelnd mit den Schultern zuckte. „Ich weiß auch nicht. Momentan ist irgendwie bei uns der Wurm drin. Cristiano stichelt ständig gegen Tomaso. … dabei ist da wirklich nichts, worüber er sich Gedanken machen müsste.“ Mitfühlend sah Isabella ihre Freundin an. „Und hast du ihm das auch schon mal genau so gesagt?“, erkundigte sie sich, woraufhin Violetta nickte.

„Selbstredend und ständig. Inzwischen bin ich halt auch schon genervt, wenn er wieder mit dem Thema anfängt. Wie gerne hätte ich Cristiano beispielsweise an all den Vorbereitungen für heute teilhaben lassen, aber sobald es darum ging, folgte ein blöder Spruch von ihm und ich hatte dann schon gar keine Lust mehr."
Sie seufzte, weswegen ihre Freundin rasch tröstend ihren Arm um sie schlang und ihr einen Kuss auf die Wange gab. „Ich bin mir sicher, das renkt sich ganz schnell wieder ein, und daher lass uns am besten nur an schöne Dinge denken." Sie legte ihre Hand auf Violettas Rücken und schob sie mit sanftem Nachdruck dahin zurück, wo Vittorio und Daniele immer noch in ein Gespräch vertieft standen. Als sie die beiden Frauen jetzt bemerkten, traten sie jedoch einen Schritt auseinander. „Oh, wir wollten euch nicht stören", feixte Violetta, aber Daniele zwinkerte ihr lächelnd zu. „Keine Sorge! Zumal die Hauptperson hier gar nicht stören kann." Vittorio nickte. „Absolut! Und wenn ich mir noch einmal die Bemerkung erlauben darf: Vio, du hast dich selbst übertroffen und ich bin wahrlich stolz, mit dir zusammenarbeiten zu dürfen." Die so Gelobte spürte augenblicklich ihre Wangen rot und die Augen feucht werden. „Danke dir", flüsterte sie und kam sich abermals wie in einem Traum vor, der sie vor Glück tanzen ließ.

Kapitel 19 - Traumtänzerin, zum Zweiten

Den gestrigen Abend hatte Violetta ausgiebig genossen. Mit ihren Freunden hatte sie gemeinsam bis spät in die Nacht hinein in einem Restaurant in der Nähe der Kunstakademie auf ihren Erfolg angestoßen, weswegen ihr das Aufstehen heute alles andere als leicht fiel. Ihre Arme träge und müde in die Höhe reckend, versuchte sie sodann, den kleinen und seit geraumer Zeit schrillenden Wecker auf dem Nachttisch zu erreichen. Doch anstatt den grellen Piepton endlich auszuschalten, entglitt er ihr und krachte scheppernd auf den Boden.

Violetta kniff die Augen zusammen, zog genervt noch einmal kurz die Decke bis zum Kopf hoch, ehe sie sich besann und unter dieser hervorkriechend ihre Beine über die Bettkante schwang. Sich alsdann nach dem kleinen Ruhestörer bückend, drückte sie schnell auf den Knopf und atmete erleichtert durch. „Notiz an mich selbst: Nächstes Mal besser die Weckfunktion des Handys nutzen und mit angenehmer Musik wecken lassen“, murmelte sie noch immer schlaftrunken, stemmte sich mühselig hoch und wankte ins Bad, wo sie zunächst vor dem Spiegel stehenblieb.

Ein Gähnen unterdrückend fuhr sie sich dabei durch ihr zerzaustes Haar und strich sich ein paar Strähnen aus dem Gesicht. „Definitiv bin ich spätestens jetzt an dem Zeitpunkt angelangt, an dem ich zu alt für ausschweifende Nächte geworden bin …“, raunte sie ihrem Spiegelbild zu, bevor sie sich selbst zuzwinkerte und abermals gähnend ergänzte: „… Es sei denn, ich hätte danach zwei volle Tage für die Regeneration!“ Diese hatte sie jetzt allerdings nicht.

Denn da Isabella, wie zuvor bereits angekündigt, mit Daniele ebenfalls eine weitere Nacht in Mailand blieb, hatten sich die drei heute zu einem Stadtbummel verabredet, bei dem weder die Kulinarik noch das Einkaufen zu kurz kommen sollte. Vittorio hingegen hatte die Frage nach seiner Teilnahme schon gestern höflich dankend verneint. „Meine Lieben, so gerne ich auch mitkommen und mit euch weitere Zeit verbringen würde, muss ich doch unbedingt noch der ein oder anderen Herrenboutique hier meine Aufwartung machen. Ein sehr zeitraubendes Unterfangen, wie ihr euch bestimmt vorstellen könnt", hatte er erklärt und seine Worte mit theatralischer Gestik untermalt.
Zugegeben hätte Violetta nur zu gerne dabei Mäuschen gespielt, blieb jedoch natürlich ihrer ursprünglichen Absicht treu und freute sich nun auf den vor ihr liegenden Tag.
Geschwind sprang sie daher nun unter die Dusche, frisierte im Anschluss ihr noch nasses Haar und zog dann eines ihrer Sommerkleider an. Weiße Sneaker machten ihr Outfit komplett und so drehte sie sich abschließend ein letztes Mal prüfend vor dem Spiegel, bevor sie ihre Handtasche nahm und leise summend das Zimmer verließ.
Spätestens jetzt meldete sich zudem ihr Magen und so war sie froh, als sie nun vor der Tür des Hotels bereits ihre Freunde auf der gegenüberliegenden Straßenseite ausmachen konnte. Händchenhaltend kamen die beiden ihr entgegen und beschleunigten ihre Schritte obendrein, als sie Violetta winkend dastehen sahen. Bei ihr angekommen, nahmen sich alle drei herzlich in den Arm. „Buon giorno, Isa. Hast du gut geschlafen?", presste Violetta hervor, während ihre Freundin sie zur Begrüßung eng an sie drückte und ihr Küsse auf beide Wangen gab.
„Wie ein Stein und doch viel zu kurz!", lachte diese und zwinkerte Daniele neben sich zu. „Sogar mein lieber Mann hier hat gesagt, dass ich so tief und fest geschlafen hätte, dass er mich heute in der Früh kaum wach bekommen hat. Einzig das Zauberwort ‚Shopping' soll nach seiner Aussage wohl in der Lage gewesen sein, dass ich nicht länger beharrlich die

Decke über den Kopf gezogen habe.“ Er schürzte spöttisch seine Lippen. „Genau so war es ja auch, du kleine Schlafmütze“, neckte er sie und gab ihr einen liebevollen Kuss auf ihre Nasenspitze.
Abermals erinnerte Violetta diese Geste an Cristiano. Der hatte ihr sowohl gestern Abend als auch vorhin eine Nachricht auf ihrem Handy hinterlassen und ihr eine gute Zeit gewünscht. Warum aber beschlich sie dabei trotzdem so ein komisches Gefühl? Und weshalb zog er anscheinend eine geschriebene Botschaft ein paar persönlich gesprochenen Worten am Telefon vor? Wollte er vielleicht einfach vermeiden, dass sie sonst womöglich gleich wieder in Streit gerieten? Oder fiel ihm lediglich aufgrund seines Infekts das Sprechen schwer? Stumm seufzte sie auf und versuchte, sich nichts anmerken zu lassen, als sie jetzt den Gurt ihrer Handtasche schulterte und sich dabei ein zaghaftes Lächeln abrang.
Dann deutete sie mit dem Kopf zur nächsten Straßenecke hinüber. „Was haltet ihr davon, wenn wir uns jetzt erst einmal einen guten Kaffee und etwas Gebäck gönnen, um auch die letzte Müdigkeit aus unseren Körpern zu vertreiben? Einkaufen kann schließlich sehr anstrengend sein.“ Bei diesen Worten zwinkerte sie Isabella zu, die sogleich süffisant zu grinsen begann. „Stimmt, Daniele sollte sich da wirklich für all die von ihm zu tragenden Taschen und Tüten ordentlich wappnen“, lachte sie, tätschelte dann seinen Arm und warf ihm durch die Luft hindurch einen liebevollen Kuss zu.

Und so saßen die drei wenig später in einem Café an der Piazza vor dem Dom und ließen sich Cappuccino sowie Brioche und weitere süße Törtchen schmecken. Violetta hatte absichtlich dieses kleine, hübsche Lokal ausgewählt, da sie hier bereits in den Tagen zuvor die Atmosphäre genossen hatte. Gedankenversunken hing ihr Blick so nun erneut an den gerahmten alten Werbeplakaten an der Wand, als sie jetzt ein Stück mit ihrem Stuhl vom Tisch wegrutschte und

ihre Beine übereinanderschlug. „Habt ihr schon eine Idee, was ihr als Erstes machen wollt?“, erkundigte sie sich bei ihren Freunden und schaute sie nacheinander fragend an.
Isabella jedoch zuckte nur mit den Schultern. „Ich fände es eigentlich schön, wenn wir uns einfach treiben ließen und so den Tag entspannt gemeinsam verbringen. Ich meine, die Geschäfte dort vorne in der Fußgängerzone haben ja auch heute Abend noch auf …“, sie schenkte Violetta ein vielsagendes Lächeln, ehe sie fortfuhr: „Da ist danach immer noch genügend Zeit, shoppen zu gehen. Aber bis dahin würde ich gerne … und ich denke, da spreche ich auch für Daniele … also, einfach spazieren gehen.“ Sie warf ihrem Mann einen kurzen Blick zu, den er mit einem zustimmenden Nicken beantwortete, und fuhr dann abermals lächelnd fort: „Klingt so banal und manchmal komme ich mir heutzutage tatsächlich vor, als wenn ich mich dafür schon entschuldigen müsste, aber ich mag das eben.“
Violetta nickte. „Da brauchst du dir bei mir keine Sorgen zu machen. Ich liiieeebe es! Denn – hey – ich wohne schließlich in Venedig. Da gehört das Sich-treiben-lassen ohnehin zum Kulturgut.“ Sie zwinkerte keck und legte dann ihre Hand auf die ihrer Freundin. „Im Ernst; mir geht es nur darum, mit euch beiden zusammen zu sein. Das tun wir doch sowieso viel zu selten.“ Derart einig sahen sich die drei zufrieden an, als Daniele auch bereits seinen Arm hob, um den Kellner herbeizurufen. „Und ich wiederum finde, darauf sollten wir jetzt mit einem Glas Prosecco anstoßen, meint ihr nicht auch?“, schlug er den Frauen vor, die sogleich begeistert nickten.
Beschwingt und gestärkt machte sich das Trio im Anschluss auf den Weg, bummelte entlang der von üppig belaubten Bäumen beschatteten Alleen, verweilte in einem kleinen Park und kehrte schließlich in einer urigen Trattoria ein. Nur für einen Snack hatten sie sich vorgenommen, dort zu verweilen, und dennoch saßen sie auch eine gute Stunde später noch immer vor dem Lokal auf der heimeligen Piazza und

genossen die erfrischende leichte Brise, an dem ansonsten frühsommerlich warmen Tag.
Daniele hatte gerade seine Beine ausgestreckt und verschränkte die Hände hinter seinem Kopf, als Isabella seinen Oberschenkel tätschelte. „Mach es dir nur nicht zu gemütlich, mein Lieber. Wir haben hinterher ja noch so einiges vor", wisperte sie ihm zu und sah dann jedoch erst einmal wieder ihre Freundin an. „Was ich dich schon die ganze Zeit fragen wollte: Wie ist das jetzt eigentlich zwischen Tomaso und dir? Ich meine, abgesehen von Cristianos Abneigung ihm gegenüber. Aber denkst du, dass ihr trotzdem wieder befreundet sein könntet?" Violetta runzelte die Stirn und seufzte. Sie selbst hatte inzwischen keineswegs etwas dagegen und konnte es sich angesichts ihrer sehr angenehmen Zusammenkünfte in der letzten Zeit schon vorstellen. Anderseits gab sie langsam die Hoffnung auf, dass Cristiano sich damit auf Dauer arrangieren würde.
Ratlos zuckte sie daher nun mit den Schultern. „Keine Ahnung, aber wie du weißt, würde es sowieso nur Ärger bedeuten." Fragend wanderte nun Danieles Blick zwischen den beiden Freundinnen hin und her, weswegen sich Isabella das stille Einverständnis Violettas holte, um ihn aufzuklären. „Cristiano ist eifersüchtig. Das geht schon so, seit er zu unserer Silberhochzeit dazugekommen ist, und seitdem macht er Stress, wenn er mitbekommt, dass Vio und Tomaso Kontakt haben." Violetta zog einen Mundwinkel nach oben. „Na ja, ich habe halt nicht immer mit offenen Karten gespielt und …", wollte sie ihn verteidigen, aber Isabella unterbrach sie prompt. „Vio, du brauchst dich doch niemandem erklären. Auch deinem Cristiano gegenüber nicht. Keiner muss das. Du hast schließlich nichts Unrechtes getan." Daniele nickte. „Da gebe ich Isa recht und so sympathisch er mir auch auf der Feier war, so unpassend finde ich es, wenn er dir da jetzt nicht vertraut."
Violetta hatte indes damit begonnen, einen imaginären Punkt auf dem Straßenpflaster mit den Augen zu fixieren. Das Thema war ihr unangenehm und sie wusste ohnehin, dass sie

es schnellstmöglich mit Cristiano klären musste. Am besten gleich, sobald sie aus Mailand zurück war, überlegte sie noch, als sie plötzlich von Isabella erneut aus ihren Gedanken gerissen wurde, die am Ärmel ihres Kleides zupfte. „Aber jetzt denken wir erst einmal nicht länger darüber nach, sondern lassen uns wieder in Richtung Shopping-Meile treiben. Meinst du nicht auch?" Sie hielt grinsend ihre Hände in die Höhe und ließ die Finger dabei in der Luft tanzen. „Die möchten jetzt nämlich endlich etwas zum Tragen bekommen." Sie lachte verschmitzt auf, was Daniele mit einem gequälten Lächeln quittierte. „Ich verstehe … jetzt muss ich also stark sein. Insgeheim hatte ich schon ein wenig die Hoffnung gehegt, dass du es hier doch derart schön findest und die Zeit am Ende dafür gar nicht mehr langt."
Aber seine Frau schürze nur amüsiert die Lippen und strich den Rock ihres Kleides mit unschuldiger Miene glatt. „Du kennst doch meine innere Uhr und die lässt mich erst recht in solchen Situationen niemals im Stich." Daniele kapitulierte schmunzelnd, schob seinen Stuhl ein wenig zurück, erhob sich und hauchte Isabella im Vorbeigehen einen Kuss auf ihre Stirn. „Vio, du bist selbstverständlich eingeladen", rief er dieser noch zu, ehe er im Inneren der Bar verschwand und dort ihre Rechnung zahlte.
Nachdem sie wieder aufgebrochen waren, zog es insbesondere die zwei Frauen geradewegs in die Straßen rund um den Dom zurück, wo sie, wie von Isabella prophezeit, sich ausgiebig ihren Einkaufs-Gelüsten widmeten. Dabei fiel Daniele wiederum die ehrenvolle und nicht ganz einfache Aufgabe zu, die Freundinnen in ihren anprobierten Kleidungsstücken zu begutachten, als diese teils mit kritischer Miene oder giggelnd vor Vergnügen vor den Spiegeln auf und ab schritten.
Am Ende landeten so bei beiden jeweils ein neues Kleid für den Sommer, die dazu passenden Schuhe und Accessoires in ihren Einkaufstaschen. Darüber hinaus entschied sich Isabella noch für ein Shirt sowie eine Bluse, während Violetta zusätzlich ein Paar Shorts und ein Top erstand. In

einem waren sich beide Frauen allerdings einig: Selten hatten sie so viel Spaß beim Shoppen gehabt wie heute. „Das sollten wir unbedingt wiederholen“, gluckste Isabella und Violetta stimmte mit ein: „Unbedingt!“, gab sie gedehnt zurück und warf dabei einen belustigten Seitenblick auf Daniele, der allein bei dem Gedanken daran seufzend in den Abendhimmel emporsah. „Aber da schafft ihr es dann auch ohne mich, oder?“, erkundigte er sich mit einem gequälten Lächeln, welches seine Frau jedoch sogleich zu kontern wusste. „Ach, komm schon! Was wäre ich schließlich ohne deinen wertvollen Rat?“ Dabei lehnte sie ihren Kopf an seine Schulter und sah ihn mit einem betörenden Blick an. Daniele lachte. „Wir werden sehen“, gab er schmunzelnd zurück und folgte den Freundinnen, als sie zu guter Letzt doch den Weg in Richtung des zuvor bereits ausgewählten Restaurants einschlugen.
Dort angekommen, empfing der Wirt sie freundlich und warf dem mit all den Taschen beladenen Daniele einen Blick zu, der irgendwo zwischen Belustigung und Mitleid schwang. Dieser indes zuckte nur lächelnd mit den Schultern und war im wahrsten Sinne des Wortes rundum erleichtert, als er endlich alles neben dem Tisch, der ihnen zugewiesen worden war, abstellen konnte.

Was folgte, war einer der schönsten Abende, die Violetta laut ihrer eigenen Einschätzung seit langem erlebt hatte. Das Essen in der kleinen Trattoria war fantastisch und die Atmosphäre überaus gemütlich und anheimelnd. Auch der zuvorkommende Service erlaubte keine weiteren Wünsche und doch war es eben vor allem die liebevolle Gesellschaft ihrer Freunde, welche die Stunden viel zu schnell vorüberfliegen ließen.
So war es dann auch bereits spät und nur der warme Schein einiger Laternen erhellte in der schmalen Gasse die Nacht, als sie gähnend und doch ein wenig widerwillig gemeinsam ihren Heimweg antraten.

Daniele hatte mit Bestimmtheit darauf bestanden, Violetta um diese Zeit nicht allein durch die dunklen Straßen ziehen zu lassen, und so begleiteten er und Isabella sie noch bis vor den Eingang ihres Hotels. Durch die Glastüren dort fiel ebenfalls etwas Licht zu ihnen nach draußen und spiegelte sich auf den blanken Pflastersteinen davor wider, auf denen Daniele nun die Einkaufstaschen abstellte und sodann mit ausgebreiteten Armen einen Schritt auf Violetta zumachte. „Meine Liebe, es war wieder einmal eine wunderbare Zeit mit dir und ich hoffe, wir sehen uns ganz bald wieder!", er drückte sie an sich und gab ihr zum Abschied Küsse auf ihre Wangen, ehe ihm Isabella folgte und ihre Freundin ebenso liebevoll an sich presste. „Vio, lass uns das bitte ganz schnell wiederholen", flüsterte sie. „Und vielleicht ist dann ja auch Cristiano wieder mit von der Partie", fügte sie geschwind hinzu und Violetta senkte nickend ihre Lider. „Ja, das wäre wirklich schön", entgegnete sie leise zwischen den Küssen, die sie nun ebenfalls Isabella auf die Wangen gab, ehe sie noch einmal fest deren Hände drückte und sie dabei beinahe ein wenig wehmütig ansah. „Danke dir! Danke euch, dass ihr gestern an meiner Seite wart. Das hat mir unendlich viel bedeutet und ich freue mich schon jetzt auf unser nächstes Treffen. Vielleicht dann bei mir?" Sie sah fragend von einem zum anderen, bevor sich alle ein letztes Mal in den Armen lagen. Danach beugte sich Isabella zu den Einkaufstüten hinab, suchte ihre daraus hervor und drückte diese erneut Daniele in die Hand, ehe beide abermals zum Abschied winkten und kurz darauf händchenhaltend hinter der nächsten Häuserecke verschwunden waren.
Violetta hatte ihnen derweil noch hinterhergesehen und hob nun ihrerseits ihre Taschen auf. Müde unterdrückte sie dabei ein Gähnen und war froh, gleich oben in ihrem Zimmer auf ihr Bett sinken zu können. Eben dieser Gedanke war es jedoch auch, der sie erneut melancholisch werden ließ. Denn wie gerne hätte sie dann Cristianos liebevolle Arme gespürt, die sie festhielten und streichelten, bis sie selig eingeschlafen war? Stattdessen würde sie wohl den Fernseher einschalten

und sich eine Weile von irgendwelchen Stimmen berieseln lassen, um sich nicht gar so allein zu fühlen. Allein vor allem am Ende eines Abends, an dem sie ein weiteres Mal miterlebt hatte, wie groß und ungetrübt die Liebe und Zuneigung zwischen Isabella und Daniele auch nach all den Jahren noch war. Stets waren die Blicke der beiden voll von Zärtlichkeit erfüllt gewesen und hatten Violetta so ungewollt spüren lassen, was ihr gerade fehlte.
Bedrückt seufzend lehnte sie sich daher nun mit dem Rücken gegen die gläserne Eingangstür und drückte diese auf. Von drinnen strömte ihr da sogleich angenehm temperierte Luft entgegen, die sie erst jetzt bemerken ließ, wie frisch es draußen inzwischen eigentlich gewesen war. Unwillkürlich fröstelte sie ein wenig und sie überlegte, ob sie nicht vielleicht doch noch schnell eine warme Dusche nehmen sollte, bevor sie zu Bett ging, als sie nun an den Empfang herantrat und um ihren Zimmerschlüssel bat.
Der junge Mann am Rezeptionstisch nickte grüßend, drehte sich dann zum Regal hinter sich um und zog aus dem entsprechenden Fach dort nun allerdings nicht nur den Schlüssel, sondern ebenso einen kleinen Umschlag hervor. Beides schob er ihr über den Tresen hinweg zu. „Hier bitte schön, Signora. Ich wünsche Ihnen eine gute Nacht".
Überrascht nahm Violetta zunächst nur das Kuvert zur Hand, drehte und wendete es, doch nirgends war darauf ein Absender oder sonstiger Hinweis vermerkt. „Können Sie mir vielleicht sagen, woher dieser Brief kommt?", erkundigte sie sich daher rasch und hielt ihn dem Hotelangestellten entgegen. Der allerdings zuckte nur ratlos mit den Schultern. „Nein, tut mir leid, Signora, dass weiß ich leider nicht. Der war schon da, bevor ich meine Schicht angetreten habe", erklärte er bedauernd, weswegen Violetta nachdenklich ihre Lippen schürzte. „Haben Sie trotzdem vielen Dank!", nickte sie dem jungen Mann schließlich zu, ließ den Brief in eine ihrer Papiertaschen gleiten und nahm ihre Schlüssel.
Während sie danach mit dem Aufzug in den dritten Stock emporfuhr, blieben ihre Gedanken jedoch bei dem Kuvert

und welche Nachricht es wohl enthielt. War diese am Ende vielleicht gar von Cristiano und er wollte sie doch noch überraschen? Kaum hatten sich die Lifttüren vor ihr geöffnet, eilte sie daher mit schnellen Schritten ihrem Zimmer entgegen, schloss die Tür auf und schwang ihre Taschen achtlos aufs Bett. Sie selbst hockte sich gleich daneben und suchte aus der einen geschwind den Brief wieder hervor, nahm ihn und betrachtete ihn aufmerksam. Dann aber hielt sie die Neugier nicht länger aus und öffnete vorsichtig den Umschlag. Zum Vorschein kam eine schlichte Karte, auf der in gedruckten Lettern zu lesen stand:

„Was hältst du davon, die Stadt noch einmal aus einer ganz anderen Perspektive zu erleben?
Sei gespannt!
Morgen Nachmittag um vier Uhr hier!?“

Irritiert wendete Violetta das kleine Stück Karton. Weder unter dem Text noch auf der Rückseite ließ sich ein Name oder eine Signatur entdecken. „Da macht es aber jemand sehr spannend“, flüsterte sie und überlegte angestrengt, wer überhaupt davon wusste, dass sie eben genau hier in diesem Hotel abgestiegen war, während sie nun die Hand mit der Karte in ihren Schoß sinken ließ.
Vittorio? Nein, dem traute sie so etwas nicht zu. Der hätte sie direkt angesprochen. Isabella und Daniele? Die waren den ganzen Tag mit ihr unterwegs gewesen. Oder eben doch Cristiano? So sehr sie sich das allerdings auch wünschte, ergab es leider keinen Sinn. Obwohl …
Seufzend ließ sie sich rücklings auf das Bett fallen und hielt die Karte dabei in die Höhe, um sie noch einmal lesen zu können. Tausend Gedanken gingen ihr währenddessen durch den Kopf.
Waren Cristiano möglicherweise doch Gewissensbisse gekommen, weil er an dem für sie so wichtigen Tag nicht an ihrer Seite gewesen war? Und hatte er sich vielleicht nicht zuletzt deswegen etwas überlegt, um so seinerseits die

Misstöne der letzten Wochen aus der Welt zu schaffen? Wenn sie es recht bedachte, hatten sie auch schon eine ganze Weile nichts Besonderes mehr miteinander unternommen. Sicher, sie hatten Zeit zusammen verbracht – mal bei ihm und dann wieder bei ihr. Doch diese magischen und unvergesslichen Momente, die waren rar geworden. War dies nun also sein Versuch, erneut genau so einen zu kreieren?
Violetta lächelte bei dem Gedanken daran, rollte sich anschließend auf ihren Bauch und stützte sich mit den Unterarmen ab, während sie weiter auf das jetzt vor ihr auf der Bettdecke liegende Kärtchen sah. In ihrem Kopf malte sie sich da bereits aus, was er sich wohl für sie überlegt haben könnte, bis ihr schließlich doch ein ums andere Mal die Augen zufielen. Gähnend streckte sie daher zunächst sich selbst und dann auch ihren Arm aus, um den Umschlag sowie die Karte auf dem Nachttisch neben sich abzulegen. Danach stemmte sie sich langsam hoch und schob dabei noch rasch die Taschen mit ihren Einkäufen beiseite, bevor sie endlich aus ihrem Kleid in den Pyjama wechselte und abermals gähnend unter die Decke kroch. Dort jedoch hielten Violetta die Gedanken an morgen sowie die Frage, was sie dann erwartete, erneut eine Weile wach. Ein Segen also, dass die Erschöpfung des langen hinter ihr liegenden Tages irgendwann doch größer war und sie so tief und fest einschlummerte.

Wie bereits an den Tagen zuvor erwies sich auch heute das Rattern der Tram auf der Straße unter ihr als verlässlicher Wecker, der sie nun blinzelnd ihre Augen aufschlagen ließ. Trotzdem blieb sie liegen und rekelte sie sich genüsslich erst noch etwas auf dem weichen Laken, reckte dann ihre Arme in die Höhe und rieb immer wieder ihre müden Lider. Nur ganz langsam erwachten derweil auch ihre Sinne und so dauerte es, bis sie sich im Bett endlich aufrichtete und ihr Blick dabei auf ihren Nachttisch fiel.
Ein Streifen Sonnenlicht hatte es inzwischen an den Vorhängen vorbei in den Raum hinein geschafft und ruhte

regelrecht auf der dort befindlichen Karte mit ihrem Umschlag. Blitzschnell war Violetta bei deren Anblick hellwach, rutschte an die Bettkante vor und nahm sie sofort noch einmal zur Hand, wie wenn sie sich versichern wollte, dass sie nicht nur davon geträumt hatte. Eher beiläufig dagegen fiel ihr Blick währenddessen auf ihre Armbanduhr, die sie gleich daneben auf dem Tischchen abgelegt hatte. Erschrocken stellte sie fest, dass es doch bereits in Richtung zehn Uhr ging. „Oh Mann, muss ich tief geschlafen haben. Denn da ist bestimmt schon die ein oder andere Straßenbahn vorher hier vorbeigescheppert und hat es dennoch nicht geschafft mich aufzuwecken“, murmelte sie und strich sich dabei fahrig einige Strähnen aus dem Gesicht. „Das einzig Gute daran ist, dass ich mich nun auch nicht mehr ganz so lange gedulden brauche, bis ich endlich erfahre, was es mit dieser geheimnisvollen Botschaft auf sich hat“, fuhr sie leise vor sich hin brummend fort und beeilte sich jetzt, hinüber ins Bad zu kommen.
Doch während sie duschte, rissen ihre Gedanken daran auch weiterhin nicht ab. Ob der Absender der Nachricht dann bei der Rezeption auf sie warten würde? Dieser hatte zwar einen Zeitpunkt genannt, aber mit „hier“ als Treffpunkt war er dagegen weniger bestimmt geblieben. Vor allem jedoch bewegte sie eins: Durfte sie in der Tat darauf vertrauen, dass es am Ende Cristiano war, der sie endlich wieder in seine Arme schloss?
Violetta schob die Tür der Dusche auf und angelte nach dem großen Badetuch. Kaum darin eingewickelt, erledigte sie geschwind den Rest ihrer Morgentoilette, ehe sie zurück vor dem Kleiderschrank auf ihrem Handy die Wettervorhersage für den Tag studierte: Nur zeitweise bewölkt, ansonsten sonnig und warm, sagte diese voraus. „Perfetto!“, lächelte sie und zog sogleich ihren geblümten Rock sowie ein schlichtes Strick-Shirt aus dem Schrank hervor. „Ja, ich denke, das passt …“, kommentierte sie und spürte, wie allmählich ein leichtes Kribbeln sie durchfuhr.

Leise eine fröhliche Melodie vor sich hin summend zog sie sich daraufhin an, trocknete ihr Haar und band es am Hinterkopf in einem lockeren Knoten zusammen. Anschließend folgte ein Hauch Make-up sowie Mascara, den sie noch rasch auftrug, während sie bereits in ihre Sneaker stieg, so eilig hatte sie es jetzt. Eher flüchtig war deshalb auch ihr letzter Blick in den Spiegel, bevor sie sich das Kuvert samt Karte schnappte, es in ihre Handtasche steckte und damit wenig später schon auf dem Weg hinunter in die Lobby war.
Doch wie sollte sie die folgenden Stunden nur verbringen? Darüber dachte Violetta gerade nach, als sie unten angekommen dem Lift entstieg und sich zunächst noch einmal aufmerksam umsah. Würde ‚er' nachher vielleicht genau hier auf sie warten? Gedankenversunken trat sie an den Rezeptionstresen heran und wartete ab, bis sich die ältere Dame, die gerade einige Ausdrucke zu sortieren schien, ihr zuwandte und sie freundlich lächelnd ansah.
„Buon giorno, Signora. Kann ich Ihnen weiterhelfen?“, erkundigte sie sich und Violetta zuckte mit den Schultern, als sie ihr den Zimmerschlüssel über den Tisch hinweg zuschob. „Buon giorno. Ich würde mich freuen, wenn Sie das könnten.“ Sie zog aus ihrer Tasche den Umschlag heraus und legte ihn der Hotelbediensteten vor. „Den hat mir Ihr Kollege gestern Abend übergeben. Wie Sie sehen, steht leider kein Absender darauf. Aber wissen Sie vielleicht, wer diesen Brief hier abgegeben hat?“
Die ältere Frau rückte die Brille auf ihrer Nase ein wenig zurecht, sah Violetta über den Rand des Gestells freundlich lächelnd an und schüttelte anschließend jedoch bedauernd den Kopf. „Tut mir leid, Signora. So gerne ich Ihnen auch weiterhelfen würde, aber ich hatte gestern meinen freien Tag.“ Sie nahm die Schlüssel an sich, während Violetta das Kuvert zurück in ihre Tasche gleiten ließ. „Kein Problem. Dann werde ich mich einfach gedulden, wer oder was mich erwartet und jetzt sowieso erst einmal frühstücken gehen. Haben Sie trotzdem vielen Dank e buona giornata!“

Sie hob grüßend ihre Hand, was die Rezeptionistin mit einem freundlichen Nicken beantworte, bevor sie ihren Kopf wieder senkte, um sich weiter den Dokumenten auf ihrem Tisch zu widmen. Violetta hingegen machte auf dem Absatz kehrt und trat kurz darauf in die kleine Seitenstraße vor dem Hotel hinaus.
Auch wenn heute Sonntag war, herrschte hier das gewöhnliche Treiben. Menschen flanierten auf den Fußwegen hin und her, von denen einige aufgrund des Stadtplans ich ihrer Hand eindeutig als Reisende auszumachen waren. Eine Städtereise wäre auch mal wieder etwas, sinnierte Violetta daher prompt, als sie sich nun zunächst in den Menschenfluss einreihte, diesem jedoch nur kurz folgte und stattdessen gleich darauf die Piazza vor dem Dom überquerte. Mit ihrem flotten Gang scheuchte sie dabei einige auf dem Pflaster herumpickende Tauben auf, die hochflatterten, nur um sich ein paar Meter weiter wieder niederzulassen. Sie allerdings nahm davon kaum Notiz und blieb erst vor der Café-Bar an der gegenüberliegenden Seite stehen. Durch die großen Fenster warf sie einen Blick hinein und sah, dass einige Stehplätze am Rand noch frei waren. Also ergriff sie die Gelegenheit und trat ein.

Zwei Tassen Kaffee, ein Brioche sowie ein Mandeltörtchen später fühlte sich Violetta bestens gestärkt für den Tag und sie überlegte, wie sie nun die ihr verbleibende Zeit bestmöglich überbrücken konnte. Rasch kam ihr so die Idee, noch einmal in der Kunstakademie vorbeizuschauen und einen vorerst allerletzten Blick auf ihre Ausstellung zu werfen, bevor es morgen für sie heim nach Venedig ging.
Gesagt, getan und da die mit Kunst gefüllten Stunden ohnehin stets nur so dahinflogen, hatte sie später sogar ein wenig Mühe, rechtzeitig wieder beim Hotel zu sein. Im Laufschritt legte Violetta daher auch die letzten Meter zurück und hoffte insgeheim, gleich Cristianos breites Lächeln vor sich zu sehen, doch als sie um die nächste Ecke bog, fehlte von diesem jegliche Spur.

Vielleicht ist er ja drinnen, dachte sie noch und nahm nur beiläufig von dem jungen Mann Notiz, der neben dem Eingang an der Hauswand lehnte und auf jemanden zu warten schien. Lässig stützte dieser dabei seinen Fuß an der Mauer ab und richtete sich just in dem Moment auf, als er Violetta auf die Tür zueilen sah.
„Scusi! Signora Salvati?“, erkundigte er sich, weshalb sie kurz zusammenfuhr und stockte. „Si …“, gab sie zögerlich zurück und musterte ihn, während er ihr auch schon lächelnd seinen Arm entgegenstreckte. „Perfetto! Ich bin Nevio und soll Ihnen die hier bringen.“ Nach wie vor etwas perplex schüttelte sie seine Hand und sah, wie er mit dem Daumen der anderen auf eine rote Vespa deutete, die neben ihm abgestellt war. Verblüfft wanderte Violettas Blick daher nun zwischen Nevio und dem Roller hin und her, bis der junge Mann begriff, dass sie anscheinend gar nicht im Bilde war.
„Ah, verstehe … die Tour haben Sie dann wohl nicht selbst gebucht, oder?“, fragte er, was sie mit einem immer noch irritierten Kopfschütteln beantwortete. Ohne zu zögern, fuhr er daher fort: „Okay, Signora! Dann erkläre ich mal schnell: Wir bieten selbstgeführte Touren auf Rollern durch Mailand an. Dafür befindet sich in der Aufbewahrungsbox hinten ein GPS-Gerät mit einer zuvor bereits eingespeicherten Route durch die Stadt. Sie wiederum bekommen von mir einen Knopf ins Ohr, über den Sie dann ganz bequem die Wegweisung erhalten und auf diese Art Mailand noch einmal ganz neu erleben können … und zwar eben von der Vespa aus.“ Er hielt kurz inne und warf ihr einen fragenden Blick zu. „Einen Führerschein besitzen Sie aber schon, oder?“ Violetta nickte eifrig und war weiterhin ein wenig sprachlos, als Nevio sodann eine einladende Handbewegung machte, der sie nun allerdings gerne und fasziniert folgte.
Wer immer hinter dieser Aufmerksamkeit stecken mochte, hatte genau ins Schwarze getroffen. Denn sich mit einem Motorroller an einem sonnigen Nachmittag wie heute einfach so durch die Stadt treiben zu lassen, klang nach dem perfekten Abschluss ihrer Tage hier. Deshalb machte sie nun

auch gleich ein paar Schritte auf das knallrote Gefährt zu, welches vor ihr im hellen Sonnenlicht glänzte. „Das klingt wirklich prima. Sie können sich gar nicht vorstellen, wie ich mich jetzt schon darauf freue. Und da ist eine Route durch die Stadt bereits eingestellt?“ Nevio nickte. „Ja, es ist schon alles auf dem Tracker gespeichert und da er sich, wie gesagt, an den GPS-Daten orientiert, macht es daher auch gar nichts, wenn Sie sich mal verfahren sollten. Die Route wird dann einfach sofort neu berechnet.“

Begeistert lächelte Violetta und konnte es kaum mehr erwarten, als Nevio ihr auch schon den cremefarbenen Helm entgegenhielt, der mit einem Streifen in den italienischen Farben Grün, Weiß und Rot verziert war. „Alora, Signora! Den brauchen Sie natürlich ebenfalls.“ Geschwind löste sie daraufhin den Knoten aus ihrem Haar und band es stattdessen zu einem lockeren Zopf zusammen.

Ein paar Minuten später war Violetta somit startbereit. Sie hatte den Knopf im Ohr, den Jet-Helm auf ihrem Kopf und ihre Handtasche in der Aufbewahrungsbox der Vespa verstaut, als Nevio einen letzten prüfenden Blick auf sie sowie das Gefährt warf und dann die Hände in die Hosentaschen seiner Jeans steckte. „Signora, ich wünsche Ihnen viel Vergnügen dabei, Mailand mal aus einer anderen Perspektive zu erleben!“

Sie musste schmunzeln. War das nicht auch genau der Satz gewesen, der auf der Karte gestanden hatte? Egal! Das spielte nun gerade gar keine Rolle mehr, vielmehr freute sie sich auf die vor ihr liegende Tour und startete daher, ohne weiter zu zögern, den Motor. Knatternd heulte dieser kurz auf und klang dabei wie eine Fanfare, die zum Aufbruch rief. Die ersten Meter ging Violetta allerdings noch etwas vorsichtig an. Schließlich lag ihre letzte Fahrt auf einer Vespa doch bereits einige Jahre zurück. Aber schnell gewöhnte sie sich erneut daran und auch an das unnachahmliche Gefühl von Freiheit, als sie sich mit ihrem kleinen roten Flitzer in den sonntäglichen Verkehr der Metropole einordnete und dabei gespannt den Anweisungen ihres Navigationsgerätes

lauschte. Zu ihrer Überraschung wies dieses ihr allerdings nicht nur die Route, sondern erklärte ihr zudem in knappen Worten, was es rechts und links von ihr zu sehen gab.
Gerade passierte sie so das berühmte Teatro alla Scala, ehe sie weiter in Richtung der Kunstakademie geführt wurde. Aber was war das? Schlug ihr die Stimme in ihrem Ohr eben tatsächlich vor, der dort momentan stattfindenden Sonderausstellung gelegentlich einen Besuch abzustatten? Das konnte doch kein Zufall sein. Oder war diese Tour etwa genau auf sie zugeschnitten worden? Dieser Gedanke verfolgte sie weiter, bis sie als Nächstes zur Porta Nuova gelotst wurde. Hinter dem hier befindlichen Rest der alten Stadtmauer erhob sich das neue und moderne Geschäftsviertel Mailands. Kurz ebenso an diesem Platz verweilend, legte Violetta ihren Kopf in den Nacken und sah an den imposanten, dem Himmel entgegenstrebenden Gebäuden empor. Beeindruckend, aber nicht ihr Stil, konstatierte sie und machte sich neugierig daran, die nächsten Punkte ihrer Tour anzusteuern.
Augenscheinlich musste es sich bei dieser doch um eine Standard-Route handeln und die Bemerkung hinsichtlich der Ausstellung vorhin purer Zufall gewesen sein, überlegte Violetta derweil. Denn obwohl die Straßen und Plätze, über die sie nun geführt wurde, alle hübsch anzusehen waren, fehlte ihr dort meist jeder Bezug. Den Lenker der Vespa weiterhin fest im Griff, zuckte sie schmunzelnd mit den Schultern. Ich sollte die Fahrt besser einfach genießen und nicht so viel denken, beschwor sie sich stumm und fand zunehmend Spaß, sich mit dem Roller durch den inzwischen etwas dichter werdenden Verkehr hindurchzuschlängeln.
Aufmerksam folgte sie dabei stets der Stimme in ihrem Ohr, die sie nun in Richtung des alten Stadtschlosses mit seinem angeschlossenen Park fahren ließ. An den Parkbänken bei den massiven Mauern vorbeirauschend, erinnerte sie sich daran, wie sie noch vor ein paar Tagen eben genau hier mit Vittorio gesessen und ihre Ansprache geübt hatte.

Ob er vielleicht doch hinter dieser Tour steckte? Rasch verwarf sie diesen Gedanken jedoch wieder. Ihr Kollege war eher ein Typ für klare Worte und hätte ihr gestern nicht diese ominöse Nachricht geschickt. Abermals zuckte sie daher jetzt mit den Schultern und bog, wie ihr geheißen, an der nächsten Straßenecke ab. Weiter so den Anweisungen folgend befand sie sich kurz darauf auf der Allee, die hier den Park durchquerte. Violetta verlangsamte ihre Fahrt und sog den Duft des frischen Grüns um sich herum ein, während die Sonne helle Strahlen durch das Blätterdach schickte, die glitzernd über den blank geputzten Lack der Vespa zu rinnen schienen.
Unbeschwert atmete sie durch, bis sich die Stimme abermals meldete. „Biegen Sie nach hundert Metern an der Kreuzung rechts ab und folgen Sie der Straße, bis Sie an der nächsten Abzweigung vor sich einen Pavillon entdecken, dessen Sonnenschirme Ihnen bei Ihrer Kaffeepause angenehmen Schatten spenden werden." Violetta grinste. „Verrückt! Auch an so etwas haben die gedacht", murmelte sie überrascht und entdeckte wenig später den kleinen Kiosk, vor dem einige Tische sowie Stühle standen, die von ausladenden, hellen Schirmen beschattet wurden. Sogleich rollte sie mit dem Motorroller an den Seitenstreifen heran, stellte ihn dort ab und löste ihren Helm.

Wenig später streckte Violetta im Schatten sitzend die Beine aus und schloss einen Moment lang ihre Lider. Die Stärkung mit dem kleinen Panino hatte gut getan und die kühle Orangenlimonade dazu sowieso. Nur langsam öffnete sie alsdann wieder ihre Augen und ließ ihren Blick für eine Weile über das weite und beruhigende Grün schweifen. In der Tat hätte ihr Aufenthalt hier nicht besser ausklingen können, sinnierte sie währenddem und fragte sich gleichzeitig, welche Überraschung die Tour wohl noch für sie bereithielt. Aber auch, ob sie an deren Ende endlich erfahren würde, wer hinter dem allen steckte. Würde es wirklich Cristiano sein? „Ich hoffe es so", flüsterte sie und

wischte gedankenversunken einige Brösel von ihrem Rock, ehe sie aufstand und die leere Limonadenflasche an den Stand zurückbrachte.
Anschließend setzte Violetta ihre Fahrt über die Straßen Mailands fort und ließ sich von der Stimme weiter durch die halbe Stadt treiben. Fasziniert sog sie dabei all die unterschiedlichen Eindrücke dieses Ortes auf, der ihr einstmals so vertraut gewesen war, und bemerkte daher auch gar nicht, wie indes die Zeit verrann. Erst die Ankündigung, dass die Fahrt sich nun allmählich ihrem Ende nähern würde, ließ sie aufhorchen.
War es tatsächlich bereits so spät? Vor lauter Begeisterung hatte sie gar nicht mitbekommen, dass es zwischenzeitlich Abend geworden war, und so lenkte sie jetzt beinahe widerwillig die Vespa einer Haltebucht an der Piazza del Duomo entgegen. „Ich glaube, ich sollte mir auch so einen süßen Flitzer zulegen", entfuhr es ihr, noch immer voller Verzückung grinsend, als sie schließlich den Helm abnahm und sich gespannt nach allen Seiten umsah.
Doch es war nicht etwa Cristiano, der sie hier erwartete. Stattdessen erkannte sie bereits aus der Entfernung Nevio, der dort am Rande des Platzes stand und nun winkend auf sie zulief. Auch ihm blieb der fröhliche Ausdruck in ihrem Gesicht nicht verborgen und so erkundigte er sich bei ihr sogleich mit wissender Miene: „Ich nehme an, Sie hatten sehr viel Spaß, Signora?" Violetta nickte. „Und wie! Ich habe es wirklich sehr genossen und wie Sie es vorhin versprochen hatten, habe ich die Stadt tatsächlich mal ganz anders erlebt." Von Sitz runterrutschend strich sie sich vorsichtig über ihren Po. „Allerdings muss ich zugeben, dass mein Allerwertester inzwischen auch etwas Erholung notwendig hat." Nevio lachte. „Kein Wunder! Auch wenn Sie zwischendurch eine kurze Pause hatten, so waren es immerhin fast vier Stunden, die Sie auf dem Sattel der Vespa verbracht haben. Und seien wir mal ehrlich: Nicht jede der Straßen dieser schönen Stadt ist prädestiniert dafür, von einem Motorroller befahren zu werden. Ich sage nur Schienen und alte Steinplatten …"

Violetta stimmte in sein Lachen mit ein. „Ja, das ist richtig und trotzdem war es einfach wunderbar."
Sie machte eine kurze Pause. „Aber darf ich Sie vielleicht noch etwas fragen?" Nevio nickte und so fuhr sie ohne Umschweife fort: „Können Sie mir sagen, wem ich diese Tour zu verdanken habe …. also wer der Auftraggeber war?" Doch der junge Mann zuckte nur lächelnd mit den Schultern. „Signora, wenn ich das wüsste, würde ich es Ihnen sagen, aber ich bin nur für den Transport der Roller zuständig. Den Rest machen meine Kollegen im Büro. Die haben mir allerdings vorhin noch den hier für Sie mitgegeben."
Bei diesen Worten zog er aus seiner Hosentasche einen kleinen Umschlag hervor, der dem, den sie gestern Abend erhalten hatte, sehr ähnlich sah, und hielt ihn ihr entgegen. Neugierig griff Violetta danach und drückte Nevio im Gegenzug den Helm in die Hand. Jetzt würde sich das Rätsel hoffentlich endlich lösen, überlegte sie noch und riss ungeduldig das Kuvert auf, aus dem sie auch dieses Mal eine bedruckte Karte hervorzog. Stumm las sie, was darauf geschrieben stand:

„Nachdem du nun die Stadt bereits auf Rädern erkundet hast, möchte ich dir noch
eine weitere Perspektive bieten – die von oben!
Komm' dafür doch rüber zum Dom und dort zum seitlichen Eingang der Dachterrasse!
Bis hoffentlich gleich … "

Violetta überflog die Zeilen ein zweites und auch ein drittes Mal, ehe sie erst auf ihre Uhr und schließlich ratlos zum Dom hinübersah, dessen helle Fassade dort drüben regelrecht golden in der Abendsonne zu leuchten schien. Eilig wandte sie ihren Blick jedoch wieder ab und sah stattdessen zu Nevio. „Wissen Sie zufällig, wie lange die Dachterrasse des Doms geöffnet hat?", erkundigte sie sich und erntete abermals ein Schulterzucken des jungen Mannes.

„Hmmm …, soweit ich weiß, sonntags bis acht“, antwortet er, woraufhin Violetta ihre Lippen schürzte und seufzte. „Okay, dann habe ich jetzt wohl exakt zehn Minuten, um herauszufinden, was ich wissen will.“

Sie streckte ihm ihre Hand entgegen. „Haben Sie vielen herzlichen Dank. Es war wunderbar mit der hier unterwegs sein zu dürfen.“ Bei diesen Worten tätschelte sie liebevoll den Sattel der Vespa und wollte schon gehen, als sie von Nevio noch einmal aufgehalten wurde. Er hatte gerade den Deckel der Sattelbox geöffnet und zog jetzt ihre Handtasche daraus hervor. „Signora, sehr gerne! Aber bitte vergessen Sie diese bloß nicht“, lachte er und hielt ihr den Riemen entgegen. Abermals bedankte sich Violetta bei Nevio, winkte ihm zu und beeilte sich nun, rechtzeitig an den Seiteneingang der Kathedrale zu gelangen.

Eilig hastete sie dafür über die große Piazza und an all den Lächelnden vorbei, die im Licht der untergehenden Sonne Selfies vor dem Gotteshaus machten, bis sie schließlich etwas außer Atem an der beschriebenen Tür angelangt war. Diese schien jedoch bereits verschlossen. Violetta warf erneut einen Blick auf ihre Uhr und dann auf das Schild mit den Zutrittszeiten.

„Verdammt, natürlich schließen die immer ein wenig früher. So ein Mist“, fluchte sie leise, als sie hinter sich hörte, wie knarzend die Tür aufgezogen wurde. „Signora Salvati?“, fragte plötzlich eine Stimme und sie wandte sich erstaunt um. In dem kleinen Portal sah sie einen alten Mann stehen, der ihr freundlich die Tür aufhielt. Fragend blickte sie ihn an. Daher wiederholte er noch einmal: „Wenn Sie Signora Salvati sind, dürfen Sie nach oben gehen.“ Er zwinkerte ihr dabei zu und seine dunklen Augen leuchteten fröhlich in seinem faltigen Gesicht. „Grazie!“, erwiderte sie leise und sah in die Richtung, in die er jetzt deutete. „Sie müssen die Treppe bis ganz nach oben hochsteigen und dann einfach dem Weg auf dem Dach bis zur Terrasse an der Vorderseite der Kathedrale folgen.“

Unwillkürlich musste Violetta schmunzeln. Da hatte sich jemand wirklich die allergrößte Mühe gegeben, sie zu beeindrucken und dieser jemand konnte wohl in der Tat niemand anders als Cristiano sein. Keinem sonst traute sie einen derart ausgefallenen Sinn für das Außergewöhnliche zu und dachte dabei auch an den Silvesterabend hoch über London sowie ihre Reiseplanungen zurück.
Dem Wiedersehen mit ihm nun sehnlichst entgegensehend erklomm sie schnell die Stufen und spurtete eilig dem Dach entgegen. Dort angekommen hielt sie einen Moment inne und versuchte, zu Atem zu kommen. „Ich sollte endlich wieder beginnen, Sport zu treiben!“, flüsterte sie keuchend, stemmte ihre Hände in die Hüften und blickte über diesen menschenleeren Abschnitt des Dachs, von dem sie zudem einen ersten Ausblick auf die Stadt genoss. Die Leute haben schon recht, wenn sie sagen, dass die Dinge von oben betrachtet anders erscheinen. Sie trat an die steinerne Brüstung heran und schaute nach unten. Wie winzig die Menschen dort doch aussahen. War das womöglich ein guter Vergleich für die Probleme, mit denen Cristiano und sie sich gerade plagten? Dafür, wie nichtig das alles im Grunde genommen war, wenn sie nur wieder auf ihre Liebe vertrauten.
Als ob sie diesem Gedanken selbst zustimmen wollte, begann Violetta lächelnd zu nicken und setzte – erneut zu Atem gekommen – ihren Weg über das Dach fort. Trotz ihrer Ungeduld nahm sie sich die Zeit, blieb immer wieder kurz stehen und genoss die Abendstimmung, die sich nun ganz langsam auf die Stadt legte, während die Strahlen der untergehenden Sonne die Fassaden der Häuser in ein warmes und weiches Licht tauchten. Nacheinander durchschritt sie dabei die kleinen Tore, die jeweils auf den nächsten Dachabschnitt führten, bis sie endlich an der Treppe angelangt war, deren Stufen sie zur Dachterrasse hinaufbrachten. Noch einmal kurz innehaltend holte Violetta tief Luft und spürte, wie ihr vor Aufregung das Herz bis zum

Halse schlug, als sie diese jetzt zügig emporstieg, um schließlich an ihr Ziel und zu Cristiano zu gelangen …
Aber als sie hinter der Treppe durch das Tor nach draußen auf die mittlerweile auch hier leere Terrasse trat, war von diesem keine Spur. Lediglich eine Decke und ein paar Kissen waren dort auf einem der Absätze ausgebreitet worden. Ungewöhnlich und doch einladend sah das alles aus und Violetta staunte nicht schlecht, als sie daneben noch den Weinkühler samt Flasche sowie eine Platte voll mit Panini und Tramezzini entdeckte. Aber wo war ihr Gastgeber? Geschwind sah sie sich nach allen Seiten um und wusste nicht, wie ihr geschah, als plötzlich, wie aus dem Nichts Tomaso vor ihr stand.
Augenblicklich fuhr sie wie vom Blitz getroffen zusammen und riss ihre Augen weit auf. „Du?“, brachte sie schließlich stockend hervor. „Ich dachte, du … also, dass du gar nicht … du hattest doch gesagt, dass du gar nicht da wärst.“ Tomaso lächelte warm. Er hatte seine Hände in den Hosentaschen vergraben und machte nun einen weiteren Schritt auf Violetta zu. Eine Augenbraue gewitzt nach oben ziehend sah er sie an. „Das war ich auch. Also bis gestern. Da ich aber in Erfahrung gebracht hatte, dass du noch ein paar Tage in der Stadt bleiben würdest, dachte ich mir, lege ich dir heute noch einmal Mailand zu Füßen. Also, quasi als Dankeschön, dass du uns hier eine einzigartige Ausstellung beschert hast, von der ich ja leider die Eröffnung verpasst habe.“
Sie schlug die Lider nieder und spürte, wie ihr die Röte ins Gesicht stieg. „Nun übertreibe mal nicht, ich …“ Doch er unterbrach sie und wiegelte ihren Einwand ab. „Nichts da! Ich habe die Kritiken gestern bereits gelesen und die sind sich nun mal einig.“ Tomaso verkürzte abermals den Abstand zwischen ihnen, legte dann seine Hand auf ihren Rücken und machte mit der anderen eine einladende Geste. „Und ebenfalls genau aus diesem Grund habe ich hier nun eine Kleinigkeit vorbereitet.“

Er schob sie mit sanftem Nachdruck vor sich her, während Violetta ihren Kopf zu ihm umwandte. „Eine Kleinigkeit nennst du das?“ Er lachte. „Okay, du hast recht. Manchmal mag ich es eine Nummer extravaganter, aber ich wollte nun mal sicher gehen, dass du diesen Tag in bester Erinnerung behältst.“ Sie schürzte lächelnd die Lippen. „Ja, das mit der ‚Nummer extravaganter‘ unterschreibe ich sofort. Erst eine mysteriöse Nachricht im Hotel, dann die Tour heute … aber woher wusstest du überhaupt, wo ich abgestiegen bin?“
Tomaso grinste verschwörerisch. „Lass es mich so sagen: Ich denke, ich habe inzwischen einen ganz guten Draht zu deiner Kollegin in der Accademia. Und auf meine Bitte hin, hat sie dann für mich nachgesehen, wo für dich gebucht wurde … und eben auch bis wann.“ Nun tat Violetta entrüstet. „Ich glaube, ich muss doch mal dringend ein Wort mit ihr wechseln, wenn ich morgen wieder zurück bin, und sie eindeutig um mehr Verschwiegenheit bitten“, zwinkerte sie ihm zu, als die beiden nun bei der Decke angekommen waren und Tomaso sich bückte, um zwei der Kissen noch ein wenig zurechtzurücken, damit sie sich besser setzen konnte.
Seiner erneuten einladenden Handbewegung folgend, nahm sie Platz und legte ihre Tasche neben sich ab, ehe sie ihn verschämt zu mustern begann. Dabei fiel ihr auf, wie elegant er heute gekleidet war: anthrazitfarbenes, schmal geschnittenes Hemd, passende Hose aus einem feinen Stoff und Slipper Ton in Ton. Selbst Vittorio hätte eine helle Freude an seiner Erscheinung gehabt, dachte sie noch, als Tomaso sich jetzt ebenfalls setzte und hinter sich nach zwei Gläsern griff. Diese vor sich auf dem Boden abstellend zog er die Flasche Prosecco aus dem Eiskübel heraus, füllte sie und reichte anschließend eins davon Violetta. Lächelnd prostete er ihr zu. „Auf dich, Vio, und deinen Erfolg!“
Verlegen nickte sie und wusste nicht so recht, was sie darauf entgegnen sollte. Stattdessen nippte sie gedankenversunken an ihrem Glas. Wie unerwartet und vor allem außergewöhnlich dieser Moment doch war, schoss es ihr

dabei durch den Kopf. Damit meinte sie gerade allerdings nicht nur die untergehende Sonne, deren goldene Strahlen die Szenerie hier oben nicht wunderbarer hätten erstrahlen lassen können. Nein, es war auch der Umstand, dass es sie nicht länger zu stören schien, diesen Augenblick ausgerechnet mit Tomaso zu teilen. Und das, obwohl sie vorhin sich nichts sehnlicher gewünscht hatte, als Cristiano hier zu sehen. Doch jetzt … jetzt tat es einfach gut, den Moment zu genießen und sich an Tomasos Wertschätzung zu erfreuen.

Leise seufzte sie, stellte ihr Glas neben sich ab und sah ihn an. „Danke dir übrigens noch einmal für die Vespa-Tour. Die war wirklich toll." Er zwinkerte ihr zu. „Das freut mich. Ich habe die Route nämlich mit Bedacht ausgewählt … weiß nicht, ob dir das aufgefallen ist." Nachdenklich nickte sie. „Manchmal hatte ich schon so ein Gefühl und dann auch wieder nicht. Aber zumindest weiß ich jetzt, warum mir empfohlen wurde, in der Kunstakademie die Ausstellung anzusehen." Sie lachte und er stimmte mit ein. „Richtig!", lächelte er. „Das steht für mich übrigens in den nächsten Tagen ebenfalls noch auf dem Programm. Ansonsten habe ich versucht, dich durch Straßen leiten zu lassen, in denen früher Freunde von uns gewohnt haben oder Ähnliches. Natürlich hat sich seitdem viel verändert und lässt sich sicher auch nicht mehr ohne Weiteres gleich erkennen, aber ich fand es dennoch eine schöne Idee." Violetta nickte. „Das war es zweifellos und ich habe die Fahrt wirklich durchweg genossen."

Sie hielt einen Moment inne. „Nur eine Frage hätte ich da noch: Das neumodische Viertel … du weißt schon, das hinter dem alten Stadttor … war da auch irgendwas, an das ich mich hätte erinnern sollen?" Er schüttelte den Kopf. „Nein, Vio. Den Ort habe ich lediglich in die Tour einfügen lassen, weil ich dir zeigen wollte, womit ich heute so mein Geld verdiene. Für einige der Wolkenkratzer dort zeichne ich nämlich verantwortlich." Stolz schwang bei diesen Worten in seiner Stimme mit und sie lächelte anerkennend.

„Wow, Hut ab. Ich kann mich noch vage an die kleinen Projekte erinnern, mit denen du damals zu tun hattest. Die waren wirklich kein Vergleich zu dem, was ich da heute gesehen habe."
Tomaso deutete eine Verbeugung an. „Den Grundstein für das alles hätte ich damals nicht legen können, wenn ich keine Frau an meiner Seite gehabt hätte, die mir währenddessen den Rücken freigehalten hat." Er sah sie an und versuchte, in ihrem Gesicht zu lesen, doch sie schlug ihre Lider nieder und schwieg. Unter normalen Umständen wäre ihr jetzt eine Bemerkung über seine damalige Affäre rausgerutscht. Aber das hielt sie angesichts der gerade zwischen ihnen herrschenden Harmonie für unangebracht. Stattdessen stützte sie ihre Hände hinter sich ab, legte ihren Kopf in den Nacken und atmete gelöst durch.
Trotz der vorgerückten Stunde strahlten die Steinplatten noch eine angenehme Wärme ab und die letzten Strahlen der untergehenden Sonne sorgten für ein zunehmend romantisches Ambiente. Ob er genau deshalb diesen Ort für ihr Tête-à-Tête gewählt hatte? Durch halbgeöffnete Lider schaute sie ihn an. Auch ihm schmeichelte das sanfte Licht und ließ sein gebräuntes Gesicht warm leuchten. Langsam wanderten ihre Augen an ihm entlang. Tomaso war ohne Zweifel attraktiv. Eine Erkenntnis, die sie jetzt allerdings aufschreckte, und so räusperte sie sich kurz, ehe sie zu ihrem Glas griff und einen weiteren Schluck daraus trank. Nur nicht in Schwärmerei verfallen. Nicht für ihn – dafür gibt es überhaupt keinen Grund, rief sie sich innerlich zur Räson und suchte rasch nach einem anderen und vor allem unverfänglichen Thema.
„Wie kommt es eigentlich, dass wir um diese Zeit noch hier oben sein dürfen?", fragte sie ihn und er begann spitzbübisch zu schmunzeln. „Die Restaurierung und Erhaltung des Doms ist halt kostspielig … und dann habe ich noch einen Freund in der entsprechenden Position in der Verwaltung, da lässt sich so etwas schon mal regeln." Sie nickte. So ähnlich hatte Violetta sich das gerade bereits

gedacht und doch stimmte es sie froh, dass er sich dermaßen Mühe für sie gab, selbst wenn genau das nun ihr schlechtes Gewissen auf den Plan rief.
Es war jenes ungute Gefühl Cristiano gegenüber. Wie würde er wohl reagieren, falls er von diesem Treffen erfuhr? Das wollte sie sich gar nicht erst ausmalen, überlegte sie noch, als Tomaso sie erneut aus ihren Gedanken riss. „Möchtest du vielleicht auch ein wenig essen?“, hörte sie ihn fragen und schaute auf den Teller, den er ihr jetzt entgegenhielt. Appetitlich sahen die darauf arrangierten Tramezzini und Panini aus, weshalb es ihr schwerfiel, sich zu entscheiden. Aber schließlich wählte sie ein mit Fenchel-Salami sowie Brie belegtes Brot und biss sogleich genüsslich davon ab. Welch eine Gaumenfreude ein so einfacher Snack doch war, dachte sie und schloss ihre Augen. „Mmh …“, entfuhr es ihr dabei und Tomaso beobachte sie lächelnd, wie sie einen weiteren Bissen nahm, den sie ebenso zu genießen schien.
Er freute sich, dass sein Plan aufgegangen war und er Violetta endlich einmal ganz für sich allein hatte. Sie und dieser Augenblick hier oben bei Sonnenuntergang – etwas Besseres konnte er sich gerade wahrlich nicht vorstellen. Und selbst wenn die Sonne gleich vollständig hinter den Häusern verschwunden sein würde, so hatte er auch daran gedacht: Eine wärmende Decke sowie ein großes Windlicht standen schon bereit und warteten nur darauf, endlich zum Einsatz zu kommen.
Prüfend sah er sich deshalb gerade noch einmal danach um, als er Violettas ruhige und sanfte Stimme neben sich vernahm. „Tomaso, ich finde es wirklich schön, dass wir jetzt wieder ganz normal miteinander umgehen und vielleicht fand ich es auch eben deswegen ein wenig schade, dass du nicht bei der Ausstellungseröffnung dabei sein konntest. Isa und Daniele hätte das sicherlich auch gefreut.“ Sie lächelte ihm zu, ehe sie sich das letzte Stück ihres Paninos in den Mund schob und anschließend die Finger ableckte. Tomaso nickte. „Ja, da wäre ich auch sehr gerne dabei gewesen. Selbst wenn ich – wie du weißt – immer noch kein

Kunstkenner bin." Er nippte an seinem Glas. „Und dann noch gemeinsam mit unseren alten Freunden. Das hätte schon etwas Nostalgisches gehabt."
Stumm nickend stimmte sie ihm zu. Auch wenn sie es nur ungern zugab, mochte sie seine Nähe und die Abgeschiedenheit hier oben – mit ihm. Seine Gesten, seine Worte, all das löste ein Wohlgefühl in ihr aus. Konnte es also sein, dass sie auf dem besten Wege war, sich wieder zu ihm hingezogen zu fühlen? Unsicher sinnierte sie gerade noch darüber nach, als er mit seiner sonoren Stimme nun etwas leiser weitersprach: „Vio, ich bin wirklich froh, dass du meine zugegeben recht unkonventionelle Einladung angenommen hast." Lächelnd erwiderte sie darauf ebenso ruhig und sanft: „Ja, das bin ich auch, aber um ganz ehrlich zu sein, hatte ich eigentlich jemand anderen hier oben vermutet. Aber jetzt … ich muss gestehen, dass ich den Abend gerade sehr genieße."
Sie bemerkte trotz der allmählich zunehmenden Dämmerung, wie seine Augen zu leuchten begannen. „Vielleicht habe ich dann ja dieses Mal alles richtig gemacht? Ich weiß um meine Fehler in der Vergangenheit, aber Vio … ich mag dich immer noch und außerdem wusste ich einfach, dass du die Richtige sein würdest." Violetta stutzte, sah ihn verdattert an und runzelte ihre Stirn. „Die Richtige? Die Richtige wofür?", fragte sie, als er sein Glas abstellte und ihre Hand ergriff. „Die Richtige, um die Ausstellung zu kuratieren."
Augenblicklich schlug ihr Herz so laut, dass sie meinte, gar nichts anderes mehr wahrnehmen zu können und sie hoffte, sich verhört zu haben, weswegen sie rasch noch einmal mit bebender Stimme nachhake: „Wie meinst du das? Was hat denn die Ausstellung damit zu tun?" Tomaso zuckte zunächst nur mit den Schultern. Eigentlich hatte er es gar nicht erwähnen wollen und ihre Reaktion auf seine Worte gerade eben ließ ihn ahnen, dass er es auch besser dabei belassen hätte. Doch jetzt war es dafür zu spät.

Also zog er seine Augenbrauen hoch und sah sie mit gemischten Gefühlen an. „Ich hatte zufällig von einer geplanten Ausstellung zum Thema ‚Venezianischen Malerei' gehört, als ich bei einem Meeting mit einem der Stadträte beisammensaß. Er hat Verbindungen zu der Kunstakademie und erwähnte es ebenso beiläufig und eigentlich nur, weil ich ihm zuvor von meinem Besuch in Venedig erzählt hatte. Na ja, und da habe ich halt dich ins Spiel gebracht."
Fassungslos sah Violetta ihn an. Ihre Hand hatte sie ihm da längst entzogen und stellte nun auch ihr Glas ab. „Du steckst hinter der Einladung, die ich erhalten habe?", fragte sie ihn ungläubig und er nickte verhalten. „Ja, ich habe ihm derart von dir und deinem Können vorgeschwärmt …" Tomaso stockte einen Moment, ehe er weitersprach: „… Und ihm dann noch dargelegt, dass er sich auf diese Weise den ganzen Prozess eines Bewerbungsverfahrens sparen könne …"
„Du meinst ein Bewerbungsverfahren, bei dem ich in deinen Augen ohnehin nicht erfolgreich gewesen wäre?" Violettas Stimme klang jetzt schneidend und kühl. Mit versteinerter Miene sah sie ihn enttäuscht an, erhob sich und warf sich dabei den Riemen ihrer Tasche über. „Du meinst wirklich immer noch, ich würde so etwas nicht aus eigener Kraft schaffen. Oder?" Kurz tief Luft holend, stemmte sie ihre Hände in die Hüften und fuhr gekränkt fort: „Ist es das, was du tatsächlich immer noch denkst? Dass ich dich brauche, um einmal richtig erfolgreich zu sein?" Sie spürte, wie ihr vor Wut Tränen in die Augen stiegen, und wandte sich daher schnell von ihm ab.
Auch Tomaso war aufgestanden und sah sie irritiert an, unfähig die Wucht ihrer Emotionen überhaupt zu begreifen. Dennoch machte er einen Schritt auf sie zu und blieb hinter ihr stehen. Mit ruhiger Stimme bemühte er sich sodann um die passenden Worte: „Nein, ich … Vio, ich weiß doch, dass du gut bist, in dem was du tust. Aber ich dachte mir, es könnte nicht schaden, wenn ich die Entscheidung in die richtigen Bahnen lenke."

Die Lippen aufeinanderpressend, drehte sie sich wieder zu ihm um und funkelte ihn wütend an. „Ich brauche eine solche Unterstützung nicht! Und ich will sie auch nicht! Verstanden?“ Abermals versuchte Tomaso nach ihrer Hand zu greifen, jedoch ohne Erfolg. „Hey, ich habe das wirklich nicht so gemeint …“ Aber Violetta schüttelte vehement ihren Kopf. „Und wie du das genau so gemeint hast! Du hast dich kein Stück geändert. Du traust mir immer noch nichts zu. Das war früher schon so und daran hat sich auch bis heute rein gar nichts geändert. Du meinst, ich hätte es ohne deine großzügige Unterstützung nicht geschafft? Falsch! Ich hätte es sehr wohl geschafft, wenn man mir nicht die Chance dazu genommen hätte.“

Sie verstummte und versuchte, sich zu beruhigen, doch ihr vor Aufregung bebender Brustkorb verriet, wie wenig ihr das gelang. Schließlich sah sie ihm ein letztes Mal in die Augen. „Ich habe alles, was ich bin und was ich habe, allein geschafft. Ohne Hilfe! Und vor allem ohne dich! Und das wird auch in Zukunft so bleiben.“ Violetta ballte ihre Hände zu Fäusten und machte auf dem Absatz kehrt.

Sie wollte einfach nur noch weg und lief der nächstgelegenen Treppe entgegen. Immer mehrere Stufen auf einmal nehmend, sprang sie diese hinab und hoffte inständig, auf dem richtigen Weg zu sein. „Wie konnte ich nur so eine Traumtänzerin sein und denken, dass man mich wirklich allein wegen meiner Leistung und der paar Artikel in der Fachpresse ausgewählt hätte?“, schluchzte sie und rieb sich mit dem Handrücken die Tränen aus dem Gesicht. Nur jetzt nicht auch noch die Treppe hinunterfallen. Reicht schließlich schon, dass ich sowieso schon am Boden bin, dachte sie und umklammerte immer wieder fest das Geländer an der Wand, weiter dem Ausgang entgegenstrebend.

Oben auf der Dachterrasse blieb hingegen ein zerknirschter Tomaso zurück. Niedergeschlagen wanderte sein Blick zur Decke hinüber, auf der er kurz zuvor noch zusammen mit Violetta gesessen hatten. War es möglicherweise von Beginn an ein Trugschluss gewesen, sie würden wieder ihre Gemeinsamkeiten entdecken können? Kopfschüttelnd senkte er sein Haupt und ging in die Knie. Die Chance dafür war wohl nun endgültig vertan.

Kapitel 20 - Ohne ein Wort

Violetta hielt mit ihrer Hand den Kragen ihrer Jacke am Hals fest zusammen, als sie jetzt die paar Schritte von der Eingangstür des Hotels zum gerade vorgefahrenen Taxi durch den Regen lief. Rasch öffnete sie dessen Tür und sprang hinein, während der Fahrer um den Wagen herumkam und ihr Gepäck sorgsam im Kofferraum verstaute. Anschließend beeilte er sich selbst, zurück ins Trockene sowie hinter das Steuer zu kommen und drehte sich dann, kaum dass er eingestiegen war, zu ihr um.
„Signora, zum Bahnhof geht es. Richtig?“, versicherte er sich des Ziels erneut, was Violetta mit einem kurzen Nicken beantwortete. Sich die nassen Strähnen aus dem Gesicht und hinter ihr Ohr streichend, legte sie dann den Kopf in den Nacken und schloss ihre Lider. Die Nacht hatte sie weitestgehend ohne Schlaf verbracht und sich stattdessen hin und her gewälzt. Andauernd hatte sie sich dabei die immer gleichen Fragen gestellt, die sie auch jetzt noch nicht in Ruhe ließen: Wie hatte sie nur annehmen können, dass man in der Kunstakademie hier ausgerechnet auf sie aufmerksam geworden war? Was hatten Signor Bianchi oder Signora Rossi von der Schiebung gewusst? Hatten die beiden sie am Ende sogar wegen ihrer Naivität belächelt? Und warum um alles in der Welt hatte Tomaso überhaupt den großen Gönner spielen müssen, ohne den nichts möglich war?
Müde und genervt presste Violetta ihre Lippen aufeinander und seufzte. Sie würde sowieso auf keine einzige dieser Fragen jemals eine Antwort erhalten und alles, was sie jetzt wollte, war einfach nur noch von hier weg. Weg aus Mailand, welches sich vor Jahren bereits als schlechtes Pflaster für sie

erwiesen hatte. Wieso hatte sie also angenommen, es würde dieses Mal anders sein?
Alsdann ihre Nasenwurzel mit Daumen und Zeigefinger sanft und stetig massierend, versuchte sich Violetta trotzdem ein wenig zu beruhigen, während der Fahrer den Wagen durch den morgendlichen Berufsverkehr navigierte, der jedoch allenthalben zum Erliegen kam. Ungeduldig warf sie daher wiederholt einen Blick auf ihre Uhr. Bloß nicht jetzt auch noch den Zug verpassen und länger hierbleiben müssen wie geplant, schoss es ihr durch den Kopf, als sie abermals vor der nächsten roten Ampel zum Stehen kamen. Denn schließlich gab es nichts, was sich Violetta in diesem Moment sehnlicher wünschte, als einfach zurück nach Venedig zukommen und daheim zu sein.
Heute, so hatte sie sich vorgenommen, würde sie sich in ihrem Zuhause noch eine Weile verkriechen, würde ihre Wunden lecken und sich gleich morgen dann in der Accademia erneut in ihre Arbeit stürzen. Dort würde sie zudem endlich wieder mit den Menschen zusammenarbeiten, die sie nicht an der Nase herumführten und auf die sie sich vollständig verlassen konnte - wie Vittorio zum Beispiel.
Hätte ich es ihm doch nur gleichgetan und wäre auch bereits gestern nach Venedig zurückgekehrt, dann hätte ich das alles wenigstens gar nicht erst erfahren, haderte sie gerade noch, als sie bemerkte, wie das Taxi nun in die Zufahrt vor dem Bahnhof einbog und bei einer Schranke stehenblieb. Sogleich packte Violetta ihre Handtasche neben sich und wollte schon aussteigen, als der Fahrer sie durch den Rückspiegel hindurch freundlich anlächelte. „Signora, warten Sie doch bitte noch einen Moment. Ich setze Sie natürlich direkt dort vorne beim Eingang ab.“ Er deutete in Richtung des Bahnhofsgebäudes, als auch bereits der Schlagbaum vor ihnen hochschnellte und er weiterfuhr. Beruhigt, nicht durch den Regen laufen zu müssen, ließ Violetta sich abermals zurück in das Sitzpolster fallen. Noch mehr erleichterte sie in diesem Moment allerdings, dass sie ihr Ziel tatsächlich rechtzeitig vor der Abfahrt ihres Zuges erreicht hatte.

Eine knappe halbe Stunde später saß sie dann auf ihrem gebuchten Platz im Großraumabteil und sah durch das regennasse Fenster die Häuser draußen an sich vorbeirauschen. Wirklich erkennen tat sie dabei zwar nichts, und dennoch lenkte es sie ein wenig davon ab, weiter über die hinter ihr liegenden Geschehnisse nachzusinnen.

Wenn nur Cristiano an meiner Seite gewesen wäre, dachte Violetta indes und hielt sich vor, dass sie dann ebenfalls nichts von Tomasos Treiben mitbekommen hätte. Aber nun konnte sie sich bei ihm noch nicht einmal über das Treffen mit ihrem Ex ausweinen. Oder vielleicht doch? War es am Ende möglicherweise auch besser, ihm gleich die ganze Wahrheit zu erzählen? Sie hatte sich schließlich nichts vorzuwerfen! Violetta seufzte und überlegte bereits, wie sie ein solches Gespräch beginnen sollte, denn vielleicht war dies nun tatsächlich die beste Gelegenheit, reinen Tisch zu machen und all die hinter ihnen liegenden Meinungsverschiedenheiten zu vergessen.

Wie um sich selbst zu bestätigen, nickte sie ihrem Spiegelbild in der Fensterscheibe zu und zog danach versonnen das Telefon aus der auf dem Platz neben ihr abgestellten Handtasche hervor. Viel zu lange hatte sie Cristianos Stimme jetzt schon nicht gehört und auch wenn sie sonst keineswegs jeden Tag miteinander sprachen, spürte sie in diesem Moment umso mehr, wie er ihr fehlte.

Rasch warf sie also einen Blick auf ihre Uhr: Kurz vor elf war es inzwischen und er somit wohl im Büro. Gut möglich auch, dass er dort gerade ein Meeting hatte, doch einen Versuch war es ihr trotzdem wert. Kurzerhand tippte Violetta deshalb jetzt auf seinen Kontakt und lauschte gespannt. Ein Freizeichen ertönte und danach ein zweites. Dann meldete er sich. „Ciao, Vio!“, hörte sie ihn sagen. War er immer noch krank oder warum klang seine Stimme so belegt? „Ciao, Amore! Ich weiß, du hast vermutlich nicht viel Zeit, aber ich musste dich jetzt endlich wieder hören“, erklärte sie und fuhr dabei gedankenversunken mit den Fingern an den Seitennähten ihrer Handtasche entlang. „Ah

… okay … du bist dann wohl noch nicht wieder zuhause, oder?“, erkundigte er sich und sie schüttelte den Kopf. „Nein, noch nicht.“

Abermals schaute sie auf ihre Uhr. „Erst in rund zwei Stunden komme ich in Venedig an. Ich kann dir gar nicht sagen, wie froh ich bin, dann endlich wieder zurück zu sein.“

Sich kurz räuspernd hakte Cristiano daraufhin verwundert nach: „War es denn nicht schön in Mailand? Ich meine, von der Eröffnung deiner Ausstellung warst du doch so begeistert, wie du mir geschrieben hattest.“ Seufzend zuckte Violetta mit ihren Schultern und unterdrückte dabei ein Gähnen. „Ja, schon, aber … ach, es gibt da etwas … das will ich dir dann lieber ganz in Ruhe erzählen. Jetzt bin ich einfach froh, dass das alles hinter mir liegt und freue mich darauf, wenn wir uns am Freitag endlich wiedersehen.“

Cristiano ließ derweil ein kurzes Nuscheln hören, weswegen sie sofort nachfragte: „Du kommst doch, oder?“ „Klar … natürlich doch. Komm du aber erst einmal daheim an, denn ich muss leider wirklich weiter, habe gleich ein Meeting. Ciao!“, entgegnete er und legte auf.

Irritiert starrte Violetta das Telefon in ihrer Hand an. Irgendwas in ihr fühlte sich mit einem Schlag beunruhigt. War Cristiano womöglich tiefer verletzt, als ihr bislang bewusst gewesen war, oder hatte sie ihn gerade nur auf dem falschen Fuß erwischt? Sonst hatte er doch nie so verhalten reagiert …

Ein weiteres Mal stieß sie einen leisen Seufzer aus und lehnte sich dann nachdenklich in ihrem Sitz zurück. Es war wirklich höchste Zeit für ein Gespräch über ihrer beider Ängste und Sorgen. Und ja, auch was Tomaso anging, konnte sie ihn mittlerweile besser verstehen. Wieder wanderten ihre Gedanken so zurück zum gestrigen Tag und begannen erneut, sie innerlich aufzuwühlen, bis ihr fehlender Schlaf sowie das gleichmäßige Rattern des Zuges ihr schließlich den Gefallen taten und sie einnicken ließen.

Und so war es auch erst die Durchsage des Schaffners, die Violetta kurz vor Erreichen des venezianischen Bahnhofs wieder hochschrecken ließ. Eilig ihr Gepäck aus dem Zwischenraum hinter ihrem Sitz hervorziehend, stellte sie sich damit beim Ausstieg bereit und unterdrückte nur mühsam ein Gähnen. Ungeduldig schaute sie währenddessen zum Fenster vor ihr hinaus und war erleichtert, als sie schließlich das hellgrüne Wasser der Lagune neben den Gleisen entdeckte.
„Endlich!“, wisperte sie und spürte, wie befreiend die helle Weite auf sie wirkte. Das hier war eindeutig Heimat und tat ihr allein schon beim Anblick gut. Noch besser würde sie sich allerdings in ihren vier Wänden fühlen, war sie sich sicher und zog daher, kaum dass der Zug den Bahnsteig erreicht hatte, die Tür vor sich auf und stieg aus. Zielstrebig eilte sie sodann zwischen den dort Wartenden hindurch zunächst dem Ausgang und draußen der Vaporetto-Station entgegen. Nur noch heim wollte sie jetzt und war dankbar, nicht lange auf den Wasserbus warten zu müssen.
Da spielte es für Violetta auch überhaupt keine Rolle, dass sie diesen mit unzähligen anderen Fahrgästen teilen musste. Längst waren schließlich die Besucher in der Lagunenstadt den Einheimischen wieder zahlenmäßig überlegen und so drückte sie sich mit ihrem Gepäck ganz ins Eck. Ab und zu nur beugte sie sich ein Stück vor, streckte ihr Gesicht ein wenig dem Fahrtwind entgegen und genoss so die frühsommerliche Wärme auf ihrer Haut. Diese tat nach dem Regen von heute Morgen merklich gut, sorgte allerdings auch verbunden mit der Enge auf dem Boot dafür, dass ihre Bluse schon bald an ihrem Körper regelrecht zu kleben begann. „Zweiter Wunsch gleich nach ‚Heimkommen‘, eindeutig eine Dusche“, grinste sie und zählte daher an jedem Halt im Geiste die noch verbleibenden Stationen ab, bis sie endlich den Lido erreicht hatten.
Violetta atmete sichtlich auf, als sie samt ihrem Koffer den schmalen Steg entlang von Bord ging. Die Tasche über den holprigen Asphalt hinter sich herziehend, schlug sie danach

den kürzesten Weg zu ihrer Wohnung ein und war froh, als sie an dem vom üppigen Grün überragten Zaun ankam, der ihr Zuhause umgab. Unterm Gehen zog sie da bereits die Schlüssel aus ihrer Handtasche hervor und öffnete schließlich, davor angekommen, das schmiedeeiserne Tor. Ein gedehntes Quietschen ertönte, einem Willkommensgruß gleich, als sie es aufdrückte, hindurchtrat und anschließend erneut ins Schloss fallen ließ.

„Daheim", rief sie erleichtert aus, als ihr Blick auch schon auf den förmlich überquellenden Briefkasten fiel. „Es ist doch immer wieder verwunderlich, wie viel Post sich ausgerechnet in den paar Tagen ansammelt, wenn man nicht zu Hause ist", murmelte Violetta ein wenig genervt, leerte ihn und klemmte den Stapel an Briefen und Zeitungen unter ihren Arm.

Nun aber hielt sie nichts mehr und sie beeilte sich, hinauf in ihre Wohnung zu kommen, wo sie, nachdem die Tür hier ebenfalls hinter ihr zugefallen war, erst einmal einen Augenblick innehielt. Endlich fühlte sie sich wieder geborgen und der Ärger sowie Verdruss, den Tomaso ihr beschert hatte, schien zumindest für diesen Moment ganz weit weg zu sein.

Eine Dusche oder vielleicht doch gleich ein Entspannungsbad nachher würde hoffentlich den Rest erledigen, überlegte sie, während sie ihr Gepäck im Flur bei der Garderobe abstellte. Denn erst einmal bedurfte es jetzt einer guten und großen Tasse Kaffee. Also wechselte Violetta hinüber in die Küche, legte die Post dort auf dem Tisch ab und machte sich daran, ihre kleine Mokkakanne mit Wasser sowie Kaffeepulver zu befüllen. Anschließend schraubte sie diese fest zusammen, stellte sie auf den Herd und schaltete ihn ein.

Einen Augenblick lang blieb sie noch gedankenversunken davor stehen und starrte abwesend auf die allmählich rot aufleuchtende Fläche des Ceranfeldes. Abermals und ohne, dass sie es eigentlich wollte, dachte sie erneut zurück an Mailand und Tomasos Verrat. Nichts anderes war es in ihren

Augen gewesen, was er ihr angetan hatte, und sie spürte, wie in ihr auch jetzt wieder Wut aufstieg. Stumm ermahnte sie sich jedoch sogleich, straffte ihre Schultern und atmete tief durch. Denn, nein, sie hatte keine Lust, länger die gleichen Fragen zu wälzen, die ihr ohnehin seit gestern Abend unablässig durch den Kopf gingen.

Dann doch lieber mit der Post ablenken! Möglicherweise enthielt die ja sogar etwas, was sie jetzt auf andere Gedanken brachte. Also sah sie schnell zu der kleinen Mokkakanne herüber, die aber noch ein wenig brauchte, ging zum Küchentisch und zog den Stuhl davor ein Stück zurück.

Nachdem sie sich gesetzt hatte, langte sie nach dem Stapel mit den Sendungen und entdeckte obenauf als Erstes die Werbung des örtlichen Supermarktes. Violetta schürzte die Lippen. „Stimmt, einkaufen gehen sollte ich nachher auch noch!", kommentierte sie leise und legte das Blatt zur Seite. Anschließend folgten zwei Umschläge, die aller Voraussicht nach Rechnungen enthielten, dann der Katalog einer Bekleidungskette, ein Fachmagazin sowie der Gutschein eines Möbelhauses und dazwischen ein weiteres Kuvert. Violetta zog es hervor, drehte es um und hielt wie gebannt den Atem an. Hatte Cristiano ihr etwa geschrieben? Die Handschrift auf dem Brief sah jedenfalls ganz nach der seinen aus. Ein Stempel hingegen fehlte. Er musste ihn also selbst hierhergebracht haben. Augenblicklich spürte sie ihr Herz bis zum Hals schlagen und riss mit zittriger Hand den Umschlag auf. Einen Moment zögerte sie noch, doch dann zog sie den zusammengefalteten Bogen Papier daraus hervor, klappte ihn auf und begann halblaut zu lesen:

„Liebe Violetta!
Vielleicht mache ich jetzt einen großen Fehler.
Vielleicht wähle ich auch gerade nicht den richtigen Weg.
Vielleicht bereue ich bald schon diesen Schritt.
Vielleicht wünschte ich dann, dass es nie so weit gekommen wäre.
Vielleicht!

In jedem ‚vielleicht' steckt allerdings auch die Möglichkeit, dass es eben doch genau das Richtige ist.

Glaube mir daher, wenn ich dir schreibe, dass ich es mir keinesfalls leicht gemacht habe.
Dennoch denke ich, dass es besser wäre, wenn wir von nun an wieder getrennte Wege gehen.
Zu oft habe ich in letzter Zeit einfach gespürt, wie uns unsere Liebe allmählich entgleitet.
Und zu weh hat es getan, dass du Gründe hattest, mir nichts von deinen Treffen mit Tomaso zu erzählen …
Doch nun am Ende ist das alles nicht der Grund allein!

Vio, in den letzten Wochen bin ich mehr und mehr ins Zweifeln gekommen.
Ist das, was wir haben, noch das, was ich will?
Oder will ich in meinem Alter doch noch eine Familie gründen mit Kindern, Haus, Garten und Hund?
Inzwischen ahnst du es bestimmt zudem: Ja, es gibt da auch eine andere Frau, die mein Herz erwärmt.
Noch ist zwischen uns nichts passiert, doch ich mag nicht länger warten, zumal ich auch nicht weiß, worauf …

Ich wünsche dir nur das Beste, Vio, und danke für die wunderbare Zeit!
Cristiano

Violettas Gesicht hatte jegliche Farbe verloren. Fassungslos überflog sie ein weiteres Mal das dort Geschriebene und konnte es doch nicht verstehen, bis sie plötzlich von dem anschwellenden Fauchen der kleinen Mokkakanne aus ihrer apathischen Starre gerissen wurde. „Er hat Schluss gemacht", wimmerte sie leise, während sie sich wie in Trance vom Stuhl erhob, an den Herd herantrat und die Kanne von dem Kochfeld zog. Währenddessen füllten sich ihre Augen mit Tränen, die ihr eine nach der anderen die Wangen hinunterliefen. „Ohne ein Wort vorhin

zu sagen …", schluchzte sie und rieb sich mit dem Handrücken über ihre Lider. Erneut dachte sie dabei an ihr Telefonat mit ihm zurück und wie verändert er da bereits geklungen hatte. Mit einem Mal fühlte sie sich kraftlos und leer und durch ihren Kopf schwirrten all diese Fragen nach dem Wieso und Warum.
Hätte sie nicht längst bemerken müssen, dass Cristiano in ihrer Beziehung doch etwas fehlte? Oder wie blind hatte sie ihre Liebe gemacht?
Schniefend schlurfte Violetta zum Küchenschrank, holte daraus eine Tasse hervor und füllte sie mit dem dampfenden Kaffee. Mit dieser in der Hand ging sie rüber in ihr Wohnzimmer und von dort auf die Terrasse hinaus. Eine leichte Brise wehte über ihre Haut und sie blinzelte durch ihre tränennassen Augen traurig zu den Glockentürmen und Kuppeln der Lagunenstadt hinüber. Dazwischen lag das blaugrüne Wasser der Lagune, wo tausende von kleinen Lichtpunkten fröhlich auf den Wellenkämmen zu tanzen schienen. Ganz im Gegensatz zur Gefühlslage von Violetta, die mit beiden Händen fest ihre Tasse umklammerte, während sie vorsichtig am Kaffee nippte und ihren Blick weit in die Ferne gerichtet hielt.

Gleich zwei Menschen hatten sie in kürzester Zeit derart enttäuscht, dass sie sich fragte, wem sie überhaupt noch trauen konnte. „Bei Tomaso hätte ich es besser wissen müssen, aber bei Cristiano …. Warum hat er es mir nicht wenigstens persönlich gesagt?", flüsterte sie und stockte dann, als ihr abermals eine Träne über die Wange rann. Nie wieder hatte sie das Opfer sein wollen, doch genauso fühlte es sich in diesem Moment für sie an.

Kapitel 21 - Gegen jede Vernunft

„Oh, Vio, ich weiß gar nicht was ich sagen soll oder wie ich dich überhaupt trösten könnte. Fühl dich ganz fest von mir gedrückt!“, hörte Violetta die warmherzige Stimme Isabellas durch das Telefon. „Dann war das wohl auch der Grund, warum er gar nicht erst zu der Ausstellungseröffnung gekommen ist, oder?“, fuhr ihre Freundin fort, ehe sie eilig hinzufügte: „Magst du jetzt vielleicht ein paar Tage zu uns kommen, damit du nicht so allein bist?“ Doch Violetta schüttelte ihren Kopf. „Danke, das ist wirklich sehr lieb von dir, Isa, aber ich muss mich, meine Gedanken und Gefühle erst einmal selbst sortieren. Und wie heißt es auch so treffend? Aufstehen, Krone richten und weitergehen. Darauf sollte ich mich jetzt wohl besinnen.“
Sie versuchte zu lachen, obwohl ihr überhaupt nicht danach zumute war. Im Gegenteil: Eigentlich hätte sie sich lieber heulend irgendwo verkrochen und so biss sie sich schließlich selbst auf die Lippe. „Isa, danke dir. Das Reden tat jetzt gut und ich melde mich heute Abend noch mal bei dir, aber jetzt muss ich erst einmal zur Arbeit. Die wird mir, denke ich, ebenfalls guttun. Da bin ich wenigstens abgelenkt.“
Ihre Freundin stimmte ihr mitfühlend zu. „Ganz bestimmt! Aber melde dich bitte auch zwischendurch, wenn du jemanden zum Reden brauchst. Hörst du? Ich bin immer für dich da!“ Violetta schluckte und nickte dann, ehe sie sich von ihr verabschiedete und das Telefon anschließend an ihr Herz drückte. Wie gut es doch tat, zumindest Isabella jetzt an ihrer Seite zu wissen.
Danach ließ sie das Handy wieder in ihre Tasche gleiten und erhob sich von den Stufen der kleinen Brücke. Eben hier hatte sie vorhin, auf ihrem Weg zum Wasserbus, beschlossen, doch lieber gleich noch ihre Freundin

anzurufen und dieser ihr Herz auszuschütten. Nach der hinter ihr liegenden Nacht, in der sie allein mit all den sie übermannenden Emotionen gekämpft hatte, war ihr das bitternötig erschienen.
Noch Stunden hatte sie gestern zunächst auf der Terrasse ausgeharrt, still in die Ferne geschaut und später sogar, eingewickelt in eine Wolldecke, die Nacht unter dem Sternenzelt verbracht. Dabei waren es im Grunde die zwei immer gleichen Fragen, die sie auch jetzt noch bewegten: Hätte sie das alles nicht früher erkennen müssen? Und: Wäre es dann eventuell doch möglich gewesen, Cristiano zu halten?
Erst als der Morgen schließlich schon zu Grauen begonnen hatte, war Violetta wieder nach drinnen gegangen. Statt daraufhin allerdings in ihr Bett zu gehen, war sie im Wohnzimmer geblieben und hatte sich, ein Kissen fest umklammernd, auf der Couch zusammengekauert. Dort so hatte sie gehofft, endlich ein wenig Ruhe zu finden, dann jedoch ihr Handy auf dem Tisch liegen sehen und wider besseren Wissens Cristianos alte Nachrichten durchgelesen. „Ti amo“ hatte er da noch vor ein paar Tagen geschrieben. Und „Wir sehen uns bei der Eröffnung“.
Alles gelogen, schoss es Violetta nun erneut durch den Kopf, als sie die Vaporetto-Haltestelle ansteuerte und dabei aus der Tasche ihres Blazers bereits die Fahrkarte hervorzog. Mit dieser betrat sie die Station und richtete auch jetzt wieder ihren Blick in die Ferne. So hatte sie das Gefühl, ihre Tränen besser zurückhalten zu können, die sich gerade abermals und unmissverständlich ankündigten. „Tutto andrà bene – alles wird gut!“, beschwor sie sich leise selbst und vertraute darauf, Zerstreuung in ihrer Arbeit zu finden. Die Werke von Tintoretto, Veronese und Canaletto würden sie gemeinsam mit ihrem Kollegen Vittorio ganz sicher schon bald auf andere Gedanken bringen.

Bellini und Carpaccio hingegen waren bis auf Weiteres ein rotes Tuch, riefen diese doch nur die Erinnerung an Tomaso

und seinen Verrat in ihr wach. Und dennoch dachte Violetta genau über diesen nach, als sie eine Weile später von Bord des Wasserbusses ging und auf das Portal der Gallerie dell'Accademia zuschritt. Hoffentlich hatte dort noch niemand etwas davon mitbekommen, wie es tatsächlich dazu gekommen war, dass ausgerechnet sie eine solche Ausstellung in Mailand hatte kuratieren dürfen. Oder wussten sie hier alle längst Bescheid und tuschelten gleich hinter vorgehaltener Hand miteinander? Allein der Gedanke daran sorgte dafür, dass sich ihr Magen zusammenkrampfte, sie schneller als gewohnt durch die Eingangshalle der Treppe entgegenstrebte und auch ihre morgendliche Begrüßung der Kollegen eher knapp ausfiel.
Erst als Violetta in ihrem Büro angekommen war und die Tür hinter sich geschlossen hatte, blieb sie stehen, atmete durch und legte ihre Tasche auf dem Regal drüben bei ihrem Schreibtisch ab. „Endlich wieder da!“, murmelte sie. Und wie wenn sie wochenlang weggewesen wäre, hielt sie einen Moment lang inne und sah sich versonnen in dem Zimmer um. Hier hatte sich zum Glück nichts geändert. Dieser Raum mit seinen deckenhohen Bücherregalen, dem massiven Tisch und dem inzwischen etwas altersschwachen Drehstuhl war eine vertraute Konstante, die ihr genau jetzt eine gewisse Art von wohltuender Sicherheit gab.
Ihre Arme sodann vor der Brust verschränkend trat Violetta an das Fenster heran und sah mit einem langgezogenen Seufzer nach unten in die Gasse hinaus. Wie kam sie nur schnellstmöglich wieder in die Spur, überlegte sie und fragte sich, ob es an diesem Punkt nicht auch einfach mal galt, sich auf das zu besinnen, was eigentlich wichtig war? Sie war schließlich gesund, hatte einen tollen Job, eine Wohnung mit Blick auf ihre Seelenheimat und die besten Freunde, die man sich nur vorstellen konnte. Dagegen stand lediglich die Tatsache, dass sie wieder Single war und ihr Herz schmerzte sowie Tomasos Vergehen ...
„Das überstehe ich hoffentlich auch … irgendwann“, hörte sie sich selbst sagen und konnte doch nicht verhindern, dass

sich bei dem Gedanken ihre Augen erneut mit Tränen füllten. Die Stirn gegen die Glasscheibe gelehnt, schluchzte sie kurz auf und versuchte anschließend, mit ein paar tiefen Atemzügen wieder zur Ruhe zu kommen.
Zurück an ihrem Schreibtisch holte Violetta aus einer der Schubladen ein Paket Papiertaschentücher hervor, zog eins davon heraus und tupfte sich vorsichtig die Augen damit trocken. Niemand sollte schließlich sehen, in welcher Verfassung sie sich befand; selbst Vittorio nicht, der bestimmt gleich bei ihr vorbeischauen würde. Aus diesem Grund startete sie nun auch eilig ihren Rechner, um es hier aussehen zu lassen, wie an einem ganz normalen Tag. Zur Sicherheit holte sie noch ein paar Papiere aus der Ablage hervor und breitete diese zusätzlich neben sich aus. Alles also wie immer. So hoffte sie jedenfalls, als kurz darauf bereits melodisch an ihre Tür geklopft wurde. Selbstredend war es niemand anderer als ihr Lieblingskollege, der unmittelbar danach seinen Kopf zu ihr hereinsteckte.
„Buon giorno, Vittorio! Schön dich zu sehen!“, rief sie betont fröhlich aus, rollte ein Stück mit ihrem Stuhl vom Tisch weg und sah ihn mit einem breiten Lächeln im Gesicht an. Dieser hob daraufhin grüßend seine Hand. „Buon giorno, Vio! Ich sehe, du bist ebenfalls wohlbehalten in Venedig zurück.“ Er machte ein paar Schritte auf sie zu, ehe er mit erstaunter Miene stehenblieb. „Und wie ich sehe, auch schon wieder voller Tatendrang.“ Bei diesen Worten deutete er auf all die Dokumente, die vor ihr auf dem Tisch lagen, doch Violetta winkte ab. „Na ja, das ist nur die allgemeine Verwaltung, die will ja auch erledigt werden. Ich dachte mir, ich schiebe das jetzt nicht länger auf, damit ich später die Belege gleich noch an die Buchhaltung weiterreichen kann.“
Vittorio trat abermals näher, warf einen Blick darauf und nickte dann bedeutungsvoll. „Da hast du vollkommen recht.“ Stirnrunzelnd streckte er dabei seinen Arm aus, nahm zwei der Blätter und hielt sie Violetta entgegen. „Vor allem über den Fahrplan der Linie 5.1 und dieses …“ Er schaute erneut auf das Papier in seiner Hand, ehe er es wieder vor ihr

auf dem Tisch ablegte. „Dieses Rezept für eine Panettone … darüber werden sie sich in der Buchhaltung sicherlich besonders freuen. Also vorausgesetzt, du backst ihnen dann auch eine.“
Er schürzte grinsend seine Lippen und musterte sie mit forschender Miene, während Violetta überlegte, welche Ausrede nun angebracht war. Schließlich aber gab sie doch klein bei und seufzte mürrisch auf. „Du hast ja recht“, knurrte sie leise und sah verlegen zu Boden. Einen Moment verharrte sie so, weswegen Vittorio sich nun auf die Kante ihres Schreibtischs hockte und mit seiner Hand beruhigend über ihre Schulter strich. „Meine Liebe, was ist denn los? Denn dass du hier gerade versucht hast, mir etwas vorzuspielen, hätte ich selbst ohne Brille erkannt.“ Bei diesen Worten rückte er wie zur Bestätigung das heute zitronengelb lackierte Gestell seiner filigranen Lesehilfe auf der Nase zurecht und sah sie dabei fragend an. Violetta nickte, hob allerdings nur langsam ihren Kopf und überlegte, wie und wo sie eigentlich beginnen sollte.
Reichte es vielleicht schon, falls sie an dieser Stelle allein ihre Wut auf Tomaso zum Besten gab? Wer, wenn nicht Vittorio, würde sie da schließlich verstehen? Endlich richtete sie sich daher nun wieder in ihrem Stuhl etwas auf und begann zu erzählen. Zuerst von der Art und Weise, wie dieser versucht hatte, sie um den Finger zu wickeln, und dann von dem, was er ihr angetan hatte. Je länger sie redete, desto mehr ereiferte sie sich über ihn. „… Dieser … dieser Mistkerl erklärt mir dann eiskalt, dass er das arrangiert hat.“ Sie fuchtelte wild mit den Händen in der Luft herum. „Ein Bewerbungsverfahren hätte es geben sollen. Also eine Art Ausschreibung, an der ich hätte teilnehmen und bei der man sich aufgrund meiner Expertise für mich hätte entscheiden können. Aber was tut dieser Schuft? Er lässt seine Kontakte spielen und bestimmt einfach selbst die Regeln.“
Sie schnaubte voller Entrüstung. „Aber was für mich gerade noch viel schwerer wiegt: Wer weiß alles davon?“ Vittorio sah sie mit hochgezogenen Augenbrauen an, weshalb sie

abermals aufgeregt gestikulierend hinzufügte: „Na ja, in der Kunstakademie werden sie das doch bestimmt mitbekommen haben. Was denken die da jetzt wohl von mir? Also, Signor Bianchi und die anderen. Die werden doch sicherlich wissen, wie es dazu gekommen ist." Die letzten beiden Worte setzte sie dabei mit ihren Fingern in Anführungsstriche. „Ich kann denen doch nie wieder mit reinem Gewissen ins Gesicht sehen. Wie soll das denn dann erst gehen, wenn ich in drei Wochen noch einmal vor Ort bin und da durch den geplanten Themenabend leite?" Sie verstummte und starrte nachdenklich einen Moment lang ins Leere, ehe sie wieder zu ihrem Kollegen aufsah. „Ich sage den am besten ab!"

Vittorio zog skeptisch einen Mundwinkel hoch und legte seine Stirn dabei in Falten. „Vio, meine Liebe! Dramatisierst du da jetzt nicht doch ein wenig zu sehr? Ich meine, so etwas ist in der Regel eher mein Part." Er verlieh seinen Worten bewusst einen theatralischen Klang, was Violetta zumindest den Hauch eines Schmunzelns abnötigte. Dann griff er nach ihrer Hand und umschloss diese fest mit den seinen. „Im Ernst, meine Liebe. Vielleicht war es nicht die feine und korrekte Art von deinem Ex, sich da einzumischen oder dir nicht gleich von Beginn an zu sagen, dass er in gewisser Weise den Kontakt hergestellt hat." „Er hat mich ihnen regelrecht unter die Nase gerieben", korrigierte sie verdrossen, doch Vittorio schüttelte seinen Kopf. „Sie hätten seiner Empfehlung ja nicht folgen müssen und hey, so funktioniert oftmals nun das Geschäft."

Violetta indes zuckte nur mit den Schultern und zeigte sich wenig überzeugt, daher legte er noch einmal nach. „Aber das Wichtigste ist und bleibt doch: Nicht jeder ist einfach so imstande, eine solche Aufgabe zu stemmen und eine Ausstellung dieser Art dermaßen bravourös auf die Beine zu stellen. Wäre dir das nicht gelungen, dann müsstest du dich jetzt vielleicht grämen und dich fragen, was die anderen wohl von dir denken. Aber einen Fürsprecher zu haben war noch niemals ein Vergehen."

Prüfend betrachtete er Violetta, die nach wie vor wie ein Häufchen Elend dasaß und nur zaghaft mit den Schultern zuckte, bevor sie endlich ihren Kopf hob und ihn ansah. „Aber trotzdem …“, murmelte sie, was ihren Kollegen dazu veranlasste, ein wenig genervt mit den Augen zu rollen und ihr sofort ins Wort zu fallen: „Meine Liebe! Dein Ex hätte dich doch da gar nicht ins Spiel bringen müssen und trotzdem hat er es getan, weswegen du nun um einen ruhmvollen Eintrag in deiner Vita reicher bist. Was soll's also? Schon mal darüber nachgedacht?“
Er zog seine Augenbrauen noch ein Stück höher und schaute sie eindringlich über den Rand seiner Brille hinweg an, bis ihm plötzlich etwas einzufallen schien und er schnell auf seine Armbanduhr sah. „Vio, ich kann dir gerne später ein weiteres Mal in aller Ausführlichkeit erklären, dass du dir wirklich keinerlei Gedanken zu machen brauchst und dass du natürlich auch auf gar keinen Fall …“ Er hob mahnend seinen Finger und bemühte sich um einen strengen Ausdruck in seinem Gesicht. „Also, dass du um nichts in der Welt den Thementag dort in Mailand sausen lässt.“ Dann tippte er auf seine Uhr. „Aber jetzt muss ich weiter. Ich werde nämlich leider immer noch nicht für meinen psychologischen Beistand von Lieblingskolleginnen bezahlt.“ Ihr zuzwinkernd rutsche er von ihrem Schreibtisch herunter und wollte gerade gehen, als Violetta nach seiner Hand griff und diese drückte. „Danke dir … auch wenn ich immer noch wegen der ganzen Sache tief enttäuscht bin. Aber ich verspreche dir, mich vielleicht und unter Umständen damit zu arrangieren.“ Vittorio lächelte milde. „Versprich es nicht mir, sondern dir!“, entgegnete er, als er sich endgültig zum Gehen wandte, bei der Tür jedoch erneut stehenblieb und ihr abermals zuzwinkerte. „Mittagessen zusammen?“, erkundigte er sich, was sie mit einem lächelnden Nicken beantwortete.

In den darauffolgenden Tagen und Wochen versuchte Violetta sich indes die Worte ihres Kollegen zu Herzen zu nehmen und ihren Groll gegen Tomaso beizulegen. Doch das war leichter gesagt als getan. Denn immer noch fühlte sie sich von seinem Handeln gekränkt. Nicht nur einmal dachte sie dann darüber nach, wie viel Anteil er zudem an ihrer Trennung von Cristiano trug.

Hätte sie die Einladung aus Mailand nicht erhalten, so wäre es möglicherweise gar nicht erst soweit zwischen ihnen gekommen, redete sie sich ein uns andere Mal ein und erklärte dies ebenso Isabella, die sie des Öfteren besorgt anrief, um sich zu erkundigen, wie es ihr ginge. „Aber hast du mir nicht erzählt, dass sich seine Erwartungen an eine Beziehung wohl auch geändert hatten und er nun vielleicht doch ganz gerne Vater werden würde?“, versuchte diese dann zu vermitteln, was Violetta jedoch nur ungern gelten ließ. „Ja, mag sein, dass er das geschrieben hat, aber weiß ich, ob das stimmt? Schließlich hat er mich vorher bereits angelogen, als er mich noch ‚Amore‘ genannt und den Brief vermutlich längst im Sinn hatte“, protestierte sie und merkte selbst, wie unlogisch ihre Worte im Grunde waren.

Genau das hielt ihr Isabella daher auch vor: „Vio, du weißt, dass du meine allerliebste Freundin bist und ich mich natürlich ausschließlich auf deine Seite stelle, aber in diesem Fall machst du es mir schon ein bisschen schwer. Du musst dir nur mal selbst zuhören. Ja, Tomaso mag sich unklug verhalten haben, indem er über deinen Kopf hinweg eine Entscheidung beeinflusst hat. Aber ist die zu deinem Nachteil gewesen? Nein! Und hat dir das dein netter Kollege … wie heißt er gleich?“ „Vittorio“, half Violetta ihrer Freundin auf die Sprünge. „Richtig! Vittorio … also hat er dir das nicht auch schon gesagt und zudem hinreichend dargelegt, wie unbegründet deine ganzen Sorgen über mögliches Getuschel und so weiter sind?“ Sie machte eine Pause, allerdings nur um kurz Luft zu holen, ehe sie schließlich weitersprach: „Und immerhin hast du es mit deiner Ausstellung geschafft, dass selbst Daniele und ich inzwischen einen Kunstdruck von Carpaccio bei uns im

Esszimmer hängen haben. Diese Begeisterung dafür, die hast du bei uns entfacht, nicht das Bild allein!"
Sie unterbrach sich abermals, nur um dieses Mal damit jedoch den folgenden Worten noch mehr Nachdruck zu verleihen. „Vio, nimm das doch endlich mal an und hör auf, Tomaso weiter nur schlecht zu reden."
Deutlich hörbar atmete Violetta aus. „Jahaa ... ich habe es verstanden", gab sie kleinlaut zurück und gestand sich ein, auch bei dem Themenabend, zu dem sie in der vergangenen Woche erneut nach Mailand gereist war, keine Anzeichen dafür erhalten zu haben, dass irgendwer dort der Meinung gewesen wäre, sie hätte diese Ausstellung zu Unrecht kuratiert. Stattdessen hatte man ihr von all den positiven und begeisterten Rückmeldungen berichtet und darüber hinaus angedeutet, gerne ein weiteres Mal mit ihr zusammenarbeiten zu wollen.

Tat sie nun also wiederum Tomaso unrecht, wenn sie ihm weiterhin vorwarf, unfair und herablassend zu sein. Was soll's, dachte Violetta. Er hatte sich seither sowieso nicht mehr bei ihr gemeldet oder war rein zufällig aufgetaucht. Da war es wohl wirklich das Beste und auch an der Zeit, einen Schlussstrich zu ziehen und die Sache ‚Tomaso' auf sich beruhen zu lassen. Es reichte schließlich schon, dass sie darüber hinaus immer noch damit beschäftigt war, die Trennung von Cristiano zu verarbeiten. Nicht nur einmal hatte sie sich daher vorgenommen, endlich wieder stark und selbstbewusst nach vorne zu blicken und Männer einfach Männer sein zu lassen.
Und doch gestaltete sich dieser Wunsch für Violetta schwieriger als gedacht - ausgerechnet und vor allem, wenn es um Tomaso ging. War es einmal ein überaus wohlwollender Bericht in einem Fachmagazin, der die Zusammenstellung der Ausstellung und ihre damit verbundene Arbeit ausdrücklich lobte, so war es beim nächsten Mal ihr eher zufälliger Besuch genau in dem Café, in das er sie im vergangenen Herbst zum ersten Mal

eingeladen hatte. Jedes Mal erinnerte sich Violetta dann an ihn und stellte missmutig fest, wie sehr sie die Treffen mit ihm doch vermisste. Rein freundschaftlich, verstand sich, und vielleicht auch ein wenig, weil er sie dabei endlich nach all den Jahren ernst zu nehmen schien. Schade also, dass er das mit dieser verdammten Vetternwirtschaft zunichtegemacht hatte.

So oder so ähnlich sann sie hin und wieder darüber nach, wenn sie sich bei dem Gedanken ertappte, wie das Projekt, zu dem er ihren Rat eingeholt hatte, weitergegangen war. Hatte er die Pläne dafür inzwischen bereits präsentiert und wie waren die wohl angekommen?

Und … hatte sie möglicherweise am Ende doch ein wenig zu überzogen an dem Abend dort auf der Dachterrasse des Mailänder Doms reagiert? „Egal!“, brummte sie und blies sich trotzig eine Strähne aus ihrem Gesicht. „Es war sowieso gegen jede Vernunft, dass ich mich überhaupt auf irgendwas mit ihm eingelassen habe. Das funktioniert einfach nicht mit diesem Mann.“

Kapitel 22 - Ein rosaroter Elefant

Abermals verstrichen die Wochen und inzwischen neigte sich bereits der Juli ganz allmählich seinem Ende entgegen. Violetta hatte sich mittlerweile damit abgefunden, wieder Single zu sein. Bisweilen fand sie sogar Gefallen an einem harmlosen Flirt, wenn sie allein oder mit Freunden abends vor einer der unzähligen Bars in der Stadt saß und bei einem Spritz das sommerliche Wetter genoss. Auch Isabella hatte sie nicht zuletzt in den regelmäßigen Telefonaten dazu gedrängt, endlich auf andere Gedanken zu kommen und erneut mehr unter Leute zu gehen. „Du wirst sehen, wie gut dir das tut“, hatte sie ihr gesagt und grinsend hinzugefügt: „Du musst dich dabei ja nicht gleich wieder verlieben!“

Nein, nach Verlieben war Violetta auch weiß Gott nicht zu Mute. Vielmehr genoss sie, was das Leben ihr gerade bot und ließ sich von Vittorio bei einem gemeinsamen Einkaufsbummel sogar zum Kauf von einigen aus ihrer Sicht viel zu gewagten Kleidungsstücken verleiten. „Hab‘ Mut! Liebe dich und das Leben!“, hatte er ihr mit auf den Weg gegeben. Eine Weisheit, die sie zu verinnerlichen versuchte, als sie abends zu Hause ein weiteres Mal in das neu erstandene Kleid schlüpfte, zunächst noch am kurzen Saum herumzupfte und sich schließlich selbstbewusst im Spiegel anlächelte. Mit dem Daumen nach oben zwinkerte sie ihrem Spiegelbild vergnügt zu und spürte, wie glücklich sie war.

Vielleicht hatte es einmal tatsächlich dieses Anstoßes von außen bedurft, um wieder auf den richtigen Weg zu finden, überlegte Violetta, während sie dabei zufrieden registrierte, dass jeglicher Gedanke an Cristiano sie nicht länger zu belasten schien. Die Zeit mit ihm war endgültig Geschichte und so interessierte es sie auch gar nicht weiter, ob sein

Familienwunsch am Ende wirklich ausschlaggebend gewesen und er mit der anderen Frau zusammengekommen war.

Scheinbar unbekümmert war Violetta deshalb auch, als sie an diesem Vormittag mit Vittorio durch die Ausstellungsräume der Accademia schritt. Eine großzügige Leihgabe hatte eine geänderte Anordnung der Gemälde erfordert, zumindest wenn es nach der Einschätzung der beiden Kuratoren ging. Angeregt diskutierten sie daher nun die Vorteile der neuen Gestaltung, bis Vittorio plötzlich innehielt. „Vio, ich weiß nicht, wie es dir geht, aber trotz der Klimatisierung hier drinnen machen mir die Tage mit den schwülen Temperaturen schon etwas zu schaffen und ich bräuchte jetzt dringend mal eine kurze Pause. Wie wäre es also mit einem Abstecher zu der Café-Bar ums Eck?" Amüsiert schürzte die so Angesprochene ihre Lippen. „Ich habe schon sehnlichst auf einen solchen Vorschlag von dir gehofft und bislang gar nicht gewagt, deine blühende Inspiration zu unterbrechen. Daher: Ja, sehr gerne und sofort!"

Gemeinsam machten sich die beiden so auf den Weg und verließen das Museum gleich durch den Hinterausgang. Ein leichter Windzug verschaffte ihnen hier in der schattigen Gasse ein wenig Abkühlung und sorgte auf diese Weise dafür, dass die zwei fast gleichzeitig erleichtert aufatmeten. Violetta lachte. „Ja, das hier ist in der Tat gerade noch ein bisschen besser als unsere wohltemperierten Räume, für die ich unseren Beruf so liebe. Denn wo sonst hast du zu dieser Jahreszeit eine Garantie für ein angenehmes Raumklima?" Vittorio nickte. „Böse Zungen behaupten sogar, dass es Kollegen gäbe, die ausschließlich aus diesem Grunde Kurator geworden wären."

Kaum hatte er geendet, zog er aus seiner hinteren Hosentasche einen Fächer hervor, klappte diesen mit einer kurzen Handbewegung auf und wedelte sich Luft zu. Violetta konnte sich ein belustigtes Schmunzeln nicht verkneifen und folgte ihm sodann in die nächste Calle, die sie direkt zu der Café-Bar führte. Dort angekommen, blieb

Vittorio bei der Tür stehen und sah sie fragend an. „Was nimmst du? Auch einen Kaffee?“, erkundigte er sich und sie nickte. „Ja, und dazu noch ein kleines Wasser, bitte.“ Er tippte sich mit Zeige- und Mittelfinger an seine Stirn und tat, als würde er salutieren, trat dann in den Gastraum ein und an den Tresen heran, wo er ihre Bestellung bei dem Barista aufgab.

Anschließend kehrte er zu Violetta nach draußen zurück, die es sich inzwischen bereits an dem Tisch unter der hellen Markise bequem gemacht hatte. Hörbar seinen Atem ausstoßend setzte er sich auf den Stuhl ihr gegenüber, fächelte sich erneut etwas Luft zu und lehnte sich dann entspannt zurück. Dabei sah er sie mit forschender Miene aufmerksam an. „Wie geht es dir eigentlich?“, fragte er sie unvermittelt und Violetta, die gerade ihre Beine unter dem Tisch ausgestreckt hatte, sah ihn erstaunt an. „Gut … es geht mir soweit gut …“, entgegnete sie, doch Vittorios sensibles Gespür hatte das Zögern in ihrer Antwort durchaus wahrgenommen. „Aber?“, hakte er daher nach, zog eine Augenbraue hoch und sah sie über den rasch hin und her schwingenden Fächer hinweg an.

Sie seufzte. Ihr Kollege kannte sie eindeutig schon viel zu gut, als dass sie ihm irgendetwas hätte vormachen können, deshalb rollte sie nun mit den Augen und sah ihn dann gequält lächelnd an. „Ach, eigentlich sind es nach wie vor die gleichen Dinge, die mich ärgern. Irgendwie bin ich immer noch sauer auf Tomaso, aber inzwischen vor allem auch darauf, dass ich die ganze Sache nicht mit ihm klären kann.“ Vittorio runzelte verständnislos seine Stirn, weswegen sie sich ihm näher erklärte: „Na ja, ich habe mir deine Worte schon zu Herzen genommen und deswegen ja auch eingesehen, dass meine Reaktion ihm gegenüber wohl ziemlich kindisch und unreif war.“ Ein amüsierter Zug umspielte nun die Lippen ihres Kollegen, als er ihr weiter zuhörte. „Da er sich jetzt aber hier auch gar nicht mehr blicken lässt, kann ich das nicht mit ihm klären und das regt mich halt auch irgendwie auf.“ Sie machte eine kurze Pause, da nun der Wirt aus der Tür der Café-Bar zu ihnen heraus und an ihren Tisch kam. Mit einem freundlichen Nicken stellte er darauf die beiden Tassen Kaffee sowie eine Flasche Mineralwasser mit zwei Gläsern ab. „Prego!“, murmelte er und zog sich danach sofort wieder in den kühleren Innenraum zurück.

Vittorio nahm derweil ein Zuckertütchen zur Hand, riss es auf und gab die Hälfte des Inhalts in seine Tasse, ehe er gründlich und länger als nötig umrührte. Dabei ruhte sein Blick allerdings unentwegt auf Violetta, die gerade vorsichtig an ihrem Kaffee nippte. „Herzchen, ach herrjeh, bist du auf einmal kompliziert. Pardon, wenn ich das so sage, aber so kenne ich dich nun mal gar nicht. Gibt es da also einen weiteren Grund?“

Erstaunt sah sie ihn mit fragender Miene an. Er jedoch ließ sich noch etwas Zeit, bevor er fortfuhr: „Na, hör dir doch nur mal selbst zu: Du bist enttäuscht, dass er den Deal in Mailand eingefädelt hat und der Meinung, dass er dir deswegen nichts zutraut. Gut! Also, nicht gut, aber dazu später.“ Ehe er weitersprach, trank er einen Schluck, stellte die Tasse danach wieder ab und fügte abermals etwas Zucker hinzu. „Dann, nachdem du ihm, wie ich annehme, eine Szene vom Feinsten gemacht hast und Hals über Kopf weggerannt bist, wundert es dich jetzt, dass er nicht mehr nach Venedig kommt, damit du das Ganze dann doch mit ihm klären … oh, noch mal pardon … damit du ihm die ganze Chose ein weiteres Mal unter die Nase reiben kannst? Vio, du weißt, dass du meine Lieblingskollegin bist und ich dich von Herzen liebe, aber an der Stelle bin ich dann doch froh darum, dass Männer da anders sind.“

Nun war es Violetta, die belustigt ihre Lippen spitzte und ihn mit hochgezogenen Augenbrauen ansah. „Das musst du gerade sagen! Ich erinnere mich nur zu gut daran, wie es wegen eines vertauschten Karneval-Kostüms und der daraus entstandenen pikanten Situation auch bei dir, oder besser euch, schon einmal zu allerlei Turbulenzen gekommen ist.“ Sie lachte bei dem Gedanken, bemerkte jedoch, wie

unangenehm ihrem Gegenüber die Erinnerung daran zu sein schien und verstummte daher, obwohl das Grinsen in ihrem Gesicht noch ein wenig blieb. „Ach komm, Vio, das war doch etwas ganz anderes und überhaupt … Nein, im Ernst: Interessiert dich Tomaso?“
Perplex sah Violetta ihn mit großen Augen an und wollte bereits energisch den Kopf schütteln, als Vittorio mit bohrender Miene seine Hand hob und ihr damit Einhalt gebot. „Überlege dir deine Antwort gut!“ Ihre Lider senkend, dachte sie nach und zuckte unschlüssig mit den Schultern. „Ich weiß auch nicht. Kann schon sein, dass ich die Treffen mit ihm am Ende gar nicht so schlecht fand und mir sein Interesse an meiner Arbeit durchaus geschmeichelt hat. War halt nicht immer so.“ Sie verschränkte die Hände in ihrem Schoß und starrte einen Moment lang darauf, ehe sie schließlich weitersprach: „Und dann denke ich wiederum daran, wie weh wir uns damals getan haben und es auch in den Jahren danach genug gute Gründe gab, warum wir jeglichen Kontakt vermieden haben.“
Sie seufzte, griff nervös nach ihrer Tasse, als wenn sie nun etwas brauchte, an dem sie sich festhalten konnte, als Vittorio sich nun über den Tisch zu ihr hinüberbeugte, um ein wenig leiser reden zu können. „Und trotzdem denkst du ebenso daran, wie gut der Sex mit ihm war“, wisperte er provokant und grinste, während Violetta die Farbe zunächst aus dem Gesicht wich, ehe die Röte anschließend spontan übernahm. Dies bemerkend hielt auch er betreten inne. „Ähm, habe ich da was Falsches gesagt?“, fragte er sie und sah sie erschrocken an. „Tut mir leid. Ich hatte eigentlich gerade nur einen meiner dummen Sprüche machen wollen, um dich ein wenig aus der Reserve zu locken und dein herrliches Augenrollen zu sehen.“
Sie starrte indes verlegen zu Boden und knetete nervös ihre Hände. Wenn er wüsste, ging es ihr dabei durch den Kopf. Denn öfter als ihr lieb war, dachte sie in der letzten Zeit an die zugegeben unfreiwillig gemeinsam verbrachte Nacht zurück und an seine Worte, als er sie zum ersten Mal hier

aufgesucht hatte. „… Und trotzdem fand ich sie unbeschreiblich“, hatte er diese kommentiert. Ein Satz, der es seitdem nicht nur einmal in ihre Träume geschafft und sie danach bestürzt hatte aufschrecken lassen.
So, wie halt auch Vittorios Bemerkung eben. Immer noch betrachtete er Violetta aufmerksam, streckte seine Hand nach der ihren aus und streichelte sanft darüber. „Schon gut … lass uns das Thema einfach ad acta legen. Aber falls du mal mit jemandem reden möchtest, der sich mit Männern auskennt, dann wende dich gerne vertrauensvoll an mich.“ Er zwinkerte ihr zu und schaute sie kokettierend an. Und selbst wenn er es mit diesen Worten gar nicht beabsichtigt hatte, so brachte er sie trotzdem genau damit nun zum Lachen. „Vittorio! Was täte ich nur ohne dich und deine unnachahmlich liebenswürdige Art.“ Er stimmte in ihr Gelächter mit ein, tat dann aber todernst und raunte ihr hinter vorgehaltener Hand zu: „Nur für dich! Ansonsten ruiniert so etwas nämlich eher meinen Ruf!“

Am darauffolgenden Wochenende dachte Violetta zum wiederholten Male an dieses Gespräch mit ihrem Kollegen zurück. Er hatte in der Tat ein ganz besonderes Gespür für die Dinge, die man am liebsten unausgesprochen ließ, nur um danach zu erkennen, wie gut es doch tat, sich manchmal einem Außenstehenden anzuvertrauen. Aber heute stand ihr der Sinn nicht nach Grübelei.
Bereits früh am Morgen war sie aufgestanden, hatte ihre große Badetasche gepackt und war rüber an den Strand gegangen. Sie hoffte darauf, dass dort der Wind ihre Gedanken rund um Tomaso einfach fortblasen oder die bedächtig anrollenden Wellen diese mit sich wegtragen würden. Doch genau das Gegenteil war der Fall.
Die morgendliche Stille auf dem muschelbesetzten Sand sorgte erst recht dafür, dass sie keine Ruhe finden konnte. Auf ihrer ausgebreiteten Decke hockend starrte sie versonnen in die Ferne und ließ dabei langsam den trockenen Sand durch ihre Finger zu Boden rieseln.

Währenddessen wünschte sie sich nichts mehr, als endlich Gewissheit über ihre Gefühle zu erlangen. Denn obgleich sie gerne abgestritten hätte, dass Vittorio mit seinen Mutmaßungen einmal nicht richtig lag, lehrte sie die Realität doch etwas anderes. Immer wieder kreisten ihre Gedanken in der vergangenen Zeit um Tomaso und die Frage, was ihre Begegnungen seit dem letzten Sommer in ihr ausgelöst hatten.

Schließlich streckte sich Violetta auf ihrer Decke aus und schaute in den nahezu wolkenlosen Himmel empor. Ihre Augen schirmte sie dabei mit der Hand gegen das gleißend helle Licht der stetig höher steigenden Julisonne ab. Wie viel unkomplizierter ihr Leben doch vor alldem gewesen war, überlegte sie gerade noch, als sie leise den Klingelton ihres Handys aus ihrer Strandtasche vernahm.

Geschwind zog sie diese daher nun zu sich heran und fischte in deren Tiefen nach dem kleinen Gerät, bis sie es schließlich in der Hand hielt und ohne auf das Display zu schauen, den Anruf entgegennahm. „Pronto", meldete sie sich darum nur und wurde sogleich von der fröhlichen Stimme Isabellas begrüßt. „Buon giorno, meine Liebe! Alles gut bei dir?" „Ja, danke, mir geht's gut. Ich hoffe, euch ebenso?", antwortete sie und strich dabei eine umherwirbelnde Haarsträhne hinter ihr Ohr. „Ja, bei uns ist alles bestens, aber ich habe mir gedacht, ich nutze die Zeit, während Daniele auf dem Markt ist, um für das Wochenende einzukaufen, und horche einfach mal, wie es bei dir ausschaut. Hast du inzwischen wieder mehr unternommen, so wie ich es dir bei unserem letzten Gespräch geraten habe?"

Violetta schmunzelte kopfschüttelnd. „Ah, daher weht der Wind. Du bist neugierig, ob ich möglicherweise jemanden kennengelernt habe. Stimmt's, Isa?" Ihre Freundin tat unschuldig. „Aber nein, so meinte ich das gar nicht. Also, nicht nur … ähm, gibt es denn jemanden?", hakte sie wissbegierig nach und erntete dafür einen langgezogenen Seufzer. „Nein, den gibt es nicht und den will und brauche ich auch gerade gar nicht. Ich habe das mit Cristiano erst vor

Kurzem abgeschlossen. Da steht mir der Sinn sowieso erst mal eher nach Mädelsabenden oder einem ausgedehnten Kaffee mit Vittorio."

Isabella lachte. „Oh ja, Mädelsabende sind definitiv gerade in deiner Situation ein Muss und auch sonst die beste Medizin." Sie machte eine kurze Pause, ehe sie unnötigerweise etwas leiser weitersprach: „Und wie geht es dir bezüglich Tomaso? Ich meine, ich hatte dich da beim letzten Mal schon richtig verstanden, dass du ihm die Sache nicht mehr ganz so übel nimmst, oder?" Violetta dachte nach, während sie die Finger ihrer freien Hand im lockeren Sand vergrub und mit den Fingerspitzen über die Konturen der Muscheln darunter strich. Schließlich räusperte sie sich. „Ach Isa, was soll ich sagen? Seit Mailand haben wir uns ja ohnehin nicht mehr gesehen ..."

„Und warum telefoniert ihr dann nicht einfach mal?", fiel Isabella ihr ins Wort, doch Violetta schüttelte ihren Kopf. „Nein, das haben wir erstens die ganze Zeit nicht getan und zweitens habe weder ich seine, noch hat er meine private Nummer", erklärte sie ein wenig störrisch, was ihre Freundin ungläubig kichern ließ. „Im Ernst? Ihr verabredet und trefft euch ein paar Mal und habt dabei nie die Telefonnummern ausgetauscht? Also, wenn es daran liegt, kann ich das gerne ändern." Aber Violetta lehnte rigoros ab. „Nein, Isa, schon gut! Ich meine … ich möchte das nicht. Weißt du, wir haben uns nach all den Jahren ganz langsam einander angenähert. Und genau so fühlte es sich richtig an. Da erschien es mir zudem zu privat, seine Nummer zu haben. Eben auch wegen Cristiano. Du weißt schon. Jedenfalls kam es Tomaso ebenso wenig in den Sinn und daher denke ich, dass auch er seine Gründe dafür hat."

Isabella schwieg einen Moment und seufzte dann. „Und jetzt belasst ihr es also dabei, dass ihr auf eine gewisse Weise wieder zerstritten seid wie eh und je? Schade eigentlich", bemerkte sie und horchte auf als ihre Freundin, ein kaum hörbares „Finde ich auch", von sich gab. Deshalb hakte sie eilig nach: „Wie meinst du das?" Doch vorerst erntete sie

nichts als Stille. Violetta fiel es schwer, die Gefühle, die sie bewegten, in geeignete Worte zu packen und daher stockte sie noch einen Augenblick.
„Isa, kennst du diesen Spruch: Versuch mal nicht an einen rosaroten Elefanten zu denken? Prompt siehst du den überall. Und so in etwa komme ich mir inzwischen auch vor. Immer wieder bemühe ich mich darum, nicht an ihn und die ganze Sache in Mailand zu denken und doch passiert es laufend, dass ich eben genau daran erinnert werde." Isabella gluckste. „Dann ist Tomaso also jetzt dein rosaroter Elefant. Lustige Vorstellung."
Die beiden Frauen kicherten, bis Violetta erneut ernst wurde und ihrer Freundin gegenüber auch keinen Hehl aus der Widersprüchlichkeit ihrer Emotionen machen wollte. „So sehr ich mich dagegen sträube, interessiert es mich halt doch, was aus dem Projekt geworden ist, zu dem er meinen Rat gewollt hat." Sie zuckte mit den Schultern, nahm abermals eine Hand voll Sand und ließ ihn anschließend wieder langsam durch ihre Finger zu Boden rieseln. „Ganz davon abgesehen, dass es ja vielleicht doch Redebedarf zu seiner Aktion mit der Ausstellung gibt, oder dazu, wie ich darauf reagiert habe." Sie hielt kurz inne, ehe sie weitersprach: „Und dann wieder frage ich mich, warum und was mir das letztendlich bringen würde."
Sie hörte, wie sich Isabella am anderen Ende der Leitung leise räusperte. „Ruhe und Klarheit, denke ich." Sie wartete einen Moment ab, doch Violetta blieb stumm, daher wiederholte sie mit ruhiger Stimme ihren Rat: „Vio, ich denke, es täte nicht nur dir gut, wenn ihr beide euch aussprechen würdet. Ich habe irgendwie das Gefühl, da steht sehr viel Unausgesprochenes zwischen euch. Egal, ob ihr vielleicht noch einmal so etwas wie Freunde werden könnt oder auch nicht. Ihr solltet um eurer selbst Willen versuchen, Ruhe und Klarheit zu finden. Du eben für dich und er auch für sich!"

Kapitel 23 - Schattensprünge

Müde rieb sich Violetta ihre Augen, schob mit ihren Füßen die Decke ein Stück zurück und sah in Richtung des Fensters hinüber. Noch hielten die langen und dichten Vorhänge dort das Sonnenlicht von ihrem Schlafzimmer fern, und nur ein schmaler Strahl fiel auf den Boden vor ihrem Bett. Gähnend betrachtete sie versonnen die winzigen Staubpartikel, die darin munter zu tanzen schienen, streckte dann ihre Arme in die Höhe und versuchte so, die restliche Müdigkeit aus ihren Gliedern zu bekommen. Dennoch dauerte es noch einige Minuten, bis sie so weit war und die Decke komplett zurückschlug, sich mühsam hochstemmte und ihre Beine über die Bettkante schwang. „Gut, dass heute Sonntag ist und niemand etwas von mir will", wisperte sie, angelte mit ihren Fußspitzen nach ihren Hausschuhen und schlüpfte dann hinein.

Bevor sie sich jedoch erhob, streckte sie abermals ihre Arme zur Seite aus und ließ dabei ein unverständliches sowie gedehntes Brummen hören. Der gestrige Abend mit ihrer Freundin war schlichtweg zu lang gewesen und dennoch hatte sie ihn ausgiebig genossen. Erst ins Kino, anschließend in die Weinbar, hatte das Programm gelautet, wobei Violetta darauf bestanden hatte, den Film aussuchen zu dürfen. Nicht auszudenken, was sie getan hätte, wenn sie vielleicht sogar ein Beziehungsdrama oder ähnliches auf der Leinwand hätte ertragen müssen. Nein, nach allem, was sie in den letzten Wochen und Monaten erlebt hatte, wäre das wahrlich nicht der Stoff gewesen, aus dem ihre Entspannung gemacht war.

Violetta hielt sich die Hand vor ihren abermals weit geöffneten Mund, stand auf, ging zum Fenster und zog die bodenlangen Gardinen beiseite. Blinzelnd brauchte sie einen Moment, um sich an die Helligkeit zu gewöhnen. Dann

öffnete sie jedoch einen der Flügel, beugte sich vor und stützte sich mit beiden Händen auf dem Fensterbrett ab, um einen Blick hinab in den Garten zu werfen.
Dabei stieg ihr sogleich der mandelartige Duft einer Klematis in die Nase, die neben ihrem Fenster an der Hauswand emporrankte. Genüsslich sog sie diesen ein, wie auch all die übrigen ihr entgegenströmenden Aromen des Sommers und schloss einen Moment lang ihre Lider. Doch genau dieser wohlriechende Duft war es eben wohl, der noch ganz andere Eindrücke in ihr weckte. Es waren Bilder, die sie nicht zuletzt an das Wochenende am Gardasee im vergangenen Jahr erinnerten und daran, was ihr sowohl Isabella als auch Vittorio erst kürzlich und mit einem gewissen Nachdruck geraten hatten: Noch einmal mit Tomaso reden.
Violetta indes tat sich schwer. War es am Ende nicht doch besser, alles einfach auf sich beruhen zu lassen? Denn warum erneut etwas aufwühlen, worüber das Gras gerade zu wachsen begonnen hatte?
Sie wandte sich wieder vom Fenster ab und beschloss, zunächst einmal zu duschen. Also ging sie ins Bad, machte sich dort fertig für den Tag und zog sich anschließend an. Doch selbst als sie danach in der Küche einen Kaffee in der kleinen Mokkakanne zubereitete, kam sie nicht umhin, sich einzugestehen, dass sich dieses Thema leider nicht einfach so abschütteln ließ.
Lag es am Ende vielleicht wirklich daran, dass Tomaso ihr endlich die Wertschätzung entgegenbrachte, nach der sie sich damals gerade von ihm so sehr gesehnt hatte? Ratlos biss sich Violetta auf ihre Unterlippe und stemmte dabei unschlüssig die Hände in die Hüften. War es also möglicherweise doch das Beste, über ihren eigenen Schatten zu springen und Tomaso noch einmal aufzusuchen? Je länger sie sich mit dem Gedanken beschäftigte, desto mehr wich in ihr das ‚Warum überhaupt' und machte dem ‚Was vergebe ich mir dabei' Platz. Mulmig war ihr deshalb allerdings schon.

Derart mulmig, dass sie spontan beschloss, den gerade gefassten Plan gleich am nächsten Tag in die Tat umzusetzen, um es sich bloß nicht noch einmal anders zu überlegen. „Was ich hinter mir habe, ist wenigstens geschafft", flüsterte sie und trat mit ihrer Tasse Kaffee sowie einer Packung Gebäck auf die Terrasse heraus.
Nachdem sie dort eine Weile später ihr Frühstück beendet hatte, holte sie das Notebook aus ihrem Arbeitszimmer hervor und kehrte nach draußen unter den Sonnenschirm zurück. Zunächst rief Violetta die Seite mit den Bahnverbindungen auf. Möglichst früh wollte sie unterwegs sein und wählte daher einen der ersten Züge am kommenden Morgen aus. Es folgte das Hotel für eine Nacht sowie zu guter Letzt eine kurze Mitteilung an Vittorio. Was der wohl dachte, wenn er die Nachricht las, dass sie sich spontan zwei Tage frei nahm? Mehr verriet sie ihm jetzt in den wenigen Zeilen nicht.
Das würde sie nach ihrer Rückkehr nachholen und seine Neugier dann wie gewohnt bei einer Tasse Kaffee in der kleinen Bar stillen, in der sie auch sonst gemeinsam einkehrten. Aber was genau würde sie ihm da wohl berichten können? Ein wenig unsicher war sie schon und richtete ihren Blick gedankenversunken auf das Motorboot, welches in diesem Moment den Garten vor ihrer Terrasse passierte und das Wasser dabei gehörig aufwühlte. In etwa so fühle ich mich auch gerade, dachte Violetta noch, als sie erst dem Schiff hinterher und dann zu der für sie so magischen Skyline Venedigs hinüberblickte, deren Anblick ihr schon häufig Ruhe und Beständigkeit vermittelt hatte. Zwei Dinge also, die sie jetzt dringend brauchte.

Doch zumindest von der Ruhe war am darauffolgenden Vormittag nur wenig übriggeblieben. Stattdessen spürte sie, wie die Anspannung in ihr mit jedem Bahnhof, den sie in Richtung Mailand passierten, größer zu werden schien. Bislang hatte sie nämlich nicht einmal eine Idee, wie sie es dort an ihrem Ziel eigentlich anstellen sollte, Tomaso zu

treffen. Lediglich die Adresse seines Büros hatte sie daheim noch schnell aus dem Internet herausgesucht. Doch würde er überhaupt da sein, geschweige denn Zeit für sie haben oder haben wollen? All diese Sorgen und Bedenken kreisten nun in ihrem Kopf und nur der Blick hinaus auf die vorbeifliegende Landschaft ließ sie dann und wann ein wenig Ablenkung finden.
„Gar nicht meine Art … eigentlich“, murmelte sie leise, während sie fest den Griff ihrer Handtasche auf dem Schoß umklammerte und darüber nachsann, wie gut organisiert und vorbereitet sie ansonsten doch stets war. So wie halt auch Mitte Mai, als sie zu der Eröffnung ihrer Ausstellung unterwegs gewesen war. Der Veranstaltung eben, mit der das ganze Dilemma für sie begonnen hatte und welches sie nun zumindest für sich gerne klären wollte.
Inzwischen hatte der Zug bereits Brescia hinter sich gelassen und es war nur noch rund eine halbe Stunde, bis Violetta ihr Ziel erreichte. Geschwind zog sie deshalb nun die kleine Puderdose aus dem Innenfach ihrer Tasche hervor, öffnete sie und warf einen prüfenden Blick in den darin befindlichen Spiegel. Die sommerliche Wärme hatte ihre Wimperntusche etwas verlaufen lassen und so tupfte sie nun vorsichtig mit der Fingerspitze über ihr Lid. Anschließend klappte sie die Dose wieder zu und ließ sie zurück in ihre Tasche gleiten. Ein Fächer wäre jetzt recht, ging es ihr durch den Kopf und so dachte sie unweigerlich an Vittorio.
Ob er an ihrer Stelle einen Plan parat hätte? Sicher hätte er den! Ihr Kollege schien immer einen zu haben und Violetta wünschte sich insgeheim, ihn als eine Art Stichwortgeber an ihrer Seite zu wissen. „Unsinn!“, presste sie schließlich leise hervor und fuchtelte mit der Hand vor ihrem Gesicht herum, als wenn sie den Gedanken an ihn verscheuchen wollte. „Ich werde das schon ganz allein schaffen. Ich bin eine starke Frau und brauche vor nichts Angst zu haben!“, sprach sie sich selbst Mut zu und hoffte, ihren eigenen Worten später auch gerecht zu werden.

Unruhig schaute sie dennoch weiter alle paar Minuten auf ihre Uhr und wusste nicht, ob es durchweg Erleichterung war, die sich bei ihr einstellte, als über die Lautsprecher die baldige Ankunft in Mailand verkündet wurde. Für einen Moment schloss sie ihre Augen und sammelte sich, ehe sie schließlich aufstand, den Riemen ihrer Handtasche schulterte und die kleine Reisetasche von der Ablage herunterzog. Den Griff dieser fest umklammernd ging Violetta langsam zum Ausstieg vor und wartete dort darauf, dass der Zug am Bahnsteig zum Stehen kam.
Dieses wünschte sie sich derweil ebenso für ihre Gedanken – einfach wenigstens für einen Augenblick zur Ruhe kommen. In denen legte sie sich nämlich längst die Worte zurecht, die sie vorhatte Tomaso zu sagen, und doch fiel es ihr nach wie vor schwer. Eine Entschuldigung sollte es schließlich keinesfalls werden und auch eine Rechtfertigung nicht. Alles, was sie wollte, war ihm ihr Handeln zu erklären.
Dann endlich quietschten die Bremsen ein letztes Mal und Violetta trat samt ihrem Gepäck in die schwül-warme Luft des Bahnhofs hinaus. Augenblicklich stockte ihr für einen Moment der Atem. „Das macht es mir jetzt auch nicht gerade leichter“, seufzte sie, raffte sich jedoch rasch auf und strebte zusammen mit all den anderen Reisenden dem Ausgang entgegen.
Zu ihrer Freude war das Taxi, welches sie davor bestieg, gut klimatisiert und so sank sie regelrecht auf dem Polster im Fond dahin. Die kühle Luft schien dabei auch eine beruhigende Wirkung auf ihr Gemüt zu haben und so gelang es ihr, sich während der Fahrt zumindest ein wenig von dem abzulenken, was sie sich für die nächsten Stunden vorgenommen hatte. Schneller jedoch als gedacht und ihr lieb war, bremste der Fahrer den Wagen auch schon wieder ab, bog in die kleine Seitenstraße ein und schaute sie durch den Rückspiegel hindurch an. „Alora, Signora, da wären wir!“, erklärte er lächelnd und hielt direkt vor dem Eingang des Hotels an.

Wenig später hatte Violetta dort eingecheckt und ihr Zimmer bezogen. Mit einem flauen Gefühl im Magen stand sie nun vor dem Spiegel in dem kleinen Bad und starrte sich darin an. Einen Augenblick lang dachte sie noch einmal darüber nach, was sie hier überhaupt tat und straffte dann ihre Schultern. „Ruhe und Klarheit finden – so hat es Isa doch formuliert“, beantwortete sie sich diese Frage selbst und drehte das kalte Wasser auf, welches sie anschließend eine Weile über ihre Handgelenke laufen ließ.
Gerne wäre sie genau so dort noch sehr viel länger stehengeblieben, doch jetzt war es wichtiger, den Plan, den sie kurz zuvor gefasst hatte, in die Tat umzusetzen. Also stellte sie das Wasser wieder ab, schüttelte ihre Hände und fuhr sich mit den feuchten Fingern ein paar Mal durch ihr Haar. Würde nachher wirklich alles so funktionieren, wie sie es sich ausgedacht hatte? Rasch warf sie dafür einen Blick auf ihre Uhr. Mittlerweile war es kurz nach elf. Wenn sie sich also sofort auf den Weg zu Tomasos Büro machte, würde sie ihn dort hoffentlich noch vor seiner Mittagspause abpassen und könnte ihm vorschlagen, diese gemeinsam zu verbringen. Ob er sich wohl darauf einließ?
Abermals atmete Violetta tief durch, bevor sie dann ins Schlafzimmer zurückkehrte und aus der zuvor dort auf dem Bett abgestellten Handtasche ihr Handy hervorzog. Es mit einem Fingerwisch entsperrend tippte sie sogleich auf ihre Kontakte, in denen sie gestern Abend noch die Adresse seines Büros abgespeichert hatte. Nun galt es also, schoss es ihr durch den Kopf, als sie diese halblaut vorlas und währenddessen ein unangenehmes Kribbeln in der Magengegend spürte. „Egal!“, fügte sie leise hinzu. „Ich mache das jetzt, werde über meinen Schatten springen und ihm erklären, was mich bewegt.“
Ein letztes Mal warf Violetta noch einen prüfenden Blick in den Spiegel neben der Tür und war dann auch schon unterwegs. Eigentümlich schwer erschien ihr dabei anfangs jeder Schritt, und doch mischte sich in das mulmige Gefühl ebenso die Hoffnung auf die von Isabella beschworene

Klarheit. Klarheit darüber, warum Tomaso sich überhaupt eingemischt hatte und ob er nach wie vor der Meinung war, es ginge nicht ohne ihn.

„Schade wäre das eigentlich schon“, wisperte sie nachdenklich, als sie inzwischen auf der gegenüberliegenden Straßenseite des Gebäudes angekommen war, in dem sich die Geschäftsräume seines Architekturbüros befanden. Versonnen wanderte ihr Blick an der eindrucksvollen Fassade empor. Ein Büro genau hier in der Nähe des Mailänder Doms zeugte definitiv von Erfolg und Einfluss, ging es ihr dabei durch den Sinn und sie umklammerte den Riemen ihrer Handtasche gleich noch ein wenig fester.

Einschüchtern ließ sie sich davon jedoch nicht, schaute nach links und dann nach rechts, als sie die Straßenbahn bemerkte, die sich ratternd näherte. Also wartete sie ab, bis diese an ihr vorübergefahren war, ehe sie mit schnellen Schritten die Straße überquerte und vor dem Eingang stehenblieb.

Dort überflog sie geschwind die Firmenschilder an der Wand, bis ihr der elegante Schriftzug Lombardi regelrecht ins Auge stach. „Ganz oben …“, murmelte sie noch und spürte so kurz vor ihrem Ziel ihr Herz laut bis zum Hals schlagen, als sich auch schon die Tür neben ihr öffnete und ein Mann raus auf die Straße trat. Ohne sie zu beachten, eilte er davon. Violetta hingegen sah darin ein Zeichen, machte einen beherzten Schritt nach vorn und presste die Tür auf, bevor sie wieder zurück ins Schloss fallen konnte. Nun stand sie also immerhin schon mal im Eingangsbereich des Gebäudes, sah sich um und entdeckte so auch weiter hinten die Aufzüge, auf die sie geradewegs über den blank geputzten Marmorboden zuschritt. Davor angekommen blieb sie stehen, drückte den Knopf und bemerkte erst jetzt, während sie auf den Lift wartete, wie wohltuend kühl es hier im Gegensatz zu draußen war. Fast so angenehm wie daheim in der Accademia dachte sie, als auch schon die Türen des Fahrstuhls vor ihr aufsprangen und sie diesen betrat.

Noch einmal die Schilder dort neben den Knöpfen überfliegend wählte sie schließlich den für das oberste Stockwerk, schloss kurz ihre Augen und hielt inne, als sie sanft immer weiter nach oben getragen wurde. Jetzt gab es also kein Zurück mehr. … Außer natürlich, Tomaso wäre gar nicht da, doch daran wollte sie nicht denken.
Ein kurzes, sanftes Ruckeln, dann stand der Lift still und die Türen öffneten sich. Violetta trat heraus und fand sich direkt vor einem eleganten Empfangstresen wieder, hinter dem eine junge Frau angestrengt in ihren Computer blickte. Lächelnd wandte sich diese ihr nun zu und gab ihr mit einer knappen, aber höflichen Geste zu verstehen, dass sie einen Moment warten solle. Violetta indes lief da bereits ein eiskalter Schauer über den Rücken. Die rotbraunen Locken der Empfangssekretärin, ihre sehr schlanke Statur, das alles erinnerte sie an Elisabetta Rossini. Lediglich ihr Alter sprach dagegen, dass sie es wirklich war, aber ansonsten glich ihr Typ haargenau der Frau, mit der Tomaso sie damals betrogen hatte.
Ungläubig starrte sie diese daher an und zuckte zusammen, als sich genau jene nun zu ihr umdrehte und sie mit freundlicher Stimme ansprach: „Buon giorno, Signora. Was kann ich für Sie tun? Haben Sie einen Termin?“ Violetta presste ihre Lippen aufeinander und schüttelte ihren Kopf. Es kostete sie Überwindung, dieses Ebenbild ihrer ehemaligen Rivalin überhaupt anzusprechen. Spring auch jetzt über deinen Schatten, Vio, und reiß dich zusammen, ermahnte sie sich stumm und trat an den Tresen heran.
„Buon giorno, Signora! Nein, einen Termin habe ich nicht, aber ich würde trotzdem gerne mit Signor Lombardi sprechen, wenn das möglich wäre,“ entgegnete Violetta und knete dabei nervös ihre Hände. Die Assistentin seufzte kurz auf, zog ihre Augenbrauen nach oben und wollte gerade zum Telefonhörer greifen, als sich just in diesem Moment durch den Flur hinter ihr Schritte näherten. Sekunden später bog auch schon Tomaso um die Ecke und rief ihr

augenzwinkernd zu: „Giustina, das Meeting mit Giancarlo habe ich eben verschoben, wir könnten also …"
Erst jetzt bemerkte er Violetta, die da vor dem Empfangstisch stand und stockte, weswegen seine Sekretärin sogleich zu einer Erklärung ansetzte: „Tomaso, die Signora hier würde dich gerne sprechen. Daher wollte ich dich gerade anrufen und nachfragen, ob …" Doch da fiel er ihr bereits ins Wort. „Ist schon in Ordnung", murmelte er. Die Hände in seinen Hosentaschen vergraben, kam Tomaso auf Violetta zu, blieb dann vor ihr stehen und musterte sie kühl. „Um was geht es?", fragte er reserviert und die so Angesprochene spürte, wie sich ihr angesichts seiner distanzierten Art der Magen zusammenkrampfte. Nicht, dass sie eine überschwängliche Begrüßung erwartet hätte, aber zumindest auf ein normales ‚Hallo' hatte sie gehofft.
Verlegen senkte Violetta daher zunächst ihren Blick, besann sich dann jedoch und streckte ihren Rücken. „Ich wollte dich fragen, ob wir vielleicht miteinander reden könnten", brachte sie schließlich mit gefasster Stimme hervor, doch Tomaso verzog keine Miene, weswegen sie rasch noch hinzufügte: „Ich meine, natürlich nur, wenn es deine Verpflichtungen zulassen."
Wie gerne hätte sie an dieser Stelle der jungen Frau hinter dem Tresen einen Blick zugeworfen, um ihm zu zeigen, auf wen genau sie mit dieser Bemerkung anspielte, verkniff es sich allerdings, um nicht für unnötige Missstimmung zu sorgen. Tomasos Züge wirkten da immer noch wie versteinert, bis er endlich zumindest eine Augenbraue nach oben zog. „Aha …", antwortete er tonlos und war es nun selbst, der zu Giustina hinübersah. „Wir holen unser …", er zögerte kurz, überlegte und vervollständigte erst dann den Satz: „… unser Meeting … das holen wir nach." Der Assistentin war die Missbilligung ins Gesicht geschrieben, dennoch blieb sie ruhig. „Claro, ganz wie du meinst", flötete sie schließlich und widmete sich anschließend erneut den E-Mails in ihrem Postfach.

Nachdem Tomaso einen Blick auf seine Armbanduhr geworfen hatte, sah er wieder zu Violetta hinüber, die immer noch wie angewurzelt dort beim Empfangstresen stand und dachte nach. Wie um alles in der Welt sollte er nur mit ihrem plötzlichen Erscheinen hier umgehen und vor allem, was wollte er ihr sagen? In den zurückliegenden Wochen hatte er sich oft genug mit dem, was sich zwischen ihnen beiden zu entwickeln begonnen hatte, befasst. Aber jedes Mal war es nicht zuletzt die Erinnerung an den Abend auf dem Dach des Doms gewesen, die ihn schließlich zu der Einsicht gebracht hatte, die Sache doch lieber auf sich beruhen zu lassen. Manche Dinge waren nun mal unveränderlich und Violettas Starrsinn gehörte wohl eindeutig dazu.
Zudem mangelte es ihm ohnehin nicht an weiblicher Zuneigung und gerade Giustina zeigte sich mehr als erfreut, weil er sich nun endlich wieder öfters ihren Reizen widmete.
Doch jetzt stand Violetta auf einmal da und brachte damit nicht nur seine Gedanken durcheinander. Sollte er sie vielleicht zunächst in sein Büro bitten? Nein, das war vermutlich keine gute Idee, nachdem sich Giustina neuerdings angewöhnt hatte, ihre Handtasche genau dort zu deponieren. Natürlich nur aus Sicherheitsgründen, wie sie ihm stets erklärte und doch war Tomaso von Anfang an klar, dass sie auf diese Weise versuchte, ihr Revier zu markieren. Ein Revier, dass es freilich überhaupt nicht gab. Er wollte einfach keine feste Beziehung mehr und das wusste sie eigentlich auch genau. Nichts Ernstes halt, was möglicherweise zu Problemen führen könnte, so wie damals zwischen Violetta und ihm.
Eben diese räusperte sich jetzt allerdings leise. Zunehmend war ihr die Situation unangenehm geworden, da Tomaso ihr nach wie vor mit seinen Händen in den Taschen gegenüberstand und wortlos ins Leere starrte. Deshalb machte er nun schnell eine Geste in Richtung der Tür. „Wenn es dir recht ist, können wir zusammen essen gehen.“
Sie nickte und folgte ihm sodann zu den Aufzugtüren, die sich zu ihrer Erleichterung direkt nach Drücken des Knopfes

öffneten. Auf diese Weise entkam sie auch endlich den Blicken der Assistentin, die allein durch ihre Erscheinung so viele unangenehme Emotionen in ihr hervorrief, dass es sie einen guten Teil ihrer Selbstsicherheit gekostet hatte.
Die unmittelbare Nähe zu Tomaso in dem Lift machte es derweil nicht besser. Stattdessen spürte sie, wie genau diese sie jetzt aufwühlte und so verschränkte sie eilig die Arme fest vor ihrer Brust, als wenn sie hoffte, sich so einen Schutzpanzer für ihre Seele zulegen zu können.
Tomaso schien ebenfalls bestrebt, ihr nicht zu nahe zu kommen, und deutete, nachdem sie aus dem Gebäude hinaus und auf die Straße getreten waren, zur gegenüberliegenden Seite hinüber. „Wir müssten dort lang. Ich gehe da manchmal in meiner Mittagspause hin. Ist ganz nett“, erklärte er knapp und Violetta nickte stumm. Verstohlen fragte sie sich jedoch, wie oft Giustina dann wohl mit von der Partie war und kniff sogleich darauf kurz verärgert ihre Augen zusammen. Darum soll es doch jetzt überhaupt nicht gehen, schimpfte sie still und versuchte, den Gedanken an die junge Frau schnellstens wieder zu verdrängen.
Kurz darauf blieb Tomaso dann vor einer Trattoria stehen, öffnete die Tür und bat Violetta mit einem leisen „Prego“ und einer einladenden Geste herein. Etwas schüchtern lächelte sie, als sie daraufhin eintrat und sich in dem kleinen, gemütlich wirkenden Lokal umsah.
Viel Zeit blieb ihr dafür jedoch nicht, da im nächsten Moment auch schon ein Kellner herbeigeeilt war und erst sie sowie im Anschluss Tomaso freudig begrüßte. „Ciao Tomaso, schön dich zu sehen! Setzt euch doch da gleich ans Fenster.“ Der Aufforderung folgend, machte dieser ein paar Schritte auf den ihnen zugewiesenen Tisch zu und zog ihr den Stuhl ein Stück zurück. „Grazie“, bedankte sie sich leise und nahm Platz, während er sich ihr gegenübersetzte und scheinbar teilnahmslos mit seinen Händen die Tischdecke vor sich glattstrich. „Was verschafft mir die Ehre deines Besuchs?“, fragte er sie dann abrupt und sah ihr dabei

forschend ins Gesicht. Violetta schürzte ihre Lippen und rutschte erst einmal auf ihrem Sitz ein wenig hin und her.
Angestrengt suchte sie nach den Worten, die sie sich zuvor bereits zurechtgelegt hatte. „Vielleicht ist es einfach der Umstand, dass ich dir mein Verhalten bei unserem letzten Aufeinandertreffen erklären möchte“, begann sie schließlich geradeheraus, schaute ihn abwartend an und bemerkte so auch das kaum merkliche Zucken seines Mundwinkels. Dies blieb jedoch zusammen mit einem zurückhaltenden „Ah so?“ vorerst seine einzige Reaktion, obwohl er drauf und dran war, ihren Worten mit Sarkasmus zu begegnen.
Stattdessen besann er sich und hielt lieber nach dem Kellner Ausschau. Violetta knetete nervös die Hände in ihrem Schoß. „Ja, ich denke, dass ich möglicherweise schon überreagiert habe. Aber ich habe mich halt von dir wie vor den Kopf gestoßen gefühlt.“ Jetzt lachte Tomaso kurz auf. „Das Gefühl kenne ich gut“, entfuhr es ihm. Er wollte eigentlich gerade noch etwas hinzufügen, beließ es jedoch dabei, da nun die Bedienung an ihren Tisch herantrat und sich nach ihren Wünschen erkundigte.
Beide hatten da der an der Wand hängenden Schiefertafel mit dem heutigen Speiseangebot bislang keinerlei Beachtung geschenkt, weswegen sie dies nun schnell nachholten und ihre Bestellung aufgaben. Inzwischen hatte Violetta sich ihre nächsten Sätze zurechtgelegt und sprach, nachdem sie wieder allein waren, mit ruhiger Stimme weiter: „Tomaso, ich habe nicht verstanden, warum du das gemacht hast, und dieses ‚über-meinen-Kopf-hinweg‘ Agieren hat mich halt an früher erinnert. Eben an die Zeit, in der du mir nichts zugetraut hast.“
Abermals wartete sie wie gebannt ab, ob er etwas entgegnen würde, doch er sah sie nur regungslos an. Durch Violettas Kopf flogen die Bilder ihrer letzten Treffen und wie unbefangen sie sich da unterhalten hatten. Konnte er also jetzt nicht ebenfalls über seinen Schatten springen und zumindest irgendetwas zu ihr sagen, wenn es zwischen ihnen schon nicht mehr so war wie ebenda? Deutlich spürte sie ihr

Herz pochen und wagte kaum, sich zu rühren, bis sie endlich die Worte aus seinem Mund vernahm: „Vio, ich mag eigentlich gar nicht mehr darüber reden. Du fandest es nicht okay? In Ordnung! Alles gut! Das hättest du mir in dem Moment aber auch anders sagen können.“ Er zog seine Augenbrauen nach oben. „Aber in Grunde hat mir deine Reaktion nur gezeigt, wie viel immer noch zwischen uns steht.“ Er machte eine kurze Pause und zuckte mit den Schultern. „Und so habe ich eben eingesehen, dass mein Versuch einer Annäherung kläglich gescheitert ist.“ Er senkte seinen Blick und bemerkte so auch nicht, wie sie ihn nun mit großen Augen ansah.

Wie sollte sie auf das von ihm Gesagten nur reagieren? Krampfhaft überlegte sie. Doch es fiel ihr schwer, die passenden Worte zu finden und so dauerte es einen Moment, bis sie schließlich einen neuen Anlauf unternahm. „Ja, ich schätze, ich habe da sehr unüberlegt reagiert und würde das gerne wieder geraderücken.“ Sie stockte und fuhr ein wenig leiser fort: „Ich möchte es dir gerne erklären.“ Und noch etwas leiser: „Ich fand unsere Treffen nämlich … schön.“ Für einen Moment sah Tomaso ihr direkt in die Augen, und sie meinte den Anflug eines Lächelns bei ihm zu erkennen, doch dieses erstarb so schnell wie es gekommen war, und er sah sie erneut mit versteinerter Miene an.

Ein Gesichtsausdruck, der ihn Kraft kostete, denn in ihm brodelte es gewaltig. Wie sehr hatte er sich vor einigen Wochen noch gewünscht, solch versöhnliche Worte von ihr zu hören? Was hätte er dafür gegeben, wenn sie sich tatsächlich nach all der Zeit wieder nähergekommen wären? Sicher, Ausgang ungewiss. Und dennoch war es ihm diesen Versuch wert gewesen, Violetta ganz neu kennen und – wer weiß – möglicherweise erneut lieben zu lernen. Aber jetzt?

Nein, Tomaso fühlte sich nicht mehr bereit dafür und hatte eingesehen, dass es Wunden gab, die schlichtweg nicht heilten, und Dinge, die nicht erzwungen werden konnten – so sehr man es sich auch wünschte.

Folglich blieb er stumm und Violetta sparte sich ebenso eine Entgegnung. Jeder für sich hing stattdessen seinen Gedanken, Wünschen und Hoffnungen in bedrückender Stille nach und unterließ es standhaft, auch nur irgendwas davon dem jeweils anderen zu offenbaren. Zu groß war die Angst, noch mehr zu zerstören – und wenn es am Ende allein die eigene Selbstsicherheit war.

Auf diese Weise dauerte es bis nach dem Essen, ehe Tomaso sich abermals an sie wandte: „Vio, ich weiß nicht, was genau du dir von diesem Treffen erhofft hast, aber ich möchte dir zumindest sagen, dass ich deinen Entschluss, mir noch einmal deine Sicht der Dinge darzulegen, anerkenne." Er sah ihr einen Moment lang direkt in die Augen, während er seinen Kaffee umrührte, und bemerkte dabei, wie traurig sie aussah. Sollte er sie also vielleicht doch fragen, was sie bewegte? Abermals rang er mit sich und entschied sich dennoch dagegen. Jedes weitere Wort, jede Erklärung würde es wahrscheinlich nur komplizierter und vermutlich sogar schmerzhafter machen.

Violetta senkte nickend ihren Blick. Das war es dann wohl gewesen mit der Ruhe und Klarheit, wegen der sie eigentlich hierhergekommen war. Stattdessen saß sie ihm nun immer noch gegenüber und fühlte sich schlecht. Nicht zuletzt, weil ihr eben in der zurückliegenden Stunde bewusst geworden war, wie viel ihr im Grunde an ihm und seiner Gesellschaft tatsächlich lag. Doch das spielte nun ebenfalls keine Rolle mehr, dachte sie betrübt, als sie aus dem Augenwinkel heraus bemerkte, wie Tomaso jetzt die Brieftasche aus seinem Jackett hervorzog und diese neben seiner Tasse auf den Tisch ablegte. Daraufhin hob er den Arm und winkte den Kellner herbei: „Emilio, zahlen bitte!", rief er diesem entgegen und fügte zu Violetta gewandt hinzu: „Ich hoffe, du hast nichts dagegen, wenn ich das hier übernehme."

Sie nickte stumm und wartete ab, bis er die Rechnung beglichen hatte und aufgestanden war. Dann erhob auch sie sich und überlegte, ob es noch etwas gab, was sie ihm sagen wollte, doch dazu fehlte ihr mittlerweile jeglicher Mut. Ihre

Tasche fest unter den Arm geklemmt, folgte sie ihm so auf die Straße hinaus, wo er stehenblieb und sich schließlich zu ihr umdrehte. Mit betont unbekümmerter Stimme setzte er zum Abschied an. „Vio, trotz allem hat es mich gefreut, dich zu sehen und wer weiß, vielleicht ergibt es sich ja wieder einmal.“ Mit leerem Blick schaute sie ihn an und versuchte ein zaghaftes Lächeln. „Ja, das würde mich freuen“, hauchte sie mehr, als dass sie sprach, und reichte ihm kurz ihre Hand. Dann machte sie auf dem Absatz kehrt und eilte davon. Sie fühlte sich nur noch mies. So hatte sie das alles nicht geplant und hielt sich doch vor, es eigentlich besser gewusst zu haben. „So viele Schattensprünge hält nun mal keine Verbindung aus“, wisperte sie und bog an der folgenden Ecke in die dortige Gasse ein. Dieser folgte sie ohne Ziel und hoffte nur noch darauf, bei einem langen Spaziergang durch Mailands Straßen zumindest ein bisschen Zerstreuung zu finden.
Tomaso dagegen war auf dem Fußweg vor der Trattoria stehengeblieben und hatte ihr gedankenversunken hinterhergesehen, bis sie hinter der nächsten Häuserecke verschwunden war. Dabei verspürte er allerdings keinerlei Erleichterung darüber, dass dieses unvorhergesehene und vor allem wortkarge Treffen endlich vorüber war. Vielmehr verharrte er dort und sah nachdenklich zu Boden, bis ihn schließlich das Piepsen seines Handys eindringlich daran erinnerte, pünktlich zum Meeting mit seinen Geschäftspartnern zurück im Büro zu sein.

Kapitel 24 - In letzter Minute

Schlaftrunken rieb sich Violetta am nächsten Morgen ihre Augen. Dabei waren es nicht allein ihre nicht ruhen wollenden Gedanken gewesen, die sie in der hinter ihr liegenden Nacht um den Schlaf gebracht hatten, sondern ebenso das Gewitter, dessen Spuren ebenfalls hier am Bahnhofsvorplatz deutlich zu sehen waren. Gerade räumten daher auch einige Männer der Straßenreinigung weiter die heruntergefallenen Äste beiseite, als sie einen bangen Blick auf ihre Uhr warf. „Zum Glück noch rechtzeitig!“, seufzte sie erleichtert auf und war sichtlich froh darüber, dass der Fahrer ihres Taxis vorsorglich eine Ausweichroute gewählt und sie so nicht in den Stau bei einer der ausgefallenen Ampeln geraten waren. Nicht auszudenken, wenn ich hier jetzt gestrandet wäre, dachte sie, als sie nun ihr Gepäck entgegennahm und resignierend feststellte, wie sehr diese Gedanken doch denen ähnelten, die sie bereits vor ein paar Monaten ebenfalls an dieser Stelle gehabt hatte.
Eben hier, an diesem Ort, wo gestern ihr Plan, sich mit Tomaso auszusprechen, gründlich in die Hose gegangen war. So blieb ihr einzig der Trost, dass sie zumindest die Erklärung für ihr Verhalten ihm gegenüber angebracht hatte. Auch wenn da nun dieser bittere Beigeschmack blieb. „Aber ich muss es jetzt wohl einfach als Abschluss unseres erfolglosen Versuchs ansehen, wieder miteinander klarzukommen“, wisperte sie zu sich gewandt, als sie schließlich die Bahnhofshalle betrat und eilig ihr Augenmerk auf die Anzeigentafel mit den Abfahrten richtete.
Da! Ihr Zug fuhr und das obendrein pünktlich! Dankbar atmete Violetta auf und warf abermals einen raschen Blick auf ihre Uhr. Ihr blieb jetzt sogar noch ausreichend Zeit, um sich in der Bäckerei ein Brioche für unterwegs zu holen.

Doch als sie kurz darauf die dort an der Kasse anstehende Schlange sah, winkte sie in Gedanken ab und ging mit ihrer Reisetasche am Arm zu den Gleisen hinüber, wo just in diesem Moment ihr Zug einfuhr. Allein der Anblick der Bahn entlockte Violetta sogleich ein Lächeln. Diese würde sie nun bald wieder nach Hause bringen. Dorthin, wo es ihr bestimmt leichter fallen würde, die Geschehnisse des gestrigen Tages ein für alle Mal hinter sich zu lassen und einen Schlussstrich zu ziehen. Dennoch war sie am Ende zufrieden, den Ratschlägen von Isabella und Vittorio gefolgt zu sein. Auf diese Weise konnte sie mit Fug und Recht behaupten, ihren Teil getan zu haben. Erfolglos – gewiss, aber trotzdem hatte sie sich getraut und das war doch letztendlich auch etwas, auf das sie stolz sein konnte.
So überlegte Violetta, während sie jetzt mit ihren Taschen am Bahnsteig stand und abwartete, bis der Zug zum Einsteigen bereit war. „Wo genau sitze ich überhaupt?“, fragte sie sich schließlich leise selbst, zog dafür noch einmal ihr Handy aus der Jackentasche hervor und suchte darauf die E-Mail mit der Buchungsbestätigung. „Wagen 8, Platz 64 …“, murmelte sie, sah dann wieder auf die Beschriftungen am Zug und schritt an diesem entlang, bis sie die entsprechende Tür erreicht hatte. Lange brauchte sie sich glücklicherweise nicht gedulden und so stieg sie ein, sobald sich die Türen geöffnete hatten, eilte über den Gang bis zu ihrem reservierten Sitz und verstaute dort ihr Gepäck.
Nun kann wohl nichts mehr schief gehen, ging es ihr durch den Kopf, als sie sich mit einem leisen Seufzer der Erleichterung auf das weiche Polster fallen ließ, und dabei mit aller Kraft versuchte, ein Gähnen zu unterdrücken. Sich anschließend müde räkelnd, lehnte sich Violetta gegen ihre Rückenlehne und sah sich in dem Großraumabteil um. Bislang schienen außer ihr nur wenige Fahrgäste an diesem Morgen in Richtung Venedig unterwegs zu sein und so hoffte sie, dass auch die ihr gegenüberliegenden Plätze weiterhin unbesetzt blieben. Bloß bitte niemand also, der sie durch ein laut geführtes Telefonat störte oder schlimmer

noch, ihr gleich ein ungebetenes Gespräch aufzwängte. Lieber wollte sie ein wenig Schlaf nachholen, gähnte prompt aufs Neue und schloss ihre Lider, bis schließlich kurz darauf ein Pfiff von draußen die baldige Abfahrt verkündete.
Blinzelnd öffnete Violetta erneut ihre Augen und warf einen Blick auf den Bahnsteig hinaus. Fuhren sie vielleicht schon? Doch dann hörte sie plötzlich, wie die nahe gelegene Wagentür ein weiteres Mal aufgezogen wurde. Bestimmt ebenfalls einer, der es wohl gerade noch so durch die verstopften Straßen Mailands geschafft und den Zug in letzter Minute erreicht hat, schmunzelte sie – allerdings nur, bis sie bemerkte, dass dieser Passagier ausgerechnet neben den ihr gegenüberliegenden Sitzen stehenblieb.
Geschwind tat sie, als wenn sie schliefe, und hoffte darauf, dass – wer immer dort stand – Rücksicht auf eine schlafende Frau nehmen und sich woanders hinsetzen würde. Aber da stellte der Fremde seine Reisetasche auch schon auf einem der Plätze ab und ließ sich ächzend auf den daneben fallen. Innerlich fluchte Violetta und warf dem ungebetenen Nachbarn einen genervten Blick durch die halbgeöffneten Lider zu. Weiße Hose, ein bunt gemustertes Hemd und der helle Borsalino tief in das Gesicht gezogen, so saß dieser Typ ihr schräg gegenüber und rührte sich glücklicherweise nicht. Vielleicht verhielt er sich also auch den Rest der Fahrt still und es gelang ihr trotzdem, noch ein wenig Schlaf zu bekommen, dachte sie bei sich und schloss abermals fest ihre Augen, bis … ja, bis sie eine ihr wohlbekannte sonore Stimme vernahm.
„Ich habe es schon früher wahnsinnig geliebt, dir beim Einschlafen zuzusehen." Violetta fuhr erschrocken zusammen und richtete sich blitzartig sowie kerzengerade in ihrem Sitz auf, als ihr Gegenüber nun seinen Hut ein wenig höher schob und darunter sodann Tomasos Gesicht mit einem vorsichtigen Lächeln zum Vorschein kam. Sprachlos schnappte sie nach Luft. „Was … was machst du … also … hier?", stotterte sie, unfähig einen vollständigen Satz flüssig hervorzubringen, ehe sie danach nicht weniger stockend

fortfuhr: „Wie … wie hast du mich überhaupt … woher wusstest du in welchem Zug?“ Tomaso jedoch zuckte nur mit den Schultern, während sich die Bahn jetzt langsam in Bewegung setzte.
Auch ihm schien in diesem Moment ein Stein vom Herzen zu fallen und so beugte er sich ihr vorsichtig ein Stück entgegen. „Vio, lass mich dir bitte zuallererst erklären, warum ich gestern vermutlich recht abweisend dir gegenüber rübergekommen bin. Du hast mich mit deinem plötzlichen Auftauchen einfach total überfahren. Ich war komplett überfordert und wusste gar nicht, was ich tun sollte, geschweige denn sagen, als du da auf einmal vor mir standst. Na ja, lange Rede kurzer Sinn: Nach dem Essen konnte ich an nichts anderes als dich und deine Worte denken und war wütend auf mich selbst, weil ich so idiotisch und engstirnig war und dabei versäumt habe, die Chance zu nutzen …“ Er schaute für einen Augenblick zunächst zum Fenster hinaus und senkte dann seinen Blick. „Ich habe die ganze Nacht kein Auge zugetan und …“ Tomaso zögerte, ehe er sie nun wieder direkt ansah. „… Und bevor du jetzt etwas sagst: Das lag definitiv weder an einer anderen Frau noch am Gewitter. Jedenfalls nicht an dem da draußen …“
Er zwinkerte Violetta zu, die ihn weiter ungläubig anstarrte. „Aber trotzdem … Wie konntest du überhaupt wissen, welchen Zug ich zurück nach Hause nehme?“, fragte sie und spürte allmählich ein aufgeregtes Kribbeln in sich aufsteigen. Verlegen schürzte Tomaso daraufhin seine Lippen und es kam ihr so vor, als wenn ihm die folgenden Worte fast ein wenig peinlich waren. „Ich traue mich gar nicht zu sagen, dass ich bereits seit sechs Uhr heute Morgen mit gepackter Tasche am Bahnhof gesessen bin und so nach dir Ausschau gehalten habe. Ja, und als du dann endlich an mir vorbei zum Zug geeilt bist, habe ich schnell ein Ticket gelöst und bin dir gefolgt.“
Erstaunt schüttelte Violetta ihren Kopf. „Aber warum?“ Immer noch schien sie nicht zu begreifen und so rutschte Tomaso auf seinem Sitz ein wenig vor und sah ihr erneut

direkt ins Gesicht. „Das fragst du noch?" Zaghaft nickte sie, weswegen er mit sanfter Stimme weitersprach: „Zum einen konnte ich unser gestriges Gespräch so nicht stehen lassen und dachte mir dann, dass die rund dreieinhalb Stunden Zugfahrt ein guter Anfang wären, um darüber zu reden, wie es weitergehen könnte." „Weitergehen?", fragte sie leise und er rückte abermals ein Stück näher an sie heran. „Ja, weitergehen, neu anfangen, was auch immer … Vio, ich denke noch immer an die Küsse im letzten Sommer zurück. An das, was da zwischen uns in der Küche am Gardasee passiert ist und … und auch danach bei mir im Bett."

Seine Stimme war nun nicht mehr als ein Flüstern. „Was, wenn diese Nacht dort wirklich so etwas wie der zarte Beginn von etwas Neuem zwischen uns war?" Er schaute sie mit eindringlicher Miene an, doch sie rührte sich nicht. Daher griff er nun behutsam nach ihrer Hand und fuhr sanft mit dem Daumen über ihren Handrücken. „Vio, ich weiß, dass es möglicherweise einfach nur verrückt klingt … und auch ist. Aber ich würde wirklich gerne ausprobieren, ob wir jetzt mit all unserer Erfahrung und Reife doch wieder einen Weg zueinander und dann vielleicht auch miteinander finden könnten."

Verlegen sah sie zu Boden. Durfte sie ihm im Gegenzug sogleich verraten, wie ihre Gefühle für ihn aussahen, und dass sie eigentlich ganz ähnliche Wünsche hegte? Noch zögerte sie und schaute erschrocken zu Tomaso auf, als er sich jäh erhob und auf den Platz direkt neben ihr wechselte. Ihre Hand ließ er währenddessen jedoch keine Sekunde lang los. „Vio, was hältst du davon, wenn wir als Erstes auf die Reise gehen, zu der es damals nie gekommen ist? Du weißt schon: Nur wir beide, ein Kleinwagen und ein wenig Gepäck – und damit ziehen wir dann einmal quer durch Italien bis runter zur Stiefelspitze und wieder zurück. Ich glaube, danach wissen wir sehr wohl, wo unsere ganz eigene Reise hingeht."

Er zwinkerte ihr lächelnd zu. „Und versprochen: mindestens eine Übernachtung direkt am Strand." Ohne dass sie es wollte oder etwas dagegen tun konnte, hatten sich Violettas Augen mit Tränen gefüllt, von denen eine nun über ihre Wange rann und auf das Revers ihrer Bluse tropfte. Tomasos Blick ruhte derweil immer noch sanft auf ihr, als er jetzt langsam seine Hand hob und abwartete, ob sie zurückweichen würde. Doch da sie ruhig sitzenblieb, wischte er ihr eine weitere Träne zärtlich aus ihrem Gesicht. „Ich hoffe inständig für mich, das sind Freudentränen und ich hoffe auch, das ist ein Ja?“, fragte er sie erwartungsvoll und sah sie dabei liebevoll an. Unfähig etwas zu entgegnen, nickte Violetta daher nur.

So verharrten sie einen Moment still, während draußen an ihnen die Häuser der Vorstadt vorbeiflogen. Schließlich strich er sanft über ihren Arm. „Vio, es gäbe für mich in der Tat keine passendere Gelegenheit, als mit dir auf diese Reise zu gehen, von der wir einst immer geträumt haben, um so ohne Druck und Zwang herauszufinden, ob wir am Ende nicht doch wieder zueinander finden“, erklärte er und wurde dann betont ernst. „Und Eines verspreche ich dir jetzt schon hoch und heilig: Du brauchst mich nicht jeden Tag in einem Hemd wie diesem ertragen.“ Er zupfte am Saum des bunten Stoffes herum und zog ihn so ein Stück in die Höhe.

Violetta musste unwillkürlich lachen. „Schade eigentlich“, erwiderte sie leise. „Es steht dir nämlich gar nicht so schlecht.“ Doch dann wurde auch sie wieder ernst. „Meinst du das wirklich so, wie du es sagst?“ Tomaso nickte und lächelte sie abermals an. „Ja, das tue ich und ich würde mich wirklich sehr freuen, wenn wir beide herausfänden, dass dieses dann erst der Anfang einer ganz langen gemeinsamen Reise für uns zwei ist.“

Epilog

Die Abendsonne glitzerte golden auf den langsam anrollenden Wellen in der malerischen Bucht. Violetta war diesen gerade entstiegen, machte es sich nun in ihrem Badeanzug auf einem flachen Felsblock bequem und wrang ihre vom Schwimmen noch nassen Haare aus. Währenddessen glitt ihr Blick wie schon zuvor über dieses wunderschöne Fleckchen Erde hier. Vor ihr fiel der mit Geröll bedeckte Strand sanft zum wunderbar klaren Wasser hin ab. Links und rechts hingegen bildeten fast senkrecht aufragende Felswände den perfekten Rahmen für den unvergleichlichen Ausblick, der sich ihr von hier aus bot. Dort in der Ferne, inmitten des glitzernden Meeres, lag Capri, und als Violetta jetzt ihre Augen mit der flachen Hand gegen das helle und blendende Licht abschirmte, konnte sie daneben sogar die berühmte Felsformation der Faraglioni erkennen. „Ein Traum“, wisperte sie, stützte ihre Arme hinter sich ab und streckte ihre Beine auf dem von der Sonne angenehm aufgeheizten Stein aus.

So verweilte sie dort mit geschlossenen Lidern, bis sie das leise Knirschen von sich ihr nähernden Schritten auf den Kieseln vernahm und einen Blick zurück über ihre Schulter warf. Es war Tomaso, der ihr nun lächelnd zuwinkte. Er hatte eine Kühltasche aus dem Wagen geholt und suchte sich jetzt ausgesprochen vorsichtig seinen Weg zwischen den kleinen Steinen hindurch. Bei ihr angekommen, stellte er diese auf dem Boden ab und ließ sich dann mit einem zufriedenen Seufzer neben ihr nieder. „Ist das nicht wunderschön hier? Ich kann gar nicht verstehen, warum es für einige immer ein Luxushotel sein muss. Das hier ist doch kaum zu überbieten“, bemerkte er und richtete seinen Blick ebenfalls in die Ferne, ehe er zu Violetta sah, die versonnen nickte.

Dann tippte er mit dem Finger sanft auf ihren Arm. „Was hältst du also davon, wenn du morgen genau mit dieser Aussicht aufwachen könntest?“, fragte er sie und seine Augen blitzten bei diesen Worten verschwörerisch auf. Ihre Lippen schürzend schaute sie sich skeptisch um. „Würde ich schon liebend gerne tun, allerdings befürchte ich, dass die beste Luftmatratze bei diesem Untergrund ihren Geist aufgibt.“ Dabei griff sie neben sich, hob einen kleinen spitzen Stein auf und hielt ihn Tomaso entgegen, bevor sie ihn in Richtung des Wassers warf, wo er mit einem leisen ‚Plop‘ versank. Schmunzelnd schüttelte er den Kopf. „Da hast du vollkommen recht. Darauf würde ich auch nicht vertrauen, aber …“

Er drehte sich ein wenig um und deutete mit seinem Daumen dahin zurück, von wo er zuvor gekommen war. „Aber als ich eben am Auto gewesen bin und unsere Getränke geholt habe, bin ich durch Zufall dem Besitzer des Olivenhains hier oberhalb der Bucht über den Weg gelaufen. Ich hatte ihn eigentlich nur nach einem romantischen Restaurant für heute Abend und ein paar weiteren Tipps fragen wollen, doch …“ Abermals machte er eine Pause und sah Violetta abwartend an, bis diese ihm einen sanften Klaps auf seinen Oberschenkel gab und voller Ungeduld nachhakte: „Komm schon! Und weiter?“, fragte sie und schaute ihn mit zusammengekniffenen Augen gespannt an. „Wir könnten … also, vorausgesetzt, wir wollten … dort in der Hütte übernachten.“

Er wandte sich nochmals um und zeigte zu einem kleinen Haus ein Stück weiter oben am Hang hinauf. Sie folgte seinem Blick, als er bereits fortfuhr: „Ausgestattet ist sie wohl mit allem, was man so braucht, dabei aber eben auch recht … übersichtlich.“ Er unterbrach sich erneut und wartete einen Moment ab, ehe er schließlich weitersprach: „Was halt in diesem Fall bedeutet, dass es auch nur ein Schlafzimmer mit einem Bett gibt.“ Tomasos

Gesichtsausdruck war anzusehen, dass es ihn selbst nicht im Geringsten zu stören schien. Violetta hingegen überlegte noch und fuhr sich währenddessen immer wieder gedankenversunken mit den Fingern durch ihr Haar.
Gemeinsam war sie mit Tomaso nun schon eine gute Woche unterwegs und besser konnte es in der Tat zwischen ihnen kaum laufen. Dabei waren es bei weitem nicht nur die Besuche einiger der schönsten Orte und Regionen entlang der Mittelmeerküste oder ihre Ausflüge an den Strand. Nein, zunehmend schienen ebenso ihre Gefühle füreinander wieder zu erwachen. Ganz behutsam gingen sie mit diesen jedoch noch um und hüteten sich davor, überstürzt zu handeln. „Ich lerne dich vollkommen neu kennen und ich liebe … das“, hatte es Tomaso deswegen bewusst vorsichtig formuliert, als sie gestern in einem hübschen Restaurant direkt an einem kleinen Hafen unweit von hier zu Abend gegessen hatten. Und so war es auch genau dieser Moment, an den Violetta jetzt erneut dachte, allerdings ebenso daran, wie seine oftmals eher zufälligen Berührungen wohlige Schauer über ihre Haut schickten.
Des Nachts jedoch wahrten sie bislang noch eine gewisse Distanz und hatten jeweils einen separaten Schlafsack, ein eigenes Bett oder anfangs sogar ein extra Zimmer vorgezogen. Nur nichts unbedacht übers Knie brechen, hatten sich die beiden gemeinschaftlich vorgenommen und dennoch klang die Idee, heute einmal wieder das Bett mit ihm zu teilen, für Violetta mehr als verlockend. Zu verlockend vielleicht? Insgeheim sehnte sie sich zwar längst nach seiner Nähe, aber war eine gemeinsam verbrachte Nacht wirklich klug?
Schließlich seufzte sie auf und sah vermeintlich abwesend in die Ferne. „Ich schätze, das ist keine so gute Idee … irgendwie habe ich noch vage in Erinnerung, wie breit du dich immer gemacht hast.“ Sie warf ihm einen Blick zu und grinste. „Aber wenn du es einrichten könntest, dass ich am Ende nicht gleich wieder aus dem Bett herausfalle …“

Lachend sah er sie an. „Und ich schätze, das war gerade ein sehr deutliches ‚Ja'"
Sie nickte, weshalb er sogleich zärtlich seinen Arm um sie schlang und sie so näher an sich heranzog. „Vio, weißt du, wie glücklich du mich damit gerade machst?" Sie lehnte ihren Kopf an seine Schulter und sah ihn mit großen Augen liebevoll an, daher fuhr er fort: „Wir haben beide sicherlich unsere Fehler damals gemacht: der eine mehr, die andere weniger." Er zwinkerte ihr zu. „Aber vielleicht sind wir beide das beste Beispiel dafür, dass es nie zu spät ist, alte Fehler einzusehen und Chancen, die sich einem bieten, nicht zu verpassen."
Ihr einen Kuss auf ihre Wange hauchend, sah er sie an und Violetta spürte, wie wohl sie sich genau in diesem Moment und hier in seinem Arm fühlte. So sollte es bitte weitergehen, dachte sie noch, als Tomaso auch schon nach ihrer Hand griff und diese mit der seinen fest umschloss. „Vio, ich habe mich mit einem Menschen lange nicht so fantastisch gefühlt wie gerade jetzt in diesem Augenblick hier mit dir und ich danke Isa und Daniele, dass sie uns zwei Sturköpfe da im letzten Jahr wieder zusammengeführt haben."
Er lachte verschmitzt. „Und ich bin mir schon jetzt sicher, dass unsere … nennen wir sie doch einfach ‚Spätsommerküsse' von dort jetzt auch unseren ganz eigenen Spätsommer wunderschön werden lassen." Violetta lächelte gerührt und streichelte zärtlich sein Gesicht. „Kann es sein, dass du auf deine alten Tage doch noch zum Romantiker wirst?"
Lächelnd zuckte Tomaso mit den Schultern. „Vielleicht … wer weiß", flüsterte er und schaute sie dann mit tiefgründiger Miene an, bevor er zart seine Hand auf ihre Wange legte, sich zu ihr herüberbeugte und ihre Lippen sanft mit den seinen berührte. Wie ein Blitz durchfuhr es Violetta und es fiel ihr schwer, sich weiter in Zurückhaltung zu üben. Also schlang sie ihre Arme kurzerhand um seinen Hals und drückte sich fest an ihn. Sofort spürte sie, wie schnell sein Herz schlug, legte eine Hand auf seine Brust und sah ihm

tief in die Augen. „Eines weiß ich allerdings schon jetzt. Auf diesen einen Kuss eben sollen bitte noch ganz viele weitere folgen und das dann gerne auch zu jeder Jahreszeit, Tesoro mio!“

Über die Autorin:

Kiki Pillukat wurde 1968 in Braunschweig geboren und lebt heute zusammen mit ihrem Ehemann in München. Von Beruf ist sie „Assistentin aus Leidenschaft“ und hat vor einigen Jahren eher zufällig ihre Passion für das Schreiben entdeckt. Darüber hinaus hat sie eine Schwäche für die italienische Lebensart, britische Romantikkomödien und das Reisen. Aus diesem Grunde verarbeitet sie auch gern die dabei gesammelten Eindrücke in ihren romantischen Liebesgeschichten.

Auch erhältlich von Kiki Pillukat:

- **Herzklopfen auf Venezianisch**
  (Venezianische Liebe, Teil 1)

- **Venezianisches Herz**
  (Venezianische Liebe, Teil 2)

- **Limoncello unterm Sternenhimmel**

- **Der Duft von Oleanderblüten**

Printed in Poland
by Amazon Fulfillment
Poland Sp. z o.o., Wrocław

49819502R00178